KB187560

소아청소년과 원장
김영명 의학박사의 86년 인생이 담긴 칼럼집

여명의 소리
소아과 진료실에서

김영명 지음

여명의 소리 소아과 진료실에서

인 쇄 : 2023년 11월 1일 초판 1쇄
발 행 : 2023년 11월 11일 초판 1쇄
지은이 : 김영명
펴낸이 : 오태영
출판사 : 진달래
신고 번호 : 제25100-2020-000085호
신고 일자 : 2020.10.29
주 소 : 서울시 구로구 부일로 985, 101호
전 화 : 02-2688-1561
팩 스 : 0504-200-1561
이메일 : 5morning@naver.com
인쇄소 : TECH D & P(마포구)

값 : 15,000원
ISBN : 979-11-91643-98-5(03810)

소아청소년과 원장
김영명 의학박사의 86년 인생이 담긴 칼럼집

여명의 소리
소아과 진료실에서

김영명 지음

진달래 출판사

1998년 출간된 여명의 소리 표지

추천사

여명 김영명 박사는 본인이 삼십여 년간 경북대학교 의과대학 교수로서 길러낸 수천 명의 제자 중에 모범생에 속한다.

투철한 사명감과 부지런한 학구열로 신문에 종종 기고를 하여 좋은 반응을 받더니만 클리닉도 크게 성공하여 소문난 소아과 의사가 되었으니,

그가 쓴 글들을 모아 한권의 책이 되었다니 참 반가운 소식이다.

아이를 더 잘 키우겠다는 엄마에게 일러주는 지혜들도 초보 엄마에게 큰 도움이 되겠고 건강정보란의 글들도 일반인에게 추천하고픈 내용들이다.

아울러 인간 여명의 내면세계를 엿볼 수 있는 몇 편의 글들이 의사를 이해하는 좋은 촉매제가 되어 주리라 믿고 여기 추천하는 바이다.

경북대학교 명예교수 의학박사 고(故) 최정헌
(전. 대한소아과학회장)

작가의 말

출판물 공해가 극심한 시점에서 또 하나 공해를 발생시켜 죄송할 따름이다. 소아과 진료실에 오는 엄마들이 신문에 기고했던 육아상식들을 책으로 만들어 달라는 요구들이 있었지만 선뜻 내키지 않았다. 그런데 이제 세상에 알몸을 내보여도 부끄러움을 모를 정도로 둔감해져서 여기 감히 졸작을 내놓는다.

신이 나에게 한가지외에는 모든 축복을 허락하셨다. 항상 감사하는 마음으로 환갑까지 살아오면서 나름대로 교과서처럼 착실히 살려고 노력했고 사회의 잘못된 상식에 계몽할 의무도 느껴서 한두 자 써서는 신문, 잡지 등에 발표한 것들이 나 혼자 그냥 버리기엔 아깝게 느껴지기도 하여 여기한데 모아보았다.

행여나 이 책으로 인한 마음의 부담이나 공해가 유발될까를 걱정하여 돈을 주고라도 사보겠다는 사람에게만 전달할 터이니 나에겐 왜 보내주지 않나 하고 섭섭해하시는 분들이 없기를 바란다.

한 번도 문학 수업을 받아보지 못했고 공식문학계에 등단 절차도 못 밟았으니 서투른 글 솜씨라도 나만의 독특한 소리를 내려고 애쓴 생애였다는 것만 인정해 주신다면 이런 독자께 깊이 감사드리고 책을 엮은 큰 보람으로 삼겠다. 절판된 책이라 필요한 이에게 제공하고자 판매용으로 새롭게 진달래 출판사에서 제작함에 감사드리며 독자들의 건강을 바란다.

2023년 11월에 여명 김영명

차 례

아이를 더 잘 키우려는 엄마에게 알려주는 지혜

기행문

진료실 잡기장

편집자의 말

김영명 박사님은 한국 에스페란토 협회의 산증인이십니다. 대구지회를 물심양면으로 섬기며 에스페란토 운동에서 꼭 필요한 역할을 담당하고 계십니다. 세계 대회에 27번을 참가하며 국위를 선양했고 에스페란토 정신을 세계인들과 나눈 참다운 동지입니다.

소아과 전문의로 개업의가 된지도 반세기가 넘었지만 응급한 소아를 위해 아직도 휴일에 병원 문을 열어 참다운 히포크라테스의 정신을 발휘하고 있습니다.

팔십 육세에도 불구하고 현장에서 소아청소년들을 만나며 진찰하고 처방하고 치료에 앞장서면서 지역사회와 에스페란토 활동에도 소홀함이 없습니다. 한국에스페란토대회에도 매번 참석하여 후배들을 격려하고 주제 강연을 듣고 친구를 만나고 에스페란토에 대한 애정을 확인합니다.

각종 매체에 쓴 소아과진료실의 에피소드를 모아 30여 년 전에 여명의 소리 수필집을 2권 내셨는데, 첫 번째 작품을 진달래출판사에서 재출간하게 되어 영광스럽게 생각합니다.

그동안 세월이 많이 흘러 진료실의 풍경이 많이 달라졌지만 애정이 담긴 첫사랑의 추억 여명의 소리를 많은 지인들에게 선물하고 싶은 마음을 알기에 흔쾌히 작업을 하면서 재밌게 읽었습니다.

사랑과 유머가 담긴 수필 속에는 의사의 목소리가 있고, 평화의 나라 에스페란토 세계가 보이고 친절한 우리 동네 아저씨가 나와 읽는 내내 마음이 따뜻해집니다.

2023. 가을에

오태영(진달래출판사 대표)

아이를 더 잘 키우려는 엄마에게 일러주는 지혜

밤새도록 우는 아이

　갓난아기는 티 하나의 죄도 없으니 신과 가장 가까운 존재로 세상사를 모두 꿰뚫어 본다는 말이 있다. 핵문제, 환경문제, 생각할수록 일생동안 억장이 무너지는 고통을 당해야 하니, 자고, 울고, 먹고, 울고, 울고, 또 울고 하는 것이 하루의 일과이다. 그뿐이랴, 빤히 보고 있노라면 「가증스런 인간아」하고 턱없이 웃어버린다. 신생아 살갗에 물집이 생길 정도로 덥게 「고문」을 하지 않는 한 생후 두세 주일은 대부분 지나치게 울지 않는다. 아이 울음은 「배가 고프거나 기저귀가 젖었거나 몸이 아프거나」이 세 가지가 아닌 경우에는 내버려 두면 시간이 해결해 주는 것임을 알면 이미 절반은 치료된 것으로 본다.

　문제는 두칠이 지나고부터 「까다로운 놈」「긴장이 지나친 놈」등의 선천적 요인과 「이유 없는 복통, 주기적으로 울기」등이 서로 맞물려서 부모를 못살게 달달 볶는 아이들이 많다. 더욱이 첫 아이의 미숙한 부모일 경우 자청해서 그 고생을 사서들 하니 아이 돌 때쯤은 십 년 이상 폭삭 늙어버리기 일쑤다. 이런 부모가 알아야 할 것은 우선 「아기는 우는 것이 직업이니 결코 크게 걱정하지 말라는 것」이다. 보시

라. 아이가 우는 집엔 밤에 도둑이 들지 못하니 크게 고마운 공헌이고, 모태에서 물에 둥둥 떠서 살 때 쪼그라들었던 허파꽈리가 펴지려면 울어야 하고, 요즈음 수많은 노래방으로 「전 국민 가수화운동」이 한창인데 돈 안 들고 노래 연습하고….

그런데 아이가 너무 울면 미워지다가 죄책감이 느껴져서 보상심리로 과잉보호를 하게 되는데, 이 경우 「엄마 나도 저 나이때 엄마께 그렇게 애먹였지요. 정말 고마워요」 엄마에게 진 빚을 갚는 생각으로 한 번쯤 이런 주문을 외워보면, 아이 울음을 더욱 쉽게 참아낼 수 있을 것이다. 신생아 신경계통은 덜 발달되어서 정상적으로 있는 일인데 「조그만 소리에도 깜짝 깜짝 놀라고, 체위 변화에도 놀라 몸을 떨고 신경질적인 울음을 우는 경우」는 조용한 환경에 두는 것이 좋다. 아이를 옮겨줄땐 꽉 조여 안고 폭신한 담요에 사방이 둘러막힌 작은 요람 속에 엎드려 누워 있도록 한다. 심한 복통, 주기적으로 울기 등도 부모의 체력이 달릴 정도로 아이에게 과잉 봉사할 필요는 없다. 지나치게 울면 하룻밤 새 한두 번 15분 정도 달래주는 것으로 부모의 책임은 충분히 했다고 여기시라. 그 이상 안고 흔들고 해도 아이 울음을 그치 게 하는데 전혀 효과가 없다고 판단되면, 부모의 건강도 지켜야 하니까 가만히 내버려 두시라. 그러면 첫 날은 한번 울 때 20분씩 계속되고 다음날은 10분, 셋째 날은 5분, 넷째 날부터는 거짓말처럼 울지 않는다고 교과서에 기록되어 있다. 의사와 의논한 후 내버려둔 경우 다음 젖 먹일 시간 이전에는 아예 딴방에 가버리든지 영화를 보러 가시라. 한 주일에 하루, 이틀 엄마의 건강 휴식을 위하여 다른 사람에게 맡겨버리고 여행을 다녀와도 좋다. 이 경우 부모가 다루는 방법과 똑같이 하도록 일러줄 것이다.

특히 할머니가 「과잉보호광」임을 일러주고 할머니는 오

랜만에 하루, 이틀 아이를 보아주되 한두 시간으로 그쳐야 고마운 줄 알지, 줄곧 보아주다가 하루만 안 봐주면 마치 고용인의 의무를 다하지 않는 것처럼 비쳐지는 법이다. 아이에게도 마찬가지다. 여러 번 울 때 한두 번만 안아 주어야지 울 때마다 안아주면 만약 안아주지 않는 경우 「나를 달래주지 않고 뭘 해」 하는 식으로 아기를 고약한 버릇으로 기르기 십상이다. 생후 3개월만 되면 잠자지 않고 그냥 노는 시간이 자주 생기는데 이 경우 아이 혼자 내버려두면 큰일이나 나는 듯이 호들갑을 떨면 아이는 차차 스스로 노는 능력을 잃어버린다. 같이 놀아주기도 하고 내버려두기도 하여 혼자 노는 기술을 익히는 것이 세상사는 첫 훈련이니까, 울다가 토하다가 대소변을 뭉개다가 하는 것을 당황하지 말고 태연하게 받아들여야 한다. 동물의 본능으로 분만 후 두세 달은 날카로워진 신경 탓에 부부싸움도 하기 쉽고 아이를 필요이상 다루어서 오히려 해를 주기 쉬운 법이다. 어떤 이는 자다가 조금만 움직이면 톡톡 두드려 재우고 안아주고 자는 놈을 계속 흔들어 주고 하는 등으로 기꺼이 아기의 노예가 되는 것을 본다.

아동심리학, 간호학, 의학을 공부한 엄마들이 특히 아이에게 이론과 본능의 갈등에서 죄책감에 사로잡힌 결과 과잉보호를 하거나 사나운 폭군으로 기르는 것을 자주 보는데, 이럴수록 더욱 미련스러워야 배운 사람답지 않을까. 전술한 세 가지 경우가 아님을 확인한 후 아무리 울더라도 아이는 적당히 내버려두어 고독과 절망에 적응하는 훈련을 일찍부터 시켜야 강건하게 자라는 것임을 명심할 것이다. 자, 그렇다면 세상 돌아가는 걱정스런 내일의 문제는 아이 몫으로 울도록 넘기고 부모는 다른 방으로 가서 오늘밤부터 진한 포옹으로 편히 잠들어야 하지 않을까.

매일신문 1994.5. 12

아기는 손님

　엄마 몸속에 있는 50만개의 난포 세포 중에서 4백여 개가 난자로 숙성 돼 일생동안 배란되어 나오는데 그 중 하나의 알과, 아버지의 「몸가락」에서 일생동안 나오는 수천 억 개의 정자 중 일 등한 용사가 만나서 하나의 귀한 생명이 탄생된다. 이 아이는 그야말로 기적같이 성공한 위대한 생명체인 것이다.

　40억년 지구 역사 중에 70년을 살고 가려고 태어난 아기의 생명은 천하를 다 주고도 못 바꿀 만큼 귀한 존재라고 성경은 규정하고 있다. 이는 우주의 유구한 역사 가운데서 짧은 지구의 역사, 그 중에서도 한 아기의 일생은 한번밖에 없는 극히 짧은 기간이지만 그 가치의 위대함을 한마디로 대변해 주는 것이다.

　이렇듯 귀중한 아기의 일생이 국가와 인류에 유익하게 공헌하느냐 아니면 태어나지 않았더라면 좋았을 사람으로 될 것이냐 하는 것은 그 아이의 정신적, 정서적, 사회적 발달에 크게 좌우된다고 하겠다. 그것도 생후5년 이내의 비중이 크고 특히 첫 1~2년이 가장 중요한 시기이다.

　정서적 발달의 제일 첫 단계로 아기가 태어나면 모유가 돌아 나오기 전에 우유를 먹이지 말고 빈 젖이라도 세 시간마다 좌우 교대로 빨리고 나머지는 흡착기로 짜 버려야 젖이 빨리 돌아 나오고 양도 더 많이 나올 수 있다. 산후 회복도 빠르다.

　식사(?)시간은 모아가 포근하게 즐기는 시간이어야지 우는 걸. 달랠 목적으로 시도 때도 없이 물리면 안 된다.

우리네 육아현실은 유교문화와 비과학적 인생관의 노인들 영향력에 서양문화와 개인주의적 사고방식의 청년층 독선의식이 뒤범벅이 되어 과잉보호와 가치관의 혼돈 속에서 기형적인 정신 상태로 자라는 아이가 많다.

아이는 부모의 부속물이 아니다. 부모와 완전히 다른 인격을 가진 개인인 것이다. 단지 일시적으로 부모의 보호를 받으며 성장해야 할 손님과 같은 존재다.

아이가 언짢은 짓을 할 때 함부로 언행을 하는 부모가 있으면 이때 아이의 정서에 상처를 준다.

이럴 때일수록 꾹 참고 이 손님에게 어떻게 해야 마음 상하지 않고 다시 이런 잘못을 반복하지 않게 할 수 있을까 깊이 생각하고 침착하게 좋은 말로 타일러야 한다. 부모의 반복하는 잔소리는 아이에게 반발심을 불러일으키고 갈등만 조성하다 종국에는 부모 말을 경시 혹은 무시하게 된다.

미운 짓을 했을 때 아이를 이해하고 동정하는 입장에서 관찰하고 아이의 인격과 능력을 부모가 존중해 주어야 한다. 아이는 떼거리를 쓰며 뒹굴고 행패를 부릴 때가 있다. 이때는 부모의 사랑을 반성하고 방임과 견제가 조화되어야 한다. 힘으로 견제를 하되 때리거나 소리 지르지 말고 엄마가 아이보다 더 힘세니까 떼를 써봐야 소용이 없다는 것을 느끼도록 해주라.

왜 그런 억지를 쓰는지 개선해 주려고 노력하되 옳지 않은 요구는 추종하지 말고 무시해 버리는 것이 좋다. 그대신 가만있을 때 칭찬을 많이 해 주어서 자부심이 생기고 잘 보이려고 즐겁게 노력하는 아이가 되도록 하여야 한다.

대통령도 돌짜리 아이도 칭찬을 해주면 좋아한다. 힘 안들이고 돈 안 드는 논두렁 비행기태우기를 모두들 인색하지 말아야 할 것이다.

아이의 발육단계에 따라서 그의 생각과 행동을 이해하려고 노력해야 하고 아이의 잠재성을 충분히 발휘하도록 더 좋은 환경으로 만들려고 노력해야 한다. 두 살만 되면 이웃집 아이를 놀러오게 해서 같이 놀게 하고 자기 장난감을 손님 친구와 같이 갖고 놀게 한다. 그래야 싸우고 울어도 금방 친해질 수 있는 방법을 배운다. 세살만 되면 옆집 아이에게 놀러 데리고 간다.

장난감 두개를 갖고 가서 서로 교대로 가지고 놀게 한다. 이 나이에는 탁아소, 놀이방에 보내는 것이 사회성 심리행동면에서의 발달에 효과가 좋다. 탁아소에 엄마가 데려다 주고 숨어버리면 상처를 받는다. 『안녕 빠이빠이』하고 가고 나면 떨어지지 않으려고 울어 보아야 소용없다는 것을 쉽게 터득하게 된다. 아이끼리 싸울 때 부모가 개입하면 안 된다. 남의 아이를 꾸짖을 게 아니라 오히려 칭찬해 주고 자기 아이를 얼른 다른 놀이로 바꾸어 주어야 한다.

잠시 지나가는 귀중한 손님에게 최선을 다해 대접하고 가르치고 길러서 자기 부모에게 진 빚을 아이에게로 갚아야 할 것이다.

매일신문 1992. 12. 30

세 살 버릇 여든까지

일생을 좌우하는 두 살 버릇 즉 생후 12개월부터 24개월 된 아이의 좋은 버릇 가르치기가 신이 사람에게 내린 숙제 중 가장 어려운 문제일 것이다. 식사 때, 대·소변 가릴 때, 잠잘 때, 울 때, 성격차이, 칭찬과 꾸중, 장난감, 노는 방법, 사고방지 등 여러 가지가 문제된다.

돌이 지나면 식욕이 없는 게 보통이지만 개인차가 많고, 음식의 분량보다도 질에 중점을 두는 것이 중요하다. 단백질을 조금 먹이면 종합비타민 한 가지만 먹여도 편식은 걱정할 필요가 없다.

너무 피곤하거나 운동이 부족할 때, 간식을 줄 때, 병일 때, 환경이 나쁠 때 등 잘 안 먹는 원인을 제거해 주어야하고 특별한 원인이 없으면 억지로 먹이려고 할 게 아니라 내버려 두어야 한다.

음식을 먹다가 남기면 잔소리하지 말고 관심이 없는 것처럼 잠자코 치워 버리는 것이 좋다. 초조하거나 신경질적으로 대하지 말고, 이건 맛없다, 해롭다 등 선입관의 말도 하지 않는 게 좋다. 서투른 숟갈 놀림으로 음식을 많이 흘려도 턱받이를 채워주고 방바닥엔 비닐을 깔고 해서 자유롭게 식사를 하도록 해 준다. 먹으면서 놀면서 식사시간을 너무 오래 끌면 한두 번 떠 먹여주되 아이가 식사자리를 뜨게 되면 곧 치워버린다. 숟가락 사용이 서툴러도 끈기 있게 가르쳐 주되 맨손으로 음식을 먹는다고 꾸짖지 말아야 한다.

생후 1년 반쯤에 대변 보고 싶다는 의사 표시를 하면 칭찬을 해주되 자다가 오줌을 싸지 않게 되려면 3년이 지나야 가능하니까 조급히 가르치려고 하지 말 것이다.

돌 지난 아이는 혼자 자도록 해야 한다. 일단 아기를 이불 속에 넣었으면 울어도 내버려 두어야 한다. 열흘만 참으면 적응을 하는 게 보통이고 적당히 운동을 시켜서 다소 피로해지도록 하는 것도 잠 잘 들게 하는 방법이다.

잠꼬대가 심하거나 자다가 갑자기 울 때는 요충 때문인 경우가 많으니 전식구가 동시에 요충 약을 먹고, 내복, 이불, 식기 등을 동시에 삶는 것이 좋다. 잠잘 때 이불을 차 던지고 자세가 흉하게 자는 게 보통인 데 옷을 많이 입혀 재우는 것도 보온방법이 된다.

아기가 울 때 무엇을 요구하는지는 엄마가 잘 아는데 부당한 요구는 단호히 거절해야 한다. 이때 아무리 울어도 본체만체 해야 하고 아기의 요구가 옳지 않다는 것을 가르치는 엄마와 아기가 고집부리기 내기를 하는 샘이어서 져서는 안 된다. 장난을 좋아하는 아이는 지능이나 운동의 발달 호기심 때문이니까 꾸짖지 말고 적당히 규제하되 (봉쇄해 버리면 정신적 문제가 되니까) 아이와 같이 놀아주는 것도 장난의 피해를 최소한으로 줄이는 방법이다.

침착한 편의 아이는 대개가 게으른 편인데 너무 지나치게 보호해서 자주성이 없어지도록 해서는 안 된다. 빨리 독립성을 기르도록 동무들과 부닥치며 놀게 해야 한다. 또한 집 안에서는 아주 활발하고 까불면서도 밖에 내보내면 기가 죽어버리는 안방 대장도 마찬가지다.

아이는 무엇이건 두려워하고 겁내기 쉬운데, 가장 두려운 것이 자기를 혼자 있게 하는 것이다. 15분 이상 혼자의 외로움으로 울면 상처를 받으니 잠자는 걸 보고 어딜 가면 안된다.

목욕하다 눈에 비눗물이 들어간 경험을 한 후는 목욕을

안 하려고 하고, 뜨거운 물 세수 경험이 있은 후는 절대로 씻지 않으려 하고 주사 맞는 병원은 안 가려고 함은 당연한 이치이다. 가급적 주사를 안 놓는 게 원칙이지만 우리 엄마들의 의식이 의사에게 주사를 강요하고 있는 실정이다. 이 여러 공포의 경험을 될 수 있는 한 안 겪게 해 주어야 한다.

칭찬은 꾸중보다 훨씬 좋은 효과가 있지만 너무 남용하면 칭찬의 비중이 가볍게 받아들여진다.

잘잘못에 대한 판단력이 부족할 때 너무 오래 꾸짖지 말 것이며, 감정적으로나 거칠게 꾸짖지 말고 때리는 것보다 솔직하게 사과를 받는 것이 훨씬 좋다. 잘못했다고 캄캄한 창고에 가두면 일생동안 상처 받는 아이가 있는가 하면 쿨쿨 자 버리는 뱃심 좋은 아이도 있으니 체벌로는 좋지 않다. 꼭 때려야 할 필요를 느끼면 안전한 곳을 짧게, 아프게, 그러니까 볼기나 장딴지를 한대쯤 몹시 때리시라. 잘못한 직후에 때려야지 시간이 지나간 뒤에 때리면 역효과가 나고 너무 잦은 매는 어른의 위신만 떨어지게 한다.

장난감은 튼튼하고 위험하지 않은 것, 단순한 그림책, 소리 나는 것, 크레파스, 밀고 다니는 차 등이 좋지만 쉽게 싫증을 내니까 값 싸고 안전한 것을 주고 매일 점검해서 다칠 곳이 없나를 살펴야 한다. 어떤 때는 만지게 하고 어떤 때는 못 만지게 하는 등 일관성이 없으면 안 된다.

모래밭, 상자 쌓기, 나무토막 중에 아기가 좋아하는 것을 주어서 한 가지에 집착 열중하는 버릇을 기른다.

헌 그림책을 찢어도 꾸중해야 하고 대소변 보는 훈련은 요강 위에 앉혀 시작한다.

화상, 추락, 익사, 미아 발생, 가위, 면도날에 다침, 어른 약을 마심, 동전 삼킴 등의 사고에 절대적인 주의를 해야 한다. 동생의 출생 선물을 사오는 손님에게 언니 것도 사왔다고 하면서 같이 내어 놓도록 엄마가 미리 준비해 두어야 한다. 동생이 태어난 후일수록 자주 언니를 안아주어 엄마 사랑의 불변을 확인시켜 주어야 한다.

육체는 땅으로 돌려주고 하늘에서 온 영혼이 조물주께 되돌아갈 때 숙제를 잘 했다는 소리를 들으려면 참으로 힘과 노력이 많이 든다고 하겠다.

매일신문 1993. 3. 12

아기사고의 유형

순간적인 부모의 방심이 아기에게는 일생의 불행을 초래하는 것을 생각하면 아기들 사고는 아무리 강조해도 모자란다. 실제로 아기들의 질병으로 인한 사망률과 사고로 인한 사망률이 비슷한 시점에 와 있는 오늘날, 그 사고 양상을 소개하여 부모의 자가 교육이 되었으면 한다.

갓난아이니까 뒹굴지 못한다고 여겨서 높은 곳에 눕혀둔 채 잠시 어딜 갔다 오면 팔다리를 밍그적거리거나 바동대고 울다가 떨어지는 경우를 보는데, 꼭 높은 곳에 누일 필요가 있을 때는 아무리 잠깐만이라도 머리를 벽 쪽으로 향하게 "T" 자로 눕힘이 더욱 안전하다. 두 달짜리 아이가 천장을 향해 누어 자다가 구토를 해서 질식한 경우도 있다.

이때는 가급적 수유 후에 트림을 시키고 고개를 옆으로 젖혀 엎드려 재우면 예방할 수가 있다. 기어 다닐 수 있는 나이가 되면 1분만 부모가 한 눈을 팔아도 낭떠러지에 떨어진다. 생후 일 년 반쯤이면 혼자 걷는 신기함에 천방지축 아무 곳이나 뛰어 다니다가 불과 10초 이내에 큰 사고를 내기도 한다.

이때 부모가 계속 지켜보지 못하면 손을 잡고 있어야 하는데, 아기 옆으로 갑자기 차가 지나가면 급히 팔을 당겨서 어깨뼈가 빠지기도 하고 팔꿈치가 부러지기도 한다. 뛰어가다 넘어져서 입이나 얼굴을 다치는 것은 생명에 지장은 없지만, 아이 서 있는 바닥 시트를 당겨서 뒤로 넘어졌다면 후두부의 강타로 두개내 혈종이 생겨 수일 후에 갑자기 생명의 위협을 초래한다. 대문이 열려 있어 도로가로 나가면 순식간에 저승객이 된다는 걸 아기는 모르기 때문에 자동차에 뛰어든다. 집에서는 이름, 주소, 전화번호 등을 졸졸 외워대지만 미아가 되어 여러 사람에게 둘러싸인 채 물으면 전혀 한마디도 못하는 경우가 많으니, 항상 아기 목걸이는 명찰을 새겨서 걸어주어야 한다. 옷에 달린 명찰은 다른 옷으로 갈아입힐 때 잊는 수가 많다.

어른의 약을 아이 손닿는 곳에 두어 아이가 먹는 수도 있고, 물약 3일 분을 한꺼번에 마셔버리는 수도 있다. 약 먹일 때 코 막고 퍼부어서 흡인성 폐렴으로 입원하기도 한다. 칼이나 면도날로 손을 베기가 일쑤이며 송곳으로 찌르기도 하고 못을 물고 다니다가 삼키는 경우도 있다.

문을 열거나 닫는 순간 손가락이 잘리는가 하면 대롱을 불며 수영하다가 목구멍을 찔리기도 한다. 여름에 모자를 쓰지 않고 햇빛에 오래 노출 되면 열사병으로 위험하고 아이를 너무 많이 둘러싸서 땀이 많이 나면 탈수증이 된다.

끓는 물을 덮쳐서 쏟거나 가스곤로로 가는 관을 아기가 당겨서 사고가 나게 된다. 두 달짜리 동생을 네 살 된 형에게 잠시 보라고 맡기고 변소엘 다녀오는 경우 형의 생각이나 행동은 전혀 상상조차 불가능한 엉뚱한 일들을 벌이곤 한다.

삶은 옥수수를 먹다가 형이 뺏어 도망가서 옥수수를 한입 머금은 채 소리 내어 울다가 흡입해서 죽은 경우가 있다.

길옆에서 공을 차고 놀다가 공따라 뛰어가느라 차 오는 것을 전혀 느끼지 못하여 사고를 당한다. 세 바퀴 자전거를 무리지어 내리막길로 달리면 위험하다는 것을 아이들은 모른다. 두 바퀴 자전거를 처음 타면 빠른 속도에서 올 수 있는 위험성을 모르기 때문에 마구 달린다. 아이들만이 고기 잡으러 가거나 물놀이 가게 하면 사고를 각오해야 한다. 집 근처 공터에서 집을 지으면 이 건축장에는 아이가 좋아하는 것들이 많지만 실제는 모두 흉기들뿐이다. 전기솥, 전기다리미, 난로 등도 화상의 원인임을 아기는 모른다. 요구르트를 혼자 마시다가 병뚜껑이 기관에 막히기도 하고, 고무풍선을 입에 대고 빨다가 터지면서 고무파편이 기도를 막는 경우가 있다.

유치원에서 슬그머니 탈원을 하는 아이는 물에 빠진 아이를 구하듯이 시급히 찾아야 하고, 재발을 잘 하니 주의 깊게 감시와 사랑을 쏟아야 한다. 이런 아이는 유치원내에서 무슨 책임을 주면 더욱 즐겁게 생활에 빠져 든다. 사고는 유치원 마치는 시간이 가까울수록 많아지고 집에 가까이 도달할수록 많아진다. 집에 돌아갈 준비로 가방을 목에 걸고 있던 아이가 미끄럼대를 타고 내려오다가 끈이 손잡이 난간에 걸려 목 졸린 경우도 있고, 집에 간다고 좋아하며 뒤로 풀쩍풀쩍 뛰다가 옆에 있는 연못에 빠지기도 한다.

유치원 당번 서는 아이에게 뜨거운 물 주전자를 맡기면 화상 흉기를 쥐어 주는 것과 같고, 아픈 아이를 유치원에 보내는 것은 병 걸리기 쉬운 집단에 병균을 뿌리려 보내는 것과 같다고 하겠다.

장난감 총알에 눈을 맞아 실명하기도 하고 손가락으로 신생아 눈을 찔러 보는 것이 유아의 정상 행동이다. 빈 상자가 도로가에 있으면 빨리 치워야 한다. 상자 속에 아이가 들어가서 차가 오는 방향으로 뒹굴기 때문이다. 높은 곳에 을라가는 아이, 그네를 혼자 타는 아이, 냉장고에 아이가 들어갈 만한 공간을 비어 둘 때, 이 모두를 그냥 보고만 있으면 「자살방조죄」가 된다고 하겠다.

매일신문 1993.9. 24

고문당하는 신생아

　오십 년 전까지만 해도 우리나라에서 친일파가 아닌 사람은 대개가 생업이 농사였고 그 수확물은 대부분 일본에 공출 당했다. 즉 합법적으로 약탈 당해야 했다. 그 결과 자나깨나 먹는 것 마련할 걱정, 영양실조, 굶어 죽는 사람들을 다반사로 볼 수 있는 일이었다. 6·25이후에는 집들이 모두 불타버려 거지도 고아도 많았고 얼어서 죽는 사람도 가끔 볼 수 있었다. 이런 역사를 겪는 동안에 우리 뇌리에 박혀 내려온 비뚤어진 의식 구조들이 우리에게는 많은 것 같다. 손님이 방문하면 먹는 것부터 챙겨 내놓는 것, 밥상은 고깃국이 없으면 허전한 것, 식사 때「많이 먹어」「이것 먹어」「저것 먹어」챙겨주는 것, 식사 때가 됐는데 밥 먹고 가라고 붙잡지 않으면 아주 섭섭하게 여기는 것, 먼데서 오신 손님은 자고가야 하는 것 등등 의식주의 기본부터 불안에 떠는 의식구조가 남아 있다. 오늘은 그 중에서도 추워서 얼어죽은 귀신이 더욱 오래 붙어 있는 탓인지 여름이건 겨울이건 감기 때는 무조건 따뜻하게 해야 하는 줄 믿고 있는 잘못과 신생아는 외부 온도와 관계없이 항상 감싸주어야 하는 것으로 잘못 알고 있는 것을 살펴보기로 한다.
　엄마 뱃속에서 살 때는 37°C이지만 호흡하기 시작하면 몸에서 열이 생기니까 24°C가 가장 적당한 신생아의 환경이다. 두 달 일찍 태어난 미숙아를 키우는 보육기 안이 28°C인데 생후 한 달된 아이는 20°C가 좋다. 대구 기온이 39°C가 넘어서는 한여름에 계속 신생아를 덮어 씌워서「고문」

을 하니 아이가 온통 땀띠 투성이다 못해 물집으로 덮여 화상이 되어 있는데도 『태열이다 괜찮다. 감기든다 싸주어라』고 할머니가 호령을 하신다. 땀이 줄줄 흐르는 아이를 양말 신기고 모자 씌우고 이불까지 둘둘 말아서 병원에 온다.

생후 일주일인데 황달이 너무 심해서 앞으로 뇌성마비가 올지도 모르는 위험한 상태인지도 모르고 단지 설사를 많이 해서 왔으니 그것만 좀 봐달란다. 어떤 연유이건 병원에 왔으니 화상도 알았고 황달도 알았으니 다행 아닌가. 의사 시키는 대로 치료하면 될 터인데 고집불통 노인들은 「아무개도 공갈때문에 큰 병원 갔더니 괜찮다고 했고 아무개도 의사 시킨 대로 했더니 감기 걸렸고」 이러면서 전혀 말을 듣지 않을 때 참으로 답답한 노릇이다.

발가벗겨도 더운 온도이니 벗기라고 하면 「감기 든다」고 질색이다. 『체온보다 더 높은 기온이니 물에 담가서 목욕을 시키든지 에어컨, 선풍기 등으로 식혀 주세요』 하면 『어제 에어컨 방에 있다가 감기 들었다』고 한다. 따지고 보면 에어컨은 39℃의 폭염보다 건강을 지키는데 큰 기여를 하고도 누명을 쓰고 있는 것이다.

찌는 더위에 온종일 땀을 흘려서 탈수증에 걸리고 저항력이 약해진데다 잠을 못자고 피로가 겹치니 감기 걸릴 수밖에 없지 않은가.

몸에서 땀으로 소금이 많이 빠져 나갔는데 물만 먹이면 피 속에 전해질 균형이 깨져서 어지럽고 두통이 심해진다. 『땀을 많이 흘리면 물만 먹이지 말고 물 한 그릇(500CC)에 소금을 한 차숟갈(5g) 타서 먹이세요』 라고 가르쳐 주면 『소금 먹으면 물이 더 쓰이지 않아요』 하고 듣지 않을 때 어떻게 해야 설득을 시킬 수 있을지 모를 일이다.

이제 정리를 하자.

우리나라의 현실로 영양실조는 눈 닦고 보아도 없으니 먹

- 27 -

이는 것에 너무 집착하지 말자는 것, 오히려 아이 때 비만 세포가 중식 되어 있으면 40, 50대가 돼 고혈압, 심장마비 등이 많아서 수명이 짧다는 걸 명심해 아이를 너무 챙겨 먹이려 하지 말고 간식을 못 먹게 말려야 할 것이다. 더울 때는 감기 환자라도 목욕을 해야 더 좋을 때가 많고 에어컨, 선풍기 등으로 기분 좋게 해 주어야 감기 치료가 더 잘 되는 것이다.

신생아라도 24℃ 이상의 기온에서는 감싸지 말고 풀어 주어서 땀이 나지 않게 해야 하고 더운 날씨에 땀이 너무 많이 났을 때는 물과 소금을 같이 섭취해야 건강을 지키는 방법이라는 것을 명심해야겠다.

간식을 전혀 안 먹는 아이를 하루 세끼 제대로 챙겨 먹이지 않고 내버려 두면 절대로 굶어죽지 않고 저절로 입맛이 돌아와서 잘 먹게 된다는 것을 다시 한 번 강조한다. 아울러 식사 때 편식이 심하다고 판단되는 아이에게는 식단에 단백질을 중점으로 짤 것이고 종합 비타민을 한 가지 계속 복용시키는 것이 좋다는 것을 알아둘 필요가 있다.

매일신문 1994. 8.18

아이와의 대화

한국 사람이 운전대를 잡으면 개와 촌수가 가까워진다는 말이 있다. 만약 정서를 비추는 거울이 있다면 그만큼 정서적으로 불안한 상태에서 조급하고 욕 잘하고 하는 것이 비추어질 것이다. 아이가 자라면서 정서적 발달이 잘못되면 살인도 할 수 있고 강도, 자살, 이혼 등과의 인연이 있는 사람이 되기가 쉽다.

오늘은 아이의 정서적 발달에 가장 큰 영향을 주는 부모와의 대화를 언급해 보자. 아이가 엉뚱한 질문을 할 때는 반드시 그 저의가 있다. 가령 『하루에 우리나라에서 기아 (棄兒)가 몇이나 생기죠. 세계 모두는』 이렇게 대답을 듣고도 연속 물을 때는 그 숫자가 궁금한 게 아니라 자신이 버려지지 않는 재보증을 요구하는 것이다. 유치원에 처음 가서 벽에 붙은 그림을 보고 『이렇게 못 그린 그림을 누가 그렸지』할 때는 그 이름을 알고 싶은 게 아니고 그림을 못 그린 아이는 어떻게 되었는가가 궁금하고, 자기가 못 그려도 안심해도 된다는 걸 확인하고 싶은 것이다. 『이 장난감을 누가 망가뜨렸어』할 때 망가뜨린 아이는 어떻게 되었을까 하는 뜻이니까 『장난감은 가지고 놀다보면 망가뜨려질 수도 있는 것이야』라고 해서 이곳은 꾸중들을 공포 없이 안전한 곳이라는 것을 확인시켜 주어야 한다.

가깝게 놀던 친구와 헤어질 때 슬퍼하면 『참으로 섭섭하겠구나. 참 보고 싶지』 등으로, 멍든 아이에게 정서적 붕대 역할이 요구된다. 아이에게 『어디 갔었니. 무엇했니』 꼬치꼬치 묻거나, 아이가 달갑잖게 반응하는 비판이나 설교는 설득력이 없고 오히려 각자의 거부, 변명, 독백의 나열이자 의사전달의 실패라고 할 수 있다. 이는 사랑이나 유·무식의 문제가 아니고 서로 존중하는 기술의 부족 때문이다. 서로의 자존심을 지켜 주고 충고하고 이해를 먼저 하려고 노력해야 한다.

소풍이나 운동회날 비가 와서 엄마에게 짜증을 부리 면 『참 속상하지. 준비는 애먹고 했는데 참 화나겠구나』 등으로 실망을 같이 나누어 받아 주는 완충역할이 필요하다. 정서적으로 불안할 때는 충고나 건설적인 위로 등은 받아들일 수 없고 단지 자기를 이해해 줄 것을 원하고 있다. 『선생님이 나를 때렸어』 라고 엄마에게 일러줄 때 『무슨 맞을 짓을 했니』 하면 더욱 외로워진다. 『아팠어? 매 맞을 때 선생님이 미웠겠구나. 여러 사람 앞에서 몹시 속상했겠다. 오늘은 운이 나쁜 날인 모양이다. 선생님께 한두 가지 원하는 게 있지. 선생님이 어쨌으면 좋겠니』 등등으로 동정과 이해로서 받아주어야 한다.

다급한 일을 동시에 두세 가지 봉착했을 때 아이는 당황하게 되고 한두 가지 실수를 저지르고 만다. 이때 어른이 발견 즉시 우선 자기의 감정부터 억누르고 아이를 이해하기 위해 최선을 다하고 도와야 한다.

무심코 내뱉은 어른의 말 한마디가 아이의 일생에 큰 영향을 끼치는 경우가 많다. 오빠보다 작은 선물을 받은 딸아이가 울 때는 선물 그 자체의 욕심보다도 엄마와의 밀착도가 적다는 불만이라고 알고 뽀뽀를 해 주든지 업어주든지 해서 사랑을 확인시켜 준다. 아이가 울면서 돌아왔다. 친구가 떠밀어서 넘어졌다는 것이다. 『너도 같이 떠밀지. 바보같이 울고 와』 해서 더욱 상처를 주는 것과 『아유 딱하지. 화가 많이 나겠구나. 그 애에게 너도 떠밀고 싶겠지. 또 그러면 넌 어떡하려고 생각하니. 때려주고 싶겠구나』 등등으로 아이의 하소연을 들을 수 있는 기회를 주어서 상한 감정을 완충시켜 주는 것 중 어느 것이 현명하겠는가.

아이는 부모를 사랑도 하고 미워도 한다. 『사람은 누구나 두 가지 마음이 있는 거야. 너는 너의 형이 좋기도 하고 밉기도 하지』 라고 해서 죄악감과 걱정을 나누어 가질 수 있는 기회를 주는 것이 좋다. 아이의 느낌은 분노, 공포, 슬픔, 기쁨, 탐욕, 좌절, 갈망, 경멸, 혐오 등 여러 가지가 혼동된 느낌으로 존재하지만, 느닷없이 만나게 되어 선택의 여지나 자유가 없다. 그러나 그 표현은 의지에 좌우되니, 표면에 나타내는 것의 중요성을 가르치려면 무엇을 느끼는가를 파악해야 하지 왜 그리 느끼느냐를 따지는 것은 무익하다. 그 느낌을 모두 표현하는 것은 인격이 없는 사람으로 기르는 것과 같다고 할 수 있다.

아이는 어른이 대꾸해 주는 자기 느낌을 들음으로써 정서적인 모양을 배운다. 그래서 어른은 아이의 정서적 거울이란 말이 있다. 정서적 느낌을 파악했을 때 비평하지 말고 거울처럼 그대로 반사해서 아이에게 일러 주면 거울을 보게 되어, 스스로 훈련과 변화의 긍정적인 기회를 만들게 된다. 예를 들자면 『너는 지금 몹시 화가 나는 모양이구나. 너는 ○○가 미워서 보기 싫어하는구나』 등으로 이유를 캐지 말고 아이 느낌을 표현해 준다. 좋은 거울을 본 얼굴과 보지 않은 얼굴은 남에게 주는 인상이나 외형적 가치가 전혀 다르게 평가된다는 것은 너무도 당연한 이치일 것이다. 모름지기 부모는 아이의 정서적 거울 역할을 충실히 하도록 연구 노력해야 할 것이다.

매일신문 1993.11.26.

아기는 24시간 돌봐야

우리나라사람은 자식에 대한 헌신적 희생심이 강한 전통으로 예부터 유명하지만 무조건적인 부모의 사랑이 본능과 인습만으로 이어져갈뿐, 육아에 있어 합리적이거나 과학적 접근 방식이 너무 결여되어 있는 편이다.

첫 애기 때는 태교다, 육아일기다, 예방접종이다 하여 지나치게 극성이다가, 둘째 애기 때는 아예 병원 오라는 제날짜에 맞춰서 한 번도 오지 않는 사람이 있다.

「애기는 일 년 365일을 계속 돌보아야 하고 하루 24시간을 계속 보아야 한다」는 간단한 진리를 모르는 사람이 너무 많다. 부모가 시간 있을 때는 극성으로 돌보고 바쁠 땐 방에 가두어 두고 밖에서 잠가둔 채 나가 버리는가 하면 짜증이 날 땐 아이를 화풀이의 대상으로 삼기도 한다.

전래되는 의학지식 중에 고쳐야할 것이 너무 많지만 그중 몇 가지만 소개한다.

애기가 태어나면 실내 온도 24℃ 전후가 적당한데 뱃속에 따뜻하게 (37℃) 있던 아이라면서 계속 덮어 씌워 땀에 푹 젖어 김이 무럭무럭 나게 고문을 하여 땀띠가 나고 피부 껍질이 벗겨지고 탈수가 되고 화상이 되고 한다.

뱃속에선 물속에 둥둥 떠 있고 숨을 쉬지 않지만, 세상에 나오면 1분도 쉬지 않고 호흡을 계속해야 한다는 것을 어찌 모르는지, 호흡하면 몸에서 열이 생기고 이 열이 발산되지 못하면 살 수 없다.

한여름에 아이를 덮어씌우는 것도 무리인데 방에 불까지

지펴서 (전기장판 등) 산모도 신생아도 모두 화상과 땀띠 투성이인 경우가 많다.

옛날엔 이 때문에 아이들이 일찍 죽어서 「붙들이」「손득이」「바우」란 이름이 많았고 백일되기 전에 이름도 안 짓고 홍역하기 전엔 출생 신고도 안했다. 이렇게 너무 덥게 해서 탈수, 화상, 폐렴으로 죽거나, 홍역 때 꼭 같은 이유로 폐렴 폐혈중을 유발하여 죽거나 했으니 모두 잘못된 관행이라고 고치라 이르면 노인들이 한결같이 반대한다.

신생아 황달이 정상에서도 과반수있고, 미숙아에는 80%가 나타나는데 그 정도가 심하면 뇌성마비가 되어 일생동안 전 가족에게 불행의 원인이 된다. 이를 예방하기 위하여 생후 4일부터 일주일 이내에 꼭 소아과 의사에게 보여야 한다.

이건 실화인데 애기 혼자 방에 자는 걸 보고 엄마가 밖에서 빨래를 하다가 애기가 몹시 울어 가보니 이미 강아지가 아기의 「남자망태」를 물어뜯었다. 황급히 병원에 입원시켰으나 그때만 해도 모자란 「특수피부」를 어떡할 방법이 없어 생후 두 달짜리 귀한 아들을 거세를 시켰으니 그 평생이 어떻게 전개됐을까 상상조차 끔찍하다. 낭떠러지에 떨어지면 죽는다는 걸 모르는 아이가 말은 종알종알 잘도 하면서 천방지축 뛰어다닐 때 엄마가 붙잡은 손을 놓고 일분만 한눈을 팔면 불행해 질 수도 있다.

쥐약을 과자로 알고 먹는가 하면 아세톤을 드링크류로 알고 마시는 유치원 아이도 있다. 문 닫을 때 손가락이 잘리는가 하면 수심 1m도 안 되는 물에 빠져 죽는 아이의 수가 온 나라에서 뇌염, 장티푸스 등 전염병으로 죽는 아이보다 훨씬 많다.

이 여러 가지 사고를 예방하는 예방접종이 있으니 가장 우선적으로 맞아야 할 것이다.

물은 낮은 데로 흐르고 피도 일종의 물이라는 걸 알면 코

피가 날 때 누워 있기보다 앉아 있어야 한다는 걸 알 것이고 코피를 삼키면 해롭다는 걸 알면 고개를 뒤로 젖혀 삼키는 게 좋을지 앞으로 뱉어야 좋을지가 구별된다.

애기들의 열성 경련이 반복되면 뇌성마비나 간질이 되기도 하고 경련 때 따는 사람 집으로 안고 가다가 질식하여 죽는 경우를 본다. 절대로 따지 않는 미국인, 일본인, 의사 가족은 모두 놀라서 죽는단 말인가.

해열제 주사는 15분이나 30분후면 열이 내리고 먹는 약은 한 시간 후에 열이 내린다. 열성질환 시작하는 날 경련함이 보통인데 열성경련 예방을 위하여 주사가 빠른지 먹는 약이 빠른지 판단이 될 것인데 굳이 주사를 피하는 의사가 있음은 왜일까.

주사 약효 나타나기 전에 경련해 버릴 경우 주사 때문이란 억지소리를 듣기 싫기 때문이다. 물론 열성경련 체질 아이는 병원 가기 전에 미리 해열제를 먹여서 가는 게 훨씬 이상적이다. 이 글을 끝까지 읽으신 부모를 위하여 사고 예방접종약을 소개하니 그 이름은 『아기는 일 년 365일 동안 보아야 하고 하루 24시간 동안 돌보아야 한다』 이다.

매일신문 1992. 9.10

감기예방

　세계에서 가장 보약을 많이 먹고 몸에 좋다는 약과 식물도 수없이 많고 보혈강장제를 가장 높은 비율로 소모하는 한국이 다른 나라보다 감기가 더 적지도 않고 평균 수명이 더 길지도 않는 것이 참 이상하다.

　초기에 감기를 뚝 떨어지게 해 달라는 주문이 많은데 그러면 의사는 감기를 앓지 말아야 할 것이라고 말한다.

　신생아도 감기에 걸린다. 문헌에 의하면 감기는 9월과 4월 등 환절기에 많고 생후 2년 이전에 발병 빈도가 가장 높은데 심하면 한 달에 보름은 병원엘 간다.

　감기는 치료 받으면 일주일 걸리고 그냥 두면 칠일 걸린다는 말이 있다. 이렇듯 치료는 고통의 경감과 합병증을 줄일 수 있을 뿐이다. 감기 균은 150여 가지가 알려져 있는데 이걸 모두 동원하여 예방주사를 맞자면 한꺼번에 1백여 대 주사를 맞아야 한다.

　반면에 심한 감기로 믿고들 있는 독감 (인플루엔자) 은 감기와 전혀 다른 질병이다. 독감은 전염력이 강하여 한 사람이 걸리면 전 식구에 옮기고 이웃에 퍼지고 전 학교에 폭발적으로 퍼진다. 아이들은 독감만으로 죽을 수도 있다.

　지금까지 유행을 일으킨 몇 가지 독감 중 세 가지 균주만으로 예방접종 약을 만들어 접종을 하고 있는데 앞으로 유행하게 될 독감이 이들 균주와 같은 형일지 아닐지는 아무도 모른다.

　그런데 마치 이 주사를 맞으면 앞으로 유행할 독감이 안 걸릴 뿐 아니라 일반 감기도 잘 안 걸린다고 믿고 있는 사람이 많다. 이런 주사를 거금을 주고 맞는 것은 다소 부담이 되어도, 소득수준보다 서너 배의 소비성향으로 사는 우리들 살림에선 당연한 일이라고 해두자.

그런데 오늘날 학교나 탁아소까지 찾아다니며 하는 보따리장사식 독감의 집단예방접종은 진찰여부, 적정량시주여부, 원가보다 적은 접종가 등등 많은 문제점을 안고 있지만 관련 기관에서 한결같이 잘 협조함은 다행인지 불행인지 모르겠다.

각설하고, 성인도 1년에 6회는 감기를 앓는다는 통계가 있으니 피할 수 없는 고뇌일까.

개체가 균에 대한 저항력이 떨어지지 않기 위해서는 기온차가 심할 때 적절한 보온 (결코 땀나게 하라는 것이 아님) 과 적당한 영양, 수분 공급, 적당한 운동과 휴식, 적당한 수면을 취하고 인구 밀집지역과 불결한 곳은 피해야 한다. 아기의 기준으로 과로가 되지 않게 하는 것을 자칫 소홀하기 쉽다. 신생아는 젖 빠는 것도 중노동이니 시도 때도 없이 빨리면 하루 20시간 자야 하는 아이에게는 수면부족과 과로가 된다. 이 사람 저 사람 바꾸어가며 안아보는 것도 아이에겐 과로가 된다.

돌짜리 아이는 택시만 타도 과로가 되는데 엄마 손을 잡고 시장 갔다 오면 다리가 아파 밤새도록 울 지경이다. 더욱 애기를 손바닥 위에 세우고 높이 던졌다 받고 한다. 만약 당신을 키가 세 배나 되는 거인이 6m 정도 하늘로 던졌다가 받았다가 그것도 열 번, 스무 번 반복했다면 몸살 않고 배길 자신이 있는가.

감기에 비타민C든 면역항체주사든 별 도움이 안 된다고 되어 있고 사과가 해롭다는 말은 현대의학책엔 없는 말이다.

감기에 죽 먹으라는 분도 많은데 소화기장애를 동반하지

않는 감기는 무슨 음식을 먹든 영양을 잘 취할수록 좋다.

설사를 안 할 정도의 찬 음식도 좋은데 입속이 많이 헐었을 때는 아이스크림을 한 숟갈 먹여서 입속을 차게 마취시킨 후 우유를 먹여도 된다.

감기 애기 나온 김에 하나 더 짚고 넘어가자. 무슨 병이건 고열이 날 때는 소화제를 먹이지 말고 해열제를 먹여야 한다. 감기 때 무조건 병원 가서 더 큰 병을 옮겨 오지 말고 우선 간호와 영양공급, 휴식 등을 잘 취해 주시라. 아기가 너무 보채면 병원 가되 미리 해열제를 쓰고 가면 열성경련 예방에 좋다.

애기는 출생 직후부터 엎어 재워야 한다는 게 세계적으로 통하는 의학상식이다. 그런데 아무런 병 없이 잠자다가 죽는 아이가 아시아에서는 2천 명 중에 하나라고 되어 있는데 공연히 엎어서 재워 죽였다는 누명을 쓰게 된다.

그런 경우 감기약이라도 먹여 보았더라면 하고 아쉬워하는데 약 지어 준 사람이 큰 바가지를 쓸 환란을 면하게 하려면 운명의 호작질이 자기에게 임하지 않기를 기도할 수밖에 다른 도리가 없다.

매일신문 1992.10.16.

성교육

이른 아침 초등학교 운동장에선 개 두 마리가 궁둥이를 맞대고 줄다리기를 하고 있었다.

1학년 학생이 교장선생님께 물었다. 『왜 저러는 겁니까』 답은 『오랜 만에 만난 친구끼리 편지를 쓰는 거야』 다음날 아침 교장실에 6학년 학생이 찾아왔다. 『교장선생님 우리 엄마 아빠는 오랜만에 만난 것도 아닌데 어제 밤에 편지 쓰던데요. 왜 그렇지요』

이렇듯 일생을 아이들 교육만 해 오신 분도 성교육에 공식적 해답을 못 찾아 전전긍긍이다. 성 (섹스) 은 인간이란 동물이 출생부터 무덤까지 만나는 문제 중에서 가장 초미의 관심거리이고 인생행로를 좌우하는 가장 큰 비중을 가진 것이지만 우리는 이 문제를 보는 시각이 다소 잘못되어 있는 듯하다.

성문제는 숨겨도 안 되고 노출시켜도 안 되는 묘한 것이다. 인격 손상에 가장 큰 영향을 주기 때문에 성문제에 가장 위선적인 사람이 가장 훌륭한 인격자의 대우를 받는다.

성에 관한한 우리는 지금 노인 도덕과 장년 윤리와 청년 가치관과 청소년 문제의식이 잘 맞물려 돌지 않는 수레바퀴 위의 사회를 타고 가는 느낌이다.

성교육에 대해서 쓴 소아 과학 교과서를 보면 소아과 전문의가 읽어도 도무지 구름 잡는 애기 같다. 이중에 몇 가지를 비교적 쉬운 방법으로 소개한다.

개체마다 성격이 다르고 성문제의 해결 방법이 다르고 여건이 다르니 공식적인 교육방법이 있을 수 없지만 비교적 공인된 공통이론을 언급할 수밖에 없다.

성의학의 대가 「프로이드」의 이론을 빌리지 않아도 출생 직후 모유를 빨려야 모자가 성적 충족이 된다. 우유병 꼭지 구멍이 너무 커서 5분 안에 다 먹어 치웠으면 빈 젖꼭지를 계속 빨려도 공기를 삼키지 않는다.

가짜 젖꼭지에 꿀을 적셔 입에 물리면 모자라는 10분 정도를 더 충족시킬 수 있다. 한번에 15분 정도는 빨려야 입을 통한 성적 만족이 된다.

엄마와 아기가 알몸으로 안고 먹이라는 학자도 있지만 우유를 먹일 때는 포근하게 안고 조용하고 아늑한 곳에서 먹이되 아기가 엄마 젖꼭지를 만지게 하여 우유를 먹이시라. 젖은 기저귀를 갈아줄 때 기분 좋을 정도의 따뜻한 물로 씻어주고 부드럽게 아기를 만져야 회음부 (대소변과 정액의 배설기가 모여 있는 부분) 에 쾌감이 오고 성적 만족이 된다. 성적 욕구는 그 주기가 있어서 하루 종일 충족시켜줄 필요는 없다.

울 때마다 안아주는 버릇을 들이지 말고, 기저귀가 젖었거나 배고프거나 아픈 것이 아니면 울어봐야 소용없다는 사실을 가급적 빨리 터득시켜야 독립심이 생긴다.

자주 업어 주는 것도 좋지 않지만 유모차를 태우는 것보다는 업어 주는 것이 훨씬 좋다. 애기를 업어주는 것도 볼을 서로 부비는 것도 같이 성적 충족 수단인데 오래 업고 가야 할 경우는 두 시간마다 한 번씩 내렸다가 다시 업으시라.

뽀뽀를 자주 해 주되 4세 이후는 뽀뽀를 줄이고 그 대신 진한 포옹을 해 준다. 이때 엄마를 아빠와 못 붙어 앉게 질투하고 아빠를 자기만 보라고 하는 것은 세상에서 제일 좋아하는 내 귀여운 공주, 나만의 여왕, 우리 대장, 장군, 우리 애인 등으로 잘못 일러 주어서 이루지 못할 사랑을 공상토록 해 준 부모의 책임이 크다.

그 후는 이성 목욕탕에 데리고 들어갈 때 아이가 남의 성기를 훔쳐본다는 것을 알고 자유주의의 팽창에 신경을 써야 한다.

두 살 전에는 대변 가리기가 어렵고 세 살 전에는 소변을 가리지 못하는 게 정상이지만 생후 5개월부터 변기에 앉히는 훈련을 해도 된다. 대소변 가리는 훈련이 성적 발달과 충족 과정에 영향이 크므로 절대 무리하지 말아야 한다. 잘 했을 때 칭찬을 많이 해 주되 쉬소리 않고 쌌다고 꾸짖진 말아야 한다. 때리는 건 좋지 않다.

궁둥이를 자주 맞던 아이가 어른이 된 뒤 성교 전 멋있는 부부씨움으로 실컷 맞고 나면 더욱 황홀하게 오르가즘이 오는 것을 발견하는 경우가 있다. 변태적 성 습관도 결국은 성장과정에서의 성교육 내지 성적 충족의 실패 때문이라 하겠다. 생후 6개월만 되면 아기와 부모가 한 침실을 쓰지 말아야 한다. 부모의 침실은 이중 삼중 방음벽으로 막혀 그 속에서 살인이 일어나도 모를 정도라야 한다. 아이는 자다가도 작은 자극에 쉽게 깨어나기 때문에 눈은 감고 있어도 모두 들으며 힐끔힐끔 훔쳐보는 것이다. 아이 앞에서 알몸을 보였을 때나 아빠 성기를 만져보자고 했을 때 당황하지 말고 지혜로운 대답을 할 수 있으려면 많은 연구를 해야 한다.

답의 원칙은 진실에 가까운 대답을 하되 간단한 말로 하고 납득이 가게 해야 한다. 아이가 『애기를 어떻게 만드느냐』고 물었을 때, 『애기가 어디로 나오느냐』고 물었을 때, 아이의 나이에 따라 성격에 따라 지능에 따라 다른 답변을 해야 한다.

분명한 것은 난처한 질문에 대해서 부모가 당황해 하는 태도를 보이지 말고 진실에 가까운 대답을 하되 간단한 말로 하고, 설명을 길게 하여 말꼬리를 물게 하면 좋지 않다는 것이다. 그 나이에 맞는 비유나 인형, 동물 그림을 이용해도 되고 꽃과 나비, 열매 등의 비유도 좋다.

　예를 들면 『이건 배꼽, 이건 고추』라고 한다든지 『네 동생은 의사선생님이 아빠 정자를 엄마 배꼽으로 수술해 넣었더니 열 달 만에 아기가 되었다』는 등의 대답이 좋다는 말이다. 『아기는 엄마 입에서 나왔다』보다는 『배꼽으로 나온다』『질로 나온다』『나쁜 아이는 항문으로 나온다』『수술해서 나온다』가 더 좋고 『엄마 아빠는 아기를 가장 조용하고 기분이 좋을 때 만든다』『아빠 입에서 엄마 입으로 정자가 들어간다』고 해야 할 때가 있고, 『고환에서 만들어진 정자가 정액에 실려 소변 나오는 길로 나와 질을 통해 자궁 문으로 들어가서 자궁 안에서 자리 잡고 자란다』라고 알려줘야 할 때도 있다.

　『그런 말하면 못 써』하고 윽박지르면 불만과 공상이 비대하여 가출이나 절도, 강간 등의 소지가 싹트게 한다. 입을 통한 성적 만족은 손을 빨거나 무엇이든 물어뜯는 이외에도 많이 먹어 대거나 말을 많이 하는 등으로 나타난다.

　부부싸움 며칠 후 아빠가 화해하려고 『철아 엄마에게 세탁기 좀 돌리자고 해라』엄마왈 『세탁기 고장 났다고 해라』며칠 후 엄마가 『철아 아빠에게 세탁기 다 고쳤다고 해라』아빠왈 『손빨래 했으니 세탁기 필요 없다고 해라』이렇듯 손빨래(수음)는 남녀 공히 충분히 만족을 주는 가장 손쉬운 방법이다.

　수음은 제2의 성특징 (남자의 경우 음경이 커지고 음모가 나고 목소리가 변할 때, 여자의 경우 유방이 커지고 초경이 시작될 때)이 시작될 때 남의 도움 없이 자신에게 최대의 만족을 주는 가장 좋은 수단이고 불만과 불안, 누적된 긴장의 도피책이기도 하다.

　이것을 죄악시하면 성격의 파탄이 오기도 하고 정신 분열

증의 씨를 심어 주기도 한다.

그렇다고 장려해서도 안 되는 것이 원숭이에게 수음을 가르쳐 줬더니 먹지도 않고 자지도 않고 계속 그것만 해서 죽어버리더라는 말이 있다.

수음은 사람이면 누구나 있는 것이지만 코를 후비는 것과 같이 부끄러운 일이라고 일러 준다. 세 살짜리 아이가 자기 고추를 잡아당기며 뛰어다닌다. 그 또래 여아가 자기 감씨를 만지작거리면서 눈을 감고 입을 벌리며 침을 흘리는 것도 수음의 일종이지만 이럴 때 꾸짖으면 더욱 불만이 쌓인다. 발견 즉시 모른 척 더 재미있는 장난감이나 놀이로 인도해 주시라. 수음을 하지 않아도 더 행복을 느낄 수 있는 다른 환경이나 더 깊은 사랑을 쏟는 방법을 찾아보시라.

며칠 후에 『엄마 친구의 애기는 고추를 너무 많이 만져서 머리가 나빠졌다더라』고 엄마가 일러준다. 마치 알코올중독자가 술을 마심으로써 만족할 수 없는 것과 같이 수음도 궁극적 해결이나 만족이 아니라는 것을 속히 깨닫게 하는 것이 중요하다.

만인에게 공포한 결혼식 이후가 아니면 어떤 경우에도 성적 유희, 임신, 간통이 도덕과 법으로 정해진 범죄임을 가르치고, 윤리를 저버리면 인격이 없는 짐승일 수밖에 없으니 부모는 적어도 자식에게만은 성에 관한한 철저한 인격자, 다른 말로 하면 위선자가 되어야 한다.

결론으로 세상의 모든 부모는 아이가 자라서 자기 아이를 낳을 수 있을 때까지 따뜻하고 충분한 사랑을 쏟아야 하며 모범된 생활태도로 온몸으로 가르치고 혼신의 노력을 다하여 길러야 할 의무가 있는 존재이다.

매일신문 1992.11.20.

진료실 풍경

　요즈음 소아과 개인병원은 일반적으로 많이 붐비는 게 보통인데 약국보다 더 「싸구려」로 만든 의료보험 덕택이리라. 쉽게 고른 백화점 물건도 돈 주려면 줄서서 기다려야하는데, 애기 치료하러 오면서 시장가는 길에 들른 사람, 남편 점심시간에 직장 차 가지고 왔다 바삐 가려는 사람, 바캉스 떠나면서 주사 한 대 맞혀서 가려는 사람, 시골 가는데 예비로 진찰 받아보고 가려는 사람, 이 세상 아무도 없는 귀한 아이를 자기만 있는 줄 알고 극성을 부리는 고객(?), 학교 가기 전에 치료 받고 가려는 사람, 수업시간에 잠시 나와서 치료 받겠다는 사람, 유치원 통학버스가 곧 도착할 시간이 되었는데 빨리 보고 가야한다는 사람, 서울 차표 끊어 왔는데 차 시간 때문에 먼저 보겠다는 사람, 의사의 친구 조카이니 잘 아는 사람인데 왜 먼저 안 봐주느냐는 사람, 토하고 똥 싸서 옷을 버렸으니 빨리 보고 가게 해 달라는 사람, 이런 저런 핑계로 조급증을 내는 사람들이 모여서 한 시간 이상을 기다리다 보면 짜증들이 나기 마련이다.

　아이 때문에 잠을 설쳐 날카로워진 정신 상태에서, 자기 차례까지를 기다리는 동안에 더 급한(?) 볼일을 보고 오는 사람이 불쑥 뛰어 들어와 앉으며 『우리 차례 지나갔지요』한다. 이때 밖에 사람들이 의사 들으랍시고 큰 소리로 욕을 한다.

　이런 일도 있다. 『17번 여기 앉으세요. 진찰받게』하는데 32번이 와서 앉는다.

『왜 새치기를 하는 거요』 하니까 『시아버님이 전화하지 않았습니까?』

『누군데요』

『ㄱ씨』

『미리 말을 해야 알지요』 하고는 먼저 치료해 주었고 진료부 위에 ㄱ친구 이름을 메모했다.

그 후 여러 차례 친구가 술만 취하면 장거리 전화로 욕설을 한다.

『임마 네가 나를 모른다니 말이 되느냐… 너 같은 놈은 고향에 발도 못 들여놓게 할 거야』

할 수 없이 며느님께 전화해서 『저 친구가 왜 저런 오해를 했느냐』고 하고 『미처 못 알아봤다고 사과하고 먼저 봐주었잖소』 했더니 『언제 사과했나요, 진료부에 아버님 이름 적는걸 보니 누군지 모르는 것 같데요.』 이 여자가 나에게 사과를 강요하는데 적반하장이 아닌지.

『우리 몸에는 분열의 피가 흐르고 있는 것 같다』는 말을 나는 자주 쓴다. 그런데 또 한 가지 『조급하고 새치기해야 직성이 풀리는 탁한 피』도 흐른다.

오래 기다렸다고 투덜대는 소리가 곳곳에서 나는데 모처럼 와서 기다리기만 해도 그리 짜증날 바에야. 그 시간을 계속 중노동하는 의사는, 평생 이 짓을 반복하고 등에 땀이 밴 채 목마르고 소변 마려워도 참고 위궤양으로 속이 쓰려도 식사 시간을 제때 챙기지도 못하는 의사의 입장은, 짜증보다 수명의 단축을 시시각각 느끼면서 스트레스를 엮어가고 있는 사실도 알아주었으면 한다.

질서의식은 그렇다 치고「후진국 의식구조」는 언제나 탈피할는지 참 답답하다.

『단골손님인데 보험카드 없이 보험처리해 주면 덧나요.』
『검인 안 찍혀 있어도 보험처리해 주면 곧 찍을게요.』

여러 가지 핑계로 조건을 갖추지 않은 사람들 중에 회사를 그만두었거나 보험 급여 중지 상태인 사람이 많은데 이들이 모두 의사를 야박하다거나 딱딱하다고 욕하던 분들이다. 껌을 씹으며 대답을 하다가 진찰실 바닥에 뱉어 버리는가 하면 우유통, 깡통, 과자 등을 마구 땅바닥에 버리고는 돌아서서 왜 이리 더러우냐고 불평이다.

의료보험확인서가 이상해서(?) 조합에 전화해 보니 삼개월째 보험료 체납이란다. 규정상 보험이 안 된다고 했더니 어디어디 병원도 모두 아무 소리 않던데 여기만 왜 별나게 까다로우냐는 것이다.

『내 권리를 주장하기 전에 자기의 의무부터 할 줄 아는 시민의식이 아쉽다.』

인술이 강요되는 시점에 진료에만 전념해야 할 의사가 「행정의 시녀」가 되어 무슨무슨 보고서, 관리대장, 수납대장, 실적보고 등등 잡다한 일로 행정공무원의 부하 노릇을 해야 하고 『XX는 무료로 발급하라』『X통보서, X소견서 보내라』『XX사본 보내라』 등등의 잡무 때문에 가뜩 부족한 인력난을 가중시킨다.

나온 김에 넋두리 하나 더 하자. 어처구니없는 방향으로 몰고 가는 「의료보험 운전수(?)」의 난폭운전은 가히 의사 면허증을 반납하고픈 충동을 유발하기에 충분하다.

유행가에 나오는 개똥벌레처럼 개똥에 굴러다녀도 이것이 우리나라의 현실이고 내 이웃이고, 내 집이고, 내 직업인 것을 어찌하랴.

매일신문 1992.8.14.

육아 직무슈기

예부터 미운 놈 밥 한술 더 주고 귀한 자식 매 한대 더 때린다는 말이 있다. 그런데 요즈음은 하나만 낳아 잘 기르자는 세상에 미운 자식들이 왜 그리도 많아졌는지 모르겠다. 얼마나 밉기에 밥그릇을 들고 하루 종일 따라 다니면서 퍼먹이는 엄마들이 그리도 많을까.

일제 강점기에는 배불리 먹는 게 소원이었는데 해방 후 비만아가 양산돼 세계에서 40대 사망률이 가장 높은 나라가 돼 버렸다.

장수마을의 노인들을 보라.

하나같이 여윈 사람들이 아닌가.

『우리 아이가 너무 안 먹어서 병원을 찾았다』는 엄마들이 많은데 이 경우 대부분 영양상태가 정상이다. 시도 때도 없이 젖꼭지를 물려서 모유건 우유건 입에만 대도 구토를 하고 뒤에서 우유병을 흔드는 소리만 들어도 구역질을 하는 아이들을 자주 본다.

어릴 때 비만아로 기른 아이가 40대만 되면 고혈압, 심장병 등으로 수명이 짧아진다는 것이 증명된 현실인데, 아직도 많이 먹이고 싶어서 안달이 나는 부모가 있다면 『적게 먹고 오래 살렵니다』하고 도망가는 아이에게 『미운자식아 많이 먹고 빨리 죽어라』하는 격이 아닐 수 없다.

세상의 어머니들이여 자식의 수명을 길게 하려거든 제발 아이가 먹고 싶어 찾을 때까지 사흘만 굶겨 보라. 닥치는 대로 잘 먹을 것이다. 먹고 싶어 먹어야 소화가 잘 되고 입맛이 당길 수 있다. 음식이 몸서리가 처지는 노이로제는 정신병의 시발점이 될 수도 있다.

참고로 출생 직후 영양법을 잠시 소개한다. 생후 일 년까지는 모유가 가장 좋고 모유를 먹이면 모체의 산후 회복도 빠르며 엄마와 아기의 정신적 건강에도 좋다.

출생 후 삼사일간 모유가 나오지 않을 때는 우유를 먹이기보다 빈 젖꼭지를 3시간마다 한 번씩 빨려서 젖 빠는 적응을 시킨 후 즉시 설탕물이나 우유를 조금씩 줘도 된다.

수유시간은 15분 이내 그쳐야 좋고 아기가 모유를 빠는 노동을(?) 하는 동안 반대편 젖은 짜는 기구로 짜내 버리면 훨씬 젖이 빨리 돌아 나오고 더 많이 나올 수 있게 된다. 시판되는 분유통에는 비만아를 만드는 지침 인지 몰라도 너무 많이 먹도록 권장하고 있다.

부득이 우유를 먹일 경우는 월령에 따라 적용량이 좀 다르긴 해도 대략 체중 1kg당 우유는 하루 130CC정도 주면 무난하다.

생후 1년이면 하루에 1300CC 정도를 먹이되 한번에 240CC 이상은 먹이지 않아야 위하수증이 되지 않는다.

생후 삼개월부터 고형식(이유식)을 먹이는 훈련을 시작, 차츰 증가시켜 돌이 되면 밥만 먹어도 되도록 습관을 들인다. 물론 모유 먹기 직전에 먹이는 게 이상적이다.

생후 삼개월 이전부터 종합비타민을 철분제제와 함께 보태주는 것이 좋다.

만약 아기에게 100CC 우유를 먹이려는데 10CC밖에 안 먹고 밀어내면 15분 이내에 나머지 모두 버려라. 그 후 3~4시간은 아무리 울어도 굶겼다가 3시간 지난 후에도 울지 않으면 미리 들이대지 말아야 한다. 강제로 찔끔찔끔 먹여서 하루에 500CC 먹이느니보다 종일 굶고 한번에 200CC 먹이는 것이 아기 건강에 훨씬 좋다.

귀한 자식 매 한 대 더 때리라는데 오늘의 부모들은 어떤가. 여기 어느 책에서 본 잘못된 아이 기르는 법을 인용해 보자. 첫째, 갖고 싶어 하는 것, 먹고 싶다는 것 다 해주면 온 세상이 자기 것이 될 수 있다고 오해하며 자랄 것이고, 한 가지 거절만 당해도 곧 절망하고 원망한다. 둘째로 나쁜 말 미운 짓을 책망하지 않으면 도둑으로 자랄 것이다. 셋째, 아이가 치우지 않은 침대, 옷, 신발을 정돈해 주면 자기 책임을 남에게 미룬다. 넷째 어떤 TV프로나 책, 그림 등을 마음대로 보게 두면 그 마음은 쓰레기통이 된다. 다섯째, 용돈을 많이 주면 병든 생활태도를 곧 터득한다. 여섯째, 아이 앞에서 부부싸움을 자주 하면 가정이 깨져도 별것 아닌 걸로 배울 것이다. 일곱째, 이웃과 대립될 때 아이편이 되어 주면 건전한 사회가 모두 그 아이의 적이 될 것이다. 오늘의 아버지들이여 자식이 귀해도 매로 다스리던 사랑으로 기르던 적당한 규제와 훈육을 하여 사랑과 방종을 혼돈치 말아야 한다. 엄마의 머리채를 아이에게 질질 끌려가며 크게 고함치고 아프지도 않게 때리는 여자여. 당신은 아이에게 종이 호랑이로 보일 뿐이다. 때리지 않고도 엄마가 아이보다 더 힘이 세다는 것을 보여 주면 곧 순종과 양보를 배울 것이다. 아이를 기르고 가정교육 하는 것은 인간이 해야 하는 가장 중요한 임무이다.

과잉보호 증후군으로 길러낸 결과 어쩌면 오늘의 일부 암담한 청소년 문제는 기성세대의 육아 직무유기로 빚어낸 자업자득의 결과일지도 모른다.

매일신문 1992. 7.17

슈치원 준비

유치원은 아이들의 심신 성장과 발육을 돕고 생활방식을 정리하고 인격의 원만한 발달을 도모할 수 있도록 정비된 환경과 전문가가 있다.

같은 나이의 많은 아이들로부터 자기에게 맞는 동무를 선택할 수도 있다.

지식 습득보다 생활하는 태도, 자주성, 협조성 등을 습관화시켜 사회생활을 가르치는 곳이다. 부모도 자기 아이에게만 향하던 눈을 자연히 다른 아이에게도 줄 수 있게 되고 자기의 육아방식을 반성할 기회도 생긴다.

유치원에서 보내는 건 하루 5시간이 고작인데 나머지 시간을 또 다른 보육원에 맡겨야 될 입장에 있는 아이는 가정 이외에 두 곳이나 다른 환경에 적응을 해야 하니 너무 큰 부담이 될 수도 있다. 이런 경우는 보육원 하나만 보내는 게 좋다.

유치원을 특히 일찍부터 장기간 다녀야 할 아이가 있다. 외아들, 외딸일 때, 아파트, 셋방살이로 놀 장소가 적을 때, 어른들의 「감시」가 너무 많을 때, 성격이 소극적일 때 유치원을 3년씩 오래 보낼 것을 권한다.

유치원에 가기 전 반년이나 일 년 전부터 습관이 되도록 가르쳐야 할 일은 손발을 혼자 씻게 하는 것, 화장실을 혼자 갈 수 있게 훈련시키는 일, 옷을 혼자 입었다 벗었다 할 수 있는 습관 등이다. 자기가 사용한 물건의 정돈과 함께 묻는 말에 대답할 줄도 알아야 한다.

유치원이나 보육원에 아이를 맡긴 부모는 오늘은 무엇을 배웠고 어떻게 지냈는지 가능한 한 자세히 파악하여 선생님과 부모의 교육이 일치가 되도록 노력해야 한다.

아이 하나하나의 개성에 맞춰서 보육을 해야 하는 유치원에 쌍둥이가 동시에 들어갔을 땐 각자가 좋아하는 다른 색의 옷을 입히고 둘을 서로 비교해서 말하지 말아야 한다.

특히 이웃들이 그들을 다른 아이보다 특별나게 보는 것을 삼가야 한다. 외모나 성적으로 비교를 하는 것도 금기다.

3세와 4세 아이의 사회성의 차이는 30세와 40세 차이와 같다고 보면 되는데 3년 2개월 아이를 4년 8개월 아이와 동시에 보육을 시켰을 때 18개월 나이 차는 성인에게 18년의 세대차를 무시한 채 경쟁을 시키는 것이라고 보아야 한다.

3세와 4세 아이를 한 반에서 교육하면 어린놈은 열등의식이나 의존심이 생기고 큰놈은 질투나 증오, 시기심이 생기기 쉽다.

학교를 일찍 넣고 싶어서 생일을 몇 달 당겨서 호적부에 조작한 출생 신고를 하는 부모들을 가끔 본다. 생후 3년경엔 한두 달 먼저 나고, 뒤에 난 차이가 얼마나 배우는 정도가 다른지 모르는데 사회생활 출발부터 동무들과의 경쟁에서 열등감이 생기고 유치원이나 학교를 고통스런 곳으로 여기게 만들기 쉽다.

일반적으로 3세만 되면 자녀를 유치원이나 보육원, 놀이방에 보내는 것이 좋다. 이곳에서의 교육은 가정에서 아무리 훌륭한 부모가 매달려 가르치는 것보다 전인교육 효과가 우수하다.

이때 아이가 혼자서 소변을 볼 수 없는 경우도 많다. 오줌 쌌다고 키를 씌워서 소금 얻으러 이웃집에 보내는 것은 현대이론과는 전혀 반대이다.

낮 시간에 소변을 자주 보는 아이, 오줌 싸는 아이는 대개 정신적 압박감을 느끼는 경우가 많은데 꾸중을 하면 점점 악화된다.

더욱이 말끝마다 『오줌 싼다』 『그건 먹지마라』 등등으로 긴장을 심어주면 더욱 불만과 스트레스가 누적된다. 미운 짓을 했을 때 부모가 먼저 화를 참고 꾸짖지 말아야 한다.

아이편이 되어 그 원인을 분석, 개선해주도록 노력해야 한다. 엄지손가락을 빠는 아이, 도무지 먹지 않으려는 아이 등도 불만과 긴장 등 그 원인을 같은 맥락에서 찾을 수 있다.

엄지손가락을 빠는 것을 보았을 때 무조건 막지 말고 그 손에 흥미로운 걸 쥐어주며 더 좋은 놀이로 유도해 주시라. 먹기를 거부하는 아이는 부모의 과잉보호를 반성해야 한다. 하루 세끼 식사 시간이외에는 간식을 절대로 금지하고 우유나 요구르트, 과자 등도 꼭 먹이고 싶으면 식사 시간에 동시에 주는 것이 좋다. 식사도 떠먹이지 말고 정 안 먹으면 하루, 이틀 굶겨 두면 자연 치유된다.

마음 맞는 또래를 만났을 때 정신없이 장시간 뛰어다니다가 낮잠 휴식도 못 취한 경우 다음날 아침 아이가 다리 아프다고 혹시 소아마비 아니냐며 뛰어오는 부모가 있다. 강제로 시키지 말고 낮잠 잘 기회를 만들어 주는 게 좋다.

유치원에 가기 싫어하는 아이에게 안쓰러워하며 『그럼 가지마라』 하고 무엇이건 자기 뜻대로 다 되는 줄 오해하며 자라도록 할 것인지, 고달픈 인생살이 세살부터 시련과 고통의 연속인 유치원 경쟁에 보내야 하다니 『아이 불쌍해라』 하고 보내는 엄마와 『집에만 갇혀 있다가 너 또래 동무들과 어울려 놀면 넌 참 좋겠다. 오늘도 재미있게 놀다 오너라. 엄마는 너를 사랑한다』 하고 보내는 엄마와 당신은 어느 편에 속하는가 생각 해 볼 일이다.

매일신문 1993.2.5.

세 살 때 인격 심어주기

아이가 세상에 태어날 때 머리뼈가 서로 겹쳐지며 뇌를 쥐어짜듯 고통 받고 태어나니 아파서도 울고, 엄마 자궁에서 버림받아서 슬퍼 울고 고해 세파를 헤쳐가야할 한 많은 업보 때문에 울고 또 우니 이것이 인생의 첫째 고비이다. 젖 떼고 돌이 될 때 또 한 번 엄마로부터 버림받는 슬픔이 두 번째 고비이고, 3세경 제1반항기, 9세경 자아 확립기, 12세경 성에 눈 뜨는 시기, 17세경 제2반항기, 20세경 사랑을 배울 때 등 일곱 차례 고비를 잘 넘겨야 비로소 하나의 건전한 인격체가 된다고 볼 수 있다.

그 중에서도 2세부터 5세까지에 이르는 제1반항기가 인격 형성에 가장 큰 비중을 차지하게 되는데, 이 시기에 목욕을 시키려고 옷을 벗기면 아주 좋아하는 것이 자유로워지고 싶은 본능 때문이고, 다시 입히면 싫어하거나 자기 혼자 입으려고 떼를 쓰는 것은 보호를 싫어하고 자기 마음대로 하려는 반항의식 때문이다. 이때가 생활의 기본이 되는 습관, 필요한 버릇을 꼭 가르쳐야 하는 시기이다. 과잉보호하거나 지능이 둔하거나 체력이 나약한 경우에는 반항기가 없이 지나가니 도리어 위험하다고 하겠다. 하루 서너 시간을 아이하고만 놀아주며 아이 마음의 움직임이나 성격을 먼저 파악하여 필요한 교육 방향을 설정해야 한다.

아이에게 고유한 시간을 허용해 주면 끊임없이 움직이고 지껄이고 무엇이나 만지고 싶어 한다. 얌전한 순간이 있을 때는 무엇인가 깨뜨리거나 장난을 하고 있다. 자기 고집을 세우고 이유를 캐물으며 도움을 귀찮게 여기고 스스로 시험하고 싶어 하는 등 공통된 것 외에 몇 가지 성격으로 대분하여 각자에 맞는 지도를 권하는 교과서적 지침을 소개한다. ① 고집이 센 아이, 『싫어』 하면 왜 싫은지 엄마도 반성하며 아이 눈에 비친 엄마의 잘못은 솔직히 사과하여 신뢰감을 다져야 한다. 사실 아이와 엄마와의 신뢰를 거듭거듭 확인하는 것이 세상을 긍정적으로 살게 하는 열쇠가 된다. 지나치게 무리한 주장은 부드럽게 거절한다. ② 독점욕이 강해서 자기 것을 남에게 빌려 주지 않고, 못하게 하면 일층 더 하고, 뜻대로 안되면 혼자서 밖에 나가 외톨이가 되는 아이는 애정이 부족한 것이다. 아이의 주장을 받아주되 때로는 『싫어 안가』 하면 『좋아요 그럼 엄마 혼자만 가요』 하고 뒤돌아보지 말고 가버린다. 따라오면 칭찬을 많이 해서 순종이 더 좋은 것임을 체험케 한다. ③ 심하게 어른스런 행동이나 말을 하고 더 나이 많은 아이들과만 놀고 싶어 하고 봉사나 지시를 하고 싶어 하는 아이는 자기로서는 불행하다. 아이다운 장난을 하고 명랑하게 뛰어 다니도록 지도해야 한다. 같은 또래와 어울려 때로는 발가벗고 큰 소리 지르며 부모가 보지 않는 곳에서 흙을 덮어 쓰며 울기도 해야 한다. ④ 혼자만 놀고 쉽게 성을 내며 뜻대로 되지 않으면 파랗게 질리는 아이는 미운 짓만 골라함으로써 엄마의 관심을 더 끌 수 있는 것으로 믿고 있기 때문에 의연한 자세로 공평하게 취급하고

『안된다면 아무리해도 안 돼』 하고 강한 면을 보여주되 평소엔 부드럽게 대해 주어서 자기에 대한 관심을 확인시켜 준다. ⑤ 무서운 것을 모르고 동물을 못살게 구는 아이, 사양이나 협조심이 없고 장난치며 설치는 아이는 어느 정도 관대하게 보아주며 주위의 위험을 제거해 주되, 침착하고 조용함을 조금씩 가르친다. ⑥ 질투가 심하고 동생을 괴롭히고

모든 요구는 울면 해결되는 것으로 아는 아이에게는 울면서 하는 요구는 전혀 못 본 척 내버려 두고, 간단한 일은 혼자 하도록 도와주지 말고 꾸짖지도 말 것이다. ⑦ 몹시 얌전하고 인형이나 장난감이 친구이고 소극적인 아이는 내성적이어서 어린 동생이 자는 동안 엄마의 무릎에 앉혀서 엄마 젖을 만지도록 허락해 주는 등 애정의 균등한 배분에 노력할 것이다.

아이의 기분을 추켜주어 밖에서 동무들과 어울러 뛰놀게 하면 더 즐거운 것을 배운다. ⑧ 행동이 거칠고 자주 싸우고 자기중심의 행동만 고집하는 아이는 더 나이 많은 아이들과 어울려서 놀게 하여 자기보다 더 힘센 사람이 있으니 자제해야 함을 배우고 그들에게 괴로움을 당하는 경험도 시킨다. 남을 몹시 괴롭히면 애정이 부족하다는 신호이므로 꾸짖지 말고 애정을 쏟아 주어야 한다. 이런 아이는 희망적이지만 괴롭힘을 당하는 편은 대개 반항기를 모르는 아이가 많으므로 더욱 주의해서 키워야 할 대상이 라고 하겠다.

매일신문 1993. 6.18

고독의 자가 치료

어차피 사람은 세상에 내동댕이쳐질 때 혼자 힘으로 숨을 쉬어야 하고 일분도 쉬지 않고 심장이 펌프질을 해야 생명이 이어져 가게 되어 있다.

권세가 충천할 때는 우군도 많았지만 시류에 따라 쇠고랑을 찰 땐 외롭게 혼자서만 가야 한다. 더욱이 무덤에는 동행자가 없지 않은가. 엄마의 품속에서 포근한 행복도 엄마의 형편에 따라 극히 제한적으로 주어졌다 말았다 하니 인간이란 원천적으로 고독의 화신인지도 모른다. 기나긴 고독의 역정에서 짜릿하고 달콤하게 찾아낸 것이 자위행동이다. 여아에게서 더 흔한 형태는 3세만 되면 볼 수 있는데 처음에 이불속에서 두 다리를 꼬고는 힘을 쓰면서 얼굴이 빨개진다. 때로는 허리를 움직이기도 한다. 또 사람이 없는 방안에서 의자의 모서리 부위에 앞을 들이 대고 밀면서 숨을 쉬지 않고 새빨간 얼굴빛을 하고 있는 것을 볼 수가 있다. 이것이 자위행동이라는 것을 알았을 때 엄마의 충격이 너무 커서 사리 판단이 흐려지기 마련이다.

머리가 나빠지거나 아이 몸에 해로운 것이 아닐까 변태가 되는 것이 아닐까 등 여러 가지 생각이 한꺼번에 들어서 아이를 심하게 나무란다.

그러나 유아의 자위행동은 손가락 빠는 것과 같아서 고독의 해결 방법이고 에너지를 발산할 수 있는 적당한 환경이 주어지지 않기 때문에 생긴 것이므로 동무들과 바깥 공기를 쐬면서 활발하게 놀게 되면 자연 없어지니 아무런 해가 없다. 무조건 금지시키면 불만이 누적되어 고독을 느낄 때 더욱 열심히 찾게 되는 수단이 된다. 항상 같은 의자의 모서리를 이용하는 것을 알았으면 그 의자를 치워버리는 것도 한 방법이 된다.

아이에게 요충이 있어서 밤에 항문이나 성기가 가려워 긁기 시작한 것이 성기의 음부를 자극하여 그때 쾌감을 느끼기 시작하면 자위 행동의 동기가 되는 수가 많다. 이때 요충 치료를 하고 손을 항상 깨끗이 씻어 주어야 한다. 팬티를 깨끗이 하여 여아의 외음부에 상처나 습진이 생기지 않도록 청결을 유지하고 남아의 표피 안쪽을 깨끗이 해주어 가려움을 느끼지 않게 해준다. 성기를 손으로 장난하는 행동은 어릴 때부터 시작되어 고독이나 무료함을 느낄 때 남의 도움을 받지 않고 자가 치료 혹은 자기만족의 가장 손쉬운 방법이니까 자칫하면 지나치기 쉽다.

물론 어느 정도의 자위행동은 결코 병이나 해로운 것이 아님을 엄마가 인식해야 하는데, 과잉보호가 아닌 범위 안에서, 아이를 고독하지 않게 지속적으로 배려를 해 주어도 자위행동이 지나치면 엄마도 아이도 함께 정신과 의사의 도움을 받아야 한다. 여아가 대퇴부를 서로 밀착시키거나 베개를 다리사이에 끼는 경우도 같은 것이고 성장한 남아는 사정을 하게 되어도 어느 정도까지는 정상으로 보아야 한다. 또 다른 원인으로 큰 아이에게 가정환경의 변화나 정서적 불안, 모자관계의 부조화 등을 시정하도록 노력해야 한다.

이미 병적으로 장기간 자위행동이 굳어진 상태는 격리시키는 자체만으로 치료되는 수도 있고 저학년 때는 「고추를 갖고 노는 것은 젖 먹을 때의 일이지 이젠 그걸 안할 나이가 됐어요」 라는 말도 방법이 된다. 청년기의 자위는 생리적 현상이지만, 죄악감을 느끼면서까지 심하게 되풀이하면 자신을 잃게 되고 자존심이 상하게 되며 식욕부진, 수면장애 등

해가 크다. 때로는 알코올중독자처럼 욕구가 강하게 되어 정신 파탄이 되기도 하고 주의가 집중되지 않으며 무기력하고 안색이 창백해진다. 여아는 12세, 남아는 14세경에 생식기의 기능에 대하여 이야기해 줄 필요가 있다. 이때 「자위는 부끄러운 일이며 정력을 허비하여 남보다 뒤지는 것」을 강조함으로써 은연중에 치욕을 느끼지 않도록 아버지는 아들에게 자기의 청년기도 그랬다는 이야기를 해 주어 죄악감 대신 자제심을 기르게 가르친다.

자위행위는 어디까지나 그 횟수가 빈번하지 않은 한 무방하다고 하겠다. 문제는 이것이 궁극적 해결책이 아님을 속히 깨달아서 세월이란 약을 빨리 먹는 것이 중요한데, 그동안 고독이나 방임이 가급적 적어지게 하는 환경으로 유도해 주는 것은 부모의 책임이다. 고독이란 병은 감기처럼 누구나 앓는 것이지만 자가 치료나 마약, 권세, 부귀영화 어느 것으로도 완치시킬 수 없는 악성암보다 더 지독한 병임엔 틀림없다 하겠다.

매일신문 1993.4.9.

다섯 살의 시련

아이들은 부모의 인생과 운명을 걸고 헌신하고 있는 대상
이라고 해도 될 것이다. 이렇게 귀한 존재가 그 또래의 다른
아이들과 잘 어울려 놀지 못하는 자폐증, 야뇨증, 야경증,
잦은 두통, 복통, 유치원이나 학교에 가기 싫어하는 경우,
시력, 청력장애 등을 당하면 부모는 초조해지다 못해 절망하
게 된다.

인간의 속성 중에는 부모에 반항하거나, 느닷없이 분노가
생기고, 양심을 속여서라도 즐거움을 추구하고, 죄책감으로
인한 공상의 연속으로 죽고 싶어 하는 등, 아이들이 자라면
서 슬기롭게 넘어가야 할 큰 산맥들이 많다. 네댓 살 된 아
이가 이름을 불러도 돌아보지 않고 혼자 놀기를 좋아하며
아무런 뜻도 없는 똑같은 일을 되풀이 하다가 다른 일을 시
키면 몹시 성을 낸다. 자기만 아는 말을 반복해서 하고 말의
내용이 빈곤할 때 등 자폐증의 경향이 나타나면 응급환자
다루듯이 부모가 한 덩어리가 되어서 여러 가지 장난감과
시설을 해주어 동무들과 놀도록 유도하면 좋아 진다.

다 큰 아이가 잠잔 시트에 지도가 그려져 있으면 엄마가
초조해지는 것이 당연하지만, 우선 마음을 가라앉히고 천천
히 기다리는 자세가 필요하다. 이는 아이가 전혀 좋아서 한
것도 아니고 눈을 떠 보니까 이불이 젖어 있는데 땀 흘려
젖은 것이 죄가 없듯이 꼭 같이 취급해 주어야 한다.

오후에나 밤에 수분섭취를 적게 하도록 유도하되 전혀 야
뇨증과 관계되는 말을 꺼내지 말아야 한다. 꼭 고쳐야 한다

는 강박관념을 버리고, 엄마가 먼저 푸근한 마음으로 아이에게 초조와 긴장을 없애주는 태도가 필요하다.

더욱이 이 병원 저 병원 끌고 다니며 아이에게 창피를 주는 것은 금물이다. 아이가 신뢰하는 의사가 아이에게 낫는다는 확신을 주고, 밤중에 한차례 오줌을 누도록 깨워주는 것도 도움이 된다.

아이가 잘 자다가 갑자기 일어나서 방안을 걸어 다니거나, 겁먹은 듯 큰소리를 지르거나 울든지 할 때 깨우면 전혀 기억을 못한다. 이런 야경증은 어른의 몽유병과는 전혀 다르므로 문득 나타났다가 어느 사이엔지 나아 버린다. 아이는 마음의 침착성이 모자라서 무슨 불안한 기억이나 깊이 잠들지 못할 때 나타나므로 낮에 충분히 운동을 시켜서 피곤케 함으로서 편히 잠들게 한다. 이 경우 문을 걸어 잠그고 칼, 송곳 등 위험한 물건을 없애며, 아이에게 잠꼬대 했다는 등의 말을 하지 않아야 하고 더욱이 약을 먹이는 것은 자연치유가 더욱 늦게 만든다. 초등학교 아이가 열이 없이 두통을 호소하거나 유치원 아이가 아침에 배가 아프다고 하는 것은, 신경성인 경우가 가장 많은데, 아이에게는 엄마 품보다 더 좋은 안식처가 없음을 이해하고 포근하게 감싸주어 하소연을 들어주는 분위기를 제공한다. 아이들을 집에 데리고 와서 놀게 하든지 선생님과 친근해 질 수 있는 기회를 만들어 주어 생활 전체를 생기 있는 것으로 끌고 간다.

아스피린이나 사리돈을 주면 효과가 있지만 환경개선 없이 병원만 다니면 자신을 환자라고 설정해 버리므로 장기화 된다.

학교 가기 싫어하거나 두통 때문에 조퇴를 자주 하는 아이는, 자기 반에서 자발성을 충분히 살릴 수 없는 분위기나 많은 학생에게 미치는 선생님의 포용력 부족, 구성원의 인간관계가 즐겁지 않은 점 등을 반성해야 한다. 친구들로부터 적대감이나 고독감이 느껴질 때 선생님의 매력조차 끊기면, 도피처는 가정뿐이므로 더욱 엄마에게 밀착하게 된다.

이때 선생님은 보통 때 사이좋던 동무와 같이 아이의 집에 가서, 아이 개인의 정서에 안정을 주고 학교의 반을 즐거운 분위기로 유도해야 한다.

하루의 절반은 친구들과 밖에서 놀아야 하는 아이가 집 밖에 나가길 싫어하고 방에서 책만 보면 근시인 수가 많다. 이미 쓴 안경은 문 밖에서나 방에서나 텔레비전을 볼 때도 항상 쓰고 있어야 한다. 색맹은 5%의 남자가 갖고 있는데 유전되는 비밀이므로 여러 사람 보는 앞에서 검사하는 것은 잘못이다. 색맹이라는 열등의식만 제거해 주면 성공에는 아무 지장이 없다. 시력장애, 청력장애 말이 나왔을 때 짚고 넘어갈 것이 있다.

벙어리라는 단어 대신에 비수 같은 말 공해를 듣지도 말하지도 않는 사람 즉「말 않는 사람」이라고 하여, 그렇지 않은 사람들의 편견이 없어지는 사회가 참으로 선진국이라 할진데, 아이의 실명이나 농아를 특수교육 하는 중요성 못지 않게 우리 사회의 편견을 없애는 혁신이 절실히 요구된다고 하겠다. 그 외에도 아이가 반항, 분노, 향락, 공상 등 속성을 현명하게 소화시키게 하려면 어른이 자기 부모에게 진 빚을 갚는다는 자세로 온 몸으로 가르쳐야 한다고 믿는다.

매일신문 1993. 10.15

병원 순례와 진료 환경

『어제 아이가 과식을 하더니만 오바이트를 해서 병원에 왔습니다』『구토를 한단 말입니까』『예』『그럼 토했다고 하시고 오바이트란 말은 안 쓰는 게 좋습니다. 영어도 아니고 국적불명의 인조어니까요』『내가 영문과출신인데 사전 없어요』 한다. 갖다 주었더니 한참 만에 찾아낸 것이 고작「과식」이었다. 이렇게 대화중에 한두 마디씩 영어가 들어가야 직성이 풀리고, 모든 상품에 외래어가 붙어야 잘 팔리는 세상이니 무언가 크게 잘못되어 있는 느낌이다.

백화점에서 2만 원짜리 원피스가 하도 안 팔려서 영을 하나 더 붙여 놓았더니 쉽게 팔렸고 다음날『20만 원짜리 원피스 더 없느냐』고 찾는 고객이 있더란다. 이런 분들이 2천 7백 원짜리 의사 아저씨에게는 옴니암니 따지며 절대로 양보 않으려는 독선자들인 수가 많다. 아이의 옷, 신발, 학용품까지 국산품이라도 모조리 외래어 투성이 제품으로 처발라 놓고, 아니면 턱없이 비싼 수입품으로만 사다 주고는 말끝마다 외래어나 나불거리고 조기 교육이란 이름으로 일찍 영어를 가르쳐 어린 뼛속 깊이 사대주의 사상을 심어주는 부모님들 도대체 이 나라의 장래가 어떻게 될 것인지 참으로 안타까운 일이다.

병원 순례자, 말인즉「닥터쇼핑」이란 말이 있다. 즉 이 병원 저 병원 찾아다니며 자기가 원하는 진단을 의사가 말해주기를 유도한다.『우리 아이가 몇 달째 마른기침을 많이 하는데 기관지가 나쁘지요』『기관지는 괜찮고 부모의 지나친 간섭으로 유발된 신경성 기침이니까 기침에 과민반응을 나타내지 말고 못 본 척 하세요』 이 말에 의사의 지시와 전혀 반대되는 답을 한다. 『기침할 때마다 물을 먹일까요 기침약을 먹일까요 기관지 보하는 약을 써 볼까요』 『의사에게 부모가 설정한 진단을 요구할 게 아니라 엄마가 의사 시키는 대로 하세요』

『부모 입장에서 걱정이 되니까 하는 소린데 좀 더 친절하게 설명하면 안 되나요』 한다. 이런 부모에게 당신이 의사라면 더 열심히 설명해 줄 마음이 생기겠으며 더 좋은 약을 주고 싶겠는가. 『아이가 밤새껏 열이 나고 보채며 잠도 못 자는데 체한 것 같다』고 한다. 『감기입니다』 하면 『기침도 않는데, 그래도 소화제 많이 넣어 주세요』 또 약 받아 나가면서 『해열제는 들었습니까』 집에 가서 전화로 『어느 것이 해열제입니까, 지금은 열없으니 먹이지 말까요, 자다가 또 열나면 해열제 따로 먹일까요』 이렇게 알뜰히 의사를 못 믿고 자기가 알아서 챙길 걸 병원엔 뭘 하러 오는지 모를 일이다.

하루에도 수많은 사람을 만나는 개원의사는 별의별 여자를 다 본다고 할 수 있다. 아픈 아이를 두고 3~4일을 집에서 미련대다가 병원에 와서는 십 분을 못 기다리고 새치기를 하려고 아웅다웅 이다.

금방 전쟁이라도 터질듯 조급증을 내는 사람들의 수가 날이 갈수록 점점 많아지고 있다. 주사를 두 대 맞혀야 하는 아이, 빨간색 물약이라야 되는 아이, 노란색 가루약이라야 되는 아이 등등 처방까지 모두 의사에게 지시를 하는데 일일이 대꾸를 하려면 혈압이 오르기 십상이다. 개업 초창기엔 100% 내 소신껏 처방했는데 4반세기 만에 애기 부모에게 신경 안 쓰고 내 소신껏 처방해 줄 수 있는 아이의 비율이 어느덧 80%로 줄어져 있음을 느낀다. 이제 점점 더 각박해지는 부모들의 분위기로 60%이하로 떨어지면, 그것은 내 인격의 낙제점수이니 멀지 않은 앞날에 개업을 그만 두어야 할 것 같다.

의사는 학자이고 싶지 장사꾼이 아니고 싶어 하기에 인격적 모독을 감내하면서 의료보험 운전수와의 싸움을 회피하고 있는 것이다. 최근 조합에서 보낸 공문에 의하면 18개월 전에 진료한 15명의 보험료를 되돌려 달리는 것이다. 이유인즉 법 41조 7항 령35조 2항에 의거, 진료당시 2개월 보험료를 체납한 사람들이기 때문에 그 후에 모두 보험료를 완납했지만 의사 당신은 일반으로 계산해서 받든 혼자 손해보든 댁의 사정이라는 것이다. 15명 집에 일일이 전화를 했더니 『그 후에 보험료를 모두 냈는데 무슨 그런 법이 어딨냐』고 돈만 아는 도둑놈이란 어조이다. 그러면 3천원에서 1만 원 정도씩을 받자고 소송비 자기네들 부담시켜 민사소송을 한다면 더욱 배 터지게 욕먹을게 아닌가. 일단 보험료를 완납했으면 지급하는 게 합리적인데 어떻게 이런 악법이 활개를 치는지 『참으로 약한 자여 그대 이름은 정녕 의사란 말인가』

매일신문 1993. 5.7

과소비 예방접종

『여보세요 뇌수막염 예방주사 있습니까?』『요즈음 유행하는 무균성 뇌수막염은 바이러스 균이고 시중에 나와 있는 예방주사약은 세균성 (박테리아) 중에 단 한 가지 HIB로 인한 뇌수막염 예방 주사약이니까 지금 유행병과 아무 관계없는 약입니다』 전화를 이렇게 시작한 분이 아이를 데리고 와서 또 묻는다. 『이웃 사람이 그러는데 그 주사도 맞으면 뇌막염이 예방된다던데 맞힐 필요 없을까요?』『네, 호랑이, 곰, 산돼지가 세균성 뇌막염 균이라면 이 약은 곰 하나를 막는 철조망입니다. 여기에 요즈음 바이러스성 뇌막염 균이 생쥐와 같다면 이것을 막을 수 없지 않습니까』

아무리 설명을 해도 무조건 맞혀 달라는 분에겐 맞혀준다. 『예방주사 주면 의사 이익인데 왜 맞지마라 하겠습니까. 내 조카들도 맞히지 않습니다』 라고 하면 반수 이상이 고개를 갸우뚱거리며 그냥 나가고 그중 몇 명은 이웃 병원에서 맞혀서 간다고 한다. 이 병이 일본서는 십 여 년 전부터 여름에 많이 유행하고 있고 미국은 매년 만 명 정도 무균성 뇌막염 환자가 발생한다는데, 우리나라엔 금년에 처음 대유행이며 대구에서만도 만 명이 넘을 것 같다. 이 원인이 장내 바이러스여서 소화기 장애도 일으키고 감기와 비슷한 증세로 시작하여 고열, 두통, 구토, 경부강직, 심한 경우 경련, 의식혼탁까지 되어도 일주일 정도면 대개 후유증 없이 치유되는 질환이다. 4세부터 10세 연령층에 가장 많이 생기고 예방 백신이 없으며 특효약이 없고 대중요법과 영양수분 공급이 최선이다. 호흡기나 접촉을 통해 전염되는데 균이 들어가서 발병하기까지의 잠복 기간은 하루에서 열흘 정도까지 다양하다. 과로를 피하고 충분한 휴식과 수면, 개인위생 청결, 사람이 운집한 곳을 피하는 것이 유일한 예방법이다. 요즈음 유행하는 뇌수막염의 원인이 콕사키와 에코라는 이름의 바이러스로 밝혀졌지만 무균성 뇌막염에 속하고 생명을 위협하는 일은 극히 드물다.

이와는 전혀 다른 차원의 세균성 뇌막염은 화농성 뇌막염이라고도 하여 뇌와 척수를 싼 보자기에 고름이 발려 있다고 보면 된다. 특효약도 많고 뇌성마비 등 후유증을 남기는 경우도 있고 짧은 시일 안에 죽는 수도 있다. 『애기가 모기에게 많이 물렸는데 뇌염 예방주사 맞히면 안 곪겠지요. 뇌염 안 걸리겠어요?』『모기마다 뇌염 걸리게 하는 것 아닙니다. 곪기는 것은 긁어서 화농균이 들어가 생긴 것이니 항생제를 써야지요』

『항생제란 애기에게 너무 독한 것 아닙니까?』『개에게 물렸는데 광견병 예방주사 맞혀주세요』『물린 곳은 2차 감염이 되지 않게 치료만 하면 되고 광견병 예방은 대부분 필요 없습니다. 예방주사만으로도 위험한 것이니까. 문 개만 가축병원서 검사 받아서 필요하다고 할 때 맞히면 됩니다』 이렇게 잘못 이해되고 있는 의학지식이 너무 많은데, 그 중에도 요즈음 과소비 예방접종은 우리네 전반적인 과소비 생활습관의 탓일는지. 무릇 모든 예방접종은 필요해서 만들어졌고 아무리 비싸도 맞아야할 경우가 있고 아무리 싸도 맞힐 필요가 없는 경우도 있다.

외국서 사온 수두 예방주사를 그 나라에서보다 한국에서 더 많이 소모하며, 폐렴구균, 유행성 출혈열, 뇌수막염, 참으로 비싼 백신들을 의사 권유 없이 자청해서 맞혀 달라고 하면 의사는 이익이니까 굳이 말릴 필요가 없지 않는가. 나라야 망해도 돈벌이만 되면 마구잡이 농산물 수입하듯이, 장삿속으로만 예방 백신을 수입, 생산, 소비 판촉을 한다면 이런 자의 장단에 어찌 춤을 추고만 있겠는가. 이 병원 저 병원 의사 찾아다니며, 똑같은 질문을 하여 각자 표현의 차이와 이해력 차이 등으로 답이 똑같지 않으니, 스스로 의사와 불신의 벽을 두껍게 쌓아가는 사람을 볼 때 참으로 안타깝다.

개혁의 새 시대에 과소비 추방운동이 한창인데 예방접종도 과소비에서 탈피하려면 단골 의사 한 사람 정하여 그분에게 의논하거나, 그 의사 가족이 하는 대로 따라가면 과소비는 피할 수 있다고 생각된다. 면역 결핍증, 백혈병, 악성빈혈, 폐결핵 등 맞아야 할 필요가 있는 경우는 예외이겠지만 나 자신 가족에게 뇌막구균, 폐렴구균, HIB, 결핵 이 모두가 동시에 예방되는 약이 있다면 요즈음 유행하는 바이러스성 뇌수막염과 전혀 관계가 없을지라도 맞혀 볼 마음이 생길지 모르겠다.

매일신문 1993. 7.16

가정교육

가정교육이란 가정에서가 아니면 배울 수 없는 것을 가르치는 것으로 태아 때부터 시작되지만, 초등학교 입학 때부터의 중요성을 다음 두 가지 예화에서 살펴보자.

어떤 엄마가 아이의 버릇을 대단히 엄하게 가르치고 학교 교육에도 지나치게 열심이었다. 학교에 입학시키고는 매일 예습 한 시간, 복습 한 시간은 물론 일주간에 한 번씩 아들의 공부하는 것을 보러 학교에 갔다. 다른 아이와 비교하며 기뻐도 하고 걱정도 하고 담임 선생님과의 관계도 좋았었다. 그 아들은 온순하고 성적도 좋았으나 2학기가 되면서 이 아이는 갑자기 다른 아이들과 같이 놀지도 않고 조용히 교실 안에 있거나 교정 구석에서 어른스럽게 지내며 활기라고는 조금도 없었다. 이유인즉 학교에서 너무 뛰고 놀면 피곤해져 집에 와서 공부할 수 없으니까 엄마가 못하게 했다는 것이다. 그 결과 기초적인 글자나 숫자는 잘 외우고 있지만 중요한 무엇을 상상하거나 판단하거나 생각하는 데는 훈련되어 있지 않고 동무들과 잘 놀지도 못하고 공동으로 하는 작업을 할 수 없는 아이로 되어 버렸다. 학교 성적은 다소 좋아도 천부의 소질을 충분히 살릴 수 있는 기회를 박탈당했고 혼자서 할 수 있는 일은 아무것도 없었으며 온실의 화초 신세가 되어 버렸다.

이와는 전혀 반대의 아이가 있었다. 몸이 허약하여 입학을 일 년 늦추려 했기에 비가 와도 학교를 쉬고, 소풍 때도 운동회도 학교를 쉬고, 더워도 추워도 아이가 싫어하면 학교를 쉽게 했다. 이 아이는 학교에서나 집에서나 제멋대로 행동하는 아이로 되어 처음엔 남의 눈에 뜨이는 존재였으나 학년이 올라갈수록 소극적이 되고 학교에서 배운 것을 점점 모르게 된 것이 원인이 되어 어딘지 모르게 어두운 손님 같은 존재로 되어 버렸다. 이들 사례가 부모의 잘못된 생각의 결과로 아이들의 성격을 일생동안 비뚤어지게 하고 천부의 재능을 묻어 버리게 되어 그 잘못을 무엇으로 보상해야 할지 가정교육이 참으로 어려움을 말해주고 있다.

6세 아이의 가정교육에서의 3대 원칙은 ① 부모와 아이와의 신뢰감을 기르도록 하는 것이 가장 중요하다. 이러기 위해선 아이와 하루 4시간 정도는 같이 놀아주면서 아이의 결점을 발견하면 즉시 고치도록 한다. ② 자유 시간을 많이 주어서 아이의 시간, 어른의 시간을 구별하고 서로 서로 그것을 지키는 생활습관을 몸에 지니도록 한다. ③ 엄마, 아빠, 할머니의 아이에 대한 태도를 통일시켜야 한다.

신뢰감을 기르기 위해선 아이에게 권위를 세우려 하지 말고 잘못은 솔직히 시인해야 한다. 감정적으로 대하지 말고 아이와 좋은 동무가 되어서 같이 놀아줌으로써 아이의 마음 속에 부모에 대한 신뢰감을 심어줄 수 있다. 반면 부모도 아이를 믿어 주어야 서로 신뢰감이 발전하여 장래에 사회인으로서 형제, 친구, 상사 등과 상호 관계에 서로가 믿고 사는 중요한 요소가 된다. 아이를 믿으면 행동에 일일이 잔소리를 않게 된다.

대화의 시간을 될 수 있는 대로 많이 가져야 친밀감이 깊어지고 발육정도를 확인하여 표현력을 풍부하게 해 줄 수도 있다. 즉 아이는 들어서 이해하고 대답해서 확인하고 물어서 올바른 지식을 얻는다.

아이에게 자유 시간을 주는 것은 자기의 사고력을 기르고 자주적으로 행동하기 위한 훈련의 시간이다. 그러나 이 시간이 자기가 하는 일에는 부모의 도움을 받을 수 없음을 확실히 알도록 하여 자립심을 기르는 좋은 기회이다. 아이가 요구하는 것은 무엇이든 들어주면 의뢰심 이 강한 아이로 되지만 사 달라고 조르는 것은 반드시 무엇인가 의도하는 예정이 마음속에 숨어 있음을 이해하고, 부모가 속히 그 저의를 파악하여 응하거나 대용품을 주거나 옳지 않은 요구는 무시해야 한다.

엄마에게 꾸중 들은 아이가 할머니에게 원조를 요청하러 가면 다소 의견이 맞지 않아도 태도를 일치시켜서 행동하고 아이 없는 곳에선 충분히 토론하도록 해야 한다. 미운 짓을 했을 때 부모가 공동 전선을 펴 꾸짖은 후에는 시기를 보아서 어느 한편이 도움을 주어야 부모에 대한 거리감이 없어진다.

학교 가기 전에 자기의 이름을 읽을 수 있고 숫자를 열까지 바로와 거꾸로 세는 법 정도 이상의 지나친 교육을 하면 학교 수업에 흥미를 잃어 출발이 좋지 않고 혼자서 식사, 변소가기, 옷, 신 입고 벗기 정도만 잘하면 가정교육은 족하다고 하겠다.

매일신문 1993. 8.6

미운 일곱 살

아이가 자라면서 자기부정적인 행동이나 파괴적인 행동을 일삼을 때가 있는데 이름하여 미운 일곱 살이라고 한다. 입만 벙긋하면 거짓말, 눈만 뜨면 속이려고 드는 때를 길든 짧든 한 번씩 겪는 것이 보통이다. 가능하면 빨리 극복하고 긍정적인 사고와 건설적인 행동으로 바뀌도록 유도해 주려면 많은 연구가 필요할 것이다.

개인차가 많지만 여기에 대체적으로 공통된 해결법을 이해하기 쉽게 사례별로 소개하려 한다.

장난감 권총을 동생의 눈을 향해 쏘려고 할 때 『권총은 사람에게 쏘는 게 아니야 과녁을 향해 쏘아야지』 하고 바른 길을 일러준 후 말을 듣지 않으면 즉시 빼앗아 버린다. 『만약 한번만 더 그러면 벌을 준다』 이런 경고는 아이의 자존심에 도전장이 되어 「나는 겁쟁이가 아니야」 라는 사실을 증명하기 위하여 또 그 짓을 한다. 만약 아이에게 『안 쏜다고 약속하면 다시 총을 주지』 하거나 많이 울며 떼를 쓴다고 다시 주는 것은 금물이다. 아이와의 약속은 그만큼 아이를 믿지 않는다는 뜻이 숨어 있고, 어른과의 약속은 지나친 기대와 실망을 예약하는 것과 같다고 하겠다. 총은 언제 돌려준다는 약속 없이 아무런 예고도 하지 않다가 착한 행동을 보았을 때 포상으로 다시 주는 것이 좋다. 약속을 자주 하면 약속하지 않은 말은 믿을 가치가 없는 것이 된다. 부모, 자식 관계는 신뢰만으로 세워져야하므로 약속은 하지 않는 것이 좋다.

아이가 동생을 사랑한다고 거짓으로 뽀뽀해 주면 부모의 사랑을 받는다는 체험을 한 후는 거짓말이 더 좋은 것으로 느낀다. 반면에 『동생이 미워』하며 때릴 때 부모가 수용해 줄 수 있는 관용이 준비되어 있어야 정직한 아이로 기를 수 있다. 아이의 거짓말에 과민반응을 보이는 것보다, 정직하게 자기 비리를 고백할 때 더욱 격려해줌이 더 좋다. 아이가 가게에서 과자를 주머니 속에 몰래 넣는 것을 보면 『그것은 네 것이 아니니까 원래 있던 곳에 갖다 두어라』하고 말을 듣지 않으면 강제로 빼앗아 갖다 둔다.

이때 과자 값을 지불하고 아이 것이 되게 하면 도둑질을 조장하는 것이 된다. 돈을 훔친 이유를 캐물으면 또 다른 거짓말을 유도하는 것이 되므로 『돈이 필요하면 미리 말하라』하고 기회를 주어야지 『너는 도둑놈이나 거짓말쟁이다』등으로 빈정대는 말이 가장 자존심을 상하게 한다.

훔친 돈을 이미 써 버렸으면 그에 상응하는 일을 시키거나 용돈을 줄여서 주는 등도 방법이 될 수 있다. 아이가 대답하기 난처한 질문이나, 부모가 이미 대답을 알고 있는 질문은 아이에게 하지 않아야 부모나 아이의 체면을 상하지 않는 것이다. 훔치기 버릇은 친구들과 어울려 장난삼아 이루어지는 분위기가 되지 않도록 부모의 관심이 요구된다.

아이의 요구는 무엇이든 들어줄 때 소유권에 대한 감각이 둔하여 남의 물건도 자기가 쓰면 되는 걸로 오해하게 된다. 돈을 달라고 할 때 『주머니에 있으니 갖고가라』하면 소유개념이 희박하여 남의 주머니의 돈지갑을 끄집어내는 것이 죄인 줄 모른다. 친구에게 관심을 끌기 위해 학용품을 바치고 나중에는 집안 물건을 끄집어내는 경우, 꾸짖기만 하면 남의 집 물건까지 손대게 된다.

우선 가정에서 따뜻한 분위기로 아이의 장점을 추켜세워 열등감, 고립감, 우월감의 과시 등 도둑질의 원인을 없애도록 노력할 것이다. 수집열이 너무 높아 남의 것을 갖고 오는 경우, 개인 소유의 관념을 심어주기 위해 생활필수품까지도 식구들끼리 공동 사용을 줄이고 개인 소유로 해 주거나 허락을 받고 사용하게 하는 것도 방법이 된다. 부모의 절대적 권위만 내세우거나 욕구 불만이 누적된 아이가 자기주장을 「도둑질하는 것」으로 보복을 한다. 이때 자기도 가족의 중요한 멤버라는 것을 인식 시키는 방법으로, 가족이 모두 참여하는 놀이에 중요한 역할을 시킴도 좋다. 지능이 낮거나 의지가 약하고 독립심이 적은 아이가 자신을 억제하는 힘이 부족하여 도벽 습성이 장기화되는 예가 있다. 이 경우는 환경, 가족 모두의 분석을 과학적으로 하는 소아정신과의 치료가 요구된다.

「나물날 곳은 입씨부터 안다」는 말처럼 남의 자식의 잠시 비행을 보고 평생을 나쁘게 점쳐버리기 쉽지만, 어디 자기 자식은 그럴 수가 있겠는가. 비록 도둑질은 할망정 아이를 믿으려고 노력하고 언젠가는 훌륭한 인물이 될 수 있다는 부모의 신뢰와 아이에 대한 격려가 미운 일곱 살을 슬기롭고 짧게 극복할 수 있는 열쇠가 될 것이다.

매일신문 1994.1.7.

예절바른 아이

사람이 사람다운 것은 「인간의 도리」를 알기 때문이다. 모 대학 ㅎ교수님의 예화를 인용해 보자. 자주 가시는 칼국수 집에서 어느 날 점심시간에 손님들끼리 큰 다툼이 벌어졌단다. 알고 보니 먼저 와서 점심 주문을 해놓고 기다리는 20대 일행, 10여명이 안주와 술로 담소를 즐기는데, 뒤이어 들어와 앉은 40대 4명이 무료하게 기다리는 것이 안쓰러워서 주방 일을 보시던 할머니가 며느리를 시켜 나이든 분들께 먼저 드리라고 했고 그들은 주는 것을 그냥 먹고만 있었는데 젊은이들의 공격을 받았단다.

『이런 법이 어디 있느냐』는 젊은이들 주장이고 『주니까 먹는 것뿐이다』가 맞장구 대답이었다. 주방 할머니가 나서서 『즐거운 분위기의 젊은이들보다 어른들에게 먼저 드리는 게 「사람의 도리」라고 생각돼 내가 그랬노라』했더니 소동이 그쳤단다. 이렇게 「도리」는 「법」보다 중요하고 우리네 핏속에 도도히 흐르는 자랑스러운 혼이라고 할 수 있다.

그런데 호래아들 호로자식이란 말이 있으니 이는 같은 뜻으로 「홀의 자식」에서 유래되었다고 하는데 이젠 변음이 되어 「호로자식」이란 말로 많이 쓰인다. 버릇없게 구는 놈, 제풀로 자라서 교양이 없는 놈이라는 게 우리말 사전의 풀이이다. 아무리 행복한 가정이라도 예절이 바르지 못한 소위 호래아들이 있다면 그 가정은 어긋난 톱니바퀴로 돌아가는 공장과 같이 머잖아 망하고 말 것이 뻔한 노릇이다. 이런 호로자식이 되지 않게 하려면 어릴 때부터 첫 단추를 잘 끼워야 한다. 아이 성격에 맞춰서 사교적인 기술 즉 예절교육이 차근차근 이루어져야 할 것이다. 우선 예절교육을 위해서는 어떤 경우나 어느 조건이나 항상 부모의 공손한 생활태도가 요구된다. 대개 아이는 예절바른 부모를 모방하거나 부모와의 동일화를 통해 예절을 익힌다. 「생활예술」의 미묘한 연출은 공손한 부모의 시범이 제일 좋은 스승이라 할 수 있다. 쉬운 예를 몇 가지 들어보자.

집에 손님이 오면 아이에게 「예의를 시범하는 기회」가 된다. 아이에게는 부모와 더불어 하는 예절 표현으로 아이의 짐을 아이·부모가 공동 부담한다. 또 아이가 수줍어하거나 어색해 하는 눈치가 보이면 아이의 느낌이나 소망을 대신 표현해 주어도 좋다. 어른들의 대화에 아이가 끼어들 때 화내지 말고 『내 이야기가 끝나면 네가 말해라』 하여 나중에 말할 기회를 준다. 대화를 방해하는 아이의 행동을 방해하는 것도 아이에겐 예의가 아니다. 「버릇없는 놈」 하고 꾸짖으면 「이왕 버린 몸」 항상 버릇없이 굴어야 당연한 걸로 알 것이다. 이렇게 남이 보는 앞에서 아이를 평하거나 꾸짖으면 악영향이 오니까. 아이의 존재는 인정해 주되 어른의 대화 중요성을 인식시키려면 때로는 아이의 말을 묵살하는 것도 도움이 된다.

손님이 작별할 준비가 덜되었을 때 『안녕히 가세요 해야지』 하고 시키는 것은 아이와 손님, 모두에게 실례다. 부모가 『안녕히 가세요』 하고 공손히 인사할 때 아이가 미처 인사할 기회를 놓쳤으면 그 자리서 지적하지 말고 다시 기회를 만들어 주라. 선물을 받았을 때도 같다. 『고맙습니다』라고 미처 인사를 못하면 부모가 진심으로 고마운 표현을 하며 나중에 아이에게 고마움을 느끼도록 설득시키면서 다음 번 그런 기회에서는 자연적으로 『고맙습니다』가 마음으로부터 우러나온다. 정성 담긴 선물 포장을 아이가 마구 뜯어

보게 맡기지 말고 엄마가 같이 『아이 예뻐라. 포장도 잘했네』하며 고이고이 뜯어 선물의 중요성을 인식시킨다. 엄마의 친구 집에 아이와 함께 손님으로 갔을 때도 역시 엄마는 아이에게 남에게 공손해야 하는 시범을 보일 좋은 기회이다. 아이가 소파에서 뜀뛰기를 할 때도 남의 집 규칙을 알려주고 그 집 어른의 훈육에 따르도록 얼마동안 엄마의 훈육권을 위임해야 한다. 자기 집의 규칙을 만들고 강요하면 반발하기 쉽지만 잠시 방문한 남의 집 규칙은 대개가 잘 순종하는 경향이 있다. 따라서 잘 고쳐지지 않는 어떤 버릇은 친구와 사전에 각본을 짠 후 친구 집에 아이를 데리고 손님으로 가서 자연스럽게 훈육권을 위임한 시간에 엄마 친구의 도움으로 고칠 수도 있다.

엄마의 얼굴을 꼬집거나 머리채를 잡아당기는 아이를 보면 몹시 아프도록 그 손에 체벌을 가해서 부모는 복종의 대상이지 공격의 대상이 아님을 가르칠 것이다. 부모는 스스로 자식에게 배울 수는 있어도 자식이 부모를 가르치려 들면 그게 「호래자식」이라는 걸 어릴 때 예절교육의 첫 단추를 끼울 때부터 가르쳐야 한다고 생각한다.

매일신문 1994. 2. 18

초등학교 새내기

　언제부터인가 우리 사회의 생활양상이 「물이 거꾸로 흐르는」 느낌을 지울 수가 없다. 대통령의 이름을 옆집 강아지 이름처럼 여기는가 하면, 자기 부모를 「무식과 옹고집의 대명사」 혹은 자식의 몸종처럼 여기는 풍토가 만연해 있다. 십 년 선배에게는 개망나니처럼 마구 대하면서 일 년 선배에게는 「선배님께서 가시고 오시고…」 하며 마치 종이 상전 받드는 식이다.

　이런 흐름으로 「대학의 새내기」에게 신입생 환영회를 한다고 술을 강제로 퍼 먹여 살인까지 하지 않는가. 대학의 새내기도 따지고 보면 초등학교 새내기부터 나약하게 길들여진 결과일 것이다. 「하나만 낳아 잘 기르자」는 사고방식은 물질의 풍요와 반비례한 정신의 황폐화 내지 반도덕적 가치관의 만연이라는 소위 「한국병」에 걸리게 했다. 한국병의 일부 증상에 지나지 않지만 이 증상의 예방을 위해 초등학교 새내기부터의 「이상적 하루 일과」를 소개한다.

　초등학교에 입학하면 아이의 생활환경에 큰 변화가 오니까 아이로서는 무척 힘든 일이다. 아침에 일찍 잠 깨는 일, 먹기 싫은 아침 식사를 해야 하고, 학교갈 때 도시락, 안경, 용돈, 시계 등을 자기가 챙겨야 하고, 지각하지 않아야 한다. 힘든 학교생활 중 그래도 꽃이라고 할 수 있는 쉬는 시간에 동무들과 뛰고 뒹굴다가 다치는 문제 등등 어려운 일이 너무 많다. 힘들기는 부모도 마찬가지인데, 부모가 단잠을 깨우는 미운 사람이 되지 않으려면 우선 아이가 좋아할

만한 자명종 시계를 선물하면서 『내일부터 시계의 도움으로 남이 깨워 주는 것이 아니라 네 자신이 잠 깨는 주인이 될 수 있다』해서 다음날 아침 자명종 소리를 들은 엄마가 『벌써 일어났니? 오늘 아침 일어나는 게 참 어렵지. 좀 더 자고 싶을 텐데』『너의 이불을 개고 잠옷을 챙기는 일에 나도 좀 도와줄까?』한다. 『빨리 하라』고 재촉하면 더욱 천천히 함으로써 반항을 한다. 오히려 『지금 7시 반이고 8시에 출발하자면 바쁘겠네』하는 것이 더 좋다. 아침 식사 시간에는 쉽게 짜증나는 분위기가 되기 쉬우니 예절이나 도덕을 가르칠 생각은 말고, 오래하는 대화는 피할 것이며 부모가 같이 먹는 즐거운 식사 분위기를 만들도록 해야 한다.

단추를 잠그라, 구두끈을 묶으라 하지 말고 스스로 할 때 칭찬을 하라.

새내기 옷은 평범한 일상복으로 뛰놀기 쉽고 버려도 아깝지 않고 매일 갈아입어도 될 값싸고 간편한 옷이 좋다. 안경, 도시락을 빠뜨렸다고 집으로 전화가 오면 갖다 주지 말고 하루쯤 불편과 고통을 경험시킨다. 아이가 학교에서 돌아왔을 때 어머니가 집에서 반가이 맞으며 『학교가 힘들었던 모양이구나. 집에 빨리 오고 싶었니』등으로 물어준다.

종일 집안 일로 중노동을 한 엄마는 방금 퇴근하는 아빠에게 위로를 받고 싶지만 지칠 대로 지친 아빠는 아무런 요구도 하지 않는 조용한 시간이 오히려 큰 위안이 되는 법이다. 아이 앞에서 남편을 향한 정중한(?) 환대를 시범, 가장의 존엄을 세워준다. 부모는 자기들의 생활방식을 아이들에게 허락받아서 하진 말아야 한다. 몇 달 만에 한번 극장 가기로 되어 있는데 아이가 울기 때문에 못가는 경우는 없어야 하며 확고하고 냉정하게 돌아서서 다녀와야 한다. 아무리 떼거리를 써야 소용없음을 눈치 챈 아이는 나름대로 해결책을 찾아 적응할 것이고 세상에는 내 뜻대로 안 되는 일도 있구나 하는 것을 배운다. 아이는 텔레비전 상업광고의 최고 청취자다. 허황된 만화를 무조건 믿고 암시를 받는다. 매일 똑같은 폭력살인, 시끄러운 내용의 광고를 좋아하며 모방을 잘 하므로 TV채널을 선택적으로 허용해야 한다. 텔레비전은 아이에게 마치 약과 같아서 처방된 시간에 올바른 프로그램만 먹여야 한다. 「형만 한 아우가 없다」는 말을 아우에게 심어주려면 형의 행동이 모범이 되어야 하며, 형을 순종하는 아우는 부모에게 복종할 줄 알고, 가정의 규율을 잘 따르는 아이는 사회의 도덕과 질서를 잘 지킬 수 있는 것이다. 저녁 식사 시간은 즐거운 대화의 시간이어야 하며 이것 먹어라 저것 먹어라 등으로 스트레스를 받게 하면 안 된다. 취침시간 때는 어머니와 아버지를 각 아이마다 혼자서 독차지, 대화를 해 빨리 자러 가고 싶은 욕구를 유발시킨다. 너무 늦게까지 잠들지 않고 지나친 응석을 부리면 아예 혼자 실컷 울게 내버려두는 게 더 좋다. 「미운 놈 밥 한술 더 주고 귀한 자식 매 한대 더 때린다」는 말의 의미를 되새김질할 필요가 있다.

매일신문 1994. 3. 30

열성경련과 집단 노이로제

　잘 놀던 아이가 갑자기 눈을 위로 치켜뜨며 입을 실룩거리고 전신을 빳빳하게 해서 벌벌 떨며 의식이 없어진 채 새파랗게 질리면 부모의 눈에 아이가 금방 죽을 것으로 보인다. 소아에게 발생하는 급성경련은 여러 가지 원인이 있지만 그중 가장 흔한 것이 생후 6개월에서 3년 사이에 많이 발생하는 열성경련이다. 소아 전체의 5%에서 이런 현상을 볼 수 있는데 대부분 열성질환이 시작되는 첫날 나타나고 가족적인 경향이 있다. 남아에게 많으며 대개 5분 이내에 그치지만 15분까지 가는 경우도 있으니 이때는 경련 도중에 질식하지 않도록 아이를 옆으로 뉘어서 입 안의 가래 등이 쏟아지게 해주며 머리에 물을 부어 식혀주면 빨리 그친다.

　경련은 세계인에 모두 있는 일인데 유독 우리나라 사람들만 「따야 한다」고 우기는 이들이 많음은 참으로 답답한 노릇이다. 그럼 따지 않는 미국인, 일본인은 아니 의사 가족들은 모두 놀라서 죽는단 말인가. 궁둥이 찌르는 것과 손가락 찌르는 것 중에 어느 것이 더 놀라게 하고 어느 것이 더 아프겠는가. 열성경련은 대개가 일과성으로 지나가 버리니까 따는 사람 집에 도착했을 때는 이미 경련이 그치고 잠든 상태에서 바늘로 찌르면 우는 것을 보고는 「됐다」라고 한다.

　그러나 마침 어디선가 진찰하려는데 경련을 하는 아이가 있었다. 아이는 온몸을 수십 군데 찔러도 계속 경련을 하니 당황하여 병원으로 쫓아오는 것을 본다. 이때 아이를 안고 오다가 질식하여 죽은 후 도착한 경우를 보았는데 이는 전술한 이론을 믿지 않는 결과 때문이리라.

그런데 우리나라에 요즈음 이상한 노이로제 현상이 생겼다. 그것은 「뇌염 예방 접종하면 죽는 것이 아니냐」하는 것인데 흑백을 화끈하게 못 가리는 당국의 책임도 크지만 무작정 흥미위주로 보도하는 언론의 무책임이 빚은 온 국민의 집단노이로제라고 밖에 볼 수 없다.

그 접종 후 백만 명 중의 하나가 신경학적 이상이 있다는 것과 천만 명 중 하나가 죽는다는 세계 공통의 이론과 비교할 때 오늘날 멀쩡히 걸어가는 사람을 지나가는 차가 덮쳐서 죽이는 경우가 그에 비해 얼마나 많은가.

이틀 전 예방접종을 했고 이틀 후 다른 열성질환에 걸려서 열성경련을 했고 며칠 통원 가료해서 깨끗이 잊어버리고 사는 사람이 한 달쯤 후 이 사건이 생겨 집단 노이로제에 걸렸다. 드디어 당국에 고발까지 했다니 집단노이로제에 걸린 그들이 나쁘다고만 할 수도 없을 것 같다. 입원하지도 않은 아이를 「입원해서 산소를 쓰고」 등으로 보도했지만 다행히 부모가 뒤늦게라도 실상을 이해해서 치유가 되었으니 망정이지 계속 평생을 두고 그것과 연관 지어 모든 일을 해석해 버린다면 이 또한 얼마나 큰 불행일까. 이 사건은 예방접종과 전혀 관계없는 열성경련이었음이 밝혀졌으면 당국에서 소신껏 처리해야지 무작정 「민원」인데 하면서 고발자 비위 맞추기에만 급급하여 아무런 죄 없는 의사를 계속 달달 볶아대니 『의사 때려치우고 장사해야겠다』는 사람이 또 하나 더 생길 것 같다.

아이가 자라면서 겪어야 하는 수많은 질병 중에 열성경련처럼 부모를 당황하게 하는 몇 가지 질병이 있는데 뇌막염, 뇌염, 진행성 근육마비 등이 그 예이다. 그런데 집단노이로제 현상인 「사회병」이 생기기 전에는 단순히 그런 진단이 붙으면 그대로 믿었지만 이제는 무조건 한 달 전 아니 일주일 전에 맞은 뇌염예방주사 때문이라고 무작정 우겨대며 의사를 궁지로 몰고 가는 세태다. 이런 궁지에 몰리면서까지 사명감으로 계속 접종해 주는 어리석은 의사들이 있는 한 아무쪼록 이번 여름엔 뇌염 환자가 생기지 않을 것이라고 굳게 믿어본다.

매일신문 1994.6. 30

비행청소년이 되는 길

　엄마 뱃속에서 수정된 순간부터 태교가 중요하다는 강의를 들은 「미시족」이 만원 버스에 오르자 『저, 아저씨 죄송하지만 자리 좀 제가 아기를 가져서』 양보를 한 아저씨가 아무리 보아도 그 아가씨 배가 부르지 않아서 내리기 직전에 물었다.

　『저, 아줌마, 실례지만 애기가 몇 달이나 됐는데요?』 그 대답이 『삼십분』이었단다. 이렇게 중요한 태교부터 성장이 완성돼 자기가 애기를 가질 때까지가 소아과의 영역인데 소아과에서 청소년 문제를 의논하는 엄마들이 무척 드물다. 대검찰청 통계에 따르면 비행청소년 유형 중에 폭행, 절도, 강도, 강간, 사기 등의 순으로 많고 우리나라 전체 범죄 중에 청소년 비행이 10%에 달한다고 한다. 이들 중에 통계적으로 많은 다른 아이들보다 다른 경향들을 보면 야뇨증, 지능이 낮음, 저학력, 정서 장애, 부모의 결함가정, 과보호로 자란 아이, 침착성이 적고 공격적인 성격, 의지의 결여, 불안정성, 외향적, 정의감의 부족, 고집이 세며 무례함, 가정 내에서의 가족관계의 실종, 가출 성향, 방화벽, 자살충동, 성교육부재 등을 들 수가 있다. 지면이 되는대로 이들 중 몇 가지를 살펴봄으로써 비행청소년이 하나라도 적어지기를 비는 마음 간절하다.

　알코올 중독이나 잦은 부부싸움 등으로 정서장애 부모가 아이를 방임해 범죄에 대한 죄의식이 부족한 경우가 많다. 부모 자신의 문제가 복잡하면 아이에게 관심이 없거나 너무

엄격해 아이의 심리에 대한 이해가 부족하기에 비행 초기에 고칠 시기를 놓친다. 부모의 이혼, 별거 등은 자식을 지옥에 떨어뜨리는 것과 마찬가지다. 자식의 잘못을 보았을 때 부모의 감정이 폭발해「욱」하는 격노가 발동하려고 하면, 다시 한빈 침을 삼키고 참아서 냉정을 되찾고 자신의 아이의 입장이 돼 동정어린 태도로 조용하고 침착하게『그런 일은 나쁘지? 다시는 안했으면 좋겠다』하면서 아이를 꼭 안아 주는 것이 좋다. 반대로 3, 4초를 못 참고「욱」하며 격렬한 말 한마디를 내뱉어서 사랑하는 아이로 하여금 당장 극약을 먹고 자살하게 한 실례도 있다. 무턱대고 사랑, 과보호에 자기중심적인 성격이 계속돼 자기 억제 능력을 키울 수 없었던 아이는 비행의 유혹에 쉽게 빨려 들어간다. 이런 아이는 동무가 별로 없고 있다해도 친한 친구가 적다.

비행청소년에게 흔한 여러 가지 나쁜 성격들은 대부분 부모가 모범을 보여야 성장기에 모방하며 배우는 인격 형성에 스승이 되는 것이다. 아이가 언제나 적대적이고 고집이 세고 독불장군격인 행동을 할 때 인내와 사랑으로 예의를 가르칠 것이다. 과잉보호로 길러진 경우 혼자서 시련과 난관에 봉착해 좌절도 하고 극복도 하는 경험을 자주 시킨다.

텔레비전, 비디오, 잡지 등 문화의 배경에서「신구문화의 충돌 환경」이 비리로 유도되는 경향이 많지만 가정 내에서의 원만한 가족관계가 있는 경우는 쉽게 조정이 가능하다. 부모의 화목, 자식과의 충분한 대화와 의식교감이 상황판단과 선도의 열쇠를 줄 것이다. 가출 충동은 누구나 있지만 정도 나름인데 독립에의 욕망이 강해 먼 곳에는 무언가 신기한 일이나 무용담이 있을 것이란 모험심의 발동이 원인이 되기도 한다. 가난 때문에 부자가 되는 꿈을 안고 가출한 경우 여아는 90%가 매춘부로, 남아는 대개가 범죄단체에 흡수되는 경향이다.

학교나 부모 양측에서 동시에 꾸중을 당할 때, 다른 형제와 비교해서 나무랄 때 현실 도피와 부모에 대한 복수심으로 가출한다. 일류대학에 진학해야 한다는 부모의 기대에 학업 성적의 갈등은 고통에서 도피하고픈 충동을 주는데 초조한 아이에게 부모가 『너 같은 자식은 없는 게 낫다. 쓸모없는 인간』이란 뜻의 말을 하면 자포자기의 직접적인 동기를 부여하게 된다. 지능이 낮아도 무언가 장점을 추켜세워 특징을 인정해 주고 생활의 즐거움을 맛보게 해 재발 잘 하는 「가출증」을 예방하도록 온가족의 노력이 필요하다. 서울의 한 자살예방센터 통계에 의하면 일 년에 약 200명의 10대 청소년 자살기도 환자가 온다고 한다. 이들은 대개 부모와의 갈등, 현실에 대한 회의감 등으로 심한 우울증에 이환된 경우가 많다.

두통, 심한 불안, 불면증 등으로 우울증에 걸려 두문불출하는 아이를 집에서 공부만 하는 얌전한 학생으로 오인하는 경우가 많으니 조기 발견에 신경을 써야 한다.

한편 성교육은 부모의 관계에서 큰 영향을 받는데 생활로써 가르치되, 입, 항문, 성기, 성차이의 곡해, 수음, 침실, 나체, 상스런 말 등 너무나 많은 문제들을 오랜 시간을 두고 단순하고 정직하게 지능에 맞추어 교육해야 한다는 게 이론인데 그게 인생의 문제 중 가장 어려운 일일 것이다.

매일신문 1994.10.13.

건강정보

열성경련

소아에서 발생하는 급성경련은 여러 가지가 있지만 가장 흔한 것이 열성 경련이다. 전체 소아의 5%에서 볼 수 있는데 두개강내(머릿속) 감염이 아닌 경우라고만 판단되면 자연 치유되는 증상이니까 별로 걱정할 필요가 없다. 대개 생후 6개월에서 3년 사이에 많이 발생하고 남아에서 더 많고 열성 질환의 초기에 나타남이 대부분이다. 가족적인 경향이 있음은 물론이고 대개 5분 이내에 그치지만 15분까지 가는 경우도 있으니 이때는 경련 도중에 질식하지 않도록 해 주어야 한다.

잘 놀던 아이가 갑자기 눈을 위로 치켜뜨며 입을 실룩거리고 전신을 뻣뻣하게 해서 벌벌 떨며 의식이 없어진 채 파랗게 질리면 부모 입장에선 금방 숨이 넘어가는 것으로 보인다. 이런 현상은 전 세계인이 꼭 같이 경험하는 일인데 유독 우리나라 사람들만 "따야 한다"고 우기는 이들이 많다. 따지 않는 미국인이나 일본 사람들은 놀라서 모두 죽는단 말인가.

손가락 찌르는 것과 궁둥이 찌르는 것 중 어느 것이 더 아프고 더 놀라게 한다고 생각되는가 참으로 답답한 노릇이다. 따는 것은 현대 의학의 이론에 전혀 맞지 않고 따므로써 파상풍이나 패혈증 등 생명을 위협하는 합병증을 초래하는 경우를 볼 수가 있기 때문에 절대로 따지 말고 다음과 같이 조치하기를 권한다.

우선 부모가 경련을 발견하면 당황하지 말고 아이를 평평한 곳에 옆으로 눕힌다. 입안에 가래나 이물질이 기도 (숨구멍) 를 막지 않도록 해준다.

평탄한 곳을 찾는다고 뛰어가다가 질식해서 죽이는 수가 있으니 그곳이 비록 땅바닥이라도 옷을 버려도 애기는 살려 놓고봐야 하니까 아무데서건 경련을 발견하는 즉시 그 자리에서 평평한 곳에 옆으로 뉘이면 자연 고개는 뒤로 젖혀져서 기도 확보 자세가 되니 숨을 쉬어가며 경련할 수가 있다.

모자, 양말, 장갑을 벗겨서 말초부위에 열 발산이 되도록 해 주고 이마만이 아닌 머리 전체에 물을 부어서 머리를 식혀주고 춥지 않으면 바지를 벗겨서 다리도 식혀주면 좋으며 가능하면 항문으로 해열제를 넣어도 좋다. 이렇게 식혀주면 열성경련은 대개 5분 이내에 그치고 애기는 잠이 드는 게 보통인데 흔히 따는 사람에게 데려갔을 때는 이미 경련은 그치고 잠든 상태에서 바늘로 찌르니까 울게 되는 것이지만 그렇게 울려도 다시 자는 것이다. 진찰실에서 차례를 기다리다가 경련하는 경우를 흔히 보는 데 옆에서 보고 있던 할머니가 아는 척 떠들어 댄다. "의사에게 말하지 말고 주사 바늘 하나 갖고 오너라"라고 해서는 무턱 대고 손가락, 발가락을 마구 찔러대지만 경련을 하고 있을 때는 아무리 찔러도 경련이 그칠 리가 없으니 그제야 당황한 부모가 의사에게 쫓아온다.

아침에 경기를 해서 한의원에 갔다 왔는데 오후에 또 경기를 해서 병원에 오는 사람이 있다. 이는 열성경련을 침만으로 고쳐지는 것이 아니므로 소아과에 가보라고 일러주지 않은 책임이 크다고 하겠다. 열성질환에서 첫날 경련의 대부분이 생기니까 열성경련을 잘 하는 아이의 부모는 잘 놀던 아이가 갑자기 나른해지거나 한기가 들거나 열이 오르는 것을 발견하면 즉시 해열제를 충분한 양을 먹이거나 항문에 넣고 5~6시간마다 반복해서 약을 투여해야 경련이 예방된다. 가능하면 의사에게 맡김이 좋다.

열성경련하는 아이의 일부가 간질 환자로 되는 것으로 믿는 사람이 많은데, 이는 확실치 않지만 간질은 유전이 대부분이고 간질환자 중에 어릴 때 열성경련의 병력을 갖고 있는 사람이 25%나 된다. 열성경련을 반복해서 많이 하면 뇌의 실질조직의 파괴로 뇌성마비가 되는 수도 있으니 반복하지 않기 위해 항상 해열제를 미리 준비해 두었다가 필요시 충분한 양을 투여하는 것이 좋고, 항경련제를 평소 때 계속 쓰라는 이론은 찬반양론이 있지만, 생후 1년 이전에 경련을 시작했을 때와 신경 발육상태가 이상이 있을 때나 경련 발작이 15분 이상 계속 됐을 때, 경련 첫날 두 번 이상 발작했을 때 등은 항경련제를 2년 정도 계속 쓰는 것을 추천하고 있다. 열성경련이라고 해열만 시키고 가볍게 취급하다가는 뇌막염, 뇌염, 뇌종양, 이질, 신우염 등 위험한 질병의 조기진단을 못하는 경우가 있으며, 간질 등과의 감별 진단을 위해 반드시 경련이 그친 후에 의사에게 데려가야 한다. 물론 경련할 때는 전술한 방법으로 해 주고 기다렸다가 경련이 그친 후에 잠들면 고개를 뒤로 젖혀서 고개가 끄덕끄덕하는 자세로 안고 병원에 가야 기도가 막히지 않고 숨 쉴 수가 있다. 무엇보다도 중요한 것은 열성경련이 다른 무서운 질병의 초기 증상이냐 아니냐를 구별하는 의사의 지식이 중요한 것인데, 이를 섣불리 의사 아닌 분의 상식만으로 간과되었을 때나 비과학적인 치료로서 진단이 늦어질 때 위험한 결과를 초래한다는 것이다.

조기진단이 늦어져서 큰 피해를 입는 가장 흔한 경우가

있기에 이 기회에 소개하고자 한다. 생후 5개월 이전은 드물지만 돌 전후에서 아이가 자다가 갑자기 많이 울면서 얼굴이 창백해지고 10초 정도 울다가 5분쯤 쉬고 다시 반복하고 하는 증상만으로 "장중첩증"을 진단하기란 참으로 어렵지만 이 경우 구토, 혈변, 복강내 덩어리 만져짐 등의 증상이 없다고 이 병이 아니라고 되돌려 보내놓고는, 진단이 늦어졌기 때문에 수술 않아도 될 사람을 수술 받아야 되게 만드는 경우가 있다. 급성복통이 의심되는 아이는 한밤중이라도 응급실을 찾아야 하는 이유는 장중첩증 진단을 12시간 이내만 진단되면 수술 않고 쉽게 풀 수 있는 경우가 대부분이기 때문이다.

뇌염의 경우도 경련을 발견하고 의식의 혼미상태를 오래 끌수록 뇌성마비 등 후유증이 많기 때문에 의식 혼탁이 의심스러울수록 속히 입원시켜야 할 것을 단순한 열성 경련으로 간과해서는 절대 안 될 일이다. 파상풍의 경우도 진단이 늦어져서 경련 발작 간격이 단축될수록 호흡 마비가 빨리 오니까 경련 때 얼굴이 비웃는 듯한 표정과 목을 뒤로 젖혀 활같은 척추자세로 경련을 한번이라도 하면 속히 입원시켜야 살리기가 쉽다.

특히 파상풍 때 따거나 침을 주면 증세가 더욱 급속히 악화되기 때문에 절대 금기이다. 발병 첫날 입원하면 대부분 살리지만 3일 후만 늦어도 살리기 어려운 급한 경과를 취하니까 파상풍이 의심되는 증상은 절대 주저하지 말고 급히 종합병원으로 보내져야 한다.

결론을 내리자. 경련하는 아이를 보면 생명을 위협하는 경우라고 당황하기 쉬우나 가장 흔한 열성 경련의 경우는 대개가 일과성이니까 당황하지 않고 응급처치만 잘 하면 걱정할 필요가 없다. 경련을 반복하는 경우 간질이나 뇌성마비 등을 초래할 위험이 따르므로 미리 예방을 해야 하고 경련이 그친 후 꼭 의사의 정확한 진단을 받아야 위험한 질병의 조기진단을 놓치지 않을 수 있다. 애기가 갑자기 몹시 울면 내일 아침까지 미련 부리지 말고 밤중이라도 응급실로 데려가야 장중첩증 등의 조기 진단으로 수술 않고 치료가 가능하다.

　파상풍이나 뇌막염 등을 단순한 열성경련으로 간과해서 치료가 늦어지면 치명적이 되므로 조기에 경련을 발견하면 즉시 의사의 진단이 필요한 것이다.

대구 1지구 의료보험조합 소식 1993. 3.1

이유식 (離乳食)

　생후 첫 1년간의 영양공급과 정서발달이 그 애기의 일생에 가장 큰 영향을 미치는 중요한 시기다. 포근한 정서 속에 성장한 애기는 문제아가 되지 않는다고 하여 애기 젖 먹일 때 엄마와 아기가 발가벗고 수유를 해야 한다는 학자도 있다. 생후 첫 1년간은 모유 영양이 가장 좋은 것은 두말할 필요도 없지만 『젖을 차차 떼어가면서 무엇을 어떻게 먹일까?』 하는 데에 부모들의 관심이 쏠린다. 모유 영양에서 고형식인 성인식사로 이행되는 중간단계가 「이유식」이라는 이름으로 불려진다. 그런데 이유식을 먹건 모유를 먹건 간에 식사시간은 즐거운 시간이 되어야 하므로 억지로 먹이지는 말아야 한다. 큰 병이 없는 한 굶어 죽는 법은 없으니까. 애기 자신의 욕구 이전에 부모들이 강박관념으로 억지로 먹이다 보면 젖꼭지만 봐도 싫증을 느끼거나 우유 소리만 들어도 구역질을 하는 애기들이 실제로 있는 것이다.

　생후 1년간 일반적으로 모유 이외에 더 보태어 먹여야 할 것을 들어보자. 출생 후 두 주일만 되면 종합비타민을 먹이기 시작하여 정상 성인 식사를 섭취하게 될 때까지 계속 먹여야 한다. 생후 1개월이 되면 과즙이나 「주스」를 한 방울씩 입에 대어줘서 젖 이외의 식품에 대한 배격을 안 하게 적응시켜 본다. 생후 2개월만 되면 곡분으로 된 미음 한 방울씩을 젖 먹이기 전에 입에 넣어 줘본다. 여기서부터 이유식을 먹이는 원칙을 말해 보면

　첫째 잘 다지거나 갈아서 부드러운 것부터 시작할 것, 둘

째 소량부터 차츰 중량해서 먹일 것, 셋째 반드시 잘 소독하여 (끓여서) 먹일 것 등이다. 그러나 애기에 따라서는 반드시 부드러운 것만 먹이려 하지 말고, 단단한 빵이나 밥을 더 좋아하는 경우도 있으니 적절히 대처할 일이다. 애기가 좋아하는 손쉬운 것을 찾아서 먹이는 것도 방법이 된다.

이유식은 대체로 시중에 파는 이유식 (깡통 제품이나 병에 든 것 등) 이 무난하나 가정에서 만들려면 항상 단백질에 중점을 두어야 한다. 애기가 하루에 섭취하는 칼로리 중에 단백질이 차지하는 비율이 어느 수준 (15%) 이하가 되면 아무리 많은 음식을 먹여도 비만증이 될지언정 결코 키가 크거나 두뇌가 발달하는데나 빈혈 예방에 도움이 되지 않으며 되레 큰 지장이 생기게 된다.

요즈음 이상적인 비율의 단백질이 포함된 우유를 곡분 (대부분 단백질이 아주 적다) 이 섞인 물 즉 미음 같은 것에 태워 먹이는 분들을 흔히 본다. 이 경우 아무리 우유를 진하게 태워도 단백질의 상대적인 비율이 떨어지니까 그 애기는 소위 「슈가•베이비」(볼이 동그랗고 다리가 새들새들 골은 단백질 부족증 애기) 가 되어 버리는 것이다. 미음은 젖 떼는 훈련에 쓰는 것이지 식사가 아니며, 칼로리로도 아무런 의미가 없다. 따라서 이유식의 조리는 단백질에 중점을 둔 식품 (콩, 멸치가루, 쇠고기 다진 것 등) 임을 염두에 두어야겠다.

또 이유식을 너무 힘들여 오래 조리해서 만든 것은 아까우니까 억지로 먹이려고 하기 쉽다. 그 결과 식사고통증 (?) 에 걸리는 것이다. 이유식은 매번 먹일 때마다 다시 만들어 먹여야지, 미리 많이 끓여 두었다가 조금씩 떠서 먹이는 것은 절대 위험하다.

게다가 이유식은 고형식 (진한 음식) 으로 만들어 숟갈로 떠 먹여야지 젖병에 넣어서 먹이면 너무 묽어서 위만 늘어나고 (성인이 되면 위장병의 원인이 됨) 영양실조가 된다. 성인이 밥 세 그릇을 미음으로 만들어 젖병으로 **빨아** 먹으려면 하루에 한말을 먹어야 한다는 것을 명심하자.

끝으로 모유 영양이 가장 좋음을 상기시키며, 모유건 우유 영양이건 그것을 먹이기 직전에 이유식을 먹여야 모유를 차츰 적게 먹게 되고 점차 밥을 먹게 된다. 애기의 식사시간이 즐거운 순간으로 되게 하려면 시도 때도 없이 먹일게 아니라 오래 굶겨서 (실컷 울려서) 먹일 것이다.

매일신문 1981.4. 9

대변 제조 공장

인간의 중요한 본능 중에는 먹고 싶은 것, 배설하고 싶은 것의 욕구가 있다. 배가 몹시 고플 때 밥 한 그릇 뚝딱 하고 나면 천하를 다 차지한 듯한 만족감을 맛볼 수 있고, 방광이 터질 듯한 고통을 참고 견딘 소변을 시원하게 배설할 때나 뽀닥 뽀닥 용을 써서 팔뚝 같은 대변을 밀어 낸 후의 쾌감은 어디다 비길 데가 없을 만큼 큰 것이다. 이 쾌감을 고통으로 바꾸어 주는 부모님들께 조언을 드린다.

입으로 음식물을 섭취하면 창자를 지나오는 동안 수분과 영양분은 대개 흡수되고 찌꺼기가 대변창고 (큰창자) 에 차곡차곡 모이게 되는데 한 창고 가득 차면 창고 문이 열려서 밀어낸다. 이것을 대변이라고 부른다.

대변창고가 가득 차기도전에 창고 문을 열고 밀어낸다는 것이 애기들로서는 아주 어려운 일이다. 그런데 하루 종일 대변 안 보았다고 애기에게 적게 먹이는 분들이 많다.

적게 먹일수록 대변 창고에 찌꺼기가 모이는 속도는 더 늦어지고, 미리 모여 있던 찌꺼기는 창고 벽에서 수분을 계속 흡수해 가니깐 점점 더 굳어지기 마련이다.

굳어진 대변은 나중에 한 창고 가득 차서 빠져 나올 무렵 창고 문을 찢어지게 하거나 항문 근처의 작은 혈관을 터지게 만들거나 치핵 (치질) 을 유발시키게 된다. 한번 찢어진 항문은 심한 통증 때문에 다음번 손님이 지나갈 때 보내지 않으려고 무의식중에 오므려뜨리게 되고 자연 그 다음 번에 더 많은 손님이 모일 때까지 참고 버티어 나간다.

이래서 점점 굳어진 대변은 상한 항문을 만들고 상한 항문은 또 더 굳어진 대변을 만드는 악순환을 되풀이한다. 그렇다면 변비가 되었을 때 음식을 많이 먹여야 한다는 결론이 저절로 나오게 된다. 빨리 찌꺼기가 한 창고 가득 차서 굳어지기 전에 밀어내야 하니까.

그런데 이쯤에서 관장약장수들이 화낼 얘기를 하지 않으면 안 되겠다. 대변이 제때 안 나온다고 걸핏하면 관장약을 사다가 관장을 자주 시키는 부모들을 볼 수가 있다.

그런 아이들은 주사도 호랑이도 무섭지 않고 『관장!』 이 말이 가장 무섭다고 하는 것을 보시라. 관장 때 고통이 처절하리만큼 심하기 때문이다.

이런 부모님들이여 자기 항문에 부드러운 손가락이라도 넣어보세요. 얼마나 아픈지. 하물며 그 딱딱하고 거친 관장약 플라스틱 용기를 좁은 애기 항문에 밀어 넣어 피부 점막이 찢어지게 하면 죄책감(?)은 커녕 운다고 때려주는 어른들이여, 애기는 대변 제조공장이 아니다. 하루에 대변을 열 번 누더라도 건강하게 자라기만 하면 병이 아닌 수가 대부분이다. 1주일에 대변을 한번만 보아도 잘 놀고 잘 먹으면 정상인 것이다.

그 정상 유무를 진단하는 이는 부모나 이웃 할머니도 아니요 약사도 아니요, 단지 의사뿐이다. 안 누면 안 눈다고 걱정해서 관장, 많이 누면 또 많이 눈다고 걱정해서 야단 - 이런 식의 섣부른 진단은 곤란하다.

애기 관장 시킨다고 함부로 약을 사서 관장 시킬 일이 아니고 한 닷새 쯤 대변을 안보더라도 참고 기다리며 많이 먹이시라고 일러드리고 싶다.

매일신문 1981.2.28.

뜨거운 것이 싫어

생후 한 달 미만의 애기를 신생아라 한다. 신생아는 피부가 보드랍고 약해서 쉽게 상처받고 조금만 더워도 화상을 입으며 자칫하면 살갗이 곪는다.

어머니 뱃속 (섭씨 37도) 에 있던 아이라 항상 뜨거운 곳에 묻어두어야 한다고 믿는 할머니들이 아직도 많아서 애기를 섭씨 50~60도 되는 아랫목에 이불을 폭 덮어씌워선, 마치 삶듯이 해두는 집들이 한 둘 아니다.

그 결과 애기의 피부엔 땀띠가 나고 고름이 맺히고 습진 (태열) 이 생기며, 젖은 기저귀가 푹 삶겨져서 화상으로 궁둥이에 껍질이 벗겨지는 등 만신창이가 된다. 그래도 뜨겁단 말 한마디 못하고 울고만 있으면 할머니들은 『목욕을 안 시켜 그렇다』 며 아닌 밤중에 또 뜨거운 물에 목욕까지 시킨다. 목욕물이 더 뜨겁다고 울어도 아랑곳없다.

더욱이 목욕할 때 「가제」 로 입속을 깨끗이 (?) 씻어낸다면서 손가락으로 연약한 입점막을 후벼대니 껍질이 모두 벗겨진다. 이 때문에 애기 입속은 말끔히 씻어진 듯 보이지만 한 시간 후이면 입속의 점막과 혀는 온통 우유 찌꺼기 같은 막으로 꽉 덮혀 버린다. 이는 피부에 있는 곰팡이 종류의 균이 애기의 상한 입 속 점막에 번식한, 소위 「아구창」 이라는 병이다. 이걸 보고 입이 깨끗이 안 씻어졌다고 또 벗겨내면 더 많이 생기게 되며 심하면 젖도 못 빨 정도로 고통에 시달리게 된다.

애기가 누워 있는 방바닥은 섭씨 20도 정도면 족하다. 신생아들은 온도 차이가 조금만 나도 자연스레 딸꾹질을 하게 되는데 섭씨 50도에서 갑자기 45도 되는 곳으로 옮겼을 때도 어른들은 『추워서 딸꾹질을 한다』고 다시 뜨겁게 묻어 둔다. 그뿐인가? 애기가 때로 깜짝깜짝 놀라는 것은 정상적인 신경반사, 즉 신경이 다치지 않고 건재하다는 중거인데도 『놀라서 그렇다』고 침으로 딴다든가 심지어 문도 크게 못 닫게 하는 할머니들이다. 부디 갓 태어난 손자 손녀가 그렇게도 귀여우시거든 새해부터는 꼭 이렇게 하시라. 방 공기가 차가우면 아랫목 뜨거운 곳을 이불로 덮지 말고 열어 두어서 방 공기를 덥히도록 하시고, 애기는 윗목에 옷을 껴입혀서 눕히고 그 이불로는 바람 들어오는 창문을 가립시다. 그리고 혹 뚫린 문구멍이 없나를 살핍시다.

신생아는 이렇게 외친다. 『나는 뜨거운 것이 싫어요. 내가 누운 바닥에 손등을 대어서 기분이 좋은지 확인하세요. 입속은 절대로 씻기지 말아주시고, 젖 빨리기 전에 엄마의 젖꼭지가 청결한지도 확인해 주세요…』

덧붙여 할머니적인 사고방식에 젖은 어머니들도 의외로 많은 것 같아 이 기회에 애기 기저귀 만지는 분들의 게으름을 하나 지적하고 싶다.

애기의 옷이 젖으면 세탁하기가 귀찮으니 옷이 젖지 말라고 기저귀 채울 때「비닐」종이를 덮어씌우는 엄마들이 많은데, 오줌에 젖어 차인 습기를 밖으로 못 배어나오게 막으면 그 습기는 결국 어디로 가란 말인가? 푹 배인 습기가 애기의 피부로 번져서 살갗에 자극을 주어 피부병이 생기고 자칫 껍질까지 벗겨지게 된다.

내가 여자라면 차라리 세탁을 여러 번 했으면 했지 내 좀 편하려고 애기 피부에 껍질이 벗겨지도록은 하지 않겠다. 이래도 기저귀에 비닐을 씌우는 게으른 엄마들이 있다면 차라리 오줌 못 누게 아무것도 먹이지 말라고 일러주고 싶다.

『애기를 기르는 데는 할머니 말을 들어야 한다』고 고집하시는 분들에게, 지금은 둘만 낳아 안 죽이고 잘 기르는 시대이며, 이 시대의 주역은 과거의 할머니들이 아니라 현대의 어머니들임을 말씀 드린다.

매일신문 1981.1.8

식사 거부증(食事 拒否症)

　하나님이 사람을 세상에 내보낼 때 普通的으로 自己 食量은 스스로 찾아 먹을 수 있도록 해서 보낸 것이 틀림없을 것이다. 그런데 요즈음은 出生 즉시 母乳가 돌아날 때까지를 못 기다려 우유를 타서 먹이는 사람이 많다. 이 때문에 母乳를 적게 빨고 그래서 젖도 적게 나온다고 믿고들 있다. 그래도 자기 量은 타고난 것이 분명한데 구태여 우유를 보태어 먹여야만 직성이 풀리는 「過重防禦」 심리의 부모가 점점 많아지고 있다. 더욱 안타깝게도 아이가 젖도 안 먹고 잠만 잔다고 걱정을 하며 시간 시간 깨워서 젖을 먹이려고 애쓰고 있다. 아이는 젖꼭지에 싫증을 느껴서 드디어 입에 갖다대기만 해도 구역질을 한다. 배가 아무리 고픈 상태이지만 등 뒤에서 우유 태워 흔드는 소리만 들어도 아이가 구토를 하게 된다.

　분명히 「식사거부증」 이라는 새로운 病名이 하나 붙여져야겠다. 이런 아이가 그래도 體重과 發育이 정상적인 것을 항시 볼 수가 있다.

　이는 부모생각에 너무 안 먹어서 죽을 것만 같아 보이는 아이가 결국은 자기 量을 다 찾아 먹었다는 결론이 된다. 이렇게 시도 때도 없이 젖을 먹이려고 애를 쓰니 아이가 「식사거부증」 에 걸린 것이라고 일러 주면 『아닙니다. 꼭 세 시간 만에 먹이고, 어떤 때는 여덟 시간 되어도 하나도 안 먹습니다』고 한다.

　그럼 여덟 시간 동안 젖 한 번도 입에 갖다 대지 않았는지 캐어 보면 수십 번 갖다 대었다. 그래도 처음 대답은 『물론 한 번도 안 갖다 대었지요』할만큼 과중방어의 부모는 자기가 한 일을 모르고 있다.

식사 면에서의 과중방어는 그렇다 치고, 사물을 판단하고 思考하는 정신면에서의 괴중방어는 오늘날 個性이 없는 정신질환 투성이의 어린이, 의존심의 어린이를 길러 내고 있다. 과외공부 특과지도 등의 과중방어는 학생의 생지옥을 만들고 있다. 자기 자식은 자기의 所有物이 아니라 독립된 個性이다. 자기 부인, 자기 남편이 자신의 부속품이 아니라 독립된 개체이다. 그 때문에 「생각」을 강요해서도 안 되며 독립된 「삶」을 너무 짓밟아도 안 된다.

출생 즉시 강제로 떠 먹여야 하는 괴로운 「식도락」 버릇이 시작되어 무덤에까지 계속 他意에 의한 「생각」 他意에 의한 「삶」의 연속이어야 한다면 이것이 지옥이지 어디 또 지옥이 있겠는가 생각해 본다.

영남일보 1979.12.12.

자가 운동 처방

비만증의 치료와 예방 목적으로 식사 제한, 운동요법 등이 추천되고 있는데 그 운동 요법을 정상인에 적용하면 건강 유지에 큰 도움이 된다고 하겠다.

운동을 적당히 하면 섭취한 음식의 열량을 소모하여 비만증이 예방되고 심폐기능이 강화되어 수명이 길어질 수 있게 한다.

운동의 종류, 강도, 횟수 등은 개인마다 따로 운동 처방을 받는 것이 원칙이지만 여기에 보편적인 원리만 소개한다.

안전하고 효과적인 운동을 하려면 고혈압, 심장병, 관상동맥질환 위험군에 속한 분들은 운동 시작 전에 운동부하 검사를 하고 개인 처방을 받으시라. 비만증외의 특별한 질환이 없는 경우는 간단히 맥박 측정만으로 운동의 강도를 정할 수 있다.

먼저 본인의 최대 심장박동수를 계산하고 본인에게 알맞은 목표 심박수는 최대 심박수의 60~85%에 해당한다. 즉 40세라면 220-40 =180/분 (40세의 1분간 최대 심장 박동수는 180번) 180X0.6 = 108/분, 180x0.85 = 153/분. 즉 40세의 알맞은 목표 심박수는 108~153/분이 되게 운동을 지속한다.

본격적 운동 시작 후 5분 이상 되었을 때 심박동은 손목 동맥을 짚어서 15초간 세어서 4곱하면 된다.

비만 환자는 관절 기능이 약화된 경우가 많아 몸에 충격이 적은 운동 즉, 고정식 자전거타기, 걷기, 수중에어로빅 등이 좋고 정상인은 숨이 약간 가쁘게 느껴질 정도의 속보, 조깅, 줄넘기, 수영, 에어로빅, 달리기 등이 좋다.

처음 시작은 하루에 15분 내지 20분 동안 운동을 지속하고 일주일에 5일 정도 해야 하며 2주마다 5분씩 연장하여 운동을 지속하면 내주 후에는 60분을 지속할 수 있다. 적당한 운동도 하루에 60분을 넘기지 않는 것이 좋다.

이상은 운동을 통하여 신체 각 근육에 산소 공급을 원활히 하는 유산소운동으로 심폐기능이 좋아지는 장점이 있고 100m 달리기, 역도 등 3분 이내의 짧은 시간에 격렬한 운동을 하는 것과 마라톤, 등산 등은 무산소운동이라 하여 근육의 량이 많아지게 하고 체력이 좋아지고 체중 조절에 유리하지만 꾸준한 노력이 필요하다. 위의 공식대로 60세의 경우는 운동 시작 후 10분쯤 됐을 때 잠시 멈춰서 손목 동맥 박동수를 세어 보아 96~136/분이면 적당한 운동이 되는 것이다.(계산법 : 220- 60 = 160, 160 x 0.6 = 96, 160 x 0.85 = 136)

날씨가 추울 때는 고혈압 환자의 사고가 가장 많을 때이니 운동을 해도 따뜻한 방에서 하시고, 추위를 방어할 충분한 무장과 목표 심박수를 항상 염두에 두고 적당한 체력의 운동 처방을 스스로 해가면서 오늘은 달리기와 역기, 내일은 줄넘기와 조깅 등으로 자기에게 맞는 건강 장수법을 개발함이 바람직한 것이다.

대구시 남구청 신문 (남구사랑) 1998.1.1

아이의 독립심과 사회성 기르기

밤새도록 아이가 우는 집에는 도둑이 들지 못한다. 엄마 배속에 있을 때는 물속에 둥둥 떠 있고 숨을 쉬지 않으니 허파꽈리 (폐포) 가 닫혀 있는 상태이나 태어나서는 많이 울어야 폐포가 펴지고 폐활량도 많아지니까 많이 우는 것이 건강에 꼭 필요한 것이다. 아이가 우는 것은 의사의 표시가 아니라 본능의 발로인데 자랄수록 부모와 대화의 수단이 되기도 한다. 기저귀가 젖었다, 배가 고프다, 몸이 아프다, 이상 세 가지 대화가 아닌 경우면 우는 것을 안아주거나 무시로 젖을 물리거나 달래주는 것은 도둑 방조, 폐활량증진 방해 이외에도 아이에게 독립심이 생기지 못하게 의존심을 길러주는 동시에 아이를 나쁜 버릇의 폭군으로 기르고 있는 것이다. 혼자서 울다가 놀다가 하는 기술을 익히게 되고 이것이 세상을 혼자 살아가는 첫 훈련인 것이다.

병원에 진료 받으러 와서 아이가 지나치게 많이 울 때 부모들이 극성스럽게 달래는 것을 본다. 이 경우 울거나 말거나 미련스러운 척 쳐다보지도 말고 내버려두며 엄마가 곁에 있어 주기만 하면 소리 내어 울다가도 '엄마가 가만히 있는 것을 보니 무서운 게 아니구나' 하고 깨닫게 되고 차츰 우는 소리가 적어지는 법이다. 아이를 고함을 질러 꾸짖거나 소리 지르며 때리는 것은 아이에게 엄마가 지고 있다는 증거요, 이 경우 아이는 더욱 엄마 말을 듣지 않는다. 진찰을 받게 하거나 주사를 맞힐 경우 주사 안 맞는다는 둥, 안 아프다는 둥 달래는 말은 전혀 하지 말고 아이보다 더 힘차게 붙잡기만 하면 아이는 자기보다 더 강한 자에겐 순종할 줄 알고 울어봐야 소용없다는 것을 저절로 터득하게 되며 이렇게 하나, 둘 사회에 적응하는 기술을 배우는 것이다. 그런 뜻에서 혼자 걷기만 하면 놀이방에 보내 남들과 일찍부터 어울려 놀도록 하여 인생의 즐거움과 괴로움을 배우기 시작한다.

아이가 또래와 싸울 때 상처가 생길 위험이 없는 한 내버려두어 약자는 강자를 피해야 하는 것도 배우고 싸우다가 어울려 놀다가 하는 사회성이 길러지는 것이다. 형과 아우가 싸울 때도 부모는 누구의 편도 들지 말고 모른 척 자리를 피해 버리면 아우가 형에게 복종함을 배우고 형도 나중에 동생이 남들과 싸울 때 동생 편을 들게 된다. 그런 과정을 지나야 우애가 두터워지고 화목의 의미를 깨닫게 된다. 이웃집의 아이가 놀러왔을 때 같이 놀도록 자기 장난감을 나누어 주었다고 울며 뒹굴어도 달래지 말고 내버려두면 곧 친하게 같이 놀고 양보를 배운다. 유치원에서도 장난감은 공동의 것이라는 것을 배우지만 단체생활에서 외톨이가 되어 있는 아이에게는 부모가 개입하면 더욱 외톨이가 된다. 이 경우 선생님이 아이에게 무슨 책임을 맡겨서 무엇을 시키는 배려를 해 줌으로서 융화의 기술을 가르친다.

우리 아이는 고집이 세어서 어떻고, 우리 아이는 성질이 급해서 바라락 울다가 기절할 것 같다고 하는 엄마들은 자기 아이를 고집 세게 기르고 있고 신경질적으로 기르고 있음을 알아야 한다. 천성에 따라 다소의 변형은 있어도 이웃에 살면서 전혀 외계인인양 살려고 하는 생각이 아니라면 아이를 호들갑스럽게 다루는 것이 그만큼 독립심을 없애고 사회성을 못 자라게 하는 과잉보호 증후군으로 기르고 있다는 걸 명심해야겠다.

남구사랑 1997.4.1.

아이의 사고 예방

아기 사고로 인한 일생의 불행은 전가정의 불행이고 질병
으로 인한 사망률보다 사고로 인한 것이 더 많은 시점에 와
있으니 아기들 사고는 아무리 강조해도 모자란다. 갓난아기
를 높은 곳에 눕혀둔 채 잠시 어딜 갔다 오면 바둥대고 울
다가 떨어지는 경우, 천장을 향해 자다가 구토물로 질식하는
경우 등은 흔히 보는 신생아 사고이다. 돌을 갓 지나면 혼자
걷는 신기함에 천방지축 아무 곳이나 뛰어다니다가 추락하
거나 뜨거운 물을 당겨 화상이 되고, 전기 플러그를 만져 감
전사고가 나기도 한다. 아이가 서 있는 바닥을 당겨서 뒤로
넘어지면 생명을 잃기도 쉽다.

세 살만 되어도 대문이 열려 있으면 차가 달리는 도로에
뛰어들기 쉽고 집에서는 이름, 주소 등을 졸졸 잘 외워도 대
지만 미아가 됐을 경우 한마디도 못하는 경우가 많으니 항
상 아이에게는 이름과 전화번호가 적힌 목걸이를 해 주어야
한다. 어른의 약을 아이가 집어먹지 않도록 높은 곳에 두어
야 하고, 물약 3일분을 아이 혼자서 한꺼번에 마셔버리는
수도 있다.

약 먹일 때 코 막고 퍼부어서 흡인성 폐렴이 되기도 하고
칼이나 면도날로 손을 베기가 일쑤이며 송곳으로 찌르기도
하고 동전이나 못을 입에 물고 다니다가 삼키는 경우도 있
다. 문을 열거나 닫는 순간 손가락이 잘리는가 하면 대롱을
불며 수영하다가 목구멍을 찌르기도 한다. 여름에 모자를 쓰
지 않고 햇빛에 오래 노출되면 열사병으로 위험하고 말을

조리 있게 조잘되는 네 살 형에게 두 살짜리 동생을 잠시 맡기고 변소엘 다녀오면 전혀 상상조차 불가능한 엉뚱한 일을 벌이곤 한다. 삶은 옥수수를 먹다가 형이 뺏어 도망가면 옥수수를 한입 머금은 채 울다가 흡입해서 죽는 경우가 있다. 길옆에서 공을 차고 놀다가 차 오는 것을 전혀 못 느끼고 공 따라 가다가 사고를 당하고 자전거를 처음 배울 때 빠른 속도에서 오는 위험성을 모르니까 별별 사고를 당할 수 있다. 아이들끼리만 물놀이 가거나 고기 잡으러 가면 불귀의 객이 되는 것을 쉽게 볼 수가 있다. 집 근처 공터나 건축장에는 아이가 좋아하는 것들이 많지만 실제로 모두 흉기들뿐이다.

요구르트를 혼자 마시다 병뚜껑이 기관에 막히기도 하고 고무풍선을 입에 대고 빨다가 터지면서 고무 파편이 기도를 막는 경우가 있다. 유치원 마치고 집에 가려고 가방을 목에 걸고 있던 아이가 미끄럼대를 타고 내려오다가 끈이 난간에 걸려 목 졸린 경우도 있다. 집에 간다고 좋아라고 뒤로 풀쩍풀쩍 뛰다가 옆에 있는 연못에 빠지기도 한다. 장난감 총알에 눈을 맞아 실명하기도 하고 손가락으로 신생아의 눈을 찔러 보는 것이 유아의 정상 행동이다. 빈 상자가 도로가에 있으면 아이가 들어가서 차 오는 방향으로 뒹굴기도 한다. 높은 곳에 올라가는 아이, 그네를 혼자 타는 아이, 냉장고에 아이가 들어갈 만한 공간을 비워둘 때 이 모두를 그냥 보고만 있는 부모는 '자살 방조죄'로 징역도 마땅하다고 하겠다.

남구사랑 1997.5.1.

아이의 식사 습관 기르기

신생아는 젖 먹는 것을 통해서 인생에 관한 첫 경험을 하고 거기서 무엇을 배우게 된다. 엄마가 아기에게 그가 원하는 것보다 더 먹이려고 부단히 애를 쓰면 아기는 차차 음식 먹는 것에 대해서 싫증을 느끼게 되고 점점 식사에 저항이 생기고 반발심이 생기게 되며 인생에 대한 능동적이고 긍정적인 감정을 잃어버리게 된다. 나아가 '인생이란 저항이다. 나 자신을 보호하기 위해 끝까지 싸워야 한다.'는 자세로 행동한다. 즉 젖꼭지를 입에 대면 구역질을 한다든지 뒤에서 우유 태워 흔드는 소리만 들어도 구토를 하는 흉내를 내고 먹는 것이 끝나기도 전에 잠들어 버림으로서 엄마의 조르는 것을 피하려고 하기도 한다.

아기가 요구할 때마다 시도 때도 없이 먹이려고 해도 안 되고 너무 계획적으로 시간 짜서 꼭 지키려고 해서도 안 되며 일단 음식이 입에 들어가면 십오 분 정도 먹이려고 노력해 본 이후는 아무리 적게 먹었어도 아무리 울어도 세 시간 전에는 아무것도 먹이지 말고 세 시간 이후부터는 배고파서 울 때까지 열 시간이라도 기다려서 울거든 먹여야 한다.

생후 11개월만 되면 숟가락으로 밥 떠먹는 훈련이 바람직하고 흘려가며 먹는 듯 마는 듯해도 밥이나 이유식을 혼자서 먹도록 도와주어야지 꾸짖거나 화를 내서도 안 된다. 물론 우유도 같은 시간에 먹이되 총 식사시간이 삼십분 이상 질질 끌어도 안 되니 적게 먹었어도 모두 치워버릴 것이다.

돌이 지나서는 대개가 식욕이 적어지니까 음식의 량보다

질에 신경을 써야 하는데 너무 피곤하거나, 운동이 부족할 때, 시끄러울 때, 간식을 주었을 때, 춥거나 더울 때, 병을 앓을 때 등의 식욕부진 원인을 없애주고는 잘 먹게 하려면 무조건 오래 굶기는 것이 가장 좋은 처방이다. 숟가락질을 제대로 잘 하려면 반년 이상 훈련해야 하니까 그동안 계속 흘려가며 먹게 되도록 턱받이도 해 주고 비닐 바닥도 깔아 주어야 한다. 밥 먹다가 아이가 놀면서 먹는 경우 자리를 뜨면 바로 밥그릇을 치워버리면 몇 차례 반복함으로 그 버릇이 고쳐진다. 아이의 식기는 색깔 있는 것으로 호기심을 자극시키고 잘 쓰러지지 않고 깨지지 않는 아이 안전을 제일로 구해야 한다.

두 돌이 되면 식욕이 더 없어지는데 흔히 감기나 배탈이 아닌가 의심을 하게 된다. 충분히 뛰어놀게 하고 규칙적이고 충분한 수면, 간식 금지 등으로 식사 습관이 좋아질 수가 있는 것이다. 이것 먹어라 저것 먹어라 하고 밥상머리서 챙겨주는 것은 식욕부진을 악화시키는 일이며 전 식구들이 동시에 식사하면서 아이에게 "같이 먹자" 는 말 이외에는 전혀 다른 관심을 보이지 말 것이다. 다른 사람들의 식사가 끝났어도 아이는 한 알의 밥도 안 먹었을 경우 전혀 무관심한척 그냥 다 치워버리기를 서너 번 반복하면 저절로 잘 먹게 된다. 절대로 숟가락 떠서 먹이는 것은 금물이다. 그릇에 밥을 많이 떠주지 말고 약간 적은듯하게 줄 것이며 다 먹고도 "더 주련?" 하고 묻지 말고 더 달라고 안하면 더 주지 말 것이다.

일단 식사를 시작하면 제일 잘 안 먹는 음식부터 주어서 제일 잘 먹는 것 순서대로 먹이되 시간을 오래 끌지 말고 두 살 이후는 하루 세 끼만으로 충분하다. 과자나 주스 같은 간식도 필요 없지만 꼭 주고 싶으면 식사와 같은 시간에 먹일 것이다. 편식이 걱정되는 아이에게는 종합비타민을 계속 먹이는 것이 꼭 필요하다고하겠다. 어쨌든 잘 먹고, 잘 싸고, 잘 자고, 잘 죽는 게 육체적 행복의 기본 요건인데 첫째로 잘 먹기가 그리 쉬운 일이 아닌 것이다. 배가 고프게 해야 능동적으로 먹는 욕구가 생기고 스스로 먹어야 먹는 쾌감을 만끽하는 것이다. 먹는 일이 즐거운 일이어야지 아이에게 고통스런 일로 만들고 있는 부모님들이 반성을 해야겠다.

남구사랑 1997. 3.1

여름병

　사람 몸은 더위와 추위에 잘 적응되도록 생겨져 있지만 어린이의 경우 그 적응능력이 성인에 비해서 많이 부족하다. 심한 열손상은 노년층이나 어린이가 쉽게 당하지만 기온이 높은 곳에서 군사훈련, 심한 운동 등 활동적인 청년도 70% 이상의 사망률을 가진 열사병에 쉽게 노출되고 있다.

　열손상은 열경련, 열탈진, 열사병 등으로 크게 나눌 수 있는데 열경련(Heat cramp)은 장시간 운동으로 땀을 많이 흘리거나 아이를 장시간 땀이 나도록 싸고 다녀서 물과 소금기가 모자라는 저나트륨혈증이 되는 경우다. 이 경우 체온은 정상이어도 쇠약, 피곤, 전두부두통, 현기증, 피부가 창백하고 혹은 근경련을 일으킨다. 이때 물과 염분을 먹이거나 정맥주사하면 쉽게 회복된다. 몸에 적절한 기온보다 섭씨 십도 이상이 더운 날씨에서 병원에 오는 아이를 보면 거의 모두 열경련 직전 상태가 되어 있는데 엄마들은 이구동성 '우리 아이는 허약해서 땀이 많이 나는데 보약 먹여도 될까요?' 한다. 이 경우 '그 보약 값을 북한 동포에게 보내고 소금물 한 컵만 먹이세요' 하고 정답을 가르쳐 주어도 우이독경이다. 여기서 열성경련(febrile convulsion)은 전혀 다른 기전임을 알아야 한다. 우리 주변에서는 민간요법이란 미명으로 멀쩡한 비장을 들먹거려가며 열경련을 더 조장하는 처방(?)을 자주 보는데 애꿎은 비장이나 열경련 예방에 큰 공헌을 하고도 감기의 원인이라고 누명을 쓰고 있는 에어컨의 처지가 비슷하다고 해야 할 것 같다. 열경련은 수분간 지속하면

별 탈 없이 끝나기 마련이지만 더 심한 경우 열탈진(Heat exhaustion)이 된다. 갈등, 불안. 판단력 장애, 초조, 어지럼증, 과잉호흡, 감각이상, 경직, 혼수상태까지 갈 수가 있다. 이때 탈수로 인한 고열이 해열제로는 열이 안내려도 물을 먹이면 바로 내리게 된다. 고열, 구토, 저혈압, 근경련 등이 장시간 계속되면 뇌손상을 입어서 영원한 바보가 될 수도 있다. 이보다 더 진행되면 열사병(Heat stroke)이 되는데 이때는 땀도 없고 고열이 나며 붉고 마른 피부가 되고 특히 노인들에 많다. 체내 젖산이 많아지고 소금 뿐 아니라 카리, 칼슘, 인 등 체내 전해질 모두의 결핍이 초래되어 대개 불안, 혼란, 비정상적 행동, 정신이상, 혼수상태가 된다. 이때 적절한 치료로 30분 이내에 체온 하강을 시켜주면 살지만 장시간 끌면 죽거나 살아도 간조직 손상, 중추 신경계 손상이 남게 되어 산송장과 같이 된다고 하겠다.

어찌 보면 합법적 기형적 민간요법 구조 하에서 보약이 판을 치고 있는 세상이니까 현대의 의료기기들은 제 구실을 다하는 비장의 신세와 같고 오늘날 한국의 의사들이 누명만 쓰고 있는 에어컨 신세가 되어 있는 것이 아닐까?

남구사랑 1997. 8.1

아기와 질투

구약성경에 '카인'이 그의 동생 '아벨'을 죽인 것이 나오는데 이것이 질투에 기인한 첫 번째 살인사건이라 할 수 있다. 아이들은 질투와 보복에 관한 만화를 탐닉하는데 그 주제는 매혹적이고 그 동기는 아이의 심장에 호소한다. 이상한 것은 아이들이 언제나 희생자편이 되는 것이 아니라는 것이다.

질투 본능은 인형의 눈을 찌르거나, 주먹으로 치거나 집어 던짐으로 동생에 대한 질투를 대리 발산하기도 한다. 아이의 경험으로는 어머니의 사랑을 동생과 나눈다는 것이 적게 가진다는 뜻이 되니까, 때로는 자기를 미워하는 것으로 오해하며 '동생이 언제 죽느냐'고 묻기도 한다.

아이는 새 아기에 대한 분노와 반항을 조용하게 번민하는 것보다 그의 비통함을 부모에게 큰소리로 거리낌 없이 말하도록 받아주는 것이 더 좋다.

아이가 10층 창에서 자기 동생을 밀어 던지는 꿈을 꾸어서 죄책감에 시달리는 것보다 언어로 발산해 버리도록 해주시라. 때로는 질투를 삭이는 방법으로 기침, 오줌 쌈, 호흡곤란, 접시 깨뜨림, 손톱 물어뜯기, 머리 쥐어뜯기 등으로 나타낼 때 부모는 아이가 말로서 표출할 수 있는 기회를 주는 것이 현명하다. 지나친 온순, 무모한 관대성, 지나친 탐욕, 헌신, 패배감, 양보만 하는 태도, 작은 일에 목숨을 거는 일, 인격에 오점을 만드는 일, 삐뚤어진 성격 노출 등등 질투의 표현 방법은 참으로 다양한 것이며, 질투는 근본적으로 막을 수 없는 것이므로 말로써 발산할 수 있도록 분위기를 만들어 주어야 한다.

형에게 더 많은 사랑과 자유를 주어야 하고 관용을 베풀어야 아우를 질식할 정도로 껴안거나 확 떼밀거나 때리거나 하는 충동을 줄일 수가 있다. 아이를 괴롭히는 것을 보면 꾸짖지 말고 즉각 저지하며 '아이가 밉지. 네가 참 화가 나 있구나. 엄마에게 성 났다고 말하지 그래, 앞으로 너하고 더 많이 놀아줄게' 등으로 용납해 주시라.

아이들에게 사랑은 애써 균등하게 배분하려 할 게 아니라, 비길 대 없이 깊이 사랑해 주는 질이 중요한 것이니까. 차별 대우 안하려고 노력하지도 말고 아이들이 공평치 않다는 비난에 반증할 필요도 없다. 단지 한 아이와 있을 때에는 그 아이와 최선의 사랑을 하고 다른 아이 얘기는 꺼내지도 말 것이며 더욱이 형 보는 곳에서 동생 선물을 사는 것은 금해야 한다.

부모는 아이의 질투 본능을 무한정 완충시켜주는 스펀지 바다가 되어야 한다는 것을 명심할 것이다.

남구사랑 1997. 9.1

허약 아동

　초등학교 들기 전에 아이는 자라오면서 이미 나름대로의 틀이 잡혀 있는 것이다. 키가 다소 작고 몸무게가 적어서 항상 허약해 보일 경우 의사로부터 영양실조라는 지적을 받지 않는 이상 크게 염려할 것은 없다. 또 경험 많은 선생님이 학생에게 '바보'라는 말을 쓰지 않는 것처럼 경험 많은 소아과 의사는 아이에게 '허약아'라는 단어를 쓰지 않는다. 어릴 때부터 적게 먹어서 표준 체중보다 모자라게 자라는 아이는 이 병원, 저 병원 다닐수록 허약한 아이라는 기분 나쁜 소리를 많이 들어서 자기 아이는 허약아라고 규정지어 버린다. 유치원에 가서도 눈에 띄게 작고 약해 보이는 것이 부모의 눈이다.

　그런데 문제는 보는 이의 주관이 그렇게 야단스런 허약아니 뭐니 하는 것이지 정작 그 아이 본인은 지극히 잘 자라는 과정 중에 있는 것이다. 무엇보다도 그 아이의 생활을 보아야 한다. 아이가 기분 좋게 유치원에 다니고 동무들과 잘 놀고 운동장에서 활발하게 잘 뛰어 돌아다니면 허약한 것이 아니다. 자기 또래의 아이들이 하는 일을 모두 할 수 있다면 부모는 아이를 보호하는 것보다도 아이의 능력을 믿는 것이 좋다. 아이의 대변 본 것을 그때마다 점검하고 식사 분량을 매번 체크해서 잔소리를 하는 것은 아이를 그만큼 속박하여 독립심을 막는 것뿐만 아니라 사는 것 자체에 싫증을 느끼게 하는 것이다.

　유치원 신체검사에서 편도선이 부었다. 아데노이드가 있다고 지적받으면 허약아라고 믿어 버리는 부모가 많다. 차멀미를 하거나 관람석에서 졸도를 하거나 감기로 병원 다니는 날수가 너무 많거나, 항상 미열이 있거나, 대면이 눅거나,

천식이 있다고 허약아라고 단정해서는 안 된다.

이 모든 것들은 다분히 주관적인 조건에 따라 다르고 자라면서 일시적인 상태의 변화일 따름이라고 여기시라. 허약아 말이 나왔을 때 같은 맥락에서 보약 이야기를 짚어 보자. 지금 우리의 보약 현실은 이야말로 한 편의 코미디와 같다. 다른 나라의 의학서적에도 없는 보약이라는 정체는 세계 어느 나라에 가 보아도 한국의 교포들이 사 먹고 한국의 여행객들이 극성스럽게 챙겨 먹는 것이지 외국인들은 전혀 믿지 않고 있는 것이 왜 그렇다고 생각하시는지. 간장을 보하는 약, 몸에 좋은 것, 정력제 등등의 이름으로 허무맹랑한 약초 (독초?) 등을 '민간요법'이란 탈을 씌워 광적으로 유행시키는 매스컴의 가공할 위력은 개가 들어도 우스울 지경에까지 이르렀다고 해야겠다.

아이에게 식사나 행동이나 사사건건 챙겨준다는 것은 놀고 자고 먹고 뿐만 아니라 숨 쉬는 것까지도 속박을 느끼게 하는 이야말로 지옥 생활을 연출하는 부모 감옥에서 사는 것임을 아시라. 아이를 허약아로 기르고 싶지 않다면 행동 면에서는 부모가 아이를 믿어주고 적당히 방임해야 행복하게 자랄 수 있고 영양 면에서는 끼니마다 챙겨 먹이려고 애쓰지 말고 절대로 간식을 시키지 않을 것이며 가족들 식사 시간에 같이 먹지 않으면 따로 음식을 주지 말고 생리적 욕구가 생겨서 다음 끼니때까지 고통스럽게 기다린 후에는 저절로 잘 먹게 된다. 그 대신 식사는 양보다 단백질 등 질을 신경 쓰되 이것 먹어라, 저것 먹어라 하지 말고 저절로 눈이 가고 손이 가도록 분위기를 맞추고 일정시간 후에는 먹을 것을 모두 치워버려서 다음 식사 시간까지 아이 손이 닿는 곳에 우유, 요구르트, 과일 등 간식 등이 없어야 한다. 편식이 너무 심하면 하루 한개 종합비타민만 먹이면 된다.

남구사랑 1997.10.1

비만증

　건강 상식은 세계적으로 인정되는 최신 의학적 지식을 말해야 하는데 우리 주위에 매스컴은 다른 나라 의학자가 들으면 웃긴다고 할 소리들을 많이 하고 있는 실정이다. 여기에 교과서적인 내용을 소개하여 식욕이 왕성해지는 계절에 다소 건강에 도움이 되길 빈다. 비만증은 확실히 질병이므로 원인을 알 수 있으면 예방과 치료가 가능하고 심각한 예후를 실감해야 환자 스스로가 극복하려고 협조하게 될 것이다.

　우선 비만증은 섭취한 에너지를 소비하고 남는 것이 지방질로 전환되어 몸에 축적되는 현상이고, 소아에서는 같은 나이, 같은 키의 표준 체중 보다 20%를 초과하면 비만증이라 진단한다. 성인은 간략히 (신장cm- 100) x 0.9 (kg) 을 표준 체중으로 본다. 비만증은 단순성 비만증과 내분비성 비만증으로 나누는데 전자가 99%이니 전자에 속하는 원인들만 나열해 본다.

　첫째는 에너지 밸런스 이상인데 섭취하는 칼로리가 생명 유지와 일상생활에 쓰고 남는 경우이니 남지 않게 섭취하던지 남는 양을 모두 소모할 수 있을 만큼 지속적으로 의지적으로나 흥미 있는 운동을 해야 한다.

　둘째는 유전적인 경우인데 가족적 비만성향인 경우 식사 습관 (지방과 당질의 과다 섭취) 이나 식단 메뉴를 반성하시라. 우선 배를 채우는 것은 열량이 작고 부피가 많은 채소, 미역 등 섬유질로 대신하고 비만증 환자는 필요한 칼로리의 절반 정도만 취하도록 노력하고 절대로 간식은 피해야 한다. 적게 먹어도 비만인 경우는 게으르다는 말과 통하니 시간 나면 앉거나 눕지 말고 부지런히 운동하시라. 셋째는 정서 장애로 애정 결핍, 불만 누적 등을 먹는 것으로 보상할 때 정신과 치료를 받아야 한다. 그러면 비만증과 몇 가지 질병과의 상관관계를 본다.

비만증환자는 고혈압, 당뇨병, 동맥경화증 (심장마비, 뇌졸중), 퇴행성관절염, 담석증, 지방간, 간경변증, 신장병, 임신중독, 불임증 등이 정상인보다 두 배 이상 많다. 따라서 수명이 더 짧은 것은 당연한 일이다.

비만증을 예방하려면 우선 임신 후반기부터 과잉 섭취가 태아에게 비만인자를 심어주니 특히 명심해야 하고 유아기에 우유 먹이는 아이보다 모유 먹이는 아이가 비만이 적다. 유소아기에 비만은 성인 비만증의 싹을 심어주는 것이다.

아이를 안고 다니는 것보다 걸어 다니게 하고 동무들과 뛰노는 기회를 많이 주시라. 배고픈 시간에 참는 기술이 비만증을 극복하는 열쇠라고 할 수 있다. 배가 고플 때 '아! 이 시간에 내 살 빠지는 소리가 들린다' 하고 기뻐해야 한다. 간식을 삼가고 알코올 1CC가 7칼로리의 열량을 낸다는 것을 명심하고 술이나 안주를 먹었을 경우 식사 때 그만큼 칼로리를 적게 섭취하시라.

끝으로 한 가지 비유를 든다. 같은 키의 성인 두 사람이 60kg과 80kg 체중으로 길을 간다면 후자는 전자보다 항상 20kg짜리 돌을 등에 메고 따라다니는 것과 같으니 훨씬 힘들고 심장이 더 많이 뛰어야 하고 더 가쁜 숨을 쉬어야 한다. 어느 편이 더 오래 살 것인지 짐작해 보시라.

남구사랑 1997.11.1.

항생제를 바로 알자

불과 오십년 전까지만 해도 썰파제가 만병통치약이었는데 폐렴에도 쓰고 설사에도 듣고 상처 난 곳에 바르면 곧잘 치유되어 인류 건강 유지에 총아가 되었었다. 그 후 페니실린을 필두로 스트렙토마이신 등 항생제라는 것이 나타나 가히 그 혁명적 효과로 세균 감염병 소멸의 시대를 예고했다.

'항생제'란 1945년 해이크스만이 정의했는데, '미생물이 산생하는 화학물질로 미생물의 발육을 억제하고 박멸하는 작용이 있는 물질'이다. 그 후 화학적으로 합성된 이들의 유도체에도 같은 작용이 있어 지금은 통틀어 항생제라 부른다.

미생물 중에도 단세포 생물인 세균(박테리아)과 진균(곰팡이류)은 현미경으로 대부분 구조나 생리가 판명된다. 하지만 이들보다 몇 만 배나 작은 바이러스는 전자현미경으로도 겨우 그 구조의 일부가 밝혀질 정도인데 세균, 진균들과 달리 아직 항생제로 정복이 미흡한 단계이다. 그러니 지금은 세균과 인간이 내성균의 출현과 새 항생제 개발로 서로 전쟁을 하고 있는 시대라고 할 수 있다.

그런데 이들 항생제를 가축이나 양식어류에게 많이 먹인다고 걱정하는 사람들이 있다. 하지만 세균에게 치명적인 항생제가 사람에게는 아주 드물게 알레르기 반응을 일으키는 경우 외에 직접적인 해는 전혀 없다고 보아야 한다. '젖 먹이는 엄마가 항생제를 먹어도 되나?' 싶어 처방한 약 중에 마이신은 빼고 먹었다고 폐렴이 더 악화되어 오는 아기 엄마를 본다. 엄마가 먹은 약제가 젖으로 직접 나오는 경우는 항암제 등 몇 가지 외에는 거의 없다고 할 수 있는데도 하나밖에 없는 자기 목숨을 위협받아가면서 아이의 건강을 잘못 걱정하는 답답한 모성애를 보면 참으로 기가 막힌다.

특히 임산부가 감기약 먹는 것을 많이 겁낸다. 산모의 감기가 태아에게 미치는 영향과 감기약이 미치는 영향은 10:1로 모체의 질병 자체가 훨씬 무서운데 그걸 일러주어도 막무가내다. 입덧이 아주 심해도 태아에게 영향이 간다고 약을 안 쓰는 경우가 많은데 이 또한 입덧과 약이 태아에게 미치는 영향을 10:1로 보면 된다.

항생제 먹인 돼지, 닭고기라며 께름칙하게 여겼다면 이 기회에 그 가축들이 사람에겐 아무런 영향이 없음을 아시라. 자연산 바다회가 양식한 고기보다 몇 배나 비싼 이유가 먹인 항생제 때문이 아니라 잡아오는 인건비 때문이라는 것을 아시면 사람에게 좋은 일 하고도 누명을 쓰고 있는 항생제의 억울함이 좀 풀릴까?

이렇게 항생제가 인체에 특별한 해가 없다는 것을 알면 남용할 가능성이 많겠지만 항생제의 남용은 그 약제를 이겨내는 저항균, 즉 내성균을 길러 결국 질병을 더 악화시킬 가능성이 높으므로 절대 금해야 한다. 선진국에선 의사 처방 없이 한 알의 마이신(항생제)도 약국에서 살수 없음을 곰곰이 생각해 보고 우리나라의 현실을 되돌아보아야 할 시점이다.

봉덕신협회보 1998.1.1.

5세 아이의 훈육법

아이가 자라면서 넘어야 할 몇 개의 고비가 있는데 그 중 5세 전후가 제1반항기로서 큰 고비이다. 이 나이는 끊임없이 움직이고 지껄이고 무엇이나 만지고 싶어 한다. 또 주위의 보호를 싫어하고 자기 마음대로 할 때가 많다. 호기심, 지식욕이 많아지고 한 가지 일에 깊이 흥미를 느끼기도 하며 자신감을 얻기도 하므로 아이의 개성을 잘 살펴서 필요한 버릇을 길러주고 생활의 기본습관을 몸에 익히게 해야 할 시기이다. 이 시기에 반항기가 없어 보이는 얌전한 아이는 과보호 때문에 지능 발달이 늦어졌거나 체력이 너무 약한 경우이니까 심각한 고민거리이다.

고약한 잠자는 버릇이 있는 아이가 많다. 잠들기 전 '준비기'가 필요한 아이로서 한바탕 성내고 울고 하다가 잠들기도 하고 어떤 때는 잠 깰 때 한바탕 울고 난리를 치러야 정신이 차려지는 경우가 있다. 이 모두가 몸의 내부에서 생긴 일이므로 이성적으로 설득을 할 수 없는 것이다.

더욱이 아이를 상대로 투쟁을 해서는 안 된다. 이 경우 아이를 약간 몽롱해진 취한 사람과 같은 정도로 취급하면서 아무렇지도 않은 듯 달관한 부모의 태도가 바람직하다.

유치원에서는 잘 하는 아이가 집에 오면 엄마에게 옷 벗겨 달라 하고 장난감도 흩뜨려 놓은 경우가 많은데 이는 아이의 성격에 따라 다르게 대처를 해야 하지만 크게 나무랄 일이 아니다. 유치원에선 사회생활이니까 주위의 눈치도 보아야 하고 억지로 독립도 해야 하지만 집에서는 어느 정도 어리광도 받아 주어야 할 경우가 있는 것이다. 아이에게는 가정의 따뜻한 면이 중요하지만 조부모님의 과잉보호로 아이의 자립 기회를 박탈하는 일은 없도록 해야 한다. 각 가정마다 용납되는 마음의 이완정도(Relax)가 다르니까 한 가지 공식으로 맞출 수는 없지만 최선의 방법은 사회인과 가정인과의 조화를 통해 분별 있게 생활하는 것이다.

유치원 참관일에 가보면 자기 아이만 주의가 산만해 보이는 경우가 있는데 재간이 많고 유능한 아이일수록 가만히 앉아 있지를 못하고 활동력이 심하고 에너지가 넘친다는 뜻으로 이해하면 마음이 편해질 것이다.

무조건 엄마의 말을 듣지 않으려고 할 때는 상대를 해주지 않는 것이 제일 좋다. 아버지는 이 나이의 아들을 남자답게 기르는 모범이 되어야 하고 엄마는 자기가 딸을 여자답게 기르는 표본이라는 것을 항상 명심해야 한다. 결론으로 제1반항기인 5세 전후의 부모는 아이의 이상한 습관이나 행동들을 대부분 정상 발달 현상으로 이해하고 미련스러운 척 넘겨 버리거나 때로는 아이와 의견 대립이 될 때 가정의 평화를 깰 위험이 있는 경우만 아이에게 져줄지언정 대부분의 경우는 무시해 버려야한다. 아이를 보호하고픈 본능을 최대한 억제해야 과보호로 아이의 독립심을 가로막는 부모가 되지 않는 것임을 알아야 할 것이다.

남구사랑 1997.12.1

뇌졸중

한국인 만 명 중에 8.4명이 뇌졸중으로 사망한다는 통계가 나와 있는 만큼 흔한 질병인데 그 인식이 너무 잘못 알려져 있는 현실이어서 현대의학의 일반적 상식을 소개할까 한다. 뇌졸중은 중풍이란 병으로 잘 알려져 있지만 한국인을 제외한 모든 나라 사람들은 중풍 때 여기 소개하는 이론대로 치료를 하고 있다는 사실을 간과해서는 안 될 일이다. 뇌세포에 어떤 원인으로 혈류공급이 감소되거나 중단되어서 뇌 기능이 부전 내지 마비되면 혼수상태나 사망에 이르는 경우 외에도 여러 가지 증세가 나타나는데 이를 뇌졸중이라고 한다.

뇌졸중에는 발병 혈관의 부위에 따라, 크기에 따라, 출혈이나 막힘의 정도에 따라, 여러 형태가 있는데 여러 가지 증세를 보고 병변 부위를 짐작할 수 있고 치료 방침이 정해지는 것이다.

예를 들면 실어증, 좌우측 편 마비, 편측 감각 손실, 시야 결손, 안구 운동 장애, 읽기 장애, 계산 능력 저하, 현훈, 복시, 근력 감소, 운동 실조, 구토, 두통, 안구진탕, 실조증, 편측 부전마비, 구음장애, 서툰 손놀림 등등이 그 지표가 되는 것이다.

뇌졸중은 고혈압이나 동맥류 등의 원인으로 뇌세포로 공급되는 혈관이 터져서 생기는 경우와 혈관이 막혀서 생기는 경우가 있는데 한국에선 반반의 비율로 발생한다고 한다. 혈전으로 막힌 경우는 발병 3시간 이내에 약물 투여가 되지 않으면 영원한 뇌 손상이 올 수 있고, 뇌출혈의 경우는 가급적 빠른 시간 내에 CT (컴퓨터 단층촬영) 나 MRI (자기공명촬영) 로서 출혈점을 찾아 막거나 수술로 혈전을 제거하여 뇌부종으로 인한 뇌 손상을 방지해야 생명을 구하는데 우리 주변에선 이런 경우 엉뚱한 곳에다 목숨을 걸어두고는 치료의 적기를 놓치는 경우를 자주 볼 수 있는 것이 참으로 안타까운 일이다.

뇌의 허혈에 의해 생긴 증상이 24시간 내에 완전히 소실되는 일과성 뇌허혈발작이나, 뇌혈관이 도넛 형태의 혈전으로 막힌 경우나 적혈구가 동전 꾸러미처럼 되어서 생긴 혈전이 혈관에 막혔다가 다시 풀렸다가 하면 시간이 지나서 저절로 치유되는 중풍이 되는 것이니 이런 경우 그들이 공차 타고 생색내는 경우가 아닐까.

중풍은 노인들에게 많지만 젊은 사람도 오는데 발병 잘되는 경우는 고혈압, 흡연, 당뇨병, 심장질환, 혈액질환, 음주 등이 그 위험인자들이다.

일과성 뇌졸중의 발병은 혈관경련, 심인성 쇼크에 의한 저혈압 등으로 생긴 뇌경색이나 두부 외상으로도 올 수 있고 동맥경화증 때 갑자기 춥게 노출되면 뇌경색이 되기도 하고 잠수나 고공낙하 등 외압의 급격한 차이로 혈관 중에 공기 방울이 생겨 혈관을 막는 경우 등도 뇌졸중이 된다.

이상에 나열한 원인들과 여러 위험 인자들을 명심하고 피하도록 노력할 것이며 이 글을 읽은 분들은 뇌졸중이 의심되는 증상을 발견했을 때 하나뿐인 생명을 민간요법이니하고 비과학적인 방법에 매달리는 모험을 하지 말고 서둘러 큰 병원 응급실로 분초를 다투어 옮겨가시리라 믿는다.

남구사랑 1998.3.1

소아의 비염 치료

코 안의 염증성 병변으로 콧물, 재채기, 소양증 및 비폐색 중의 한 가지 이상 증상을 동반하는 비점막의 염증성 질환을 "비염"이라고 한다. 이를 크게 세 가지 감염성, 알레르기성 및 기타 비염으로 나누는데 이들 각 원인에 따라 치료 방법이 다르고 급성, 만성 그리고 나이에 따라 다름은 두말할 나위 없다.

감염성 비염 중에는 박테리아의 원인도 있지만 소아의 급성 비염은 대개 감기의 일부 증상으로 바이러스가 원인인데 어릴수록 잘 걸리고 외부 온도의 변화, 낮은 습도, 영양 부족, 수면 부족, 과로, 스트레스 등 여러 요소들이 작용한다. 재채기, 기침 등을 통해 환자로부터 나온 기화성 분비물이 정상인의 비강으로 들어가서 염증을 초래하는 공기 전염성 질환인데 일반 바이러스가 침범하면 비강점막 상피세포의 탈락이 유발된다.

이것들은 대개 합병증이 없는 한 코를 풀거나 삼킴으로 소화기의 경로를 따라 밖으로 배설된다. 탈락된 상피세포 자리는 수일 내로 재생되어 정상으로 회복된다. 이때 비강에 고여 있는 균이 범벅이 된 상피세포와 콧물에는 비점막을 보호하는 생체면역 물질도 많이 포함되어 있는 것이다.

이를 강제로 뽑아내느라 상피세포에 상처를 주고 코피가 난다면 가만히 두어 수일 내로 재생될 상피세포 탈락 자리가 두 달, 석 달 치료받는다고 긁어 부스럼 만드는 것을 볼 수 있다. 그러나 콧물을 강제로 뽑아내는 과정을 보시라. 아이가 너무 겁에 질려 몸부림 치고 우는 것이 통증과 스트레스 피로를 주어 다시 감기들 원인을 심어주지 않는가. 코딱지가 막혔거나 너무 진한 콧물이 막혀서 호흡 곤란이 있으면 세수할 때처럼 코에 한두 방울 물을 넣어 짜내던지 삼키게 하고 그래도 안 되면 의사와 상의하시라.

만성 비염은 대부분 박테리아 감염에 기인하는데 부비동염(축농증)과 동반되는 경우가 많다. 이는 합리적 항생제 사용으로 대부분 극복할 수 있고 이의 실패 때 비후성 비염이나 만성 부비동염 등은 수술로 근본적 해결을 해야 한다.

알레르기성 비염은 천식이나 아토피성 피부염, 태열이 심한 아이에게서 자주 보는데 계절성이나 통년성 발생에 따라 원인 치료가 중요하지만 대증요법으로 치료할 때도 전문 지식이 요구된다. 알레르기성 비염의 원인 찾기가 아주 어려운데 보편적으로 가장 많은 원인은 생활환경에서 찾아볼 수 있다. 이런 경우 생활 패턴을 바꾸어야 하는데 가장 많은 원인인 집 먼지 진드기를 회피할 수 있는 방법을 나열해 본다.

1. 바닥은 카펫트를 피하고 평면이 고르고 닦기 쉬운 마루나 비닐장판으로 하여 먼지를 없앤다.
2. 침구를 바람이 잘 통하지 않는 덮개로 싸고 베개 속은 깃털이 아닌 물세탁 가능한 것으로 하여 주기적으로 세탁한다.
3. 봉제완구나 인형 등 먼지가 끼기 쉬운 물건을 없앤다.
4. 먼지를 일으키기 쉬운 천으로 된 소파와 커튼을 치운다.
5. 침구나 가구의 덮개 커튼을 2주에 한번 이상 섭씨 55도 이상의 더운 물로 세탁한다.
6. 정기적으로 진공 청소를 한다.
7. 실내 습도를 낮추고 적절히 환기를 시켜준다.
8. 인체에 해가 적은 살충제를 가끔 뿌린다.

남구사랑 1998.5.1

O157 대장균

오일오칠 대장균은 일명 장출혈성 O157대장균이라고도 부른다.

우선 사람의 큰창자(대장) 안에는 정상으로 많은 종류의 세균들이 병을 유발하지 않고 살고 있는데 그 중에는 지금까지 알려진 다섯 가지 종류의 대장균이 각각 다른 기전에 의하여 설사를 유발한다. 이것들은 병원성 대장균이라고 한다. 대장균은 그 균체 표면에 존재하는 당지질(lipopolysaccharide)의 구조차이에 따라 항원성이 다른 것으로 지금까지 178종류가 분류되고 있다. 이 항원은 O항원이라 부르고 병원성 대장균 O157은 O항원 형별법에 의해 157번째의 O항원을 갖는 균이라는 의미이다. 이 표면 항원에 따른 분류 외에도 또 대장균이 갖는 편모항원(H항원)으로 분류가 되어 O157균은 H7에 속함으로 학문상 정확한 기술 방법은 '장출혈성 대장균 O157 : H7'이 이 균의 정확한 이름이다.

이 균은 주로 소의 장관 내에 서식하는 균으로서 충분히 익히지 않은 내장이 포함된 쇠고기를 먹거나 소의 분변으로 오염된 물이나 음식을 섭취해서 감염된다.

1996년 여름 일본을 휩쓴 이 균에 의한 집단 식중독 사건은 소의 분변으로 오염된 물로 수경 재배한 무순을 섭취하여 발생한 것으로 추정되었다.

이 균의 특징은 아프리카 녹색 원숭이 신장 유래 세포주에서 강한 세포 독성을 나타내는 베로(Vero) 독소를 생산한다는 것이다. 이는 이질균의 성질과 비슷하여 증상이 제1종 법정 전염병인 이질로 오인되는 수가 많다. 대부분 식중독의 원인인 독소들이 성질이 비슷하지만 이 독소도 고온으로 끓여서 없어지지 않는 것이 마치 양잿물을 아무리 삶아도 양잿물 그대로 있는 것과 마찬가지라고 할 수 있다. 이 균으로 인한 발병은 주로 어린이와 노인에게서 많은데 출혈성 대장염으로 인한 심한 탈수로 생명을 위협하기도 하며 이 균이 대장 이외의 다른 곳으로 침범하면 식중독 증상이나 패혈증, 방광염 등 다양한 증상이 나타나기도 한다.

　이 균으로 인한 발병은 네오마이신, 암피실린 같은 항생제와 탈수교정 등 대증요법으로 치유될 수 있는 것이므로 너무 겁먹을 필요가 없지만 집단 식중독과 같이 확산되지 않게 하려면 소의 분변 관리 철저와 오염된 쇠고기의 철저한 색출 및 기피 등으로 소비자와 방역 당국의 노력이 절대 요구된다고 하겠다.

남구사랑 1998. 6.1

식중독

　세균이나 바이러스 기생충에 의해 오염된 음식을 먹고 나타나는 복통, 구토, 설사, 신경마비, 사망 등 여러 가지 임상 증상을 식중독이라 한다.

　독소를 포함한 화학물질이나 복어 알, 독버섯 등 동식물 독소를 직접 섭취해서도 식중독은 발생하는데 여기서는 우리 주위에 가장 많은 세균성 식중독을 살펴본다.

　크게 세 가지로 나누는데 하나는 독소를 먹는 경우이며 예를 들어 고름이 나는 손가락으로 음식을 조리했을 때 황색포도상구균 등이 생산하는 장독소로 생기고 끓여도 파괴되지 않는다. 섭취 후 한 시간만 되면 식중독을 일으키는데 한번 먹은 것으로는 12시간 이내에 증상이 대개 호전된다.

　항생제는 소용없고 원인식품으로는 육류, 샐러드, 크림, 치즈, 우유 등이 주의를 요한다.

　둘째는 균이 소장 점막에 부착하여 독소를 생산하는 경우로서 콜레라처럼 음식 섭취 후 12시간 이내에 발생하고 심한 탈수와 전해질 고장으로 빨리 손쓰지 않으면 사망하는 경우가 있다. 이는 끓여서 먹으면 예방이 가능하고 항생제가 유효하다. 원인식품으로 조리한지 오래된 볶음밥이 대표적이라고 한다.

　셋째는 균이 장점막에 손상을 일으켜 피가 섞인 설사와 복통, 구토 등이 동반되는 O157 대장균, 이질, 장티푸스 등이 있는데 이를 감염형 식중독이라 하고 이 경우 장운동 억제제를 쓰면 악화된다. 이것도 끓여서 먹으면 예방된다. 원인식품으로는 계란, 육류, 생우유, 야채 등 냉장상태의 식품이다.

　이상 세 가지의 혼합형 식중독도 있는데 잠복기가 48시간 이후에 증상이 나타나고 비교적 약해서 다소 쉬운 식중독이라고 할 수 있다.

　우리가 간과하기 쉬운 식중독 발생 조건을 짚고 넘어가자.

　비위생적으로 조리할 때나 식품을 익히지 않고 먹을 때와 익혀도 냉장고에 보관할 때 예를 들면 장티푸스균 한마리가 묻어 들어가도 7시간 후에는 백만 마리로 증식되니까 쉽게 발병이 된다.

　여기서 식중독 예방을 구체적으로 나열해 본다.

　음식물을 냉동실이 아닌 냉장고에 장시간 보관하지 말 것, 식품 취급 각자가 개인위생을 철저히 지키고 피부 상처를 없애고, 음식점 보균자를 색출할 것이며 한꺼번에 많은 음식을 만들어 보관하지 말고 소량씩 조리하여 제때 소비할 것, 의심이 가는 음식을 과감히 버릴 것, 잘 씻어 냉장고에 보관한 채소라도 먹기 전 또 깨끗이 씻을 것.

　식중독이 발견되면 즉시 보건당국에 보고하여 더 이상 환자 발생과 확산을 막는 것이 최선의 방법이다. 끝으로 봄철에 감자의 싹 트는 부위 및 줄기가 나오는 부위를 먹어서 신경마비가 되는 경우가 있으니 이 부위들은 먹지 말 것이며 조개류도 자신이 복어 알처럼 위험한 독소를 가진 것이 있으니 주의해야 하고 여름철 조개류에 식중독균이 잘 번식하니 먹기 전에 한번쯤 끓인 지 몇 분이 지났는지 확인하고 먹을 것이다.

남구사랑 1998.7.1

열사병과 일사병

한번 죽는 병 (일사병) 은 사람이고 열서서 죽음을 기다리는 병 (열사병) 은 인생이라고 한다. 천년만년 살 것처럼 아웅다웅들 하지만 어느새 청춘가고 예고 없이 죽는 것이 허무한 인생 아닌가. 그래도 여름에 억울하게 죽는 것이 열사병, 일사병이고 보면 어느 정도 정신만 차리면 피해갈 수 있는 것이기에 이 글을 읽으시는 분은 억울한 죽음을 예방하고 깨우치는 대열에 참여하시길 바라는 마음 간절하다.

한낮의 기온이 섭씨 35도가 넘는 요즈음에 노환이라는 이름으로 나무 코트를 입는 분이 부쩍 많은 것을 보면 열사병, 일사병과 관련이 많음을 미루어 짐작할 수 있다.

사람의 몸은 추위나 더위에 잘 적응해 살도록 만들어져 있지만 어린아이와 노약자는 그 기능이 떨어져서 자칫하면 건강을 해치고 생명에 위협을 받기까지 한다.

우선 일사병은 그리 덥지 않은 날씨에도 머리 부분이 직사광선에 오래 노출되어 과열된 결과 갑자기 체온 조절 중추가 마비되어 체온이 급격히 고온이 되기도 하고 저온이 되기도 하고 두통이 심해지고 안면이 창백해지며 현기증, 경련 등을 일으켜서 생명을 위협하기도 하는데 이상 증상을 일찍 알아차리고 빨리 머리를 찬물로 식혀주면 쉽게 위험에서 탈출시킬 수 있다.

열사병은 고온다습한 환경에서 체온이 덩달아 오르니까 열을 발산시키는 구조 (땀, 근육이완, 탈의, 물 덮어씀, 시원한 곳으로 옮겨 통풍시킴 등등) 시스템이 잘 안되면 체온이 섭씨 40도 이상 오르기도 하고 35도 이하로 차가워지기도 한다. 얼굴이 붉어지거나 창백해지기도 하고 하품, 두통, 피로, 현기증, 의식장애, 경련, 사망에까지 이르는 이야말로 무지에서 오는 억울한 죽음을 맞는 것이다.

"임신 칠팔 개월 만에 태어난 미숙아를 기르는 유리통 온도가 섭씨 28도인데 지금 실내온도가 30도 아닙니까. 애기 더우니 풀어주세요"하면 "감기 들까봐"라고 대답한다. "이 아이는 외부 온도가 24도면 제일 적당합니다. 에어컨을 켜든지 선풍기를 틀던지해서 땀 안 나게 해 주어야 합니다." 해도 "이렇게 갓난애를"하면서 둘둘 싸서 김이 무럭무럭 나도록 땀띠 투성이로 고문을 하는 게 예삿일이다.

소아나 노인은 땀을 너무 많이 흘리면 탈수증과 전해질 불균형으로 심한 두통, 어지럼증 등이 오고 저항력이 약해져서 금방 감기, 폐렴, 탈진이 된다. 이러기 전에 땀이 날 땐 명심할 일이 있다. 탈수 예방으로 물을 많이 먹고 동시에 소금이나 간장 한 방울씩을 같이 먹여야 한다. 더위에 땀 많이 나는 걸 보고 허약해서 식은땀이 난다 하여 보약을 묻는 사람을 자주 보는데 세상에서 가장 보약을 많이 먹는 우리나라 사람들이 세계에서 가장 튼튼하고 오래 삽니까 하고 반문해 준다. 더욱이 이열치열이라며 더위에 뜨거운 음식을 먹으면서 찬물 먹으면 안 된다는 민간요법의 엉터리 이론을 들으면 기가 막힌 노릇이다.

우리 몸에서 비장이 하는 일이 참으로 많지만 일반적으로 비장의 기능항진 (힘이 너무 세다고 할 상태) 으로 병이 생길지언정 비장이 약해서 생기는 병은 없다는 것은 비장을 떼어 내고도 정상적인 생활에 별 무리가 없는 것이 그것을 증명해 주는 사실이다. 그런데 어떤 분은 멀쩡한 비장을 두고 비장이 약해서 비장을 보해 야 등등의 구실을 붙여서 많은 돈을 훔치는 것을 보는데 참으로 다른 나라 의학자들이 알까봐 부끄러운 일이다. 사람의 건강유지를 위해 평생 헌신하고도 감기의 주범이라고 매도되고 있는 에어컨의 신세도 정말 딱하다고 하겠다.

의료분야의 현실로 우리나라에 언제쯤 멀쩡한 비장의 억울한 입장과 뼈 빠지게 봉사하고 누명만 쓰는 에어컨의 처지가 해명될 날이 올 수 있을까. 감기라고 무조건 목욕하지 말라고 하는 것이 아니라 실내온도가 섭씨 35도가 넘을 때는 물에 들어가지 않고 견딜 장사가 어디 있으며 목욕을 하여 몸을 식혀 주는 것이 체력 보존에 더 좋은지, 땀을 뻘뻘 참으며 물 목욕을 피하는 게 체력 보존에 더 좋은지 경험해 보고 결론지으시라. 감기라도 더울 땐 목욕시키고 에어컨, 선풍기 등으로 환자의 기분을 좋게 해 주는 것이 최선의 회복 방법이다.

남구사랑 1998. 8.1

수인성 전염병

지리산 일대와 경기, 서울 일원에 역사에서 드문 게릴라식 폭우라는 대홍수가 져서 수백 명이 죽고 수만 명의 이재민이 생겼다. 수조 원이 넘는 재산 손실을 들먹이지 않아도 분명 나라의 큰 재앙 앞에 온 국민이 한마음이 되고 있다.

재산을 잃으면 반을 잃는 것, 건강을 잃으면 전부를 잃는 것이라고 했으니 차제에 발생하기 쉬운 여름철 수인성 전염병을 살펴보자.

장티푸스, 세균성 이질, 콜레라, 식중독, 비브리오 패혈증, O157대장균증 등등 물을 통해서 쉽게 전파되는 무서운 전염병들이 많지만 우리나라에는 발생 빈도로 보아 장티푸스와 세균성 이질이 가장 많은 편이다. 우선 장티푸스는 환자나 보균자에 의해서 배출된 균에 오염된 음식물, 물 등에 의해 전염된다. 파리, 손가락, 음식, 대변 등도 이 균의 오염원이 될 수가 있다.

입으로 들어 간 균은 하루, 이틀 만에 작은창자에서 수백 배로 증식하여 장 임파조직을 통해 패혈증 (주 : 물이 썩으면 폐수가 되듯 피가 균이나 독소가 섞여서 전신에 퍼지면 폐혈증이 된다.) 을 일으켜 거의 모든 장기에 균이 퍼지고 특히 담낭 (쓸개) 에서 오래 보균자가 되게 한다. 이 균이 내독소를 생산하여 발열 백혈구 감소, 장출혈, 장천공의 원인이 된다. 균이 침범하면 24~72시간 안에 임상증상이 나타나는데 가장 흔한 증상이 발열, 오한, 두통, 권태감, 식욕감퇴, 복통, 구토, 기침, 설사, 변비, 비출혈, 서맥, 비장종

대, 간종대, 장미진, 황달, 의식장애, 난청 등 중에 몇 가지씩 다양하게 나타난다.

항생제의 남용으로 균이 변하여 때로는 미열과 권태감만 2주 이상 계속 되어 독감으로 오인되는 수도 있다. 이 증상이 4주 정도 지속되는 것이 보통의 경과인데 옛날엔 "날 많은 병" "옌병" 이라고도 했다. 예방을 하려면 물은 끓여서 먹고 음식은 익혀서 먹고 손이나 그릇은 철저히 씻고 삶고, 빙과류나 냉장고 음식을 만질 때 철저히 소독해야 한다. 지금은 우수한 예방 접종이 개발되어 있다.

다음으로 세균성 이질은 네 가지 균의 종류에 따라 증세가 조금씩 다르지만 전파 방법이나 치료가 비슷하고 공통된 증상은 대변을 본 후도 바로 항문이 무주룩한 느낌 (후중증) 이 있고 점액변 혈변 등이 있으나 단순히 많은 설사만으로 3~4일 지속하다가 마는 경우도 있어 균 검사를 않고는 모르고 지나가는 경우가 있다.

이 병의 증세를 세 가지 형태로 구분할 수 있는데 첫째 이질형 이질은 심한 복통과 오한, 고열, 설사 물같은 변-점액변-혈변 등이 첫날부터 나타난다. 후중증으로 하루에 수십 번 변소에 가게 되지만 실제로는 극히 소량의 점액혈변이 나올 뿐이다. 심한 탈수나 의식장애까지 되지 않으면 일주일 내에 치유된다.

둘째는 콜레라형 이질인데 갑자기 흰 뜨물 같은 물 설사를 심하게 하며 쇼크 상태에 빠지기도 하며 3일 이내 사망할 수도 있다. 콜레라나 식중독과 구별하기 위해 서둘러 균 검사나 강력한 치료가 요구되는 형이다. 셋째가 설사형 이질인데 하루에 설사를 열 번 이상 계속 하다가 다음날 치료 안 해도 정상 활동이 가능하고 다음 삼사일 정도 하루 오륙 회 묽은 대변을 보며 후중증이 지속되다가 그쳐서 이질인지 모르고 지나는 경우가 있다.

    세균성 이질은 항생제 내성을 가장 쉽게 얻는 세균이므로 현재 어떤 항생제가 유효한지 해마다 알고 있어야 한다. 예방법은 변소 갔다 온 환자의 손은 철저히 씻고 환자가 사용한 그릇, 수건 등은 삶아서 소독을 철저히 하고 물과 음식은 꼭 끓인 것, 익힌 것만 먹을 것이다. 예방 접종은 장티푸스균에 유전공학적 방법으로 이질균을 삽입시켜 만든 생균백신이 머잖아 나올 것으로 전망되고 있다.

남구사랑 1998. 9.1

청소년 가출병

정당한 이유도 없이 집에 돌아가기 싫고, 학교 가기 싫고, 먼 곳에 가면 무언가 신기한 일들이 있을 것만 같은 시기, 이름하여 사춘기이다. 이런 느낌을 모험심으로 실천함으로서 어른이 된 듯한 기분이 되기도 하며 독립에의 욕망을 충족시킨다. 이럴 때 부모란 대개 무서운 존재로서 도피하고 싶을 뿐이지 가족들의 걱정이나 뒤이어 일어날 불행 등은 생각이 미치지 못하는 게 대부분이다.

가난 때문에 열등감이 누적된 아이에게는 불량한 영화나 책이 가출을 유발할 자극제가 되니 세심한 관심을 주어야 한다. 이런 경우 남아는 조직깡패나 절도 등 범죄단체로, 여아는 매춘부가 되는 길이 가장 손쉬운 운명이다. 이들 중에는 학교 성적이야 좋을 수도 있지만 전반적으로 지능이 낮은 아이에게서 많이 생기는 현상이고 정서적인 감정 안정이 부족함이 공통점이다. 이들은 대개 가족 결함 가정이 많고 꾸중을 많이 들을수록 부모의 사랑 부족으로 느끼고 심지어 학대받는다고 자각하고 있다. 그 부모가 자식 양육에 냉담하거나 권위가 강하고 부부싸움이 잦거나 다른 아이와 비교하여 나무라는 경향이 많다.

정신장애 증상으로 일어나는 가출병은 소아정신과 의사의 특수진료가 요구된다.

부유한 가정에서는 중고등학교에서의 성적 때문이거나 대학 진학에 대한 부모의 기대에 따라가지 못하는 갈등에서 도피하려는 게 동기가 된다.

가장 큰 충격은 부모가 아이에게 "쓸모없는 인간, 그런 짓하면 내 자식이 아니야. 너 같은 자식은 없는 것이 낫다. 어디 가서 죽어버려라." 등의 극단적인 말 때문에 극도로 자포자기 할 때 가출이라는 거사가 실행된다. 이때 같은 유의 동무와 동반가출하는 것이 통례여서 도둑질, 성폭행, 패싸움, 마약복용 심지어 강도, 살인까지도 저지른다.

가출병은 재발이 잘 되는 병이므로 초기증상 때 그 원인을 면밀히 분석하여 부모, 교사, 사회가 합동으로 고치도록 최선의 노력을 해야 한다.

처음 돈을 훔쳐나가서는 그 돈을 다 쓰고 집 근처까지 와서도 꾸지람이 두려워 빈 집 헛간이나 집 가까이 공사장에서 잘 때가 가장 치료하기 쉬운 때이지만 재발된 후나 암흑세계의 유혹에 걸린 후에는 더욱 치료가 어려운 것이다.

가출의 원인 중 가정에 대한 불만 해소, 학교생활의 적응 실패를 부모가 이해하고 아이편이 되어서 용기를 주고 잘될 수 있다는 신념을 부식시키고 아이와 호흡을 같이하여 가시적으로 노력함을 보여주어야 한다.

지능이 모자라서 앞길을 뚜렷이 못 느끼는 아이에게는 좋은 점을 살려 특징을 인정해 주어 자신감을 심어주며 생활의 주역이 되는 역할을 맡긴다.

충분한 사랑을 쏟아 부어 안정감을 갖게 해 주어 생활의 즐거움을 맛보게 하는 것이 중요하나 형편이 허락되지 않으면 소아정신과 의사의 치료를 받음이 좋다.

중고등학생의 가출문제는 그 아이 하나의 불행뿐만 아니라 온 가족의 불행이며 예방이 가장 중요하다. 이는 개인 가정만의 노력으로 해결이 어렵고 국가적 차원에서의 교육개혁이 필요한 것이다. 입시 위주의 학교가 아닌 청소년의 전인교육이 되는 육체적, 지적, 정서적, 사회적 성장과 발달의 즐거운 무대가 되도록 해야 예방이 가능한 일이라 생각된다.

남구사랑 1998.10.1.

성형외과란?

　현대의학이 발전하고 세분화되면서 성형외과라는 분야가 우리나라에 도입된 지도 30년 이상이나 지났지만 아직까지도 일반인에게는 성형외과 하면 미스코리아 심사위원이라든가 찰흙 반죽하듯이 얼굴이나 몸매를 주물러 뜯어고치는 분야 정도로만 인식되고 있는 것 같다.

　때로는 귀, 코, 목을 보는 이비인후과와 소변계통을 보는 비뇨기과를 혼돈하듯이 사지골절이나 관절을 보는 정형외과와 성형외과를 혼동하는 분들도 계시는 것 같다. 성형외과는 정상상태가 아닌 선천성 기형과 후천성 변형들을 육안 또는 현미경 하에서 조직이식 등의 방법을 통하여 기능과 외모에서 정상에 가깝도록 재건 회복시켜 주는 것을 주목적으로 하는 외과의 한 분야이다. 이를테면 언청이(째보), 육손, 합지증 등의 선천성 기형을 수술로 교정하는 것이 성형외과에서 하는 일이다.

　교통사고나 화상에 의해 피부가 없어지거나 일그러지고 흉측해진 흉터 즉 후천적 변형을 정상상태로 회복시켜 주는 수술도 포함된다. 부러진 코뼈를 복원하거나 공장에서 사고로 손가락이 절단된 경우 현미경하에서 접합 수술을 하는 것도 성형외과이다.

　근래에 사회가 점점 복잡해지고 대인관계가 중요해짐에 따라 남성은 남성대로 여성은 여성대로 타인에게 좋은 인상과 호감을 줄 필요성을 느끼게 되고 용모를 상당히 중요시 여기게 되었다. 그래서 어떤 결손이나 손상이 없는 상태 즉

정상상태에서도 수술적인 방법을 통하여 더 아름답다고 느껴지는 상태로 만들고 싶은 욕구가 생기게 되었고 이를 위해 성형외과적인 방법들을 사용하게 되었다. 이것이 일반인에게 많이 알려진 성형수술이다. 이와 같이 수술 대상이 결손 또는 손상된 신체의 일부이며 그 목적과 목표가 정상상태로의 복원 및 회복이면 재건 성형외과라 하고 반면 수술대상이 정상 신체이고 그 목적과 목표를 미적인 면에 두었다면 미용 성형외과라 분류한다.

얼굴과 몸매를 아름답게 만드는 여러 가지 미용 성형 중에서 가장 흔히 행하여지는 것이 쌍꺼풀 수술이다. 최근에는 여성뿐만 아니라 취업을 앞둔 남성들도 수술을 원하는 경우가 많다. 쌍꺼풀 수술을 받고자 할 경우 제일 먼저 자신의 얼굴형에 맞는 자연스러운 디자인을 결정하여야 한다. 전문의와 잘 상의하여 쌍꺼풀의 높이와 모양을 결정하는데 무조건 연예인 누구처럼 해 달라는 식의 주문은 좋지 못한 결과를 가져온다. 수술을 원하는 많은 사람들이 외국인처럼 크고 둥근 쌍꺼풀을 선호하는데 이는 한국인의 얼굴형에는 조화롭게 어울리지 못하고 어색하다. 따라서 자신의 얼굴형에 맞는 자연스러운 라인을 만들어 주는 것이 중요하다.

쌍꺼풀 수술에는 매몰법과 절개법이 있다. 매몰법은 간단하고 재수술이 가능하며 수술 후 붓기도 오래가지 않는 장점이 있다. 하지만 매몰법은 지방이 많은 사람에게는 부적당하고 풀어질 수도 있는 단점이 있다. 절개법은 과다한 피부와 지방을 제거해 주면서 쌍꺼풀을 만드는 방법이다.

이 방법은 수술 후 회복기간은 오래 걸리지만 여간해서는 풀어지지 않는 장점이 있다 매몰법을 사용한다면 수술 후 4일만 지나면 정상적인 생활이 가능하지만 절개법의 경우에는 수술 후 10일 동안은 화장을 할 수 없다.

얼마 전까지만 해도 성형수술 하면 어느 특정 계층의 사람들이 받는 수술로 생각될 만큼 성형외과에 대한 인식이 왜곡되어 있었고 수술결과가 부자연스럽거나 부작용이 있는 경우도 많았지만 근래에는 성형외과 전문의들의 노력으로 미용성형외과학의 많은 발전과 발달이 있어서 수술 결과가 개성 있고 자연스러우며 부작용도 줄어듦에 따라 누구나 가벼운 마음으로 수술을 받기 시작하였다.

그렇지만 간단하고 가벼운 수술이라 할지라도 수술 후 부작용이 생길 수도 있고 또 부작용이 생긴다면 엄청난 마음의 상처와 정신적인 고통을 받을 수 있기 때문에 반드시 믿을만한 성형외과 전문의와 충분히 상담한 후 수술을 받도록 하여야 한다는 것을 강조하고 싶다.

경북대동문신문 1998. 5. 1

《 도움글 : 동인성형외과 손윤호 박사
TEL. 053-424-5540
전 파티마병원 성형외과 과장

수필모음

순자생각

금년이 순자가 스물네 살 되는 해이다. 순자는 예쁘고 마음씨가 참으로 착하고 科學을 능가하는 神祕로운 精神力을 가진 鬪病者이었다.

처음 내가 순자를 만난 것은 國立結核病院의 重患者室이었다. 重症 肺結核으로 한쪽 폐가 완전히 무너져 버렸고 다른 한쪽도 半 이상이나 삭아들어 가서 각혈을 자주하고 호흡 곤란이 아주 심했다. 하루 주사 한 대와 먹는 약 세 번 주는 것이 하루 종일의 치료 전부인데 끼니도 제대로 먹지 못하고, 누우면 숨이 차서 눕지를 못하고 앉아서 밤을 새우고도 아침에 내가 출근하면 『선생님 안녕하십니까』 반갑게 인사를 하며 때로는 반갑게 악수를 청해선 내 손을 꼭 잡고 한참동안 놓지를 않았다. 그 病棟에는 骨結核, 척추결핵, 관절결핵 환자가 많아서 퇴원할 때의 모습들이 아주 절룩거리면서 걷다가 목발에 몸을 기대고 걷는 것이 대부분이었다.

순자가 제일 부러워한 것이 꼽추가 되어서건 목발을 집고 서건 퇴원하는 것이었다. 어느 날 아침에 내가 출근할 때까지 식사를 다 못하고 순자가 더욱 가쁜 숨을 쉬고 있었다. 순자가 먹다가 걸쳐둔 식사를 내가 한 숟갈 떠먹으면서 맛 좋은데 왜 다 안 먹나 했더니 좋아라고 하며 그 밥을 다 먹었다. 틈이 나는 대로 나는 열심히 순자네 병실로 찾아갔다.

이마도 짚어주고 머리칼도 쓰다듬어 주고 청진기도 자주 갖다 대 주었다. 다른 의사들은 마스크를 꼭 하고 들어오는 병실을 나는 한 번도 마스크를 안 한 채 오락 노래도 가르쳐 주었고 함께 어울려 「하나 둘 셋 여덟 번, 하나 둘 셋 다섯 번」 등의 놀이도 즐겼다.

가장 활발한 골결핵 환자들의 절룩거리며 뛰어다니는 모습은 밖에서 보면 우스운 광경이 아닐 수 없지만 그래도 즐거운 시간이었다. 보호자가 없는 병실, 사랑을 모르는 환자들은 의사의 따뜻한 말 한마디가 그들에게 가장 좋은 조미료가 되고 가장 큰 활동력이 되었다.

어느새 병실에선 합창이 흘러나오고 노래자랑, 돌림노래, 레크레이션 게임 등으로 나날의 투병생활이 즐거움의 연속이 되고 있었다. 그러던 어느 날 순자가 열이 많이 오르고 각혈이 많이 되어 輸血을 했어도 순자는 기력이 없었다. 그렇게 깨끗하게 자신을 가꾸던 정신력은 아직도 강건했다. 내가 산소탱크를 갖다 대니 『안 해도 돼요』 사양했다. 그러면서 내 손을 꼭 쥐고는 『나 선생님 집에서 따뜻한 방에 한번 자고 싶다. 내가 죽어서 선생님 딸로 태어날래』 이 말을 하며 눈은 똑바로 나를 응시한 채 숨이 끊어졌다. 그때 순자 나이 열세 살, 통곡했던 나는 지금 따뜻한 방에서 순자의 나이를 헤아린다. 올해 스물네 살.

영남일보 1979. 12.19

내 시간(時間)

일주일에 한번 밖에 없는 일요일 오후의 休珍시간이야말로 나에겐 황금 같은 시간이다. 하루를 오전과 오후로 나누면 그러니까 십사 대 일로 찾아오는 행운의 순간이기도 하다. 이 아까운 시간을 「내 시간」이라고 해두자. 다음번 내 시간에는 밀렸던 편지 답장도 보내고, 막내둥이에게 「거꾸로 효도」도 해야겠고, 친구들과 회포도 풀어야겠고, 집안 구석구석 손질도 해야겠고 등등으로 많은 스케줄이 기다리고 있으나, 막상 내시간이 되면 환자에게 찌든 가운을 벗어던지고 무작정 집을 뛰쳐나가는 게 상례이다. 어느 직업이나 만족하기란 어려운 것이겠지만 직업인으로서의 의사는 정말 속박에서 벗어나는 게 「목마른 자의 물」같이 기다려진다면 좀 처량한 신세타령 일까? 발길이 가는대로 가노라면 대폿집에서 멈추기도 하고 유원지 모퉁이의 휴게소 간판 앞에 멈추기도 한다.

아무도 아는 사람이 없겠거니 하고 들어가면 『선생님 여길 웬일이세요. 오늘 만난 김에 하나 물어 봅시다』하고는 횡설수설 아픈 곳을 늘어놓는다. 조금 전까지만 해도 싱싱하게 떠들던 아가씨들이 함께 이것저것 덩달아 환자로 둔갑을 해서 호소하곤 한다. 그래서 즐겁던 분위기가 갑자기 진료실로 변해 버린 듯 이럴 땐 명함을 하나더 준비했다가 XX 회사 상무나 과장이라고 새겨서 『나 의사 아닙니다』하고 명함을 내놓을까보다.

어두워져서 집으로 돌아오다가 미련이 남아 시내에서 도

중하차. 쇼를 볼 수 있는 비어홀이라기에 들어갔다. 『두 줄기 눈물이 흘러내리고 마음 약해서… 짠짜라라라』 신나게 춤을 추는 걸 보면 마치 자신의 모습이 거울에 비치듯 느껴지기도 한다. 눈물이 흘러내리는 가사인데 『가사는 가사대로 슬퍼하라지. 곡조는 곡조대로 흥겨우면 그만이야』 하는 식이다. 마이크를 잡고 서툰 곡조를 뽑아보는 손님들도 역시 음정 따로, 박자 따로, 반주 따로, 그래도 신이 나는 것은 세상만사의 표본을 보는 듯도 하다. 한번은 마음 단단히 먹고 오늘 내 시간을 보람 있게 써야지 하고 집에 남아 거창하게 벌여놓았다가 한 시간에 한 사람씩 약속이나 한 것처럼 찾아와서 이삼십 분씩 내 시간을 짓밟고 나가는 손님(?)들 때문에 아무것도 못하고 결국 편지 한 장도 끝장을 못 내고 말았다.

며칠 전 만난 캐나다손님 말을 빌리면 『한국인은 너무 일을 많이 하여 자기 시간이 하나도 없는 것 같다』 고 했다. 잠깐 왔다가 가는 세상에 바동대며 일만 할게 아니라 자기 시간을 가지도록 노력해야겠다. 남에게 짓밟히지 않는 자기 시간을 만끽한 자는 자기의 일에도 그만큼 능률적이 아닐까. 나도 오늘 남의 시간을 부지중에 짓밟거나 빼앗거나 도적질하지 않았는지 한번 생각해 볼 일이다.

영남일보 1979.11.21

전화(電話) 면허증

　밤 한시 반, 전화벨이 울린다. 『여보세요. 병원이지요, 오늘 낮에 가성 콜레라로 치료받고 왔는데 콜레라는 전염병 아닙니까. 옆방 아주머니가 빨리 큰 병원에 입원시키라고 하는데 거기서 계속 치료해도 될까요?』

　『예. 진짜 콜레라가 아니니 걱정 마시고 계속 치료하세요』 『아기는 잘 자고 있는데 가만히 보니 얼굴이 헬쑥하고 많이 체한 것 같은데 따지 않고 그냥 둬도 괜찮습니까?』『 여보세요. 지금 몇 시입니까?』『밤 한 시 반입니다…』

　운전면허 시험 치듯, 전화도 남에게 끼치는 영향을 이해하고 받는 사람의 사정도 좀 생각할 줄 아는 사람에게만 전화를 쓸 수 있게 하는「전화 면허증」제도는 없을까.

　새벽 4시, 병원 문이 부서지도록 발로 차고 두드리는 소리가 난다. 다섯 시 차로 설악산 가는데 몸이 개운치 않아서 미리 몸살날까봐 예방적으로 치료좀 해달라고 한다. 그리곤 하는 말이 『의료보험 환자라고 그럽니까? 선생님 안색이 무척 언짢은 기색이네요..』「구속적부심사」하듯이 잠자는 의사를 깨워서 진료를 요청할 만큼 긴급한지, 그리고 의사의 속을 부글부글 끓게 하는 말을 안 하는 사람만 허가해 주는「진료적부심사」제도는 없을까.

　아침 열한시반, 전화가 또 울린다.

　『선생님 좀 물어 봅시다』 하고는 장시간 장황하게 사설을 늘어놓는다. 『여보세요. 지금 여기 진찰하다가 전화 받는 중이고 또 너무 많은 사람이 기다리고 있어서 매우 바쁩니다.

전화 빨리 끝냈으면 좋겠습니다.』

『나도 답답해서 그러는 것 아닙니까. 왜 그리 불친절합니까.』

이런 분도「전화 면허증」을 받기 위한 교육을 받고 시험을 치셨으면….

밤 열한 시 반, 응급벨이 계속 울린다. 뛰쳐나가 문을 여니 들어오지 않고 밖에 선 채『우선 말부터 들어 보세요. 우리 아이가 잘 놀라는데 지금 열이 38도 5부이니 진찰하지 말고 해열제만 준비하였다가 들어서자 말자 주사좀 찌를 수 없을까요. 아니, 아이가 저렇게 울고 하니 청진기 좀 들고 우리 집에 가서서 진찰좀 해 줄 수……』『그러면 약방에서 이약 사서 먹이세요』종이에 적어 주었다.『여보 그럼 그리 할까』하고 아이 엄마에게로 간다.

『무슨 사람이 미안하단 말해서 죽은 귀신이 덮어 씌였소.』했더니

『지금 그말 하려고 하지 않소』

이분 나이 서른에 모 극장 사장이라나. 이 또한「진료적부심사」를 거쳤으면

나는 오늘 몇 시간 잠잘 수 있을는지. 약한 자여, 그대 이름은 역시 開業醫이런가.

영남일보 1979. 11.7

답답한 사정(事情)

　우리 주변에서 쉽사리 느낄 수 있는 현실이긴 하지만 다른 어느 나라에도 없는 묘한 의학적 엉터리 지식이 판을 치는 생활구조를 들어보자.
　사람마다 지라가 부었다. 비장에 거품이 생겼다. 심장에 죽은피가 있다는 등으로 새빨간 거짓말을 하고는 몇 만원씩 약을 지어주며 사기를 놓아도 華陀와 扁鵲대우를 받고 있는가 하면 놀라서 그렇다고 따주고 천원, 체해서 그렇다고 따주고 천원, 그래도 양심은 남아서 진정제 해열제 한 알씩 갈아서 주는 소위 『놀랜 것 잘 따는 할머니 名醫(?)들』 경기 때는 따고 병원으로 가야한다고 믿고 있는 어처구니없는 상식, 세상에서 中風은 우리나라가 제일 잘 치료한다고 믿고 있는 탓인지 으레 병원엘 안 가고 엉뚱한 곳에 맡기는 판국이니 이 모두가 세계 어느 나라에서도 볼 수 없는 우리나라만의 기괴한 의술 풍토이니 醫神(의신)이 땅을 치고 곡할 노릇이다.
　그래도 의사에게 돌아올 대상이 있으니 연탄가스 중독으로 숨이 넘어 가고 있는 환자이다. 그나마 무슨 신령한 주사라도 있었으면 좋으련만, 고작해야 종합병원에 한두 대 있는 고압산소탱크가 유일한 소생술에 그친다면 의술의 무력함이 정말 恨스럽기까지 하다. 이러니 개인병원에서야 이런 환자에게 무엇을 도와줄 수 있을까. 강심제 한 대가 고작인데, 차라리 그 환자가 개인병원엘 들리지 않고 바로 종합병원으로 갔다면 소생률이 더 높을 것이고 개인병원에서도 진찰이

나 강심제 주사하느라고 지체하지 말고 속히 종합병원으로 보내는 게 환자에게 유리한 것이거늘, 그렇게 보내면 진료거부니 뭐니 하고 올가미를 씌우는 형편이고, 또 가는 도중 숨졌으면 주사도 하나 안 놓아 주어 숨지게 했다고 항변하니 주사 놓고 가다가 죽어도 주사 때문에 죽었다고 경찰에 입건하고 마치 연탄가스 사고로 숨지는 자는 개인병원 의사가 죽이는 듯 몰아친다.

과연 그들이 개인병원에서 소생시킬 수 있는 환자냐 반문할 때 의사의 명예를 걸고「불가능한 일」이라고 할 수 있다. 그러면 왜 사회는 의사를 욕하도록 유도하고 있을까.

사이비 의료행위가 판을 치는 의식구조 위에서 불신풍조를 몰아내고 의료풍토의 르네상스가 하루속히 오기를, 내 생명처럼 아끼고 자식처럼 치료하는 의사가 되며 내 형제처럼 내 부모처럼 믿는 환자가 되었으면 한다.

영남일보 1979.11.27

의료보험 색안경(色眼鏡)

어느 날 우연히 신문을 뒤적이다가 某 美術大學 崔 敎授 님의 글을 接했다. 「의료보험피해」라는 題下에 有名한 小兒科醫師 한 분을 호되게 욕하고 있었다.

醫師라는 직업은 대체로 몇 가지 한국적 여건 때문에 자기 자신을 辨明하려 들거나 누구와 是非를 가리려 들기를 피할 수밖에 없다. 혹시 그런 일에 나서는 의사가 있다면 그건 「醫權保護」를 위해 十字架를 지는 것이며 자기에겐 그만큼 큰 희생이 따르는 어리석은 짓이리라. 그래서 著名한 醫師인 그분 역시 그만큼 욕을 먹고도 참았을 것이다. 내용인즉 의료보험카드를 내미니 간호원이 전날 보다 더 불친절하다는 것과 병원이 不潔하다는 것, 전날은 入院 말까지 하더니 그날 보험 카드를 주니 보지도 않고 던지면서 이틀분 약을 주곤 그만 오라고 하더라는 것 등등. 무엇보다도 우리 사회에서 만연되고 있는 不信風潮를 탓할 수밖에 없다.

왜 그만큼 남을 못 믿을까. 「환자를 내 몸같이 의사를 친척같이」이는 그 병원 문 앞에 붙인 표어인데 의사는 내 몸같이 정성을 다해 환자를 볼 테니까 의사를 친척같이 믿어 달라는 호소라고 한다. 의료보험카드를 갖고 가면 차별 대우를 하지 않을까 하는 先入感이 깊이 뿌리박은 불신풍조 때문일 것이다. 보험이건 아니건 간호원에겐 아무런 利害관계가 없는데 무엇 때문에 불친절할 이유도 없으며 來院 환자의 80%가 보험 환자인데 두 명에겐 친절을, 여덟에겐 불친절을 이렇게 차별하기가 더 어려운 일이 아닐까. 하루의 8

割을 모두 카드를 던지며 신경질을 부리며 진료를 한대서야 어디 정신병자가 아니고는……, 혹시 던지는 것으로 보아 버린 色眼鏡은 없었는지. 최 선생님이 생각할 수 있는 불결 아닌 조건을 어째서 그 의사는 생각 못한다고 여기시는지, 이틀분 약을 한꺼번에 주는 것보다 하루 분씩 따로 주면 의사에게 더 이익인데 이틀분 준다고 왜 못마땅해 하는지, 밤중에 급한 환자 생기면 종합병원 응급실을 찾지 않고 (통금시간에도 민중의 지팡이는 일하신다.) 개인 병원 의사를 깨우는 시민의 의식이 보편화된데다가 자기의 생명을 단축하면서까지 군소리 안하고 진료해 주는 우리나라만의 독특한 開業醫가 아닌가. 수술해 준 환자가 죽자 유족의 행패에 못 이겨 의사가 따라 죽은 일이 일어났어도 어째서 이런 일이 생기는지 아무도 문제 삼지 않았다. 醫師가 이만큼 핍박받는 사회에서 무엇이 더 모자라서 최 선생님은 의사를 또 짓밟고 싶었는지-.

국민총화를 외치는 마당에서 우리 다 같이 서로 믿고 믿게 하고 살아가도록 노력해야겠다.

『환자를 내 몸같이, 의사를 친척같이』 이런 구호가 필요 없도록.

영남일보 1979.12.26

백일해(百日咳) 탄식

　백일해는 법정 전염병이다. 한번 이환되면 말대로 백일가량 고생을 하고 다른 아이에게 옮기는 무서운 병이다. 아기들의 얼굴이 새빨갛게 기침을 한다. 때로는 구토를 하고 때로는 눈에 피가 맺히기도 하며 참으로 애처로워 보기에 딱한 지독한 병이다. 기관지염을 자주 동반하고 기관지 확장증이 합병되어 일평생 가기도 하며 밤엔 기침 때문에 잠을 못자기가 일쑤다. 이렇듯 무서운 병을 예방할 수 있는 약이 있음은 다행한 일이다.

　그런데 이렇게 무서운 병을 가진 아기들이 날이 갈수록 많아지고 있다는 게 우리 한국적인 비극이 아닐 수 없다. 불과 십 년 전만 해도 백일해 患兒를 거의 찾아볼 수 없었는데 지금은 너무나 많다. 『DPT는 백일해를 포함한 예방주사』인데 이 예방주사를 맞고 부작용으로 죽는 아이가 있음은 세계적으로 공통된 사실이거늘, 유독 한국에서만 왜 DPT를 기피하는 의사가 점점 많아지고 있을까. 여기에 크나큰 문제점이 있다.

　대한소아과학회에서 제정한 소아예방접종표에 따라 모두들 생후 2개월만 되면 DPT를 맞히고 있는데 실제는 백일해가 포함되지 않은 DT를 주사 맞고 있는 경우가 많다고 하니 가슴이 답답하다. 오륙년 전에는, 서울서 DPT를 맞은 아기라면 백일해 예방은 안됐겠구먼 하고 여겨졌었고, 이삼 년 전부터 부산서 맞은 아가도 그렇게 생각되었으며 이제는 대구에서 맞은 아기도 다수가 그 범주에 속하고 있음은 사실이다. DPT 예방 주사를 맞고 자기의 목숨보다 더 귀중한 자기 자식이 죽었다고 상상해 보자. 이 경우 우리는 지금 어떠한 사정에 있는가.

保社部에선 「불가항력이니 의사의 책임이 없다」고 유권 해석한 것을 명문화해서 의사들에게 내려 보냈지만 감정만으로 이성을 잃고 행패부리는 여러 가지 상황이 벌어지고 있어 안타깝기만 하다. 우리나라에서 그 일을 한번 당해본 의사라면 누구나 죽어도 DPT는 안 만지겠다고 할 것이다.

우리도 선진국처럼 의사는 마음 놓고 DPT를 주사하고 수십만에 하나 정도 있을 수 있는 DPT로 인한 문제가 생기면 조용히 법으로 해결하는 사회풍토로 바뀌는 날이 언제쯤 올 것인가. 그래도 아직은 우리 大邱에서나마 DPT를 겁 없이 만지고 있는 나같이 어리석은(連이 좋은) 의사가 많음은 다행한 일이라고 해야 할지 답답한 노릇이라고 해야 할지. 천 길 높이의 외줄을 타는 곡예사처럼 DPT처방을 쓸 때마다 『하나님 이 주사가 무사하게 해주시옵소서』 기도를 한다. 『이 땅에서 백일해를 추방하자』는 어리석은(?) 자의 노력이 헛되지 않기를-.

영남일보 1979. 11.14

다급한 일

「의사의 눈에는 병자투성이요. 법률학자 눈에는 惡意투성이요. 신학자의 눈에는 죄악투성이요.」 쇼펜하우어의 말을 빌지 않더라고 누구든지 자기의 입장에 기준을 두어 사물을 판단하기 마련인가 보다.

얼마 전에 있은 일이다. 새벽 4시 반에 찾아온 사람에게 『나는 잠 안자고 사는 기계인 줄 아느냐』고 신경질을 부려 주고는 진찰해 보니 급성뇌막염 患兒이었다. 부모가 異狀을 발견한 후 열 두 시간밖에 경과되지 않았어도 「급히 진행하는 병이니 속히 종합병원에 입원하러 가라」하고 우선 응급 처치를 해서 보냈다. 내 말을 半信半疑하며 종합병원엘 데리고 간 부모들, 며칠 후 전화가 왔다. 『선생님 말 안 들었더라면 아이가 죽었을지 모른답니다. 고맙습니다.』

이와 비슷한 때 어떤 아이가 역시 뇌막염 비슷한 증상이 나타났다. 열도 없이 20~30분 계속 경련을 하니 종합병원 가야 한다고 소개장을 열심히 써 주었더니 이 부모들 「종합병원 기피증」이 단단히 걸린 사람들이었다. 이 집 저 병원 아이를 데리고 다니다가 運좋게 자연 치유되었다.

아마 일시적으로 지나간 「一過性腦症」이었나본데 살았으니 다행이지 아이가 만약 급성 뇌막염이었다면 그렇게 돌아다니기만 해서는 꼭 죽었을 것 아닌가. 앞으로 또 만약 그런 증상이 나타난다면 또 미련부리고만 있다간 「죽어도 종합병원 안 간다」는 부모들 고집에 아이만 희생될까 봐 안타깝기만 하다. 그래도 이 부모들은 다음번 찾아와서 온갖 억지

소리를 하며 나에게 욕을 퍼붓는다.『공연히 큰 병으로 잡아서 헛고생을 시켰는데 당신 말 들었다면 아이를 죽일 뻔 했다』고 한다.

방금 名醫 소릴 듣고 방금 엉터리 소릴 듣고 함이 모두가 환자의 의식 구조에 따라 좌우되는 것이거늘 구태여 최신 지식을 습득하려고 「죽을 때까지 공부하는 자세」로 바동거릴 필요가 없을 것 같다.

한번은 종합병원 가라고 보냈더니 엉뚱한 곳만 돌아다니다가 죽기 직전에 다시 데리고 왔기에 내가 직접 아이를 빼앗아 안고는 종합병원에 가서 입원시켜 살려 놓았더니『당신이 입원시켰으니 당신이 돈 내야 될 것 아니냐』고 했다. 다급한 일은 시간이 해결하기 마련이지만 그것이 죽음과 직결되는 일이라면 무슨 굴욕을 당하더라도 살려 놓고 보는 최선의 방법을 취해야 옳지 않을까.

영남일보 1979.11.5

일등국민 (一等國民)

　사람은 자기가 찾아 가는 의사의 처방에 맞는 체질을 갖고 태어나야 한다. 그렇지 않으면 그 의사 때문에 목숨을 잃게 된다. 이는 니체의 말이다. 이만큼 의사를 불신시키는 聖賢도 드물 것이지만 혹은 지당한 말씀일지 모른다. 남이야 불신하건 말건 태어날 때부터 神의 사자도 아닌 것이, 스스로 해탈해서인지 聖職이어선지 하여튼 무엇 때문인지간에, 사명감을 죽을 때까지 지니고 가는 것이 의사라는 동물이다. 누군가가 의사는 하나의 「전문 직업」이지 결코 군림하는 「의사 선생님」이 아니라고 했다.

　그렇다. 전문 직업인임엔 틀림없다. 그러면 의사에게 치료를 받으러 간 사람은 「생각하기 때문에 존재한다」는 인간이 아니라, 해부학적인 구조를 갖춘 생명체라는 기계란 말인가. 이 기계에 고장 난 부분을 수리 보수 내지는 닦고 조이고 기름칠하면 의사의 할 일은 다한 것일까.

　죄송한 비유를 하나 들자. 목사님이나 스님을 - 식생활 해결을 위한 전문 직업인이라고 속단하고 갈아 치우기를 식은 죽 먹듯 하면서도 모범 신도입네 으스대는 형편이 아닌가. 지식은 위험한 칼이라 잘 못쓰면 자신과 남을 해칠 따름이라고 했다. 이렇듯 의사를 찾으려면 죽어도 군소리 않겠다는 비장한 각오로 찾아 가야 한다는 성현의 말씀이 있고, 의사는 천부의 성직이려니 자각하며 사명감만으로 일생을 살아가는 자들이 있고, 가장 위험한 칼을 지닌 전문직 업인 의사가 있어서, 생각하기 때문에 존재하는 인간이라는 기계가 그 의사의 수리대상이라면, 이 모두가 얼마나 큰 不協和音

이란 말인가.

시어머니가 눈을 뜨면서 제일 먼저 며느리의 天氣부터 살펴보는 세상이 되었는데 아직도 「의사 선생님」의 고집을 못 버리고 전문직업인으로서의 자신을 자각 못하는 자가 있을까. 하지만 우리도 언젠가는 시어머니건 며느리건 이런 단어의 뜻이 없이 살 수 있는 선진국처럼 될 날이 있지 않을까. 우리도 그네들처럼 의사가 존경받는 직업인이 될 날이 역시 오겠지 생각해 본다.

엊그제는, 입원 환자가 퇴원계산서를 가져 오란다. 술 몇 병, 안주 몇 개, 숙박비 얼마 하는 식으로 계산서를 올렸(?)더니 「오늘은 낮 12시에 나가는데 오늘 숙박비(입원비)는 빼야 될 것 아닙니까?」「여관, 호텔에서는 낮 12시가 넘어야 하루치를 더 받는데 궁궁」하신다. 장황한 사설이 싫어서 「그렇군요. 죄송합니다. 오늘 입원비는 빼지요」하고 빼주어 버렸다. 이 환자 입원할 때는 「종합병원은 죽어도 가기 싫고 몇 개 개인 병원을 다녀도 의사들 배가 불러 문 닫고는 없다」 그러고는 「우리 아기 살려만 주시면 궁궁」 했는데 퇴원 때의 모습이 그러하니-.

그동안 이 아기 때문에 자다가 깬 것이 몇 차례며 진료실에서 입원실로 뛰어오른 총총걸음이 몇 번이던가. 아기가 살아났고 좋아졌으니 이것이 보람이자 대가이지 보호자야 뭐라 건 개의치 말아야 한다.

이 환자 퇴원 후에 둘러보니 입원실 구석구석이 쓰레기이고 심지어 아기 똥기저귀 싼 종이 뭉치까지. 화장실은 뜯어 고쳐야 될 만큼 마구 망쳐 놓았고 이렇게 남의 물건을 아낄 줄 모르고 자기의 뒷자취를 마구 해 놓고도 부끄러운 줄 모르는 사람이 얼마나 많은지 생각해 보자. 우리 주변의 공중 변소나 학교 책상은 얼마나 험하게 만들어 놓고 있는지 남의 것을 중하게 알고 공동의 것을 내 것보다 더 아끼는 사회풍토가 아쉽다.

십 년 전 수련의 파견생활 때의 일이다. 일등국민 영국 의사 페티슨씨에게 「내가 머리가 아프고 고통스러우니 에이피시 두개만 먹겠습니다」 하고 약제실로 들어가니 이 분 급히 자기 호주머니에서 돈 백 원을 꺼내 주며 「이건 내가 닥터 김에게 주는 성의이니 이 돈으로 약방에서 사 가지고 먹으세요」 진심으로 하는 말이었다. 왜냐하면 여기 약은 영국 국민의 기부금, 세금 등으로 사온 것이고 환자에게 무료로 주라는 것이지 의사 몫은 없다는 것이다.

그만큼 公共의 물건을 더 아끼고 나라를 더 먼저 생각하는 일거수일투족이 일등국민의 자부심을 가질만하게 하고 있었다. 나이도 나와 같고 공부도 수련경력도 나와 같은 시기이었는데 나는 그를 보고 비로소 영국이라는 나라를 다시 생각하게 되었다.

나보다 나라가 먼저이고 내 물건보다 공동의 물건이 더 소중한 것이고 자연보호가 몸에 배어서 구호를 외칠 필요가 없어질 때가 되려면 우리는 아직도 더 기다려야 하는가. 미신이 판을 칠 때 「신비한 기술을 지닌 의사」로 군림하다가 지금은 위험한 칼을 지닌 전문 직업인으로서 수난을 겪고 있으니 씁쓸한 느낌이다.

머지않아 우리도 지금의 선진국처럼 국경을 넘을 때도 의사의 소지품은 검사하지 않고 차례를 무시하고 먼저 보내는 「의사 선생님」 대우를 받게 될 것인지 그날이 속히 오기를 우리 조용히 기다리고 노력하자. 열심히 생각하고, 생각하기 때문에 존재하는 인간이 되자. 의사도 사회도 「남은 나의 거울」이니 거울 속에 비치는 자기를 보고 거울을 탓하는 우를 범치 말자. 우리도 언젠가는 일등국민이 될 날이 있지 않을까.

고독한 등대 1978.12.17

고요한 밤에

후덥지근한 바람이 내내 불더니 기어이 처적처적 비가 내린다. 누우렇게 시들어 가는 파초의 이파리 위로, 서러운 여인네의 눈물처럼 빗물이 뚝뚝 떨어진다. 좀 더 세차게 퍼붓든가 아예 그쳐 버리든가 하질 않고, 아쉬운 듯 아쉬운 듯 오락가락 하더니 오후엔 서늘한 냉기만 실어다 주고 비는 그쳐버렸다.

저녁 안개 희뿌연데 분홍빛 노을이 앞산 등성이까지 물들여 가고, 노을 밑에 잠긴 산은 더욱 또렷한 선으로 가까이 다가앉는다. 해는 아직 노루꼬리만큼 남았는데 등에 냉기가 스며들어 계절을 실감나게 한다. 진료실 어디엔가 새어 나오는 귀뚜라미 소리가 더욱 청아한데, 무슨 한 맺힌 하소연이 진종일 그리도 많은지. 까만 하늘에서 별들이 곧 쏟아져 내릴 것만 같은 이 밤, 창가에 비치는 달빛이라도 있었으면 더욱 조화된 서정일 것을, 하며 어딘가 허전함을 달랜다. 어느 이름 모를 여인의 시구가 생각난다.

「주지 마세요. 사랑이 싫어요. 그런 눈길 뜨거워서 싫고, 그런 속삭임 잠 못 들어 싫고 그런 기다림 외로워서 싫어요…… 앓다가 죽어도 울어 줄 이 없는 외로운 병……」이럴 땐「끼」가 발동을 해서인지, 친구들마다「로맨스 그래이」가 한창 흥미의 절정을 이루는 대화로 등장을 하니, 계절의 탓인가 나이 탓이던가.

어느 날 친구의 진료실에 전화벨이 울렸다. 맑은 여성의 목소리로『저어 저 - 선생님 바쁘시지 않으면 차 한 잔 대접해 드리고 싶은데 실례가 안 될는지, 언제 시간 좀 내주실 수 없으신지요? 조용히 선생님과 얘기하고파 실례를 무릅쓰고 전화 드림을 용서하세요』『무슨 말씀이신데 지금 말씀하시죠』『아닙니다. 단둘이 마주 앉아보고 싶은 충동뿐이지 다른 용건은 없습니다』 이래서 그 친구 열일을 제쳐 놓고 십 년 만에 처음 느끼는 두근거리는 가슴으로 약속 장소엘 나갔으나 허탕치고 말았다는데, 돌아와서 하는 말이 더욱 걸작이다.

그녀 혼자 너무 생각하다가 무턱대고 전화는 했지만 차마 얼굴을 나타낼 용기가 없어 못 나온 것일 거라는 거였다. 친구들은 그를 놀려대었다.

보험 가입하라는 수작이거나, 술집 아가씨의 청객행위거나, 아니면 개구쟁이 기질을 가진 모씨 부인의 장난이었으리라. 그러나 그 친구 말처럼 행여 가을바람이 실어다 준 풍선 같은 고독의 여신이었는지도 모른다.

만일 내가 그런 전화를 받았더라면… 한동안 생각에 꼬리를 문다.

실바람에도 한들거리는 수양버들 가지처럼 어지러이 흐트러지는 상념으로 이 밤 명상에 잠긴다. 굳센 소나무가 세찬 바람에도 끄덕 않더니 어느 날 느닷없이 부러져 버렸지만 폭풍이 와도 부러지지 않는 수양버들의 유연함이 더욱 매력인지 모른다. 파리의 날개 소리도 들릴 듯이 고요한 밤에 바퀴 벌레 한 마리가 또르르 나타났다. 황급히 사라진다. 진찰실 엔진의 주요 부품으로서 진종일 간단없이 돌아가던 내가 이렇게 한가한 밤에 자신을 비추어 보는 사색의 시간을 가질 수 있다는 것은 그래도 삶의 보람이 아닐 수 없다.

나도 생각한다. 고로 나도 존재한다. 세기의 哲人이 되기도 하고. 평화롭게 잠든 아내의 얼굴을 내려다보며 하수영의 노래를 읊조리기도 하고.

로맨티시즘의 창시자인 양 어느 날의 가슴 뿌듯한 추억을 반추해 보기도 하고. 희지도 검지, 둥글지도, 모나지도, 바르지도, 굽지도, 實도 虛도 아닌 자신을 발견하고 계절이 주는 상념에 허공을 향해 피식 웃어 본다.

수필경북 1979.10.15

중도 보고 소도 보고

하루 길을 가노라면 중도 보고 소도 본다더니, 시작도 끝도 없는 開業醫의 일과로 시간을 소화하는 입장이 되고 보니, 내 생활의 범주가 환자의 세계를 벗어나지 못하는 실정에서나마, 그야말로 중도 만나고 소도 만나듯 별별 사람들을 만나는데, 오늘까지 살아 온 자취를 더듬어서, 내 나름대로 그 의미를 찾아본다.

새벽 네 시 넘기가 무섭게 문을 두드리는 응급 환자가 있어, 신경질적인 목소리로

『애기가 밤새껏 울고 깜짝깜짝 놀라고 해서 왔는데, 어젯밤에 크게 놀라서, 잘 따는 사람에게 따고 왔으니 주사 놓지 말고 좀 봐 달라』는 것이다. 한밤중에 올 것인데 지금까지 참았다가 온 것이 의사에게 적선이라도 하는 것처럼 유세를 한다. 도대체 놀랬다, 체했다 이 두 가지 용어를 왜 그리 좋아하는지 환자들의 말을 인정해 주지 않으면 애기를 안고 일어서며 서슴지 않고

『오늘은 진찰만 받고 가렵니다. 얼마입니까?』하고는 名醫를 찾아 나선다. 그럭저럭 날이 밝고 다섯 시가 될 무렵, 세계에서 가장 귀한 존재인 손자를 업은 할머니가 들어오고, 그 뒤에 애기 아빠, 엄마 그리고 가정부까지 따라 들어온다. 말인즉 애기가 밤새껏 토하고 보챈다는 것이다. 체온계를 좀 넣자고 하니 애기가 고함을 지르며 울어 댄다. 할머니는 지시하는 투로

『애기 놀랍니다. 좀 달래서 합시다.』하고 업고서 밖으로

나갔다가 십 여분 후에 다시 들어와도 또 운다. 그때 할머니 말씀이

『너무 자주 오는 병원이어서 애기가 더 놀라니 다른 병원에 가보자』고 하며 나가 버린다. 가정마다 할머니의 영향력은 너무나 큰 것을 알 수 있다. 사사건건이 치료에 방해만 되는 짓을 시키는 할머니들이 대부분인데, 저런 분은 어릴 때부터 제멋대로였을까, 우리네 전통(?)에 숨통이 막힐 지경이다. 새벽잠이라도 청하여 피곤한 심신을 달래 보자고 하는데, 이번엔 대학 교수님이 열 살이나 된 놈을 업고 들어오신다. 엊저녁 과식을 했는데 아침에 눈을 뜨면서 한 번 구토하고 허겁을 떠니까 마치 숨이라도 넘어가듯 취급하는 것까진 좋은데, 교수님 왈 『애가 식중독 같은데 속히 좀 봐 주시오. 약값이 비싸면 일반 환자로 취급해 주시고 美製나 日製 藥 있거든 좋은 걸로 써 주시오』

이런 말씀이신데, 같이 식사한 다른 사람은 괜찮으냐고 물으니까 화를 버럭 내며

『다른 사람은 괜찮으니 혼자만 왔잖소』

빨리 봐 달라고 성화시다. 이 교수님을 향해 마치 수도승이 된 것처럼 감정을 누르고 애써 병을 설명(?)해 주었다. 우리 사회가 어떻게 해서 이렇게 마음들이 깡마르게 되어 마찰만 일삼게 되었는지, 하늘을 향해 항거라도 하고픈 충격이 일기도 한다.

한 시간이 될지 십 분이 될지 여가 있을 때마다 잠을 좀 청해야지, 하면서 종일 빌빌거리는 품은, 꿈 많던 의과대학 시절을 회상할 겨를도 없이, 따분하기 짝이 없는 『남자 기생』 신세가 된 현실을 슬퍼하면서 애꿎은 부모님만 원망하곤 한다. 그래서 모처럼 술판이라도 벌어지는 날이면 한껏 취하는 게 의사들의 공통된 사정일지도 모른다. 이렇게 하루 해를 넘기고 피곤과 졸음이 겹쳐 병원 문을 닫을 때 술이

만취된 X사장님이 들어온다. 혈압 한번 재어 주고 밤에 편히 잘 수 있게 해 달라는 것이다. 이어서 술이 만취된 채 얼굴이 피투성이가 된 장발 청년이 들어왔다. 밤마다 술꾼들의 싸움은 끊이지 않기 때문에 그 뒤치다꺼리는 의사가 해야 한다.

치료 후엔 간호원과 옥신각신하다가, 이런 유의 사람들은 결국 시계, 외투 등을 맡겨 놓고 가 버린다. 물론 영원히 안 찾아 가니 가뜩이나 좁은 집에 못 쓰는 공간이 또 하나 더 생긴다. 숨도 미처 돌리기 전에 황급히 달려온 아주머니가 왕진 가잔다. 할 수 없이 따라갈 수밖에. 다시 잠자리에 들면서 神에게 『저에게 아침 일곱 시까지 만이라도 잠 잘 수 있게 해 주소서』

기원하면서 파김치가 되어 버린다. 생각해 보면 대학 시절이 얼마나 아름다운 시간이었던가. 꿈도 희망도 철학도 있었는데 하고 과거를 동경하는 순간순간도 있지만, 이제 현실에 부닥쳐서는 절망하지 않고, 보다 나은 내일을 꿈꾸며 오늘로서의 최선을 다하자. 의미 있는 일생의 한 폭 그림을 그리는 과정에서, 하루하루 착실히 선을 그려 나간다면. 세상을 떠나는 날 어떤 모양으로 작품이 이루어질지, 神의 뜻에 어느 정도 가까운 작품을 만들 수 있을는지

수필경북 1980. 3.19

새장의 닭

유치원짜리 막내둥이가 작년 봄에 하도 졸라서 병아리 몇 마리를 사 주었었다. 그 중 한 마리만 살아남은 게 제법 비둘기만큼이나 자랐을 때, 놀리던 새장이 있어 그 속에 넣어 인적이 드문 옥상에다 팽개쳐 버리듯이 기르게 되었다.

이놈은 자라면서 어찌나 순한지 삐약 삐약……. 시끄럽던 울음도 그쳤고, 누구의 마음에도 거슬리지를 않았다. 일 년이 지났으니 이젠 큰소리로 아침마다 「꼬끼요」라는 노랫소리를 한 곡조씩 들을 수가 있다.

처음 시집 왔을 때는 그 시끄러운 삐약 삐약…… 울음소리에도 막내둥이의 이불 속에서 잠을 자기가 일쑤였는데, 노란 빛 예쁜 모습이 변하고 꼬마의 사랑도 멀어져 간 다음부터 옥상으로 쫓겨나 모이를 주는 둥 마는 둥한 천대를 받으며 살고 있다. 언제부터인진 몰라도 수탉 티가 나기 시작하면서 사람이 찾아가면 열 번이고 스무 번이고 고개를 숙여 반기는 인사를 한다.

한번은 꼬끼요 소리가 하도 기특해서 먹던 음식을 조금 남겨 들고 옥상엘 올라갔더니 얼마나 반가워 날뛰는지 그때부턴 좀 색다른 것이 있으면 먹다가 올라가 던져 주곤 했다.

아이들이 부르는 대로 나도 이놈의 이름을 「삐약」이라고 불러 보았다.

마치 대답이라도 하듯 내가 가면 무척 반가워한다. 엊그제 아침은 불고기가 하도 맛이 좋아서 한참 먹던 중 삐약이 생각나서 들고 올라갔다. 언제나 마찬가지로 고맙다고 절을 수십 번 한다. 삐약은 이제 우리 집 식구의 하나가 되어 버린 것 같다. 그런데 나는 갑자기 삐약의 아픈 상처를 발견하게 되었다. 이놈은 가장 큰 품종의 수탉인데 비해 새장은 너무 비좁아 똑바로 서지도 못할 지경이다. 꼬끼요 길게 우는 소리가 이젠 아주 유창하게 되었는데 불행히도 훼를 치고 울지를 못한 채 날갯죽지를 퍼덕이며 고통스러워한다. 훼를 친 듯 만 듯 하고는 꼬끼요 - 길게 한 곡조 뽑는 것을 보았다. 「아차! 이놈을 밖에 내놓아서 마음껏 훼를 치게 해 주어야겠다」고 생각하고 삐약을 끄집어내려고 했을 때 또 한 번 이놈이 내 마음을 아프게 했다.

새장에 들어갈 때는 좁은 문으로 겨우 들어갔는데 이젠 너무 커서 도저히 그냥 나올 수가 없게 된 것이다. 삐약의 몸값보다 비싼 새장을 부셔 버리려도 그렇고, 그대로 두자니 불쌍하고, 이젠 그만 삐약을 보기 민망해서 옥상에 올라가기가 망설여진다.

의식적으로 삐약의 존재를 잊으려 애쓸수록 삐약의 「꼬끼요」 울부짖는 소리가 더 자주 들리어 오는 것 같다. 미안하다. 삐약아! 어떡할 방법이 없구나. 너를 끄집어 내 주면 집 안 공기로 보아 너를 당장 사형시킬 것 같고, 닭 장수에게 준데도 너의 운명은 뻔한 일일 테니, 차라리 이럴 땐 양상군자라도 와서 우리 삐약을 데려 갔으면 좋겠다. 사람의 마음이 이렇게도 간사하게 변할 수 있을까? 또 한 번 놀라면서 정이란 무엇일까 주는 걸까 받는 걸까…… 콧노래를 불러 본다.

경북수필 1980. 3.19

어떤 이별

　종교적인 개념을 떠난다면 창세전부터 짝 지워진 운명의 부부라고 해본들 불과 오십 년 동안 같은 열차를 타고 가다가 헤어져야 하는 남녀일 따름이다.

　사랑이란 것을 무시하고 보면, 가족이래야 고작 이십오 년 정도씩 같은 열차를 타고 가는 공동 운명체에 지나지 않는다. 오십년의 동반자는 영원무궁한 일심동체로 인정이 되고, 그 절반 기간의 동승 여행자는 살을 깎는 아픔을 같이 하는 부모이고 콩팥을 떼어 주어도 아깝지 않은 형제들인 것이다. 시간의 기준만으로 보아선 더 짧거나 더 긴 기간의 동반자가 많겠지만 나의 경우엔 너무 무의미하게 만나고 헤어지고 한 것 같다. 스물 네 시간동안 스위스행 비행기 옆자리에 앉아 갔던 A양의 기억이 오랫동안 남기도 했고, 네 시간 동안 새마을호 옆자리에 앉아 간 B양의 기억도 꽤 오래 갔지만, 큰 클리닉을 스쳐간 수많은 간호원들과는 쉽게 만나고 미련 없이 헤어졌었다. 만나고 헤어짐이 이렇게 쉬운 것이고, 헤어지고 잊히는 일이 다반사일진데, 구태여 오늘의 물리적인 이별이 사차원의 기준으로 볼 때는 그리 중요한 것이 못된다고 하겠다.

　그런데, 어제는 또 하나의 헤어짐이 있었다. 내 병원에서 수년간 근무하던 C양이 결혼을 한 것이다. 그녀는 착실한 기독교 신자로서 종교의 냄새가 저절로 풍겨나는 아가씨였다. 부친이 장로, 오빠와 삼촌이 목사, 시아버님도 장로, 남편은 착실한 기독교인, 그러니 신의 뜻을 따라 행복의 문으로 들어갔다고 하겠다.

　내 병원에는 (실제는 의원이지만) 간호원이 다섯 명 상주 (常住) 근무를 하고 있다. 십여 년 개인 병원을 경영하다 보니 수많은 간호원이 여기를 스쳐갔는데, 들어와서 하루만에 나가 버린 이도 있고, 결혼할 때까지 있던 사람도 많다. 여기서 말하는 간호원은 정식 간호원 면허증을 가진 캡너스가 아니라, 일반적으로 내 진료를 도와 줄 수 있는 스무 살 전후의 아가씨들로서, 차라리 나의 〈진료보조원〉이라고 하면 더 적합할지 모르겠다.

　내 집을 지나간 수십 명의 이런 간호원들 중에는 별의별 사람도 다 있다. 자기네들끼리 다투어서 나간 사람, 내 집에 온 손님과 싸워서 그만 둔 사람, 기회만 노려서 돈을 빼내는 사람, 심지어 환자를 유혹하여 자기 방에서 청춘사업을 하는 사람, 이런 아이들은 대개 한 달도 못 머물고 제 발로 나가기 마련이다. 물론 착실하게 자기 본분을 지키며 신부 수업을 하면서 병원 일을 내 몸같이 하는 아가씨들이 더 많았으니, 내 클리닉이 그런대로 성업(?)을 이룬 것은 하나님께 감사할 일이다. 이렇게 고마운 아가씨들이 결혼해 나갈 때마다 느끼는 허탈감을 어떻게 설명해야 할지 모르겠다.

　한 가족으로 정이 듬뿍 든 탓도 있을 것이고, 찾아오는 손님마다 그 아가씨 칭찬이 자자한 때문이기도 할 것이다. 내 나이의 절반 정도밖에 안 되는 간호원들을, 마치 친구처럼 딸들처럼 생각하고 대해 주고 하다 보니 때로는 어처구니없이 기어오르는 버르장머리 없는 아가씨에게 봉변을 당하기도 했다. C양은 선천적으로 성질이 온순한 탓도 있겠지만, 일거수일투족이 신앙으로 무장된 듯 보였다. 별의별 소리로 손님이나 동료들이 괴롭혀도 혼자서 눈물을 흘리며 참는 것을 보았고 아무리 힘든 일이라도 자기가 하지 않으면 안 되는 줄 알고 있는 착한 아가씨였다. 내 아내는 C양올 극구

칭찬하며 하는 말이

"내가 제일 좋은 신랑을 골라서 시집보낼 테니 너만큼 만점인 총각이 나타날 때까지 기다리자."며 고르고 또 고르곤 했다. 나도 자식들을 길러 보지만 자식들이 남의 집에 가서 C양만큼 칭찬받고 살 수 있을까 생각하면 선뜻 자신이 서질 않는다. 선천적인 재질과 부모의 가정교육도 중요하겠지만 신앙으로서 다시 태어난 사람이라야 가능할 것이라고 억지 논리를 펴 보기도 한다. 지금 생각하니 착한 아가씨의 노력과 마음씨에 비하면 너무 적은 보수로 혹사시켰음이 새삼 미안하게 느껴지기도 한다.

C양 대신에 들어올 간호원도 지금 내 병원에 있는 아가씨들처럼, 한결같이 착하고 부지런하고 영리하고 순종하는 사람이기를 진심으로 바라는 마음이다. 내 집의 간호원들은 내 수고를 덜어 주는 내 손발과도 같고 내 마음을 달래 주는 연인과도 같고, 정이 차곡든 내 딸과도 같다. 이십이일 이십이시 이십이분인 것을 보고 잠자리에 들었는데, 잠을 깨니 이십삼일 삼시 삼십 삼분이다. 공상의 연속으로 엎치락뒤치락하다가 이번 이별은 뭔가 좀 다른 이별인 것을 발견했다. 이건 아가페적 사랑인가. 주책없이 에로스인가. 아마 C양이 총각이었던들 이만큼 허전한 감정이 우러날까 생각해 본다. 이런 감정을 무어라고 표현해야 좋을지…….

경북수필 1981.11.10

스페아 쿠라찌스토.

　바람과 함께 사라졌던 첫사랑 애인을 십년 만에 다시 만난 그런 기분으로, 우리 會報를 통해 하소연하고 싶은 일이 있다. 평소에 느꼈던 감정 중에서, 그 비중이 조금 크게 느껴졌던 것을 한 가지 말해 보려고, 「스페아 쿠라찌스토」라는 말을 만들어 보았다.

　사람은 누구나 자기 나름의 존재 가치를 지녔고, 또 그 가치를 스스로 과대평가하고 싶어 하며, 남이 논두렁 비행기 태워 주는 것을 기분 좋아 하는 것이, 神이 아닌 사람의 俗性이라고 하면 지나친 속단일까? 사람은 스스로 인생 고속도로를 질주하는 운전사로서, 한번 아차 잘못 틀면 殺人者도 될 수 있고 自殺者도 될 수 있는 게 아닌가.

　논두렁 비행기의 속성, 살인자의 소질을 지니고, 밥 먹고 똥 누며 사는 동물로서 하필이면 스페아 인간이란 취급을 받아야 하는 사람이 있고, 더구나 「스페아 닥터」란 멸시를 받으며 나날을 보내야 하는 의사가 있다면 이 어찌 처절 또 「라미제라블」이 아니겠는가. 영어의 닥터로는 위대하기만 해야 할 박사와 혼용되는 걸 굳이 피하고 싶어, 國際語 「에스페란토」로 의사가 치료하는 者 「쿠라찌스토」여서 「스페아 쿠라찌스토」라고 불러 본 것인데. 오늘의 이른바 변두리 開業醫에게 가장 어울릴 말일지도 모르겠다. 하기야 나뿐만 여기 속하길 바라는 마음이지만.

　남아돌아가는 치료자, 급할 때만 써먹는 치료자일 따름인, 「스페아 쿠라찌스토」는 절로 탄식이 북받친다. 평생을 인턴

하는 기분으로, (요즈음의 인턴은 가장 위대한 의사이지 내가 말하는 인턴은 결코 아니다)

내 시간은 하나도 없이 고되기만 하고, 한낮에 다른 사람들이 바쁘게 진료할 시간에는 파리나 날리며, 쉴 새 없이 질의해 오는 무료건강 상담역으로서, 그들의 교통순경이 되고, 다정한 벗에게 소식 한 토막 전해줄 편지 답장도 한 달씩이나 미뤄지는 형편이니……

저녁 시간에 소위 번화가의 큰 병원들이 문을 닫고 나면, 꾸역꾸역 찾아오는 환자나 보호자의 말인즉 『우리는 X의원 단골인데 밤이 깊어져서 아무데서나 가까운 데서 보고 내일 다시 거기 갈 테니, 진찰좀 세밀히 잘해서 高單位 약을 써야할 거요』란다.

「스페아 쿠라찌스토」의 설움은 또 있다. 진료비가 백 원이면 『너무 싸서 엉터리약』백이십 원이면 약의 봉투를 열어 보지도 않고 『이 집 약은 언제나 꼭 같더라』백오십 원이면 『왜 이렇게 비싸냐? 그럴 바엔 중앙통 큰 병원에 가겠다』진찰할 때 『목을 왜 그리 오래 들여다보느냐?』고 꾸짖지 않으면, 목을 그렇게 건성으로 봐도 병을 다 알 수 있느냐?』『배는 한번 안 두드려 봐도 되느냐?』『어떤 병원에선 무릎을 톡톡 치던데요』별의 별 소리를 들어야 하는데, 어쩌다 의사의 위치가 이렇게 되었던 말인가.

그 책임은 「스페아 쿠라찌스토」에게도 있겠지만, 소위 중심지대의 큰 병원 大家선생님들도 한번쯤은 깊이 생각해 주었으면 한다. 그 위대해 보일 말 한마디 한마디가 잉여 치료자에게 미치는 영향은, 떠돌이 환자들의 중매만으로도 쉽게 짐작이 될 것이다.

어느 날 변두리 이비인후과 전문의 A박사가, 再發된 中耳炎에 細管을 꽂았는데, 그 후 이틀이 지난 뒤에 아파서 못 견디겠다고 호소하면서 중앙에 자리한 B大家에게 갔더니,

『요즈음은 이런 구식 방법은 잘 안 쓰는데 누가 치료했는지 모르지만, 난 책임 못 지겠소. 내가 시키는 대로 하겠소?』하고 筈을 뽑아 버렸으니, 물론, 환자의 통증은 삽시간에 사라지고, 나중에 재발이야 하건 말건 이 여자 다니면서 모임마다 나가 방송을 철저히 해서, A먹칠 B금칠이라기에 알아보았더니 어느 ENT 전문가의 말인즉 A쪽이 최신 방법이라는 것이다. 어쨌든 입맛이 씁쓸….

밤 열시에 병원 문을 닫았더니 너무 일찍 닫는다고 꾸짖는가 하면, 새벽 두시, 네 시에 문이 부서지도록 두드려서 밖에 나가니 대부분이 낮에는 大家(?)에게 다니던 사람이며, 잠을 깨워 미안하다는 사람은 적고, 개중에는 진료비가 X의원(소위 大家)과 같으냐며 화를 내는 사람이 가끔 있다. 도대체 밤잠을 제대로 자지 못해 피가 마르고 살이 에이듯 건강에 미친 손해를, 쇠푼 몇 장으로 어떻게 보상이 가능하단 말인가? 그나마 하루 이틀도 아닌 평생 그럴 것을……

「스페아 쿠라찌스토」가 된 것도 운명이고, 그렇게 만든 사회나 이웃도, 더더구나 비참하게 만드는 大家들의 호언장담도, 죄다 탓할게 못되는데, 잊힐 뻔 했던 첫사랑 애인을 다시 만난 듯한 기분의 하소연치곤 어쩐지 머석하여, 글귀야 어떻든 그만 쓰고 싶다. 라디오를 켜니 송대관 君이 『쨍 하고 해 뜰 날 돌아온단다』하고 눈물로 소리치는 듯하다.

大邱醫師會報 76. 7.31

쇠상 떡장수

지난 추석날 친척들이 모여들 때의 일이다. 다섯 살짜리 딸아이와 사내아이가 처음 서로 만나 정겨웁게 사귀던 몸짓들이 가관이었다.

『우리 소꿉놀이할래? 너는 엄마, 나는 아빠, 아빠 퇴근해 오신다. 문 열어라.』면서 비틀걸음으로 가방을 흔들며 들어서는 사내아이가 소꿉을 열심히 정돈하고 있는 딸아이의 앞을 휩쓸며 지나갔다. 그 딸아이가 『천날 만날 또 술이고 술, 술』하면서 흩어진 소꿉을 다시 정돈했었다. 『발부터 씻고 세수하고 들어가. 양말은 아무데나 벗어 던지지 말고, 내복은 이불 밑에 있어』딸아이의 말이었다.

아이들의 눈에 비친 엄마, 아빠의 생활상이 그렇다고 웃어 넘길 일이다. 지금 시점에서 「오후 네 시 인생의 눈」에 비친 세상을 한두 자 표현해 보는 것이, 먼 훗날 다시 볼 적에 이 아이들의 소꿉놀이와 비슷할 것이라면, 아직 꿈과 미래가 남아 있어 좋다.

속된 말로 『기똥차게 잘 나갈 때』도 한번 없이 두 번 주어지지 않는 人生旅路에서의 지난날들은, 세상을 알듯 말듯 할 때, 오직 시행착오로만 황금 같은 세월을 다 보내고, 『어느 외상 떡장수의 이야기』처럼 내 몸을 짓밟히면서, 이룬 것도 없이 어느덧 오후 네 시임을 짜릿하게 실감 한다.

다섯 시에 해 지는 사람도 있고, 일곱 시에 죽는 사람이 있는가 하면, 여덟시까지 사는 사람도 있다. 해가 진 후의 긴 시간동안 잠자느니 보다 못한 삶을 꾸역꾸역 이어가는 생명도 있더라마는. 아무튼 지금 오후 네 시 인간으로서 스스로의 좌표를 깨달을 수 있다고 느끼는 것만이라도 다행스럽다.

구멍가게에서 코 묻은 돈 모아 오며 집 한 채 이루어 놓았더니, 裡里驛폭발 사고를 당해 몽땅 날려 버리고 말았던 따분한 신세와 같이, 오늘도 구멍가게 주인으로서의 開業醫 신세타령을 해 본다.

여기서 『약간 잘 나가지 못하는』 선배님들을 위해 생소할지 모를 두 단어를 풀이해야겠다. 한마디로 말하기 어려운 단어 『잘 나간다』는 말은, 약간 變則的으로 세상을 살며 規律을 어기는 것을 자랑으로 알고, 자기 本位에 맞추어 멋들어지게 살아가는 체 한다는 뜻인데, 『시대감각에 너무 예민하고 유행의 첨단을 걷는 部類』도 잘 나가는 사람이라고들 한다. 잘 나가는 학생이란 정학을 겨우 모면할 정도로 수업시간을 빼 먹고, 등록금은 한번쯤 나이트클럽에서 날려 버리는 것이 자기 나름대로 자기가 가장 현명하게 세상을 살아가는 듯 착각한다는 것이다.

오히려 잘 나가지 못하는 동료들을 불쌍하게 보고, 사회에 나가서도 돈을 잘 벌고 잘 쓰며 친구 많고 계집 많은 사람이 기똥차게 잘 나가는 사람이라고 한다.

어느 외상 떡장수의 이야기인즉, 『남편은 직장 따라 外地로 나가고, 돈이 생긴다는 친구의 유혹을 핑계로 하여 난생처음 카바레에 나갔다가 기똥차게 잘 나가는 사람을 만났는데, 잘 되면 쇳푼께나 생긴다는 귀띔에 쫓아 떡을 팔았더니, 오늘따라 돈을 안 갖고 와서 외상이라 미안』 하면서 사라졌단다. 그 남자는 다니면서 저 여인은 외상 떡장수라고 소문을 퍼뜨려 본의 아니게 학대를 받고도 항의 한번 못하는 외상 떡장수가 되어 버렸단다.

구멍가게를 차린 開業醫로서의 내 형편이 가끔 한 번씩은 그런 처지인 것을 느낄 때가 있다. 새벽 네 시에 황급히 걸려 오는 전화로 가스 중독 환자가 갈 테니 문을 열고 기다리란다. 잠을 설친 것은 고사하고라도, 그 작자 죽었는지의 여부조차 소식이 없으니, 이야말로 외상 떡장수 신세, 往診을 오래서 뛰어가면 『의사 왜 불렀느냐』 『가시오』 화를 내고 떠밀며 대문을 닫아 버리는 예도 있다. 그때 역시 외상 떡장수.

어제는 脫水症 애기를 입원시켰더니, 이 엄마 또한 一流 病환자인지라, 『x소아과에서는 이래저래 하던데』 라면서 그렇게 하라고 그 一流 大家(?)의 男子 妓生的인 방법을 가르쳐 주는 것이었다. 돈 얼마에 의사와 병원을 몽땅 고용한 도도한 자세이다.

이런 한국적인 사고방식에 새마을적인 여건아래서, 내게 요구되는 생활태도 이 역시 외상 떡장수. 또 있다. 낮에 급할 때, 大家 의사님께 치료를 받고는 밤에 물어 보려니까 미안하고, 이웃이 만만하여 자정이 가까운 줄 알면서도 전화로 물으니, 답답해 이러는 처지를 이해하고 과히 탓하지 말라 하고는, 이건 왜 이렇고 저건 왜 저러하냐고 긴 시간을 빼앗은 다음, 전화를 끊으면서 하는 말이, 『모르는 사람도 아닌 데 고객에게 왜 그리 불친절 하느냐』 는 것이다. 이것 또한 외상 떡장수.

아직은 외상 떡장수가 됐을 때마다 흥분할 수 있고, 한두 자 하소연할 수 있는 정열이라도 있어 좋다. 돈이 돈을 벌어 幾何級數的으로 불어나는 사업가의 돈과 달라, 한푼 두푼이 모두 자신의 손끝이 닿아야만 생기는 돈, 양심에 가책이 없는 돈, 『감사합니다』 가 붙여져 눈에 안보이게 쌓여 있는 의사의 값진 돈, 이것도 마음대로 한번 못써보고, 우리보다 덜 불우한 이웃을 도와야 하며, 장학금도 주고 세금도 바친다. 권력·재력·권모술수 등으로 이리 치고 저리 몰아붙여도,

순한 양떼처럼 순종할지언정, 맞부딪혀 투쟁하려 하지 않는, 仁者 즉 忍者됨이 아직도 긍지로 느껴져서 좋다.

다들 『잘 못나가는 의과대학생』 출신이니까 기똥차게 잘 나가는 시기가 일생을 통해 한 번도 없어도 좋고, 외상 떡장 수로 일생을 마쳐도 별로 후회됨이 없을 것 같아서 좋다. 비록 외상 떡장수이긴 해도 의사라는 간판만으로 어디를 가든 『선택된 백성』 처우를 받게 되어 좋고. 밤늦게 잠자는 시간 을 할애해서만이 맛볼 수 있는 『李太白의 서정』이, 오르가 즘보다 더 훌륭한 생의 위안일지언정 생의 발악이 아니어서 좋다.

아르바이트 여대생(?)의 데이트 상대로도 의사는 점수가 높아서 좋고, 어느 술집엘 가나 어느 다방엘 가나 아가씨들 에게 그래도 아직은 인기가 높은 직업이어서 좋다. 첫 머리 에서 말한 아이들의 소꿉장난을 보며 웃었듯이, 오후 네 시 인생에서의 느낌이란 과연 나무 코트를 입고 누워서 되돌아 볼 때 우습지 않을까 싶다마는 아직은 여러 가지로 좋고 해 서 좋다.

大邱醫師會報 77. 11.30

쇠박증

```
┌─────────────────────────────────────────┐
│              외   박   증                │
│                                          │
│   성명:                                  │
│   상기자는 1977년 12월 17일 외박할 것을 허락함 │
│   보호자:              ( 귀형의 어부인 ) 인 │
│                                          │
└─────────────────────────────────────────┘
```

------------절------취------선--------------

꼭 만나고 싶은 친구에게!

또 한해가 다 저물었나 본데, 염라대왕의 소집 영장을 두려워할 나이가 한 살 더 가까워졌고, 백발이 제 먼저 알고 지름길로 오고 있는 오후 네 시 인생의 따분한 시점에서 또 한 번 친구의 이름을 불러 보네. 학창시절의 추억을 찾아 세상 모든 근심 잊고, 단 하루 만이라도 우정을 되새기는 망년회에 오시라는 초대 말씀을 드리네.

「경북대학교 의과대학」 이 말을 들으면 따뜻한 어머니 품을 느끼는 아기처럼 그런 소박한 마음으로, 우리의 오늘을 있게 해 준 모교 가까이 와서, 한해를 결산하는 망년회를 겸하여 우리 동기생들의 정기총회를 갖기로 했으니, 1977년 12월 17일 (土) 오후 7시 대구금호호텔 앞 이희석 내과로 오게. (전화 23-6015) 회비는 대구 회원 이만 원, 他地域

에 있는 회원은 일만 오천 원이니 참고하시고 보호자가 돈 안주거든 물건만 차고 뛰어 오게나. 혹시 자네 주인(?) 몰래 숨겨둔 돈 있으면 밤새 그림 공부할 공납금(이십만 원 이하) 갖고 오시고〈A열차손님〉, 돈 없으면 이마를 맞대고 우국충정이나 음담패설로 밤새도록 오손도손 학창시절의 추억을 되새기는 모임〈B열차 손님〉에 참가하시기 위하여 부인 도장 몰래 훔쳐 찍은 상기 외박증을 가지고 오게나.

AB열차를 모두 놓친 막차손님이라도 좋으니, 십 분이 가도 백 분이 가도 살아만 돌아오소. 웃고 넘는 수성못 고개, 한 많은 수성 관광호텔 한국관으로 오시게. 다음날 아침 6시까지는 자지 않고 자네를 기다릴게. 한 해에 한 번 밖에 못 쓰는 귀중한 편지일세. 꼭 와야 하네. 혹시 못 오면 자네 보호자라도 보내 주게. 섭섭지 않게 대접해 보낼 터이니, 그도 저도 못할 입장이면 수채 구멍에 목 박고 자살해 버리지 말고, 그런 용기와 기백을 돈으로 승화시켜 동기회에 찬조금 보내시면 내가 방송국에 시켜서 裡里 시민 돕기 명단 발표할 때, TV 뒷면에 보도하도록 해 줄 것을 약속하네.

언제나 친구의 곁에 하나님이 함께 하시고, 항상 기쁜 나날이 연속되길 빌면서 횡설수설한 편지 널리 용서를 비네. 안녕히……. 1977.12. 3

경북의대 31회 동기회장 金永明

명인소아과(대구 남구 봉덕동 929-4, 전화 66-7409)

이 편지가 날아간 후 꼬리를 물고 일어나는 일화들…. 그 중에서 한두 가지만 쓴다. 시침 뚝 떼고 부인에게 『여기 도장 찍어 주오』한 친구의 夫人 曰 『착하기도 해라. 물론 찍어 주지요』 『죽어도 못 찍어 주겠노라』고 옷깃에 매달려 못 가게 말린 사람. 『우리도 함께 옆방에서 외박하자』고 십여 명 부인들이 습격한 후 계면쩍게 물러나기도 하고, 『왜 내게 그 편지 안보여 줘요』란 바람에 부부 싸움한 친구,

어쨌든 전국 흩어진 회원의 육십 퍼센트가 참가했음은 다행
이다. 이제 우리 사회도 개인 원자시대에서 부부 분자시대로
거의 탈바꿈해 가고 있으니 이런 편지도 골동품상회로 밀려
나거나, 훗날 歷史家들에게 사회상의 연구 자료로 남겠지.
차츰 사라져 가는 옛 미풍과 양속이 아쉽기만 하다.
                        의학동인 공저수필집 "否林散稿" 78. 3.1

강아지 효심(孝心)

입은 삐뚤어지지 않아도 말은 바로 하지 말라는 세상이라는데,「三當二落」이란 말을 듣고 흘러 넘겨 버려야 하는 현실이란다.

4・19때 며칠씩 斷食 농성하던 대학시절을 그리워하면서 어떤 말은 뒤로 미루고, 새마음 다짐대회장이 아니어도,「삼대 질서 운동」이 한창인 이때에 정신 질서 운동을 自意로 되새겨 본다.

요즈음 오후 여섯시 누가 시킨 일이 아니어도 애국가 소리에 걸음을 멈춘 시민들, 조국을 생각하며 민족을 느끼는 뭉클한 가슴을 지닌 자랑스러운 우리 거리의 모습을 본다.[1]

반면에 지난번 統代[2] 선거 때는 크게 실망한 바 없지 않다. 어느 동네에서는 돈을 마치 현대아파트 사건처럼 골고루 뿌린 사람이 대개 당선되었던 모양이다. 선거 풍토에 흙탕물이 흐르던 당시 유행어로「三當二落」이란 말이 성했은 즉, 셋 쓰면 당선, 둘 쓰면 낙선이란 뜻이었나 보다. 이제 국회의원 선거가 눈앞에 다가왔는데, 또 그런 용어가 다시 들지 않기를 비는 마음 간절하다.

나라의 운명을 가늠하는 중요한 선거에서 『금품을 받은

---

1) 그 당시 오후 6시면 전국적으로 "하기식" 이라 하여 관청이나 공공건물에 게양했던 태극기를 내리는 식이 있고. 라디오로 중계가 되고 길 가던 시민들이 멈춰서 기도하고 직장들에서도 국기 쪽을 향해 서 있는 예의를 갖춘다.
2) 통대 : 통일주체국민회의 대의원-이들이 대통령을 선출하는 간접선거 시대였다.

사람이라야 찍어 준다』고, 공공연히 떠들고 다니는 주민이 태반이라면 누구의 탓으로 돌릴 것인가?

정신 질서란 말이 났으니 孝行은 어디까지 왔는가 보자. 부모를 찔러 죽이는 놈은 제쳐 놓고라도, 부모가 빨리 죽지 않는다고 양밥을 하는 세상이라니 끔찍스럽다. 작년 이맘때 칠십 노인에게 「암」이란 사형 선고가 내려졌을 무렵 서울에 있는 작은 아들이 내려와서 눈물을 글썽이며 형에게 비난했다.

『형님은 무얼 하느라고 아버님 편찮으실 때 일찍 모시고 가서 종합 진단을 받아보지 않고, 이렇게 큰 병이 되도록 내버려 두었소?』소리소리 지르며 보약을 사온다, 흑염소를 잡아온다, 떠들썩하더니, 이삼일 후에 서울로 가 버렸다.

釜山에 큰 딸이랑 大田에 있는 작은 딸이랑 와서 아버지의 손을 잡고 흐느끼며, 호들갑을 떨었는데, 이틀도 못가서 『박 서방 출근준비, 이서방 사업 운운』하며 뿔뿔이 가버렸다. 남매들로부터 공격만 받고 죄인처럼 된 장남만 남아, 꼬박 일 년을 병 구안하느라 집 안이 온통 쑥대밭이 되었다.

장남은 십년 세월 보낸 듯이 늙어 버렸는데, 막상 아버님의 운명이 눈앞에 이르러서 전보를 뿌렸더니, 아내랑 자식이랑 주렁주렁 데리고 모여든 孝子와 沈淸이들-.

도착하자 제일성 (第一聲) 이 『이왕이면 내일이 일요일이고, 모레가 공휴일이니, 오늘밤이나 내일 운명하셨으면 좋겠다』고 씨뿌렸다. 그 후 사흘이 지나도 모진 목숨은 끊어지질 않고 있으니, 아버님이 빨리 돌아가시길 비는 양밥을 한다고 법석들이다.

며칠 전 시골 간 아내가 강아지 한 마리를 얻어 왔다. 두 아들 놈이 좋아라 날뛰면서, 첫 날은 자정이 넘도록 잠도 안 자고 서로 강아지를 안고 자겠다면서 자기 방으로 훔쳐 나르느라 야단들이었다. 새벽에 일찍 일어나서 강아지 밥 내놓으라고 떠들더니만, 이제는 강아지를 남에게 주어 버리란다. 배가 고프다고 울어대는 소리가 시끄러워 못 견디겠다는 것이다.

어쨌든 이제부터는 이 강아지가 울어대지 않으면 제 끼니도 못 얻어먹을 지경이 되었나 보다. 죽을 날만 기다리는 늙은 어버이에의 孝心이 變態的인 것이나 다름없이 아이들의 강아지를 대하는 태도가 변한 것이다.

이제는 그 어버이도 강아지마냥 의사 표시를 할 수 있어야만 생명이 이어지지, 그렇지 못할 처지이면 링거 한 병 안 넣어주고 물이 말라 죽게 하며, 죽음을 재촉하는 양밥에 부딪치게 되었다.

이렇듯 위선의 효도를 향해 정신질서운동을 부르짖는 정부의 계도에 입이 비뚤어졌건 바르게 붙었건 간에 찬사를 보내지 않을 수 없다.

삼당 이락이건 이락 삼당이건 이런 말들이, 발을 못 붙일 정신문화의 르네상스가 이 땅에 빨리 실현되기를 손꼽아 기다려 보자.

의학동인 공저수필집 "否林散稿" 78.9.5

태양(太陽)의 고마움

모처럼 생긴 기회이다. 해질 무렵 불그스레 말없이 타는 석양을 등에 한 짐 지고 강습소[3]에 갔다. 여러 가지 理由로 전에 강의하던 L先生이 K先生과 交代를 했는데 처음이라 그러는지 굉장한 열성을 내어 전보다 배나 되도록 두 시간에 걸쳐 강의를 했다. 하루의 마지막 시간이기 때문에 다음 차례가 없어서 시간은 얼마든지 많았다. 강의 중에도 초조한 마음이 나를 엄습한다. 마치 죄인처럼 감금되는 학생의 신분으로 아홉시에 끝나지 않아서 늦게 집에 가다가 교도연맹원[4]을 만나면 어떻게 하나 여하한 변명도 듣지 않는다던데 마치 얼음장보다 더 냉정하다는 교도연맹을 저주하며 초조한 마음으로 강의를 듣고 10시가 되어 해산했다. 어두컴컴한 중앙통이다.

전 같으면 축음기, 라디오 소리에 섞여 밝은 거리였었는데 지금은 드문드문 비치는 빛과 먼 곳은 반딧불을 고정시킨 듯이 보인다. 별들은 총총 박혀서 서로 나를 감시하는 듯 어두운 골목에 들어서자 정말 李箱 先生이 말한 "막다른 골목이며 확트인 골목이라." 매일 다닌 경험으로 더듬어 가는 형편에 길은 희끗하게 나타나고 검은 부분은 벽이라고 생각해서 흰 것만을 밟으면서 간다.

---

3) 강습소 : 사설학원을 말함
4) 교도연맹 : 그 당시 중고등학생의 방과 후 생활지도를 하던 각 급 학교 선생님으로 구성된 단체로 밤늦게 배회하다 적발되는 학생에게 엄한 징계를 주곤 했다.

이도 배움의 과정이라 배움의 길이 이렇게도 괴로운 것인가? 찰나의 쓰라림을 뼈아프게 생각하던 그때의 심정 그러다가 또 막다른 골목이다.

그렇지 않아도 어깨 넓이가 일 메타나 되고 높은 어깨를 가진 분5)들이 마치 황소가 황소를 만나서 분노하듯이 흘기는 것을 피하고 오느라고 마음이 조마조마한데 난데없이 술 취정꾼이 앞에 비틀비틀 갈지자(之) 걸음을 걷고 있다. 조심히 그리고 빠르게 그곳을 빠져 나가려니 야! 야! 같이 가! 하며 부른다. 주위에 동정이나 해줄 사람이 없나 하고 휘둘러보며 하는 수 없이 달린다. 갈지자걸음으로 감히 달리는 데야 따를 수 있으랴 하는 순간의 사고방식에 의한 것이다. 부옇게 그나마 희미하게 나타나는 길을 서슴지 않고 점치듯 달린다. 아! 기쁘다. 전등불 하나가 갈 길을 재촉한다. 가까스로 집 에 이르렀다. 하…… 이 얼마나 답답한 암흑이었나? 너무나 적적한 밤길을 괴상한 고심으로 걸어왔기 때문에 긴 안도의 한숨이 폭발한다.

눈을 가진 인간으로서 단순한 태양의 빛만으로도 태양의 고마움을 연상한다. 앞을 못 보는 불쌍한 사람들의 생활은 얼마나 안타까우며 그 남에게 말하지 못할 고심 누구에게 호소하는고!

"과부의 설움은 동무과부가 안다." 는 격으로 나는 빛 없는 안타까움을 발바닥에서 머리끝까지 빠짐없이 맛보았다. 그래서 이제 그들을 고귀한 신 마냥 우러러 보아진다. 마치 달이 해님을 우러러 보듯이……

1955. 여명6) (17세 때의 글)

---

5) 높은 어깨를 가진 분들 : 소위 말하는 주먹 센 깡패들
6) 여명 : 경북고등학교 2학년 6반 급우지

빈틈 많은 사고(思考)

고추 값이 너무 비싸서 금추라고 한다더니, 옛날에는 금니를 내보이면 부자라고 했는데 지금은 이빨에 고춧가루가 묻었으면 부자란다. 불과 두세 달 전에 이삼천 원 하던 배추가 지금은 오십 원이란다. 무언가 분명히 잘못되고 있는 것 같다. 니체는 말하길 「사고에 빈틈이 없는 것은 온건치 못한 내적 의향의 표시이다.」 라고 했다. 그래서 다소 빈틈 많은 대로 생각 좀 해본다.

남침 땅굴이 세 개 째나 발견되었는데도 터무니없는 조작이라고 우겨대고 있는데 세계에선 그자들 말을 믿는 사람들이 절반에 가깝다고 하니, 「진리가 거짓을 이긴다는 엄연한 명제」 를 믿다가 무엇이 진리인지도 모르고 세상이 끝난다면 좀 억울하지 않을까.

나에게 아들 두 놈이 있다. 열 살짜리 큰 놈은 아이답게 순진 파여서 어리석게도 꾸중을 자주 듣지만 다섯 살배기 작은 놈은 미꾸라지에 글리세린 바른 놈 같아서 언제나 애비 비위를 잘 맞추며 자주 애지랑을 떨기 때문에 온통 사랑을 독차지 한다. 두 놈이 싸워서 큰 놈을 꾸짖고 돌아서며 생각해도 작은 놈이 잘못했음을 알게 된다. 그러나 한번 미움을 산 놈은 변명도 못하고 물러서고 칭찬들은 놈은 눈앞에서 알랑거리며 자가당착의 자기 변명하기에 바쁘다.

작은 가정에서 家長 눈에 비친 두 인물이 옳은 일한 진리보다 틀린 일한 아첨장이가 더 귀염을 사는 판인데. 이야기를 국가라는 차원으로 비약해 보면 더욱 재미있지 않을까.

더욱 세계라는 범주에서 우리가 북한의 외교에 부딪쳐 고전을 한다면 우스운 이야기만은 아니다. 유엔이 생명의 恩師이다가 이젠 유엔데이도 공휴일이 아니고 탈 유엔정책으로 탈바꿈 해 버렸다. 제한된 물질세계 안에도 이렇게 善과 惡이 손바닥 뒤집듯 바뀌는 판국인데 하물며 정신세계에서야 악이 득세를 하고 선이 핍박을 받는다고 그리 개탄할 필요가 없을 것 같다. 그래도 선을 향한 정신자세에 비료를 치듯 띄엄띄엄 피어오르는 꽃향기가 있음은 다행한 일이다.

오늘은 첫 눈이 왔다. 부푼 가슴 막연한 동경 설레는 기쁨으로 무작정 첫 눈을 맞으며 밤새껏 혼자 걷던 어느 날 추억이 되새겨진다. 의과대학생의 프라이드, 무거운 공부의 의무, 부모의 기대, 어느 것 하나 강하지 않은 것 없지만 첫 눈의 유혹에 못 이겨 온 밤을 거리에서 지새우고도 그 밤이 후회스럽지 않았고 이따금 아름다운 추억으로 되새겨지니 이상한 일이다. 그 밤에 무엇을 생각했는지 기억엔 없다. 다만 기쁘면 웃고, 슬프면 울고, 피가 끓으면 뛰쳐나가던 사일구 시대의 대학생활이 얼마나 그리워지는지 모른다. 꿈이 있고, 정의감이 있고, 때 묻지 않은 마음이 있고 무쇠를 녹일 수 있는 정열이 있었던 학창시절, 이때를 정확히 표현할 수 있는 멋진 형용사가 없는 것이 아쉽다. 선배들의 강압적인 데모 선동과 「실패하면 퇴학, 낙제」 등의 공갈에 겁을 먹고 떨고 있을 때, 한 친구가 단상에 올라가 「옳다고 판단된 일에 죽음인들 왜 두려워할쏘냐」 하고, 칼로 팔을 쭉쭉 그어서 피를 뚝뚝 흘리면서 외쳤다. 백 명 급우들이 엉엉 울면서 「정의를 따르자」고 결의를 했으니…….

오늘 첫 눈이 왔다고 한다. 그리도 위대한 힘을 가진 첫 눈을 나는 오늘 보지도 못하고 말았다. 얼마나 따분한 「진료실 지기」이냐. 나는 그렇다 치고 오늘의 대학생은 나만큼 따분한지 모르겠다. 발로 밟으면 꼬리 뚝 잘라주고 도망치는 도마뱀처럼, 다리 하나 잘라주고라도 생명이 붙어 있는 것이 더 현명한 것임을 깨달은 젊은 지성인들은 도마뱀의 처세술을 배운 모양이다. 예부터 성현은 말했다. 「기록되지 않은 사건이 기록에 남는 일보다 더 많다」고, 없던 지진이 자꾸만 일어난다. 제3 땅굴이 발견되었다. 부산시장에 큰 불이 났다. 이 엄청난 사건들보다 기록 안 된 더 큰 사건이 많다면 정말 숨 막힐 노릇이리라.

고추파동, 배추파동이 있는가 하면, 아첨하여 득세하고 순진하여 핍박 받는 우리 집 사정이 있고, 선과 악이 손바닥 뒤집듯 바뀌는 세상에서.

이따금 선의 향기를 맡으며 자라는 젊은 지성에게 기대를 걸면서, 무언가 잘못되고 있는 듯한 내 느낌을 달랜다. 이런 나의 빈틈 많은 사고방식이 니체 말처럼 온건치 못한 내 속마음이 아니라는 증거라면 얼마나 좋을까.

경북수필 27인집 1979. 10.1

의사(醫師)와 번데기 중독(中毒)

성경 말씀에 이런 것이 있다. 간음한 사마리아 여인을 벌주자고 몰려든 무리에게 예수께서 「너희들 중에 죄 짓지 않은 자 있거든 그 여인을 돌로 치라.」고 했더니 아무도 돌 던지지 못하고 물러났다고 한다. 그 얼마나 정직한 군중들이었는지 옛 사람의 맑은 마음씨에 존경을 금치 못한다. 그런데 지금은 「돌로 치라」는 말이 떨어지기가 무섭게 그 여인은 돌무더기에 묻혀 죽어 버리는 실태라고 하고 싶다. 양심이란 찾아볼 수 없고 자기반성은커녕 구석구석 터지는 자기 모순을 아무에게나 뒤집어 씌워서 자기 방어를 하려는 세상이다.

최근 번데기 식중독으로 어린 생명이 죽어간 것은 심히 가슴 아픈 일이며 유족에게 깊은 조의를 표한다. 또 방송국 마이크를 잡고 의사를 욕하던 애기 엄마의 절규에 진심으로 공감을 한다. 숨이 넘어가는 응급환자를 개인 병원에 데리고 가니 큰 병원으로 가라고 하고 응급 처치도 안 해주더라, 이렇게 몇 개 병원을 돌아다니다가 늦게 종합병원에 도착하였고 그 애기는 끝내 죽어 버렸다. 사람이 죽은 마당에 무슨 소린들 못할까마는 「의사 자기들도 동생 있고 자식 있고 사람일 것인데 그럴 수가….

「의사 선생님」이 「의사 아저씨」로 된지는 이미 오래고 이젠 사람 이하의 취급을 받게 됐으니-. 이때 찾아갔던 병원들은 모두 「이개월 업무정지」 처벌을 받았고, 응급 주사를 놓아준 의사는 法 이전에 주먹으로 해결된 사회풍토에서 E

金을 배상 (?) 해주었다.

어느 날 농약 치던 농부가 반혼수상태에서 내 친구 병원 앞에 쓰러져 있었다. 응급 주사를 놓은 의사는 급히 환자를 대학병원까지 옮긴 후 가까스로 환자 집을 알아 연락했더니 그 부인 첫 마디가 「지난번 이런 일이 있었을 때는 바로 깨어났는데 무슨 주사를 놓았기에 여태 깨어나지 않느냐」는 것이다. 그 후 환자는 죽었고 의사는 응급주사 놓아 준 죄로 일주일을 병원 문 닫고 도망 다녀야 했다. 「지금의 우리나라 사회 여건에서 밤 열두 시반에 식중독으로 숨이 넘어 가는 아기에게 응급처치 (주사를 뜻함) 해줄 개인 병원 의사는 한사람도 없다.」 이런 명백한 진리 앞에서 의사를 징계해야 하고 매스컴은 의사를 욕해야 하는 세상이라면 이보다 더 큰 모순이 어디 있는가? 왜 이런 사회가 되었는지 냉정히 생각해야 할 때가 왔다고 본다. 이때야말로 우리 사회의 의식구조의 혁명이 일어 날 때이며 이런 것이 「정신질서의 새 물결운동」으로 전파되길 비는 마음이다.

그 시간에 주사를 놓았다가는 「X의원에서 주사 맞고 숨져」 하고 신문 나서 인기 직업인의 사활에 직결되는 악영향은 뒤로 하고라도, 우리 사회에서만 용납되고 있는 유족의 행패와, 죄인시 당해야 하는 의사의 도피행각, 집에 남아서 곤욕을 치르는 의사 가족의 초라한 시련들 생각하면 전율을 느끼는 의사의 홍역이다. 이런 홍역을 한 번도 겪어 보지 못한, 「운이 억수로 좋은 의사」로서 나는 여태 겁 없이 밤중에 응급 환자를 치료해 주곤 했는데 거의 매일 밤중에 수없이 깨우는 환자들 때문에 십여 년을 잠이 부족하여 시들시들하고, 이젠 쓰러질 정도로 피로가 겹쳤다. 이럴 땐 낮 시간에 환자라도 없었으면, 낮잠 삼십분의 소원을 못 이루어 보는 처량한 의사, 웬 전화 문의는 그리도 많은지 나도 오늘부터 「병원 이개월 업무정지」 징계를 받지 않기 위해, 트金

을 억울하게 도적맞지 않기 위해 내 집을 비워둔 채 매일 밤 여관에 가서 잠을 자야겠다. 번데기 중독자를 만나지 않는 길이 그 뿐인 듯해서이다. 「하루에 다섯 시간 만이라도 잠을 잘 수 있었으면….」 하는 바람을 속 시원히 이루어 가면서 이제 밤이 깊었으니 단골 여관을 정하러 나가자. 새장을 빠져 날아간 새처럼 가뿐한 마음으로 집을 나서면서 하나님께 빌어본다. 「우리도 하루 빨리 의사는 환자만 생각하여 소신껏 약을 써도 되고 환자도 억울한 생각이 들면 조용히 법으로 해결하며, 법보다 주먹이 가까운 사회가 아닌, 의사도 법의 혜택을 받는 사회가 되게 해 주시옵소서」

중진국을 자처하는 물질문명이지만 후진국의 사상에서 헤매고 있는 정신문화는 언제나 개화될 것인지-.

매일신문 1978.10.15

동갑내기

같은 해에 이 세상에 태어난 사람 끼리를 동갑내기라고 한다. 동갑내기는 어딘가 서로들 잘 통하는 것이 사실이다. 죽어서 저승에 태어난다고 볼 때 같은 해에 죽으면 동갑내기로 보아야 할 것 같다. 몇 해 먼저 태어나건 먼저 죽건 이 세상에서 서로 만날 수 있는 사람 끼리를 어느 분이 육십년 동창생이라고 했다. 우주의 영겁으로 볼 때 육십년 동창생이란 얼마나 짧은 것이며 그 순간적인 삶에서도 할아버지와 어린이, 선배와 후배, 무척이나 계단도 많음은 조물주의 입장에서 볼 때 가소로운 일일 것이다.

이미 수영하다가 고교 삼년때 죽어간 친구도 있고, 식도암, 피부암으로 친구 둘을 또 뺏어갔고, 주말 여행길에 교통사고로 한 친구가 또 갔다.

얼마 전 친구 한 사람이 아침 세수 하다가 그대로 쓰러져 죽어 버렸다. 이 세상 동갑내기 친구들이 이렇게 수없이 쓰러졌는데, 최근에 친구 두 사람이 꼭 같이 불치의 병으로 수술을 받았다. 오늘은 진종일 내 업무도 제쳐놓고 친구 수술받는데 따라다니느라고 일이 손에 잡히질 않았고, 두 친구를 데리러 온 염라대왕 사자가 어디선가 나를 노리고 있는 것 같아서 왠지 가슴이 벙벙하다.

生이란 팽개쳐 버려도 한 점 미련이 없을 것 같았고, 연일 다른 사람의 사망 진단서를 끊어 주면서도 무감각한 상태였는데, 오늘은 어쩐 일로 사형 선고 받은 친구들로 인해 이렇게 심각하게 죽음을 느끼게 되는지 모르겠다. 나이 사십이 넘으면서부터 하나 둘 주위 친구들이 쓰러져 가니 아마 인생은 사십부터는 언제 누가 먼저 죽을지도 모르는 이야말로 죽음 앞에서 동갑내기인성 싶다. 팔십이 넘으신 친구 부친이 가끔 혈압을 재러 찾아오시는데 언제나 정정하시고, 배가 왕산같이 부어을라 오늘 내일 위태 위태히 곡예를 하듯 생을 이어가는 사십대 친구가 있고, 피를 많이 토하시고도 수술을 받은 후 수년을 완전히 건강하신 숙부님도 계시고, 이들 모두가 죽음 앞에선 동갑내기임엔 틀림없다.

젊음이 언제나 내 것인 듯싶었는데 이미 남의 것이 되어 버리고 만 것을 이젠 절감해야 되나 보다.

동갑내기란 말이 났으니 저승에서의 금년 출생된 동갑내기를 내가 써 준 사망진단서로 기억을 되새겨 본다. 나를 무척 좋아하던 A양이 연탄가스 중독으로 죽어갔고, 두루 인정을 잘 써서 인심 좋기로 소문난 이웃 B씨가 오십세로 지병인 결핵에 폐렴을 못 이겨 죽었고, 그리도 천대를 받으면서도 죽기를 겁먹던 C할머니도 중풍기동을 못한지 오년 만에 드디어 죽었고, 딸 하나만 기르다가 십년 만에 얻은 아들이 선천성 심장병으로 거의 일생을 병원 출입만 하다가 생후 사개월 만에 죽어간 D애기가 있다. 저승에서 이들 동갑내기들을 상상해 본다. A양은 B씨와 뜻이 맞아 결혼할지도 모르고 C할머니는 D애기와 결혼했을지도 모를 일이다.

얼마 남은지도 모르는 나의 생명을 생각하니 살아생전에 값진 일을 할 수 있다는 자신도 무너져 버리고 어쨌든 둥글게 둥글게 건강을 지키면서 살고 싶은데, 그래도 술판에 끼이면 내일 죽어도 한이 없다는 식으로 한껏 취해야 직성이 풀리니 묘한 「아이러니」 이다.

나는 어느 친구 의사의 몇 번째 사망 진단서를 받고 갈 것인가

경북수필 27인집 1979.10.1

백두산 생각

　첫사랑은 실패한 후에 미련의 꿈으로 가슴에 남아야 더욱 아름다운 것. 그러기에 첫사랑을 결혼으로 성공한 부부는 그 참가치를 모른다고 우기면 수긍을 해야 할까보다. 백두산을 올라갔어도 평양을 거쳐 간 것이 아니어서인지 나는 지금 어딘지 모르게 첫사랑을 성공한 후 첫 부부 싸움을 한 그런 기분이다.

　쟝빠이 산이라고 하면서 안내하는 조선족 중국인을 따라 연길에서 자동차로 다섯 시간을 달리고 다시 비포장도로를 두 시간 달려 장백산 입구에 도착, 지프차로 바꿔 타고 한 시간을 「S」형 산길로 달려 드디어 정상의 코앞에 닿아서 차를 내렸다. 부푼 기대로 피곤도 잊은 채 십오 분쯤 뛰어 올라가니 정점이다. 막상 천지를 내려다보니 산정에서 동시에 만난 백여 명 관광객들은 한국인과 길림성 연변 조선족 자치주 사람들이 대부분이고 일본인과 한족 (중국 본토인) 도 있었는데 백두산을 보는 눈들이 각기 다름을 본다. - 한국서 온 청년들이 촛불을 켜고 수박, 밤, 대추, 술 등 제상을 차려놓고 조상님께 제사 절을 올린다.

　단군신화를 믿어서가 아니라 오천년을 거슬러 올라간 나의 조상님은 조물주가 이리로 내려 보냈음 직하다고 내심 샤머니즘적 신앙이 있었던 탓인지, 얼른 절하는 청년을 사진에 담았더니 한족 경비병이 카메라를 벗으려 한다.

　종교 행사는 허용도 안 되는걸 크게 선심 써서 용서를 했더니 사진까지 찍어 가면 중국 공산당이 용납하지 않는다고 한다. 큰 하나버님이 태어나신 곳 어쩌면 성지와도 같이 마음속에 자리한 천지를 보며 신을 벗고 꿇어 앉아 하늘을 우러러 기도드린다. 다시 천지를 내려다보니 천지폭포 옆으로 새까마니 기어오른 등산객들이 유람선을 타려고 장사진을 이루었고 천지 한 모퉁이에서 약 이십분에 한번 갔다 오는 쾌속보트를 보니 어딘가 신성한 곳을 휘저어 버리는 듯해서 차라리 안 보았더라면 하는 생각이 든다. 마치 정한수 떠 놓고 치성 드리던 할머니가 눈을 떴을 때 정한수 위에 파리가 헤엄쳐 가는 것을 보는 것과 같다고나 할까.

재작년까지도 어렵게 어렵게 오르던 등산로가 작년 한 해 동안 포장공사를 해서 이제 더 이상 신비한(?) 백두산이 아니다. 내조상의 얼이 담긴 성지처럼 자리 잡고 있던 영산의 베일을 벗겨 보고는 첫사랑을 결혼으로 이룩한 신부의 속옷을 벗기듯 입술이랑 유방이랑 깊은 계곡까지 드러나 버린다. 해발 2744m를 표시하는 비석 하나쯤은 있어도 좋으련만, 옆에서 보면 아슬아슬 무너져 내리기 직전의 바위를 겁 없이 기대고 사진 찍는 사람들이 있는가 하면 태풍이 한차례마다 1m 정도의 꼭지를 무너뜨려 천지로 보낼 듯한데 전혀 안전 철책 하나 없다. 12km나 된다는 천지 둘레를 한눈에 보려면 비행기가 아니곤 불가능할 것 같다.

깊이가 312m나 되는 천지에 산다는 괴물을 사진 찍어 떼돈 번 사람이 있다더니 사진첩에 괴물이 실려 있다. 여행사 편으로도 착한 사람들은 삼십 분 만에 내려가야 하니 정취를 만끽할 수도 없다.

한국의 사십 년 전 모습처럼 권력의 과시나 뒷돈이 들면 모든 일이 쉬이 풀리는 곳이어서, 넉넉한 마음으로 보면 가파른 길 말고 둘러서 가는 편한 길이 여러곳 있어 휠체어의 C박사도 천지를 보셨다. 천지 둘레의 여러 도착지마다 경관과 느낌이 전혀 다른데 남동쪽으로 초원 같은 경사가 조금 있을 뿐 병풍같이 한 바퀴가 모두 절벽이다.

산 허리춤에서 내려다 본 천지폭포는 30m 높이의 폭포가 장관이다.

차에서 내려 송화강 지류인 폭포천을 거슬러 올라가면 좌로 탕수장이라 부르는 노천온천물로 계란을 삶아들 판다. 폭포수는 손이 시린데 두 물이 만나는 곳에서 온천탕이 있다.

세상에서 가장 더러운 탕일 수밖에 없는 것이 모두들 탕속에서 때를 밀고 있고 물을 갈아주는 것 같지 않다. 수건도 비누도 물 퍼는 도구도 없으니 다시 옷 입고 나가서 사서 들어가야 한다.

백두산 화산석이라며 이상한 치장을 한 돌의 바가지요금은 관광지 상혼의 전형이다. 폭포 우측 산기슭을 개미떼처럼 사람들이 올라가는데 우리네 설악산을 방불케 한다. 이들 중 소수가 천지에 뱃놀이하는 사람이 된다는 것을 알려주는 사람도 없다. 전설로 듣고 아득한 조상님 네 고향으로 믿던 백두산, 비디오나 사진으로만 보아오던 신령한 산, 차라리 그대의 속옷을 벗기지 않았더라면 나는 영원히 첫사랑의 추억처럼 너를 마음 깊이 간직할 수 있었을 것을.

지금 연길 거리에서는 연변 조선족 자치주 수립 사십 주년 축제 연습장면으로 떠들썩하고 한중 수교 성립됐다고 야단인데 개장한지 나흘밖에 안된 길림시 교통센타 동북 아세아 호텔에서 숨 가쁘게 변해가는 현실에도 오천년이 지난 백두산의 환상만은 변하지 않기를 비는 어리석은 마음을 달래본다.

대구시 의사회보 1992. 9.24

영안실의 내 초상화

참으로 간사한건 인간의 마음인지도 모른다. 터무니없이 작은 일로 벼랑 끝에서 떨어지듯 절망하는가 하면 하찮은 일로 날아갈 듯 기쁜 마음이 솟구치기도 하는 게 나만의 가벼운 인격 탓일까.

나의 의학박사 지도교수님이 육십 육세를 일기로 세상을 떠나셨는데, 처음 복통을 느끼시기 시작하여 사개월만의 일이다. 한국 의학계에 한 특수 분야의 큰 별이 가신 것이라 참으로 슬픈 일이어야 했다.

그런데 이틀 동안 조문객들의 표정에 비친 바로는 좀 더 사셔야 하는데 참으로 애석하다는 사람 수보다 적당히 사셨다고 느끼는 사람 숫자가 더 많아 보였다. 그렇다면 팔년 덜 살은 나의 현 시점은 그들의 잣대로 맞춰 볼 때 반반으로서 죽음을 맞는 가장 적기라는 계산이 나온다. 때 맞춰서 며칠 전 커다란 내 초상화가 하나 배달되었다. 얼마 전 관계하는 단체에서 필요하다고 하나 찍어가더니만 이렇게 영안실용에 알맞게 큰 사진이 액자에 넣어져서 도착되었으니 어딘지 모르게 착잡한 기분이 된다.

그런데 더욱 놀라운 사실이 하나 노출되고 말았다.

거울을 자주 보지도 않지만 환갑이 가까운 둔한 눈으로 본 거울에 비치던 내 얼굴보다 이 사진이 너무나 못 생겼고 꼴 보기 싫도록 늙어 버렸다. 이런 꼴이 되기 전에 마감했어야 했는데 이야말로 하늘이 무너지는 절망감이 느껴진다. 그보다도, 나 자신의 추한 모습은 전혀 모르면서 화장에 신경 쓰는 아내에게 핀잔을 주던 나 자신이 참으로 부끄럽다. 오히려 이런 추한 얼굴을 매일같이 옆에 두고는 안색 한번 찌푸리지 않고 감싸주는 아내가 오늘따라 더욱 고맙다. 아니 큰 절이라도 한번 해 주고 싶다.

이 사건 이후 요 며칠 우울한 기분으로 나날이 이어지고 일의 능률이 안 오르더니 어제부터 갑자기 입맛이 좋아지고 발걸음이 가벼워지며 일 마다 의욕이 넘치는 것이 마치 내가 카멜레온 같은 인격의 소유자란 말인가.

서른 살에 배운 술이지만 필름이 몇 번 끊어진 경험을 한 후 사위 앞에 선 실수를 않겠다는 다짐으로 술을 끊은 지 팔년이 지났다. 그런데 그 옛날 술집에서 스쳐간 아가씨가 서울로 시집을 갔는데 오늘 대구에 와서 시간이 있기에 전화한다고 하며 시간 있으면 맥주 한잔 사 달란다.

술 끊은 지 오래라는 답에 "그때 김 박사님의 너무나 훌륭한 인격에 평생을 존경하는 마음입니다. 다음에 대구 오는 기회에 차라도 한잔 대접할 기회를 가졌으면 좋겠습니다." 하고 전화는 끊겼는데, 이 추한 꼴로 만났다가는 좋았다는 기억마저 엉망으로 될 터이니 "차라도 한잔"의 기회는 영원히 실현 불가능한 일이 되었지만 곰곰이 생각하니 이 전화사건 후에 나의 기분이 좋아지고 생활의 리듬이 활력으로 바뀐 것 같다.

어제는 참으로 일진이 좋은 날이었나 보다. 또 한 가지 전화사건이 더 있다. 꼭 십 년 전에 남들이 중국을 잘 못 가던 시절 북경에서 개최된 세계 에스페란토대회에 간 일이 있는데 그 당시 우리를 안내한 조선족 아가씨가 이백 대 일의 경쟁률을 뚫고 선발된 수재인데다가 모국인을 처음 만난 터라 혼신의 노력을 다해 봉사했고 우리도 동포애를 쏟아 부어 주었었다.

그런데 이 아가씨가 삼십대 중반의 애기 엄마가 되어 남편과 함께 지금 서울에 업무차 왔다면서 꼭 김 박사님을 뵙고 가겠노라고 전화가 온 것이다. 역시 "너무나 따뜻한 김 박사님의 인정에 항상 감사하는 마음입니다." 하는 말이 가식이 아님을 느낄 때가 가슴 뿌듯한 순간이었다.

이토록 얄팍한 기쁨과 슬픔 사이의 칸막이가 내 마음에 있다는 것을 발견하곤 실소를 금치 못한다.

그러나 보라, 일생동안 아무것도 보지 않고 사는 사람들이나 한마디 말도 하지 않고 사는 사람들, 한 번도 자기 발로 걷지 않는 사람들, 통증과 불균형의 몸짓으로 일생을 고문당하며 사는 사람들 등등의 장애인들이 우리 주변엔 얼마나 많은가. 그들에 비하면 나의 이 하찮은 넋두리가 얼마나 사치인지 모른다.

오늘의 객관적 시각으로 지금 죽으면 꼭 맞을 나이인 내가 이제부터의 생명은 여벌이라고 생각한다면 무슨 일이 닥치던 그저 감사해야 하고 즐거워해야 한다. 일에 파묻혀 앞만 보고 열심히 달려온 지난날들을 뒤돌아보아도 이루어 놓은 일은 아무것도 없으니 지금부터라도 가는 날까지 뜻있는 사과나무랑 사랑나무랑을 정성들여서 심어가야할까 보다.

소아과 개원의협의회보 1996.2.15

팔자소관

금년 추석절은 일요일과 맞물려서 나흘간의 황금연휴라고 모두들 큰 기대를 가지고 손꼽아 기다렸다.

삼박 사일 해외 나들이 유혹도 있었고, 세상이 바뀌고 있으니 여행지 어디나 돈만 주면 제사상까지 차려준다는 말까지도 있는 터이다.

하지만 나는 소아과 구멍가게 주인 입장이기에 아이들의 아픈 사정을 생각하지 않을 수 없었다고나 할까 아니면 팔자소관으로 마음이 편치 않아서라고 할까 아무튼 나흘을 꼬박 쉴 배짱이 못되었다. 요즈음 같이 사람 구하기가 어려운 시대에 여덟이나 되는 병원 직원들의 원망을 들어가며 월요일 오전 진료를 했다.

백 명이나 아픈 아이들이 다녀갔으니 내 병원의 종업원들도 이 때문에 일요일부터의 연휴는 망친 셈이 되었다.

화요일은 추석이어서 성묘 다니느라 진종일 쏘다녔고 수요일 남은 하루는 이야말로 멋있게 휴일을 즐기려고 온갖 구상 끝에 딸, 사위 방문 인사에도 건성으로 답하고는 일찌감치 진료실로 나왔다. 그동안 밀린 편지들의 답장도 써야 하고 새로 지은 집에 이사 오느라 엉망이 된 내 물건들의 정리도 해야 하고 등등 말 그대로 황금 같은 시간의 이용 계획을 먼저 짰다.

그런데 나만을 위한 시간의 이용을 채 시작도 하기 전에 전화벨 소리가 요란하다. 약 삼십분 정도까지는 「아무리 울려도 안 받아야지」 하고 나의 일을 계속 했다.

그러나 계속 전화 소리에 일의 능률도 오르지 않고 드디어 벨 소리에 과민반응이 스스로에게서 일어남을 느낀다.

「오죽 답답했으면 저리도 오래 전화벨을 울릴까」 하고 전화를 받으니

「오늘 진료합니까」 대답왈 「안합니다」 「좀 봐줄 수 없어요」 「많이 아프면 지금 오세요」 이렇게 시작한 것이 혼자서 한사람 진료를 하는데 접수부터 진찰, 주사, 투약, 진료비 수납까지 마치니 꼬박 삼십분이 걸린다.

한꺼번에 두 사람 온 경우도 있고 하여 진종일을 전화 받은 50여 명 중 25명 진료를 하고 나니 밤이 되어 버렸다. 나만을 위한 보람된 시간으로 쓰겠다고 다짐했던 오늘 하루, 스페어 치료사 노릇 이외에 나의 일은 아무것도 못한 채 하루를 몽땅 소모했으나 오는 사람마다 실제 중환자는 없었고 소위 말하는 내 단골은 삼분의 일도 안 되었으며 「서울서 치료 받던 아이인데 혹시나 하고 왔다」 이런 분들이 대부분이다. 두세 사람만 동시에 도착되는 경우는 어김없이 입을 모아 모두들 진료 안하는 의사들을 욕이나 했지만 개중에는 참으로 감사하다며 음료수 한통 사다준 분이 있어서 다소 흐뭇함을 맛보았다.

세계 최고의 독제의료제도하에서 선진국 진료비의 삼십분의 일을 주고 진료를 하면서도 「의사 돈 벌게 해 주는데 뭐 그리 유세냐」 하는 소리가 들린다.

독재정권이 바뀔 때마다 「동네 북」으로 희생양이 되어서 두들겨 맞기만 하던 의사들, 복종 이외에 자기변명이라도 하는 경우 집단 이기주의라고 몰아붙이는 세태에서 의사들의 사기가 땅에 떨어진지 이미 오래다.

그래도 나는 운이 좋아서 유명세를 타는 것을 느끼지만 시나브로 의사 그만 두어야지 하고 다짐할 때가 많다.

마지막 무렵 「화급을 다투는」 장중첩증 환자가 왔는데 이

아이가 만약 몇 시간만 늦었으면 생명이 위독할지도 모르고 배를 째고 수술을 했더라면 오랫동안 입원을 했어야 할 뻔 했는데 부모는 이해도 못하는 것 같다.

물 관장으로 운 좋게 잘 풀려서 해결해 주고 나니 알아주건 말건 내 스스로는 참으로 뿌듯한 보람을 느낀다. 오늘은 이 아이 하나만 치료했어도 충분히 내 가치를 발휘했다고 억지로 자위해 본다.

비로소 하루 종일 헛수고 했다는 마음이 어느새 깨끗이 가시어 진 듯하니 이렇게 황금연휴를 엉망으로 보내고도 흐뭇하게 느껴짐은 참으로 이상하다. 내 마음의 깊이가 고작 「의사 그만 두어야지」와 「오늘 진료하길 참 잘했다」 사이에서 금방 희비가 엇갈려 버리는 얄팍한 것이라니 나이가 부끄럽다.

숙소로 올라가며 돈을 세어보니 공사판 막노동자 임금의 절반이 조금 넘는다. 이것도 팔자소관이라고 신세타령을 해야 할지, 멋있는 휴일을 보내고 오다가 교통사고 날 것을 미리 액땜했다고 생각하며 그래도 나에게 이런 건강이 있고 나를 필요로 하는 사람이 아직도 많이 있음을 고맙게 여기며 텔레비전을 켠다.

대구의사회보 1994. 12.12

한디카풀로

바람난 시인이 아니어도 '가을엔 편지를 쓰겠어요. 누구라도 그대가 되어 받아주세요.' 하는 노래에 공감이 가고 '모르는 여자가 아름다워' 보이는 계절이다.

종친이신 김구직 선생의 서예 해설을 여기 옮겨 보자.

'봄날에 산행을 하노라면 아무런 욕심도 없이 가다가 쉬고 쉬다가 가는 길, 한 산이 지나면 또 다른 산이 오고 가는데 남과 앞서거니 뒤서거니 가는대로 가다가 각각 가는 곳이 달라, 가는 곳 가면 끝날 일인데 숨 가쁘게 살아가면서 남다 시샘할 일 없이, 인생도 이렇듯 산행처럼 사는 것'

자신을 전혀 잊고 가을에 젖어 사색을 할 때나 세상만사 모두 떠나 봄기운에 취해 산행을 할 때는 소크라테스나 이태백이 된 듯 스스로를 착각할 때가 종종 있다.

엊그제 오랜만에 골프장엘 갔더니 나의 핸디캡이 얼마다 하고 떳떳이 말하기엔 참으로 부끄러운 점수를 기록했다. 똑같은 조건의 동료들이 경기를 하는데 누구는 백 점이 만점이고 누구는 칠십이 점이 만점이라면 참으로 불공평한 세상이다.

참고로 골프의 핸디캡은 자기 스스로가 자기에게 정한 '결함지수'인데 가령 칠십이 점을 만점으로 정한 자는 핸디캡이 영이고 팔십이 점을 만점으로 정한 자는 핸디캡이 십이고 백 점을 만점으로 정한 자는 핸디캡이 이십팔이며, 만점 점수가 적을수록 잘 치는 사람인 것이다. 나의 핸디캡이 대량인 것을 처음 발견했을 때의 참담한 기분은 참으로 표현하기 어려운 것, 마치 소크라테스가 되었다가 거울을 본 자화상에 꼴불견 주름살과 추잡스런 새치 머리며 못마땅한 이목구비의 구도 등이 거울을 집어 던지고 싶은 생각을 솟구치게 할 때와 같다.

골프를 즐기는 시간이나 산행을 즐길 때의 차원이 다르긴 하지만 모두가 신선 노름의 경지에서 문득 자신을 돌아보고 '나의 핸디캡이 얼마'라고 깨닫고 나면 거울을 던지고 싶을 때의 충격과 다를 바 없다.

생을 마무리해도 아깝지 않은 시점에 이르러서야 자신의 핸디캡을 발견하고 그제야 사실을 시인하며 뒤늦게 철이 드는 느낌이니 가소로운 일이라고 해야 할까.

여러 가지 핸디캡이 많은 자신을 점수로 따져 보면 나는 확실히 한디카풀로 (국제어 에스페란토로 장애인이란 뜻) 임에 틀림없다.

오늘은 나 스스로 장애인이면서 다른 장애인을 보는 눈이 곱지 않았던 지난날들을 가슴 깊이 반성해 보면서 얼굴을 붉힌다.

대구의사회보 1996. 9.24

홀가분한 기쁨

사람은 세상에 태어날 때부터 신에게 많은 빚을 지고 태어났다. 공짜로 얻은 생명, 무료로 받은 청춘, 힘 안들이고 얻은 자식, 저절로 모인 소위 자기 재산, 어느 것 하나 빚이 아닌 게 없다.

남의 집에 들어가 밥 한 그릇 훔쳐 먹으면 중죄를 받아야 하지만, 조물주의 세상에는 공짜로 와서 공짜로 먹고 즐기고도 자기 이름과 함께 된 재물을 남겨 두고 떠나간다. 어찌 보면 너무 얌체 같은 인간의 영혼인지도 모른다. 묘하게 생겨먹은 인간의 영혼을 나 또한 육신에 담았기에, 시작도 끝도 모르면서 수천 년 살 것처럼 생각을 꽃피운다.

세상만사 내 뜻대로 되는 일이 어디 있으랴마는, 자살하고 살인하는 게 누구나 할 수 있는 일이며, 결혼하고 이혼하고, 자녀를 낳아 기르고 자신을 가꾸고 학대하고 하면서 도무지 어떻게 세월이 흘러가는지 모를 일이다.

수수께끼 같은 인간의 속성을 지니고 살면서도 그것을 하나 둘 깨우쳐 갈 때는 아기가 만물의 이름을 배울 때처럼 신기해지기도 한다.

생과 사가, 선과 악이 공존하는가 하면, 인간이 만든 핵무기로 자멸을 초래하기 직전, 숨 가쁜 살얼음 세상을 꾸며가고 있는 것이다.

본능이라는 이름의 갖가지 욕망은 충족될수록 행복해 보이지만 인간이란 반드시 그렇지만은 않은 것 같다. 산해진미로 실컷 포식할 것 대신에 어떤 이는 단식 고행을 일주일간

행하기도 한다. 즐거운 여행이나 음주 가무의 쾌락을 피하여 산사에서 참선을 하고 살을 에듯 찬바람에 철야기도를 올린다. 따뜻한 아랫목에 등을 대고 누워서 텔레비전 쇼를 보는 맛보다, 얼음판 위에서 손발에 동상을 입어가며 낚시로 밤을 지새우는 맛이 또한 더욱 화끈한 것이다.

사랑이 무언지도 모르고 얼떨결에 결혼해 살다가, 남편이 중동에 돈 벌러 간 틈에 알게 된 연하의 남성과 놀아난 부인 이야기가 있다. 한동안 인생의 보람이니 찬란한 행복이니 하고 그 청년이 없는 세상보단 죽음을 택하겠다던 여인, 어느 날 갑자기 청년에게 버림받고는 오히려 홀가분한 행복은 상상도 못했었다고 했다.

어느 때 수필 동인회와 인연한 때가 있었다. 나름대로 글 벗과의 만남, 대화나 사고의 고차원적 만족감, 활자화된 자신의 裸身을 보았을 때의 쾌감, 도저히 이 모임과의 결별은 상상할 수도 없었다. 어느 날 갑자기 가슴 쓰라림을 느끼며 나 또한 이들과 이별했더니 이 어인 조화일까, 그렇게 마음이 홀가분할 수가 없었다.

글을 쓴다는 것은 자신의 알몸을 남에게 드러내는 일이거늘 글 빚도 없고 내 벌거벗은 몸을 보는 이도 없다.

그런데 왜 구태여 글의 십자가를 메고 끙끙 다녔는지 모를 일이다. 앞서 말한 엄동설한 산사의 참선이나 철야기도, 얼음판의 밤 낚시꾼의 생리와 같았는지도 모른다.

쇠똥에 굴러다녀도 이승이 더 좋다는 말이 있지만, 내일 당장 이 세상을 떠난 데도, 그날은 아마 육신은 흙에다 돌려주고 조물주에게 진 빚을 다소 갚기도할겸, 얼기설기 얽힌 사슬을 훌훌 벗어버리고, 끝없이 홀가분한 행복감으로 훨훨 구천에서 춤출 수 있는 내 영혼이 되지 않을까 생각해 본다.

의학동인 1985년 3월호

기행문

아마존 일기(日記)

► 뉴욕

신비의 아마존 강을 구경하기가 참으로 힘이 들었다.

우선 여행사의 수지타산이 맞지 않아 모집해서 무산된 게 두 번 있은 후 세 번 만에 행운(?)이 찾아온 것이다. 작심한지 8개월 만에 브라질을 향한 여행을 떠날 수 있게 된 것이다.

여러 가지 어려운 여건을 모두 극복하고 참아낸 사람들이 모두 열세 명, 유월의 마지막 날 지는 해를 내려다보며 우리 일행은 김포공항을 떠났다. 그 중엔 십 년여 선배 부부 팀도 있었지만, 대개 대구 의사들이며 서울 변호사 부인 한분을 합해 여자가 모두 다섯이었다.

가이드라는 이름의 여행사 직원이 동행을 했는데 이 청년 말을 빌면 아직 우리 일행은 브라질 입국 비자를 받지 않은 채 미국부터 가고 있는 중이란다.

서울 주재 브라질 대사관 직원 말로 워싱턴에 가면 그리로 본국에서 바로 입국 비자가 떨어지도록 해 준다고 했다.

몇 해 전 유럽 여행을 혼자 떠날 땐 너무 꿈이 부풀어 잠도 많이 설쳤는가 하면, 작년에 아내랑 같은 여행을 갔을 땐 마치 여행에 통달이라도 한양 겉으론 태연해도 속마음의 긴장은 어쩔 수 없었다.

그런데 이번엔 눈먼 말 요령 소리 따르는 격이 되어 어딘가 시원치 못 한 기분이었는데 나중에 닥칠 시련이 영감으로 작용했기 때문이었는지 모를 일이었다.

「봉지아 (안녕하세요) 무소 (고맙소)」 브라질語의 회화책을 들고 앵무새처럼 되뇌며 한껏 기대에 찬 시간이 흐르길 아홉 시간 알라스카의 앵커리지 공항에 내렸다.

초여름인데 털옷을 파는 공항내 면세점이 눈길을 끈다. 한 시간의 휴식 후 대한항공 008편에 다시 올랐다. 승무원들의 부지런한 서비스는 다른 나라 비행기보다 훨씬 좋지만 실수 (라고 해두자) 로 한 끼의 식사공급을 빼먹고 뉴욕의 케네디공항에다 승객들을 팽개쳐 버린다.

서울에서 저녁 여섯시 넘어 떠났는데 열다섯 시간을 날아왔는데도 미국에선 아직 같은 날 저녁 여덟시가 좀 넘었으니 겨우 두 시간밖에 지나지 않은 셈이다. 이렇게 시간의 요지경을 잘 요리하면 영겁으로 이어지는 시간의 창조가 가능할지 모른다는 공상을 해 본다.

미국은 세계 최대의 강국으로 알고 있다. 뉴욕은 지구상 최대의 도시로 들어 왔다. 이런 뉴욕에 조용한 아침의 나라 조그만 코리아 사람이 몇 명 입국한 것이다. 그런데 놀랍게도 국제공항에서의 모든 표지판에 네 가지 글 중 한글 안내문이 빠짐없이 쓰여 있다. 우리나라의 세계적인 지위가 그만큼 높단 말인가, 미국 공항을 이용하는 한국인 숫자가 그만큼 많단 뜻인가. 경제대국에 이익을 주는 세 번째로 큰 수출시장의 사람들에 대한 예우라고 안내원이 귀띔한다.

문득 가슴에 와 닿는 것이 있다. 「미제라면 ○도 더 좋은 것으로 안다」는 항간의 말들과 함께 일상 대화에서 영어 한두 마디씩 섞어야 직성이 풀리는 부류들의 허황된 모습이 말이다.

입국 수속용지를 여행사 직원이 대신 써 주어 이렇게 편한 여행도 있구나 하고 좋아 했더니만 미국 입국 수속이 왜 그리 까다로운지 또 한 번 놀랐다.

스위스에서는 무슨 짐을 갖고 들어오건, 갖고 나가건, 여권 사진과 본인 얼굴 대조 후 도장을 찍고 이삼 분만에 수속이 끝나던데, 무엇 때문에 오느냐, 며칠간 있느냐, 특별한 물건을 안 갖고 오느냐, 꼬치꼬치 묻는가 하면. 갖고 간 가방은 마약 밀수범을 수색하듯 다룬다.

아무리 곰곰이 생각해도 공항에서 왜 그리 까다로운지 내 좁은 소견으로 이해가 가지 않아서 두고두고 풀어야 할 숙제로 남겨둔다.

입국 수속을 마치고 나니 밤 열시가 넘었다. 배가 몹시 고프다. 케네디 공항에서 로카웨이 반도를 빠져나와 제삼터널을 지나서 맨해튼에 들어섰다. 브로드웨이 할렘가의 흑인촌들을 내다보며 뉴욕 칠 번가에 있는 남문탑여관 7718호에 여장을 풀었다. 뉴욕 중심에 있는 「뉴욕곰탕집」 식당에서 곰탕 한 그릇(육천 원)을 먹고 나니 밤 열두시 반이 넘었다. 배가 좀 부르니, 이제야 세계의 수도라는 뉴욕의 밤풍경이 눈에 제대로 들어온다.

빌딩 숲속에서도 휘황한 조명등에 반사되는 엠파이어스테이트 빌딩은 그림처럼 우아하고, 지상 백십 층의 쌍둥이빌딩 무역센터가 창문마다 밝은 빛으로 찬란하다. 확실히 신의 축복을 받은 나라구나 하고 또 한 번 느껴본다. 어두워지면 생명의 위협을 느껴 혼자서 다니지 못한다는 뉴욕 밤길을 일행이 한동안 걸어서 호텔에 돌아올 때는 브라질의 닥터 주와 미국의 닥터 최가 함께 오면서, 그들 동기생끼리 오랜만의 해후에 눈길을 모았다.

우리가 묵는 여관은 고색이 창연하다. 저들의 뛰어간 역사 이백년과 앉아서 생각만한 우리 역사 사천년의 결과가 지금 눈앞에 비교되며 전개되어 있는 것이다.

► 나이아가라폭포

여행사의 주선대로 따라 다니자면 열세 명 입맛이 모두 맞을 수는 없는 법이다. 여간한 불편은 참아야 하고 웬만큼 응급한 일이 아니면 처음 계획을 바꾸지 말아야 한다. 미리 지정한 시간 아침 일곱 시 식당에 모두 모이지 않았다고 A선생은 화를 버럭 내신다.

처음 계획표에는 오늘 오전 중에 뉴욕 시내 관광으로 되어 있었는데, 무슨 영문인지 아침 식사 후 바로 리괄리아 공항으로 직행이다. 뉴욕을 스쳐가면서 수박 겉핥기 관광도 못한 게 아쉽다. 로스앤젤레스 소재 극동 여행사 소속 아르바이트 학생이라는 김 씨가 공항까지 가면서 뉴욕을 소개한다. 지구의 심장부라고, 세계의 운명을 좌지우지, 자본주의의 극치. 등등 사상과 철학의 밑바탕까지 들먹거린다.

시내 한가운데 공동묘지가 인상적이고 묘지마다 십자가 표식과 꽃다발뿐인데도, 보기 안 좋다고 도로 쪽에 담을 쌓아 가려 놓는다. 8차선 10차선 고속도로가 몇 차례 나뉘고 합쳐지고 하는 동안 일행을 태운 리무진 버스는 전혀 요동을 못 느끼게 고정된 속도로 달린다. 도로 사정이 좋고 차들이 차선을 잘 지키고 교통규칙을 잘 지키기 때문이리라. 국내선 비행장 중의 하나인 리괄리아공항에 다다른 것은 출발한 지 사십분 쯤 후였다.

나이아가라로 가는 알리제니아 391편 비행기를 타도록 여행사 직원이 모든 수속을 하는 동안 한 시간 반을 공항에서 서성거려야 한다. 공항은 마치 인종 전시회 같기도 하다. 코끼리처럼 생긴 비만증 아주머니들이 있는가 하면 핫팬티라기보다 차라리 삼각팬티 같은 차림의 아가씨들이 많이 눈에 뜨인다. 전송 나온 사람과도, 마중 나온 사람과도 서로 부둥켜안고 입 맞추는 것은 이해한다 치고, 같이 동행하는 사람

끼리 오 분이 멀다하고 붙었다 떨어졌다 물고 빨고 하는 것을 아무도 이상하게 보는 사람이 없다.

멍하니 바라보던 눈들을 일행에게 다시 돌리니 흑인으로 태어나지 않은 우리가 행복함을 알게 된다. 그런데 이상한 건 고국에서는 못난 편에 속하지 않는 부인들이 인종전시장에 내어 놓으니 왜 그리 초라해 보이는지 모르겠다. 노란 얼굴에 몽땅 다리, 작은 눈에 납작한 코, 찾을 길 없는 발랄한 표정, 아무래도 민물고기는 바다에 가면 가치가 떨어지나 보다 하며 차 선생과 같이 웃고 있자니까 일행 부인들이 공항 상점들을 무리지어 두리번거리던 중 무슨 뜻인지 모르고 합창으로 크게 웃어댄다.

깨끗한 공항 안팎이라고 느껴질 때 마침 아침이라 기계로 넓은 유리벽을 청소하는 것이 눈에 뜨인다. 불과 두 사람이 안팎에서 삽시간에 넓은 유리를 모두 닦아낸다. 화장실을 못 찾아 애먹은 부인들을 안내하여 주고 있으니까 비상벨이 울려서 깜짝 놀랐다. 출입제한구역 안에 있는 화장실이었나 보다. 말도 글도 조금씩 통하는 형편에서도 이렇게 쩔쩔매니 내 나라보다 더 편리한 것은 없나 보다.

150명 정도 타는 비행기의 꽁무니 근처에 앉아서 버팔로 국제공항까지 다다르니 엔진소리에 귀가 아플 지경이다. 초음속 여객기로 한 시간을 달려도 산 하나 없는 넓은 평원은 「둘도 많다 하나만 낳자.」는 우리네 구호를 부끄럽게 만든다. 공항에서 관광사의 안내를 받으며 들소들이 많이 살았다는 버팔로 시로 들어섰다.

눈이 가장 많이 왔을 때는 헬리콥터로 집집마다 생필품을 떨어뜨려 주고, 개가 끄는 썰매가 유일한 교통수단이었다는 등, 범죄 없는 관광도시라고 자랑한다. 처음 서양에 이민 가서 모든 악조건을 극복하며 기반을 굳혀 가는 교포들의 인간상을 소설 읽듯 자상하게 들려준다.

화장실까지 갖춘 그레이라인 관광버스로 일행은 골든펠리스라는 중국 식당에 도착했다.

미리 예약을 해 두어서 한국인을 위한 김치까지 준비했다는데 한국에서 먹던 중화요리와는 너무나 다르다.

한낮의 버팔로는 백두산 보다 위도상 북부지방인데도 여름은 역시 덥다. 버스 안의 냉방장치로 겨우 더위가 가실 무렵 일행은 미국 측 나이아가라 시에 도착, 폭포 입구에 섰다. 이리 호에서 온테리오 호로 흘러가는 나이아가라 강이 고트섬 때문에 두 갈래로 갈라져 나가기 직전 지점이다.

나이아가라 폭포들 중에 바로 흐르는 물이 캐나다 폭포가 되고. 북동쪽으로 갈라져간 물은 미국 폭포가 된다고 한다. 강물의 급경사 때문에 한 두길 높이의 폭포 강을 볼 수 있는 배경으로 열심히 사진을 찍는 곳, 얼마나 많은 사람들이 밟았기에 미끄럼 바위돌이 되어 서로 손을 꼭 잡고 사진을 찍지 않으면 미끄러져 영영 이별한다고 했을까. 강의 너비가 하도 넓어 캐나다측 강변이 가물거릴 지경인데 이 물의 유량을 밤에는 반으로 줄여서 수력발전에 이용하고 낮에는 많게 하여 관광에 치중한단다.

캐나다 측에서부터 강의 한가운데로 축대를 쌓아 나와서 너무 적게 흐르는 미국 폭포 쪽으로 보내고 있어도 이 강의 수량 92%가 캐나다 폭포로 흐른다고 한다. 매초 5천 톤씩이나 흐르는 물량을 인위적으로 반으로 줄이고 있다니 인간의 힘이 무섭다. 일행은 다시 휴쓰러 에어서비스의 헬리콥터 관광을 했다. 공중에서 본 캐나다 폭포가 정말 장관인데 행운을 상징한다는 말발굽 모양이어서 호스슈 풀이라고 부르고 신혼여행 일급지 (소위 허니문 캐피탈) 로 손꼽힌다. 두 사람이 오 분 동안 폭포를 둘러보는데 이만 원 정도이니 비싸다고 여자들이 안달이다.

우리는 다시 고트섬 끝으로 가서 측면에서의 양측 폭포를 보았다. 물의 8퍼센트만이 흐른다는 미국 폭포가 높이 50m, 폭 320m인데 얼마나 웅장한지 과연 세상이 다 아는 관광지에 손색이 없다. 메이드 오브 더 미스트 (한국판 임당수의 심청이) 를 보러 갔다. 엘리베이터로 50m 이상을 내려가 30명이 타는 배에 올랐다. 비옷을 받아 입고 약간 겁에 질린 채 강물을 거슬러 올라간다. 좌측으로 미국 폭포가 웅장하게 내리 쏟아진다.

무지개가 서고 물방울이 튀어서 비 오듯이 몸에 와 쏟아진다. 올려다보는 폭포는 더욱 힘차 보인다. 다른 두 척의 배가 모험 여행을 마치고 돌아온다. 서로들 손을 흔들며 동심으로 인사를 한다.

우리가 탄 배는 노익장이 조정을 하니까 다소 위안이 되기도 하지만 스스럼없이 부글부글 끓는 폭포 밑 강을 거슬러 올라가고 있다. 이따금 배가 기우뚱하고 강물이 배 위로 튀어 오른다. 심청이가 효성의 표본이라면 여기 미스트는 미신의 표본이라고 하겠다. 해마다 아리따운 아가씨들을 뽑아서 폭포에 떨어지게 하면서 신에게 제사지냈다고 하니.

안내자 유 씨 말로 4불짜리 배표는 왕복표니까 도중에 내리지 말고 심청이가 아무리 불러도 못 본 척하고 무자비하게 고개를 돌리고 오란다.

배는 20~30분 동안 부글거리는 폭포 밑바탕 강물과 씨름을 하고 있다.

폭이 9백 미터나 되는 호스슈 폭포는 웅장이 극에 달했다.

어쩌면 무서운 물의 힘으로 지축이 흔들리고 있는 것 같기도 하고 아니 대서양이 송두리째 이 폭포로 쏟아지고 있는 것만 같다고나 할까. 캐나다 폭포의 대밑에서 폭포를 올려다보는 순간순간이 폭포 구경의 클라이맥스가 된다. 다시 하류로 내려오니 캐나다로 넘어가는 레인보우 다리가 눈에 든다. 철교 한가운데 유엔기를 두고 좌우가 단풍기. 성조기가 펄럭인다. 폐허가 된 구발전소 옆을 지나며 새어 나오는 물의 힘을 아까워한다. 긴 꿈에서 깨어난 듯 폭포를 떠나서 나이아가라 시내로 향했다.

마리린 몬로가 출연한 영화의 무대라는 존스호텔 식당에서 비후스텍을 먹는데 일행 모두 야채사라다가 빠졌다. 여급의 실수로선 좀 얄밉다.

버팔로 힐턴호텔에 여장을 풀고 가까이서 개업한 친구에게 전화를 건다. 새삼 반기는 우정이 고맙다. 밤 아홉시 다시 나이아가라폭포의 야경을 보러 갔다. 낮의 풍경을 남성적 야성미라면 밤풍경은 여성적인 섬세함이 보인다.

곳곳에 오색 조명 등으로 번갈아 폭포물을 비추고 강 건너 캐나다의 두 큰 탑에 네온사인이 아름답다. 시가지도 아름답게 보이지만 캐나다 쪽이 훨씬 찬란한 도시로 보인다.

► 워싱턴회의

깊은 잠이 들지 않아 서너 차례 잠을 깨어서 자식들에게 편지를 쓴다.

아침 여덟시 반 그레이트 버팔로 국제공항 서문에서 출발, 워싱턴까지 한 시간 남짓 날아가서 워싱턴 힐턴호텔 5147호에 여장을 풀었다.

4일 동안 묵을 곳인데 아주 고급스럽다. 레이건 대통령이 저격당하던 장소를 볼 때 눈에 익은 호텔이기도 하다.

택시요금 4천 원 정도 거리에 (기본요금 천 원, 시간과 거리 병산제) 있는 캐피탈 힐턴 호텔에서는 제7차 재미 한인의사회 및 대한의학협회 합동학술대회가 열리는데 오후 두시부터 등록이 시작됐다. 동기생 닥타 노와 그 부인을 만나 무척 반갑다. 오후 시간엔 등록이외는 아무 행사가 없어 혼자 워싱턴 시내 관광을 하기로 했다.

택시로 워싱턴 모뉴멘트로 갔다. 입장권 파는 곳이 어디냐고 물어도 아무도 모른다. 무조건 먼저 간 사람 뒤에 따라 열을 섰다. 한 시간 이상 기다리니 차례가 되어 안으로 들어가서야 입장권이 필요 없다는 것을 알았다.

엘리베이터로 70초 만에 170m 정상에 올랐다. 사면 유리 밖으로 워싱턴 D•C와 버지니아, 포트맥강과 매릴랜드까지 보인다. 워싱턴의 모든 건물은 이 기념탑의 절반이하 높이란다. 그래서 수도권내 건물은 13층 이상의 건물이 없다.

이 기념탑은 링컨 기념관과 국회 의사당과 일직선상에 있는 게 눈에 뜨인다. 존 에프 케네디 센터가 거창하게 보이고 꺼지지 않는 불이 탄다는 케네디 묘가 강 건너 알링턴 국립묘지에 있단다. 제퍼슨 기념관도 큼지막하게 보인다. 기념탑을 나와 백악관으로 갔다. 거대한 나라의 중앙청이 큼지막하리라 생각하고 하얀 집을 찾았더니 엉뚱하게도 우리나라 중앙청의 수위실만큼 해 보인다. 백악관 앞 잔디밭에 돌아다니는 작은 고양이만큼 한 다람쥐들이 귀엽다.

이백 년 전의 도시계획으로 세워진 워싱턴 거리가 지금까지 그리 불편이 없다는 게 신화같이 들린다. 호텔로 돌아오는 길은 여러 번 물어서 일부러 지하철을 탔다. 자동식 매표, 개찰, 집표 등으로 전철 종업원을 볼 수 없는 게 유럽 각국과 같다.

경북의대 21회 졸업동기생의 과반수가 부부 동반하여 워싱턴에서 오늘 저녁 동기동창회를 가진다. 우리 일행 중 절반이 그 모임에 가고 나머지 네 분은 미국 생활에 익숙한 분들이어서 각자 나가시고 여행사 직원과 영어가 유창한 K부인 그리고 아내와 나 네 사람만 남았다. 도교식당에서 갈비로 저녁식사를 했다.

다음날 아침 개회식에 갔다. 부산에서 온 동기생 닥터 리, 시카고에서 온 동기생 강 교수를 만나서 반가웠고 모두 670명이 참석하여 성대한 개회식을 했다. 문태준 의협회장, 오수영 재미한국인의사회장, 김병수 보사부차관, 유병현 주미 대사가 차례로 인사, 연설, 축사 강연이 있었다.

다른 국제회의만큼 성대하게 규모, 준비, 환경, 안내, 편의 시설 등이 완벽에 가깝다. 미국 의학계의 저명인사들이 내빈으로 참석했는데 한국 사람의 저력을 과시라도 하듯 가슴 뿌듯함을 느꼈다.

대한민국의 보건정책(보사부 차관), 간염의 원인과 만성 비형 간염 바이러스의 역할(서울대학 김정용 교수) 등 특강이 있은 후 프레지덴트, 콩그레스, 세니트, 사우스 아메리카, 네 교실에서 각각 다른 분야의 최신 의학세계 첨단학술강연이 연속 되었다. (3일 동안 총 연제 수는 85편) 내가 택하여 들을 수 있었던 강의 몇 편만 소개한다면, 요통에 대하여 병리역학(뉴저지의과대학 정형외과 이규창 교수), 전기진단(동 재활의학과 정태수 교수), 방사선진단의 최근진전(동 방사선과 이성호 교수), 침구 요법(펜실베이니아 의과대학 재활의학과 전세일 교수), 전염병에 대하여 방어기전(애틀랜타 애모리의대 내과 오정희 교수), 중성구의 역할(뉴욕주립 대학 소아과 배병학 교수), 속성 진단(캐나다 캘거리 대학 미생물교실 배직현 교수), 환자의 면역 관리(애틀랜타 에모리의대 소아과 김태현 교수), 미국의 의학 교육(뉴욕 코넬대학 외과 오창열 교수), 의사 보수교육(동 채중식 교수), 미국에 외국 의사의 진출 미래상과 소련 병원의 현황(시카고대학 핵의학과 여응연 교수), 통증의 더모그라피 이용(뉴욕 버지니아 메디칼센타 재활의학과 장지형 선생), 만성통증의 관리(펜실베이니아의대 재활의학과 전세일 교수), 통증의 진단(뉴저지배스트 오렌지 재활의학회 김기호 선생) 등을 들 수 있다.

한편 의사 아닌 가족을 위한 프로그램도 판아메리카룸에서 다채롭게 계속되었다. 시내 오전 관광단, 명승지 관광단, 골프팀, 정구팀 등 입맛대로 준비되어 있다. 개회식 첫날 저녁은 만찬회가 다섯 시간 이상 계속되었는데 얼마나 흥겨운 시간이었는지 모른다.

셋째날 저녁은 시 외곽지 워싱턴 컨트리클럽에서 회식이 있었는데 각 동창회별로 나누어져서 화기애애한 시간을 보냈다. 부부 합쳐 약 80명이 참석한 경북의대 동창 팀은 회장 김집 박사와 직전회장 김만달 박사도 참석하여 더욱 알찬 시간이었다. 특히 김집 박사의 멋있는 만찬회 연설과 동분서주 눈부신 활약은 경북의대 동창들의 사기를 높이고도 남음이 있었다.

미국의 대부분 도시가 그렇듯이, 워싱턴 시내도 중심가에는 대부분 흑인들의 주택이 있고 교외로 약간 벗어나면 백인들의 주택이 많다.

여자들을 제외한 일행 모두가 버지니아에 있는 호반식당에서 저녁을 한식으로 잘 채웠다. 호텔로 돌아오는 길은 모처럼 주어진 남자만의 기회에 그냥 올 수 없었다. 일행을 태운 리무진 버스는 워싱턴 십사번가 첫 골목에 세워졌다. 맥주 몇 잔 기울이며 양편 무대에서 연출하는 흑인, 백인 아가씨들 쇼를 본다.

여행 일정에 차질이 와서 일행 모두 기분이 상했는데 여행사의 주선대로 참고 기다리는 수밖에 다른 도리가 없다. 브라질 입국 비자가 아직도 나오지 않은 것이다. 서울로, 브라질리아로 국제 전화를 열심히 돌리고 있는 여행사 직원을 들볶아 보아도 신통한 수가 없다. 캐피탈 힐턴호텔은 온통 한국인 천지이고 같은 규모의 우리가 묵은 호텔도 한국인 라이온스팀 여행자를 자주 만날 수 있어 반갑다. 호텔 구내 식당엔 한국인 여자 종업원이 있어 무척 친절하다.

▶ 브라질 입국 비자

7월 5일 오후에 워싱턴을 출발하여 아홉 시간 후에 브라질에 도착할 계획이었는데 7월 6일 오후 3시인데도 일행은 모두 워싱턴 힐턴호텔에 있다. 한 달 전에 비자 신청한 것을 이 핑계, 저 핑계로 미루어 오다가, 일주 일 전에 서울을 떠나오던 날 하루, 이틀내로 워싱턴으로 바로 비자를 내어 준다고 호언장담한 브라질 영사관 직원에게 화를 내지만, 일행 모두 부글거리는 화 때문에 부부싸움들을 하는가 하면, 서로들 의견 충돌이 잦고 곧 내란(?)이 일어날 지경이다.

행여나 하고 4일 전 워싱턴 도착하자 바로 브라질 영사관에 가서 비자 신청을 또 했단다.

그것 역시 소식이 없다. 유럽 쪽을 두어 번 여행하면서 내가 느낀 것은 어느 나라에 있던 한국 대사관이나 영사관은 하나같이 전화 받는 사람이 불친절하였고 무사안일주의였고 더울 땐 평일에도 오후 3시에 퇴근하고 모두 안 좋은 인상만 남아 있다. 브라질 영사관 직원들이 꼭 그들과 같은 인상이다.

일행이 모두 고국에서는 아주 바쁜 사람들이고 수많은 환자들의 양해를 얻기도 하고, 약속을 하기도 하고, 천금 같은 시간을 쪼개어서 지구의 반대편까지 가려는데 처량하게 앉아서 수 시간 내로 무슨 소식이 있을 것이라는 말만 믿고 있는 것이다.

하는 수 없이 비자 때문에 여행사 직원 혼자만 일행의 여권 모두를 가지고 워싱턴에 남고 그동안 일행이 모두 플로리다 주 마이아미로 가기로 했다.

오후 4시 반 워싱턴 국제공항에서 이스턴 항공 197편으로 출발했다. 일행 중 몇은 홧김에 기내에서 위스키를 들이키는 모습들이 보인다.

겨울에도 해수욕을 하는 곳으로 유명한 마이아미 비치를 여름에 가본들 별수 있으랴만 여행사 항공권 사정에 따른 것이다.

한반도보다 넓다는 플로리다 주에 너무나 허허벌판인 평지인 것을 내려다보며 두 시간 반 후에 마이아미에 도착했다. 배준 씨의 안내로 하얏트호텔에 여장을 푸니 밤 9시가 넘었다.

다음날도 비자는 나오지 않아 울며 겨자 먹기로 마이 아미 시내 관광을 하기로 했다. 오전 중엔 씨케리엄에서 돌고래 쇼가 참으로 훌륭했다. 수족관의 훌륭한 시설과 풍부한 수중동물의 종류는 능히 세계에 자랑할 만하다.

원양어선을 타다가 마이아미에 정착하게 되었다는 주인 김 씨의 차를 타고 동촌식당에 점심 먹으러 갔다. 배고플 때 비빔밥이 오기를 기다리고 있다가 맨입에 멸치조림에 든 고추 한 개를 먹었다. 어찌나 지독히 매운 놈인지 입이 따갑고 목이 화끈거리더니만 바로 위경련이 일어나서 화장실 바닥을 이리저리 뒹굴었다. 구토해서 회복될 때까지 십분쯤 받은 고통이 마치 죽음에 직면한 한 시간 지난 듯했다. 「환자의 고통은 당해 보지 않고는 짐작도 못한다」는 명제를 또 한 번 되새긴다.

오후에는 14인승 마이크로버스로 앵무새 정글로 갔다. 이 차의 운전사 아가씨의 체격이 인상적이다. 예쁘장한 얼굴에 이십대 수줍음이 남은 처녀인데 대략의 키가 170cm, 체중이 120kg, 배 둘레가 2m정도. 앵무새가 수십 가지 종류에 수백 마리이고, 넓은 원시림 공원에 고루 배치시켜 서너 시간을 족히 재미있게 둘러볼 수 있게 만든 곳이다. 잘 교육시킨 이십 여 마리의 앵무새 배우는 극장에서 훌륭한 쇼를 보여 준다.

약 삼십 분 동안의 공연 내용은 자전거타기, 공굴리기, 물통 돌리기, 그네타기, 카드놀이, 말 흉내 내기 등등이다. 유명한 마이아미 비치를 안보고 「그냥 갈 순 없잖아」해서 모두 갔다. 한여름인데 그 좋은 백사장에 몇 사람 해수욕객이 없다. 외국 관광객이 간혹 해변을 산책하는 것을 볼 수 있다. 알멘틴에서 온 청년이 K선생 카메라를 훌륭하다고 꼬치

꼬치 캐어묻는 관심을 보인다.

비자 때문에 예정보다 늦어진 게 오늘로서 4일째이다. 그러나 아직도 비자는 소식이 없다. 단장 K선생은 종일 아무 일도 못하고 호텔에서 워싱턴 연락하느라고 온종일을 갇혀 있다.

서울에서 신청했던 비자가 서울에 떨어져 있다는 것과 워싱턴에서 신청했던 것 역시 서울에 회답이 가 있다는 것이다. 포르투갈어의 변형어를 쓰는 브라질 외무부 이민국장에게 영어가 잘 안통해서 스페인어 하는 사람을 시켜 전화로 독촉한 결과 오후 3시에 전화할 때 오늘이 금요일이어서 오후 4시까지 밖에 근무 않는데, 워싱턴 주재 브라질 영사관으로 지금 즉시 비자 보내는 텔렉스를 보낼 테니 받아가라고 해서, 목이 빠져라 기다려도 그들이 퇴근할 때까지 아무 소식이 없다.

토요일, 일요일 쉬니까 이제는 아무리 발버둥 쳐도 예상보다 엿새 이상이 늦어졌다.

오후에는 워싱턴에서 소식이 있을 테니 멀리가지 말라는 단장의 지시를 듣고 일부는 바다낚시를 떠났는가 하면 일부는 골프장에 가고 제일 젊은 나는 부인들의 보디가드가 되어 몇 시간 동안 마이아미 시내 중심가를 눈요기하면서 걸어 다니자니 심신이 피곤하다. 내일은 남미 여행 일정을 마친 후 가기로 한 애틀랜타에 여동생을 먼저 찾아가기로 했다. 다른 일행은 원숭이 정글과 키웨스트로 간다.

미국의 최남단 후로리다반도 끝에 섬들이 어느 뜻있는 부호의 사비로 다리를 놓아 2백여km나 연결시켜 미국 지도상 국토의 길이를 늘렸다는 키웨스트 그 길을 여덟 시간 가고 오며 좋은 경치를 만끽하리라, 아내와 함께 아침 일찍 마이아미 국제공항에 갔다. 이스턴 항공편으로 9시 30분 출발하여 1시간 30분 만에 조지아 주 애틀랜타 국제공항에 도착했다. 계매가 운전하는 차로 집에 가니 몇 달 전에 놀러 오신 어머니께서 무척 반기신다.

두 살배기는 할머니 차지, 갓 난 놈은 애미 차지가 되어 모녀간에 아기 때문에 씨름들이다. 여동생 아파트는 흑인가를 약간 벗어난 시내에 있다.

다행히도 한국인들이 여러 세대 살아서 외롭지 않단다. 빨래를 남의 눈에 띄는 곳에 널지 못하게 한단다. 공동세탁기와 건조기가 싼 값에 가동이 되니 공해가 되는 모양이다. 채소공판장에 들렀다. 천 평이 넘는 건물 안에서 과학적이고 합리적으로 운영되는 모습은 가히 경이적이다. 수박만큼 큰 감자랑 참외 다섯 덩이를 얽어 놓은 듯한 생강이 신기해서 사진을 찍으려니까 못 찍게 한다. 그것은 산업스파이 때문이란다. 한국인 종업원이 많이 눈에 뜨인다.

내가 본 미국 사람의 생활 양상을 비유를 들자면 이렇다. 대구에 있는 직장에 다니고 숙소는 김천에, 백화점과 시장은 구미에, 채소시장은 경주에, 식품상은 고령에 있고 점심 식사하러 대전 가고 저녁 파티는 부산에서 한주일중 닷새 일하여 주급을 받으면 일주일분 음식 사 놓고 나머지는 토요일과 일요일에 설악산 가서 다 써버리는 격이다. 우리 교포들도 이런 흉내를 내고 살지만 언어장벽과 향수병이라는 두 개의 산맥을 넘어서기까지 피나는 노력이 요구된다. 일요일 오후엔 교외에 있는 영생교회에 갔다. 한국인끼리 예배를 보고 새로 오신 목사님이랑 야유회를 갔다. 스톤마운틴공원이다. 바위가 아니고 세계에서 제일 큰 돌로 된 산에 케이블카로 올라갔다. 증기기관차로 산을 일주하는 관광들을 한다.

인공호수와 해수욕장이랑 수백리 멀리 보이는 길까지 큰 산이 없고 숲이 우거진 것이 눈에 든다. 야유회 일행 삼십 여명은 숲에 삼삼오오 자리 잡고는 미리 마련해 간 재료로 불고기, 갈비파티를 한다. 처음 간 나도 어울리기에 어색하지 않은 분위기이다. 이 더운 날씨에 옆에 세워둔 트럭 적재함에는 두 젊은이가 한창 열애를 한다. 아무도 눈여겨보지 않는다. 때마침 교통사고를 목격할 수 있었다. 트럭과 충돌한 승용차 윗부분이 밀어져 나가고 없고 사람은 둘 다 다치지 않았다. 차체가 그만큼 튼튼하단 증거라고 한다. 한 시간후에 다시 그 자리를 지날 땐 아무 흔적이 없다.

▶ 마나우스로

여동생과 어머니와 같이 오랜만의 이야기로 밤을 지새웠다. 날이 밝기도 전부터 준비해준 어머님의 정성 가득한 아침식사를 하고 아침 일찍 애틀랜타공항으로 갔다. 이스턴 항공편으로 마이아미 도착이 10시 45분, 다시 마이아미 하얏트호텔에 도착했을 때까지 워싱턴서의 브라질 비자 소식이 없다.

오후 다섯 시 워싱턴으로부터 여행사 직원이 도착했다. 그 힘겨운 브라질 입국 비자가 찍힌 일행들의 여권을 가지고…….

한참 열을 서서 차례가 되었을 때 항공권을 내미니 6일전에 떠나기로 예약됐던 바릭 (브라질항공) 사무실에 가서 도장을 받아와야 한단다. 도장 받으러 간 여행사 직원이 비행기 출발 시간이 임박해도 오지를 않는다.

브라질 적당주의 무책임주의가 거기서도 한 시간을 끌었다. 핑계를 대어서 내일 떠나는 자기네 비행기로 보낼 작정이었단다. 14명 단체표도 남미 행은 처음부터 교섭이 안 되어 전혀 할인을 받지 못했는데 할인요금 더 내라는 둥, 억지소리를 해도 서울 여행사 직원의 악착스런 노력에 항복을 했나 보다. 영어를 한국 사람이 더 잘해서 덕을 본 모양이다. 밤 여덟시 반에 볼리비아 907호편에 지긋지긋 기다리기만 했던 마이아미를 떠났다.

국제선 비행기가 마치 고물 트럭처럼 낡았다. 아무런 안내도 없이 30분을 늦추어 출발한다. 새벽 세시에 브라질 땅 마나우스 국제공항에 내렸다. 적도에 가까와 무척 덥다. 입국 수속이 너무 까다로워 한 시간을 기다려서야 공항을 빠져 나왔다. 마나우스 시내에서 둘째로 큰 호텔이라는 별 네 개의 모나코호텔에 여장을 풀었다. 객실마다 따로 부착된 에어컨이 너무 늙어서 냉각 성능이나 소리가 엉망이다. 가동하는 것보다 꺼버리고 덥게 그냥 자는 것이 더 나았다.

욕탕이 없는 객실. 게다가 샤워라는 장치조차 물이 안 나오는 곳이 더 많다. 잠을 자는 둥 마는 둥 아침 일곱 시 반에 12층 구내식당에서 아침 식사를 했다. 맛이 괴상한 열대 과일 몇 가지와 맛없는 빵조각이 고작이다.

너무 무리하게 강행군을 하니 A선생은 병이 나 버렸다. 일행 모두 근심을 하며 A선생 눈치 보기에 바쁘다.

▶ 신비의 아마존

루벤 이라는 청년이 영어로 안내한다. 아침 아홉 시 반까지 오겠다더니 열시가 넘어서야 왔다. 젊음을 주고 정력에 좋다는 과라나 열매 이야기가 한창이다. 일행은 10톤 남짓한 배로 아마존 강 관광을 떠났다.

강을 건너는데 한 시간이 걸릴 정도로 넓으니 강이라기보다 파도가 없이 흐르는 바다라고 해야겠다. 일행을 태운 배는 남으로 강을 건너서 다시 서쪽으로 강을 거슬러 올라간다. 강물은 온통 먹물과 같다. 모기도 없다.

너무 물이 독해서 생물이 못산다고 하고 단 한 가지 사람을 뜯어먹는 잉어만큼 큰 식인고기가 살고 있다고 한다. 사람이 빠지면 수백 마리 고기가 달려들어 사십분 후면 뼈까지도 없어져 버린다고 한다. 125개의 크고 작은 아마존의 지류 중 지금 가고 있는 강은 니그로 강이다. 브라질은 지구 육지 면적의 16분의 일이란다. 세계에서 다섯째로 넓은 나라이고 한국의 85배라고 하며 인구 일억이천만이란다.

아마존 유역이 얼마나 넓기에 개발하면 원시림에서 나오는 산소량의 감소로 인류의 생존에 영향을 미치기 때문에 개발 않는다는 안내자의 말이다. 상류로 두 시간을 거슬러 올라가도 처음 건널 때의 너비와 같은 너비의 강이다. (최고 90km) 마나우스를 떠난 후 아무리 보아도 마을 하나 보이지 않는다. 하나부터 열까지가 원시림 그대로이다. 참으로 어마어마하게 큰 강이다. (전장 6200km) 드문드문 강변에 세운 통나무 위의 집 휴게소들이 눈에 뜨인다. 그 중의 한 휴게소에 일행은 내렸다.

인디안 원주민이 경영하는 토산품 가게가 있다. 나무늘보, 고슴도치, 큰 뱀, 악어 등을 갖추고 관광객을 맞는다. 안내자 루벤은 이 징그럽기 만한 동물들을 잘도 다룬다. 모두 다 그럴지는 아직 모르지만 지금까지 만난 브라질 국민의 일반적인 인상이 흑백인의 혼혈아가 아주 많다. 브라질 정부의 외화 사정이 너무 불황이어서 미화 일불에 공식 환율은 560 끄루젤인데 호텔에서 800으로 바꿔주고 암시세가 900까지 가는 곳도 있단다.

덕분에 여행객은 모든 물가를 싸게 사는 셈이다. 금년 들어 공식 환율이 칠개월 동안에 스물여덟 번 바뀌었다고 한다. 한국이 지금 공식 환율 780대 일이지만 암시세가 800정도이니 실제 돈의 가치는 한국 돈 일원과 브라질 돈 일끄루젤이 같은 셈이다.

강변 넓은 평원은 거의가 황무지이다. 아무나 들어가서 개간을 하면 자기 땅이 된단다. 점심 식사하러 일행이 타고 온 배에 다시 모였다.

이상한 생선요리에 퍼석한 쌀밥 한 숟갈이 고작인데 냄새가 구역질이 나서 일행 태반이 전혀 못 먹는다. 밤새 잠도 더워서 못자고 두 시간 잤을까, 식사도 세 끼를 모두 이 모양이니 일행은 다 파김치가 됐다. 점심 후 카누 같은 작은 모터를 단 통나무배를 탔다. 안내자 두 명, 사공 두 명, 합쳐서 모두 17명이 겨우 빽빽이 앉아서 아마존 상류로 지류의 지류를 따라 거슬러 올라간다.

원시림을 용하게 이리 헤치고 저리 비켜서 상류로 갈수록 물살이 빠르다. 유럽 관광객으로 보이는 사람들이 구명조끼를 입고서 우리와 비슷한 보트를 타고 하류로 내려간다. 관광코스가 되어선지 여러 대의 보트들이 열심히 사진을 찍는다. 햇볕을 쪼이기를 즐기는 백인들에겐 우리가 쓴 밀짚모자랑 양산을 받쳐 든 아낙이랑 참 이상한 모양이다. 도중에 약간 강폭이 넓어진 곳에는 십대 소년들이 일인용 통나무배를 타고 기념품 열매 등을 팔고 있다.

이따금 좌우에 방목하는 소와 말이 있고 원주민 인디안 집과 그 가족들이 보인다. 통나무배로 지나가는 노인도 있고 원숭이를 안고 노는 아이도 있다. 한 시간쯤 올라가서 일행은 내렸다. 옥수수 농장이 넓고 빠빠야 열매가 주렁주렁한 가운데 통나무로 엮은 원두막 같은 이층집에 원주민 가족이 산다. 방 벽 쪽에는 옥수수알과 감자가 수북이 쌓여 있다. 원주민들은 고구마 종류의 침포우라는 것을 삶아서 주식으로 하는데 날 것으로 먹으면 죽는단다. 삥가라고 하는 고량주 같은 독한 술에 중독된 자들이 많다고 한다.

그래서 영양실조가 아주 많단다. 오늘이 부인의 사십세 생일날이라고 말하는 주인은 꼭 한국사람 같다. 아이들이 주렁주렁 달려 있다. 사진 하나 찍고 돈 백 원 주면 좋아라고 야단이다. 사탕수수를 원시적 장치로 짜서 즙을 내어 파는 곳에 (두 컵에 백 원) 벌들이 파리 떼처럼 모인다. 수천 년 묵은 고목의 속이 텅 비어 열렸는데 목신제를 지낸 흔적이 있고 아직도 촛불이 쓰여 있다. 연못 옆에 있는 우리 속에 돼지는 너무 더럽다. 원주민은 글도 배울 생각 않고 장가들려면 도시로 나와서 아녀자를 약탈해 가서 사는 사람이 많단다.

우리가 도착한 곳보다 더 상류로 깊숙이 사흘정도 올라가면 한국인 선교사가 한사람 있고, 더 깊숙이에는 어떤 동물이, 어떤 원주민이 살고 있는지 모른다고들 한다. 답사하려던 비행기도 자석 힘으로 빨려 들어가 버려서 그야말로 미지의 세계가 무진장 넓다고 한다. 그곳은 행정력이 미치지 않는 태고의 신비 그대로 방치된 셈이다. 강의 좁은 곳에는 1백여 m씩 솟아오른 나무 위에서 원숭이들이 좌우 강변에 나무를 뛰어 넘어 서로 왔다 갔다 하는 것이 보인다.

이곳 아마존유역은 우기와 건기로 일 년이 두 계절뿐인데 지금은 건기라고 한다.

홍수 땐 지금 강 수위보다 2m정도 더 높아졌던 흔적이 나무들 허리에 나타나 보인다. 그래서 홍수를 대비해 집들이 모두 원두막처럼 생겼거나 물 위에 뜬 통나무 위의 집들이다. 상류로 올라갈수록 물 색깔이 검은데서 짙은 갈색으로 차츰 황토색깔로 변한 것 같다. 물의 깊이는 짐작도 못 할 지경이다. 다녀왔다는 것을 증명하는 소위 증명사진을 찍는 정도의 시간 밖에 못 머물고 원주민의 농장을 떠났다. 하류로 돌아오는 길은 무척 빠르다.

한창 신나게 하류로 달리는데 여간 피곤치만 않다면 혹은 일행 중 병난 분만 없다면 콧노래가 나옴직도 하다. 나도 그랬듯이 일행의 밀짚모자가 심심찮게 하나 둘 뒤로 날아가 강물에 떨어졌다.

상류로 갈 때와는 달리 내려올 때는 모두들 졸기도 하고 선창 바닥에서 잠들기도 한다. 배가 마나우스를 지날 땐 피곤해 죽겠는데 왜 내려주질 않는지 짜증이 난다. 계속 배는 하류로 자꾸만 내려간다.

이젠 강이 아니라 완전히 망망대해 같다. 강의 좌우 끝이 보이질 않는다. 일행을 태운 십 톤짜리 배는 니그로 강이 흘러 동으로 끝가는 곳에 남에서 북으로 흘러 온 솔로몬 강과 만나는 지점까지 왔다. 솔로몬 강은 물색깔이 황토색이고 온도가 더 차고 속도가 세 배나 빨라 니그로 강과의 만나는 지점은 마치 폭포의 밑바닥 같이 강물이 부글거린다. 어떤 곳은 검은색과 황토색이 호랑이 가죽처럼 조화를 이루는 곳도 있고 어느 곳은 지도를 그리듯 경계를 명확히 하여 나란히 흑황의 영역이 다르게 흐르고 있다.

때마침 원목을 줄줄이 끌고 가는 선박이 보인다. 안내자 말로 그것은 솔로몬강의 남단에서 북으로 왔는데 아마 한 달 이상 여행한 것이라 한다.

아직도 대서양까지는 이 물이 한 달은 더 흘러가야 한단다. 가히 강의 길이를 짐작할 수 있겠다.

제재소에서 남은 나무 찌꺼기를 노천에다 방화하는 모습이 곳곳에 있어서 마치 산불이 난 것 같이 보인다. 저녁 식사를 마나우스의 모나코 호텔에서 준비했는데 아침 식사에 정이 딱 떨어진 일행이 메뉴도 보지 않고 무조건 딴 식당을 원했다. 조금 걸어가 도쿄 식당엘 갔다. 여행사의 주선대로 가만히 있자니 저녁 식사가 엉망이다. 호텔 것은 1인당 1천 8백 끄루젤인데 일본식당에선 최하가 3천끄루젤이다. 그것도 밥 한 공기와 간고등어 구운 것 한 토막이 고작이다. 끼니마다 식사가 엉망이어서 식성이 좋은 한두 사람 외에는 모두가 탈진상태이다. A선생의 병환은 점점 악화되고 있다.

호텔이란 데서 전혀 영어가 안 통한다. 겨우 한사람 짧은 영어만으로 투숙객과 거래를 하자니 한마디 물어보려면 줄을 서서 기다려야 할 판이다.

호텔식당 웨이터에게 팁을 천원 주었더니 죽을 둥 살 둥 모르고 뛰어다닌다. 호텔 승강기가 17세기 것으로 보인다.

한번 오르내리기에 얼마나 많은 시간이 걸리는지 모르겠다. 객실에 텔레비전도 없다. 로비에 흑백텔레비전 하나 있는 것이 고작인데 그나마 전기 아낀다고 항상 깜깜한 로비 상태이다.

이튿날 아침 식사엔 모두들 이를 악물고 빵과 버터로 양을 채운다. 보따리를 챙겨서 버스에 싣고 마나우스 시가지 구경을 떠났다. 마나우스 시 전체가 관광지로서 면세 지역이란다. 인구 80만에 일본인 2, 3세가 10%되고 상권의 반을 그들이 쥐고 있단다.

브라질 다른 지역 사람들이 전자제품 사러 면세지역 마나우스까지 일부러 온단다. 물론 일본 상품이 대부분이다.

마나우스 도청, 인디안 박물관의 앵무새가 「오브리가도, 봉지아」 하고 인사를 한다. 박물관 소장품이 한국의 유물들과 너무나 닮았다. 고기잡이 채, 광주리, 김소쿠리, 삼베옷, 꽹가리, 북, 피리, 칼 등등, 오페라하우스는 카루소가 와서 공연한 적이 있다는데 고풍이 짙다. 보도블록이 니그로강과 솔로몬강의 합류하는 모양을 그려 놓았다. 공동묘지엔 마치 성당과 교회 운집처의 축소형 같다.

묘지 하나 만드는데 집값보다 비싼 경비가 드는 곳이 많단다. 시장 바닥에 전시한 상품들은 너무 싼 값이고 조잡하기 짝이 없다. 수족관이란 곳을 가니 식인어가 보일 뿐 신통한 것이 없다. 망고나무, 고무나무가 크게 시내 곳곳에 있고 시내 가운데 큰 급수탱크가 인상적이다.

오후 2시 15분 바릭 205편으로 마나우스 공항을 출발했다. 세 시간 남짓 가니 브라질리아 (1시간 빠른 시간차가 있다. 한국보다 12시간이 늦다) 이다.

기내에서 한국 여학생을 만나 반갑다. 미국 대학을 다니는 브라질 총영사의 딸이란다. 다섯 시간 만에 리오데자네이로에 도착했다. 브라질은 워낙 넓어서 국내 여행도 모두 비행기로만 가능하고 같은 나라라도 주마다 제도, 생활태도, 민도가 다르다고 한다. 6월부터 8월까지가 겨울인데 (섭씨 17

도에서 24도 정도) , 이민 온 3만여 명의 한국인 중에 98%
가 봉제업에 종사하고 있다.

십여 년 전 이민 온 사람이 대부분이고 삼십 년 전엔 반
공포로로 삼십여 명이 마나우스에 왔다는 소문인데 아마 일
본인 행세를 할 것이란다. 그들 말이 『한국도 브라질도 모두
타국이다』고 한다니 몹시 충격이 온다.

리오세라톤호텔에 여장을 푸니 밤이 늦었다. 「온디 이쓰땅
아 또일래찌?」 하고 방금 배운 말로 화장실을 물어서 갔다.
호텔 라운지보다 지하로 사층까지 객실이었는데 137호를 겨
우 찾아 들어갔다.

오랜만에 목욕하고 창문을 여니 맑은 파도가 바로 눈앞에
부딪힌다. 겨울이고 밤인데 해수욕장으로 백사장을 조깅하는
사람이 보인다.

▶ 리오데자네이로

포르투갈어를 사용하는 브라질 말로 이 도시 이름이 리오
데자네이로란다.

남미 대륙의 절반이 브라질 영토이고 서로는 안데스산맥,
동으로 대서양 긴 해안선, 중간의 끝없는 밀림지대, 남북으
로는 열대부터 온대지방까지 갖추어 있는 나라로서, 세계 최
대의 이구아수 폭포, 산업도시 상파울루, 원시상태 그대로
세계 최대의 수역과 수량을 가진 아마존 강, 진기한 동식물,
유명한 카니발, 광대한 커피농원, 여러 인종이 모인 인종융
화의 사회, 낙천적인 국민성, 25만 명을 수용하는 세계 최대
의 마라까낭 축구장 등 자랑거리가 많다고 한다. 일월의 강
이란 뜻으로 리오데자네이로라고 부른 게 5백년쯤 되었단다.

리오에서 태어난 사람을 까리오까, 상파울루에서 태어난
사람을 과울리스타라고 한다. 잇빠네마 해수욕장을 지날 때
수영하는 사람, 조깅, 축구, 배구, 기계체조 하는 사람, 모두
운동하는 사람뿐인 것 같다.

일 년을 통하여 비 오는 날은 며칠 없고 한여름 1, 2월에는 섭씨 40도까지 오를 정도로 덥다고 한다. 2월말부터 열리는 카니발에는 세계적 관광 도시로 정열의 도시로 유명하다. 주민 대다수가 카니발을 기다려 일 년을 사는 듯하다. 1, 2년 저축하여 4박 5일간의 연이은 축제에 모두 쓴단다.

카니발 때 호텔 예약은 삼 년 전에 해야 가능하단다. 길은 모두 일방통행이고 차가 이 도시만도 백만 대가 있다.

교통규칙을 잘 안 지키고 난폭 운전 때문에 찌그러진 차가 많아서 대통령 차도 우그러지지 않았으면 브라질 차가 아니란다. 이 도시의 인구가 8백만이라는데 백만이나 되는 일본인은 이민 5세까지 내려왔고 모국어는 몰라도 상품은 모국 상품만 취급한다. 이 지방의 전자제품 상권을 모두 그들이 소유하고 있다. 일본계 장관까지 있단다. 아프리카 흑인이 많은데 1800년대 노동자로 온 자들이고 아주 양순하다. 독일계 출신이 대통령 때 독일서 인수받은 자동차 공장이 상파울루에 있어 폭스바겐 차들이 아주 많다.

전장 7km나 되는 활 모양의 코파카바나 해변과 모자이크 모양의 인도블럭, 차도 쪽 고급 호텔, 아파트와 가로등은 모두가 세계 3대 미항이란 명성에 손색이 없다. 국부만 가린 탕가라고 부르는 해수욕복 차림의 아가씨들이 시내를 활보한다. 경찰이 잘 안보이고 헌병이 주로 치안을 유지한다. 교통사고가 나도 경찰이 늦게 출동하는 건 자기 네끼리 대부분 해결되기 때문이란다.

군인은 홀수 해 출생자 징집, 짝수 해 징집 등으로 단기간 복무이고 대개 군인은 자기 집에서 출퇴근한다. 지금 아르헨티나 칠레도 군정이고 브라질도 군정이란다. 1964년에 군사혁명위원 다섯 명이 교대로 대통령이 되었는데 사년씩 차례대로 임기가 지났고 끝은 5년 임기, 1985년에 민정 이양한다고 약속되어 있다. 근 20년 만에 지난 삼월 처음 선거로 당선된 리오의 부리 도지사는 군사 혁명 때 쫓겨난 야당이고, 상파울루도 역시 지금 도지사가 야당 출신이란다.

빵데아슈까 (설탕빵이란 뜻) 에 케이블카로 올라갔다. 2백m, 3백m 두 개의 계란형 바위산을 올라가서 둘러본 리오의 경치는 그림과 같다. 멀리 보이는 코르코바도르 산정의 예수 동상은 시가지와 백사장변, 반도와 바다, 항구와 선박 등에 어울려 리오의 절경을 이룬다. 첫 케이블카에서 내릴 때 흑인 청년이 열심히 스냅사진을 찍더니만 두 번째 케이블카로 넷째 역까지 갔다 왔을 때는 벌써 사진이든 접시와 사진을 완성해서 팔고 있다.

브라질 국민은 대체로 영어 사용을 싫어한다. 미국에 잘 안 가는 것과 같이 미국 사람에게도 비자를 잘 안준다. 마이아미에는 스페인 말이 잘 통해서 (40퍼센트가 브라질어와 같음) 즐겨간다.

전 대통령 이름을 따서 휴브랑코라고 이름 지은 번화가를 통과하면 해변을 지날 때 해수욕하는 사람이 많이 보인다. 가우차식당에서 점심은 브라질 정식으로 했다.

고량주와 비슷한 뼁가와 레몬 설탕이 든 술 낄비링야까지 곁들여 점심은 모두 포식을 했다.

오후엔 코르코바도르에 기차로 올라갔다. 해발 709m 산정상에 세워진 예수님 대리석상이 있는 곳이다. 50년 전에 노예를 혹사시켜 만든 것이어서 흑인들은 저주의 동상이라고 한단다.

브라질 독립 1백주년 기념으로 세워졌고 높이 30m, 양팔 길이 28m, 무게 1145톤의 대리석상이고 내부에 작은 예배당이 있는데 20명은 수용하겠다.

주위에 전망대는 리오의 전시가지와 해변이 한눈에 들어온다. 여기서 원양어선을 타는 한국 청년들을 만났고 상파울루에서 온 교민 가족들도 만났다. 자동차로도 올라올 수 있어 편리한 관광시설은 스위스의 필라투스를 닮았다.

바다를 가로질러 전장 15.5km나 되는 넷데로 다리를 건너 비교적 주택이 싸다는 닛떼로이 시, 이까라이 시까지 둘러본다.

7월 14일 리오는 한겨울인데 저녁 온도가 섭씨 20도이다. 저녁 여덟시 시내 휴부랑코의 마누스 식당에서 진수성찬을 드는 동안 많은 사람들이 차례를 기다려 문 앞에 장시간 기다리고 있는 것이 인상적이다. 보통 식사시간은 두 시간 정도 걸린다. 밤 조명을 받는 코르코바도르는 더욱 아름답다.

► 상파울루

몸부림치는 파도 소리가 요란스럽게 잠을 깨워 문을 열고 테라스에 나온다. 겨울 아침 섭씨 17도. 아침 일찍부터 잇빠내마 해변은 조깅하는 청년들이 보인다. 파도와 한동안 대화를 하다가 청마의 시구를 읊조려 본다. 『파도야 어쩌란 말이냐 파도야 어쩌란 말이냐 님은 돌같이 끄떡도 않는데 파도야 날 어쩌란 말이냐』 때마침 솟는 해를 보고 『해야 솟아라 해야 솟아라 말갛게 씻은 얼굴 고운 해야 솟아라 산 넘어 산 넘어서 어둠을 살라먹고 산 넘어서 밤새도록 어둠을 살라먹고 해야 솟아라 이글 이글 앳띤 얼굴 고운 해야 솟아라』 어느새 박두진 선생이 되어 버렸다.

마나우스에서 찌든 모든 불만이 오늘 아침 말끔히 씻어져 나간 기분이다.

해변엔 점점 운동하는 사람이 많아졌다. 달리기 하는 여자들도 많다.

마치 헬스클럽을 연상하듯 모든 시설이 갖추어져 있고 그만큼 사람도 많이 모여든다.

세계 국기 중에는 글씨가 들은 것이 다섯 개라는데 브라질 기에는 글씨로 「질서와 전진」이 씌여있다. 초록과 노랑 두색 깃발에서 유래되어 국가대표 유니폼이 대부분 그 두

색깔이다. 애국가가 재즈로 가사가 길어서 국민학교 교사 채용시험에 나올 정도란다. 브라질 정부의 공식 발표를 국민이 별로 믿지를 않는단다.

통계는 모두 마이스메노스 (대략) 로 통하고 정권이양, 더 큰 축구장 건립, 상파울루에 미라코프스이외 더 큰 국제공항을 짓고 있는데 언제 완공될지 닝 겐싸비 (아무도 모른다) 란다. 마이스 메난 국민의 GNP가 1천 2백 불이라고 하나 닝 겐싸비, 상파울루 주민의 GNP는 2천불이란다.

서울과 한국 전체의 비중을 비교하듯 상파울루와 브라질 전체를 비교할 정도로 국가의 경제는 상파울루가 좌우한단다. 상파울루로 가기 위해 아침 여덟시 리오의 산또스드몬 공항으로 출발, 공항 근처엔 오염된 항구 부두 때문에 악취가 너무 심하다. 리오의 좋은 관광자원에 비해 옥의 티라 하겠다.

모든 큰 간판은 일본 상품 선전이다. 출발시간보다 두 시간이나 일찍 도착한건 그만큼 비행기가 미리 예약과 확약된 것이라도 못 믿기 때문이란다.

열 시 반 출발하여 한 시간 반에 상파울루 콩고냐스공항에 내렸다. 리오보다 지저분하고 민도가 낮아 보인다.

상파울루 주만 해도 한국 넓이의 서너 배이고 상파울루 시는 1554년 1월25일 창립되었는데 그날은 공휴일이란다. 시민은 1천백만이다. 이북 출신이 많은 한국 교민은 대부분 여기에 산다. 하루 재봉틀일 하면 쌀 세 가마니가 나온단다. 연중 가장 추울 때가 섭씨 3도라는데 이번 겨울은 추워지질 않아서 한국 교민의 봉제품 업이 골탕을 먹는단다. 거대한 상파울루 시는 해발 8백m 고지에 있는 도시로 공해가 아주 심하다.

年 평균기온이 섭씨 18도이고 기온차가 심하다. 용케도 한국 교민 중에 중심가에 점포를 갖고 있는 사람이 몇 명

있다. 전자제품, 금은보석상, 옷 가게 등으로 점포의 4년간 집세와 권리금이 2천만 원에서 1억 원 정도란다.

번화가인 아베니다 상주앙을 가로지른 다리 오차노미즈를 건너서 일본식 긴자 문이 보인다. 상파울루 의과대학 앞에는 한국 유학생이 설계한 반아치형 다리가 유명하다.

3백만 평방메타 대지 위의 부탄독사연구소는 세계적으로 유명하단다. 관광객들이 볼 수 있게 야외 독사장에서 수많은 독사들이 사육되고 있다.

시간을 정하여 독사의 독을 빼는 과정을 관람시켜 준다. 산 독사를 몸에 감고 사진을 찍으니 아내가 깜짝 놀란다. 독사의 뼈 표본 한 마리가 10m나 넘어 보인다. 방울뱀의 꼬리 소리가 인상적이다.

5백만 평방메타 대지 위에 상파울루 대학은 교수 3천명, 학생 6만 명, 잡역부 2천명이라고 한다. 정문이 없고 시내를 내려다보는 고지 이어서 관광 코스가 되어 있다. 국립인 이 대학은 숙식을 무료제공하고 학비도 무료라고 한다. (사립은 월 8만원) 구내에 주립은행, 주유소, 경찰학교 등이 있고 주위에 대학 도시가 이루어져 있다. 학제는 국민학교 사년이 우리와 다르다. 대학의 수가 아주 적어 경쟁이 심하다.

의과대학이 가장 인기이고 동양인이 항상 10등까지의 자리를 차지한단다. 상파울루 주지사는 부통령급 이라고 한다. 금년 처음으로 민선 주지사가 뽑혔는데 야당이란다. 주지사 관저가 어찌나 크던지 미국 백악관의 다섯 배 정도 된다. 아내가 차멀미를 해서 일행 모두에게 마음의 부담을 주어 아주 미안하다. 아베니다 파울리스타 번화가에 한국 회사 지점들과 일본 상사들이 많다.

아부라 뿌에라 독립공원 주 의회 시의회 도립기념탑 등을 들러서 엘도라도 쇼핑센터에 갔다. 한 점포의]5년간 세가 1억 2천만 원이라는데 한국인 금방이 있었다. 백화점이 하도

커서 한 바퀴 둘러보기만 해도 두 시간 이상이 걸린다. 상파울루 중심가에 있는 힐턴호텔에 숙소를 정하고 저녁 식사를 늘봄이라는 한국식당에서 하기로 하여 호텔 라운지에서 모이고 있을 때다. 엉엉 소리 내어 우는 한국부인이 있어 모두들 깜짝 놀랐다.

K선생의 부인이 여고시절 동기동창생을 30여년 만에 만났다. 이민 와서 고생을 많이 하고 향수병 때문에 신경쇠약까지 되어 불면증으로 고생하고 삭발을 하여 두문불출이었단다. 저녁 식사 때는 상파울루에서 개업하는 김명철 선생과 전기영 선생이 각각 부부 동반하여 동석했다. 상파울루 주의 인구 1천 2백 50만에 의사가 4만 8천명이다. 내과가 따로 없고 심장과, 위장과 등으로 분리되어 있다.

병원에서 처방받아 약국에서 약 사가지고 가는 형태 이외에 지금의 한국처럼 의원에서 진찰 주사 투약 하는 곳도 있단다. 초진 진찰비 8천원, 주사는 약방에서 놓고 항생제까지도 약국에서 마음대로 살 수 있단다.

한번 처방하면 같은 병일 때 한 달 동안 무료진찰, 딴 병이면 따로 8천원, 의료보험만 취급하는 병원이 따로 있고, 개인병원에선 충수염 수술도 못하게 되어 있고, 수술비 10만원에서 50만 원 정도, 국립병원은 대개 무료이거나 보험제도이다.

한국 교포의 의과대학생은 현재 7백 명 이상이나 현재 수십 명이 현지 의과대학을 졸업하여 의사가 됐고 한국서 의사되어 온 분 여덟 명이 있단다. 수련의 월급이 10만원, 교수가 개업겸직 가능하며 월급 40만 원 정도, 교포 장사꾼이 의사보다 더 수입이 많은 사람이 많다.

의료 사고의 경우 의사협회와 변호사가 맡아 의사에게 행패 부리는 일은 없다.

개업 의사의 진료시간은 하루 최고 8시간. 어떤 이비과

의사는 일주일에 이틀간 하루 두 시간씩만 진료해도 잘 산다. 폐결핵이 많으나 격리 수용 않고, 삥가술을 가정에서 만들어 먹기 때문에 고혈압, 심장병, 영양실조가 많다. 약방에선 법으로 정한 처방 이외에도 법을 어기고 약을 그냥 판다.

교수의 실력은 대단해야 하고 책 없이 강의를 잘 하고 병실 교육을 많이 한다. 대학 입학시험에 심장판막증이 나올 정도로 보편화된 의학상식, 의예과가 없고 의과대학 5년 인턴 1년 후에 졸업을 한다. 환자의 질환은 심비대, 식도비대, 대장비대 등을 초래하는 원충증 샤가씨 병이 많단다. 모든 예방접종이 무료인데도 아직 천연두가 있단다. 상파울루는 산업, 리오는 관광, 마나우스 광물, 이것이 브라질 수입의 대부분이란다.

그 넓은 땅을 그대로 놀리다니 참 아까운 일이다.

밤 열두시에 시작하는 삼바춤 쇼를 보러 갔다. 아이시 오네스라는 술집인데 거기서 유명한 가수의 특별공연과 줄 돌리는 묘기, 삼바춤 등으로 새벽 1시 반에 마치고 나오는데 다음 들어갈 손님들이 수백 명 줄을 서 있다. 무척 친절한 상파울루 교포들의 환대에 고마움을 느낀다. 그래도 항상 고향을 못 잊어 미국에서 인쇄된 한국일보 미주 판을 월 1만 5천원에 받아본단다.

▶ 산토스로 가는 길

아베니다 미뇨깡 (지렁이 길) 이란 상파울루 계곡을 따라 만든 중앙통을 꼬불꼬불 가노라면 일본인 신전 문이 보이고 이민 초기의 가난한 한국인촌도 보인다. 나폴레옹시대에 포르투갈에서 왕조를 도망쳐 옮겨왔으나 부왕의 호출 영장을 받고도 가지 않고 찢어 버리고 독립을 외친 자리에 독립기념탑, 박물관이 있다. 산토스 가는 길에 있는 폭스바겐 공장은 어마어마하게 크다. 브라질의 심장이라고 하는 상파울루는 해발 8백m 고지 위의 도시인데 인근에 무역항구, 관광

휴양지 산토스가 있다.

대서양 건너 이민 온 사람들이 처음 산토스에 내려서 상파울루로 올라갈 때 생긴 길이라는 이미그란찌는 차량들이 많이 붐빈다. 교통량이 너무 많고 도로 사정이 안 좋아서 2백리 가량의 거리를 새 길을 만들었다. 안내자 말로는 브라질인의 저력을 보여준 것이란다. 이 길은 모두 터널과 교량으로만 이루어져 있다니 깊은 계곡 사이의 경치는 두말할 필요가 없다. 상파울루 시민들이 주말이면 즐겨 찾는 곳이 산토스란다. 야당 출신 시장인데도 상파울루에선 데모를 자주 한다. 실업자 구제하라, 인플레이를 없애라 등으로 데모 군중이 번화가의 점포를 부수고 물건을 공공연히 훔쳐나가고 해서 지금은 계엄령 중이라고 하는데 군인을 보기가 아주 힘들다. 브라질에선 주말에 휘발유를 안 판다. 토요일에 알코올은 판단다. 정책적으로 자국 생산 차량의 비율이 알콜차와 휘발유차는 8대 2란다. 알코올차가 훨씬 싸고 찻값은 한국의 반값밖에 안 된다. 휘발유에 알코올을 20에서 40% 섞어서 파는 게 보통이다.

주유소에서 식용 얼음을 팔기 때문에 대부분 차들이 드라이브 나가며 기름 넣고 얼음 사서 차에 싣고 가는 경우가 많다. 대규모 야굴치 (요구르트) 공장이 눈에 뜨인다. 상파울루의 식수원이 된다는 리오그란슐 (일명 안지 에따술) 호수가 어마어마하게 크다. 이 호수에서 풀로 만든 미끼로 낚시들을 많이 즐긴다. 모든 길이 일방통행으로 상파울루에서 산토스로 가는 길도 예외일 수는 없다.

절벽 사이로 곡예 하듯 내려가는 길은 오르는 길과 교차되는 곳이 더욱 경치가 좋고 새로 만든 길이 이따금 눈에 뜨이는 곳은 굴과 다리가 절벽과 조화되어 아주 절경이다.

한참 내려가니까 귀가 멍해지는 것을 느낄 때 눈앞에 펼쳐진 바다와 항구 산토스는 참으로 아름답다. 가까이서 공해가 심한 공장들이 몇 개 눈에 뜨인다. 축구의 황제라 일컫는 펠레가 바로 이 산토스 축구팀 출신이란다. 브라질의 어느 해변이건 같은 현상이지만 눈에 보이는 청년들은 모두 축구를 한다. 아니면 달리기를 하거나 기계체조를 한다.

저렇게 계속 운동을 많이 하고 그렇게 고기들을 많이 먹으니 어떻게 축구의 왕국이 되지 않을 수 있을까 생각된다. 산토스는 마치 리오의 축소형 같이 아름답다. 다른 점이라면 대형 선박이 많이 드나든다는 것이다. 산토스 계곡을 다시 올라서 새로 생긴 길로 상파울루를 간다고 했는데 교통량을 조정하느라고 시간을 정해 통행 방향을 지시하는 통에 역시 이미그란찌로 가게 됐다.

앞으로는 이 길이 화물차 전용도로가 될 것이란다. 계곡은 다시 볼수록 더욱 아름답다. 저녁식사를 역시 늘봄식당에서 하게 됐다. 몇몇 모여 있는 교포들의 인정미가 넘친다. 벽에 써 붙인 한별 신두영 서예로 노산의 조국강산이 눈에 든다. 『겨레여 우리에겐 조국이 있다. 내 사랑 바칠 곳은 오직 여기뿐 심장에 더운 피가 식을 때까지 즐거이 이 강산을 노래 부르자』

► 이구아수 폭포

버스로 30시간을 달려야 한다는 길을 비행기로 1백 분이 걸렸다.

상파울루에서 이틀 후면 가기로 되어 있는 파라과이의 아숭순까지 가는 비행기를 타고 도중에 이구아수 공항에 내렸다. 국제공항이란 이름이 아깝게 너무 초라하다. 버스로 30분가량 달려 빠르게 나쇼날 이구아수 (이구아수국립공원) 안 폭포까지 갔다. 바로 앞에 있는 다스까따라다스 오뗄 (폭포호텔, 트로픽칼호텔) 에 투숙하게 됐다.

국립공원 내 여러 가지 동물들이 서식하는 원시림은 전혀 미지의 세계로 되어 있다. 1~2월 가장 더울 때는 관광객이 너무 많아서 호텔 예약은 2년 전에 미리 해야 한다. 한국 교포들의 신혼여행 코스는 대부분 이구아수 폭포라고 한다. 파라과이에 거주하는 동양인은 거의 모두 한국인이란다. (모두 3~4천명) 이구아수는 강 하나를 사이에 두고 파라과이와 접하고 있기 때문에 강을 건너 밀입국하는 파라과이 사람들이 많아서 무척 안 좋은 분위기를 느낄 수 있다.

세계에서 제일 큰 폭포 이구아수를 둘러본다. 파라과이와 아르헨티나에서도 이구아수를 보는 멋이 좋다는데 역시 브라질 편에서의 경치에 비길 바가 못 된단다. 때마침 홍수가 져서 폭포를 이루는 파라나 강의 수량이 최근 수십 년 내에 가장 많은 중이란다. 폭포의 소리가 어찌나 요란하던지 1km 이상이 떨어진 곳에 있는 호텔에서도 귀가 아플 지경이다. 불과 보름 전에 나이아가라 폭포를 보고 규모와 절경에 감탄한바 있는데 지금 눈앞에 전개된 이구아수 폭포에 비하면 나이아가라는 어른과 아이의 비교라고해도 족하다.

용궁의 황제가 비단 병풍을 둘러친 듯 백팔십 도 이상의 시야가 온통 폭포의 절경뿐이다. 폭포는 물줄기라기보다 아예 천지가 뒤범벅이 된 듯 온통 물과 바람과 무지개와 낭떠러지와 사이사이 내민 섬과 나무들, 깎아지른 듯한 단층들, 문자 그대로 태고의 신비를 그대로 물려받아 전혀 사람 손 간 곳이 없어 보이는 크고 작은 폭포들이 1백 80폭의 그림 같다.

눈에 드는 것만도 졸필로 표현을 다 못하는데, 귀에 들어오는 소리 소리들은 어떻게 말해야할지, 피부에 느껴지는 감각, 심장에 와 닿는 조물주의 위력, 오감을 지나서 육감이 어떻다고 말들 하는데, 여기선 칠감이 나옴직도 하다. 아무튼 이구아수 폭포를 느낀 이 무능한 표현력에 가슴이 답답할 뿐이다.

카메라로 수십 장 장엄한 절경을 담아 본들, 아니 영화 촬

영기로 한 시간을 찍어본들 멍하니 입을 벌리고 서너 시간 도취되어 있던 이구아수 폭포가 몇 %나 재현이 될 것인지, 다른 일행을 의식하지 못함은 물론 아내와 같이 걷고 있다는 사실도 잊은 채 폭포의 앞 계곡으로 내려가는 인공 계단을 밟는다.

곳곳에 전망대가 있고 가지가 뻗은 좁은 길을 따라 오르노라면 어김없이 휴게소가 있다. 대여섯 개의 휴게소마다 폭포의 경치가 전혀 달리 보이는데 이건 조물주의 너무 지나친 장난 같다.

이제 끝이겠거니 가다 보면 또 길이 있고 다시 길이 있다. 오르고 내리고 좌로 꺾이고 우로 접어서 한 시간이나 걸어가다 보면 폭포의 좌측단 낙차가 1백m가 넘는 곳에 이른다. 길이 낮아질수록 폭포 물이 날아와 소낙비를 맞는 듯하다.

엘리베이터를 가진 삼층 건물의 전망대가 폭포 밑 관광코스의 종점이다. 홍수 때문에 관광 소로가 부분적으로 유실되었고 우회로를 통해 그곳까지 갔더니 기념품 상점 부분이 이번에 떠내려갔다고 한다.

일층에서 올려다 본 폭포는 소나기를 뿌리며 땅덩어리가 떨어져 내려오는 것 같고 이층에서 본 광경은 바다를 수직으로 기울여 놓은 것 같다.

옥상 전망대에서 본 것은 홍수 뒤의 강물이 산이랑, 집이랑 모두 삼킨 채 광란을 하며 땅 속을 파고들어가는 것 같다. 폭포가 되기 직전의 넓은 강 쪽으로 갔다. 몇 해 전 폭포 위의 강을 가로질러 놓은 다리를 건너던 중 다리가 무너져 일본 관광객 37명이 떼죽음을 한 교량의 잔해가 그대로 있다.

강의 안쪽으로 177m 다리를 놓아 만든 전망대가 이 번 홍수에 절반 이상 떠내려가고 섬이 되어 남아 있다. 한없이 넓고 무진장 깊은 물이 흐르는 강, 폭포로 떨어지기 직전의 강변에 기념비가 하나 있다.

포르투갈어를 모르는 나는 다스까따라다스 이구아수란 말 외에는 아무 뜻도 모르겠는데 가만히 보니 『인생의 마지막 순간을 보는 곳』 이라고 써 있을 법하다. 이건 강이 아니라 무서운 힘의 이동이다.

간혹 보이는 큰 나무 둥치도 이상한 물체들도 부글부글 곤두박질치다가 결국은 아무 소리 못하고 떨어져 버리는 게 인류에게 향한 심판의 순간 같기도 하다. 더욱 상류는 더 이상 길이 없고 완전히 밀림지대이다. 너무 폭포에 도취되어 일행을 놓쳐버리고 호텔까지 걸어오는데 장시간의 피곤이 겹친다. 길의 양편은 사람의 발길이 전혀 간적 없는 원시림 그대로이다. 큰 고양이 같은 동물이 보이고 노루처럼 생긴 동물이 지나간다.

저녁 아홉시에 파라과이의 대통령 이름을 딴 스트론에스 시로 카지노 구경을 갔다. 희망자만 갔으니 일행 중 8명뿐이다. 국경인 파라나 강을 건너갈 때 입국 수속이 간단하다. 단지 호텔 운전기사의 말 한마디 일본인관광객인데 『카지노 하러 간다』 이걸로 끝이다. 이렇게 쉬운 일을 만약 한국인 이라면 여권 보자, 비자 없어 안 된다 등등으로 입국이 불가 능하거나 가능해도 몇 시간 후에 돈을 많이 써야 될 것이다.

파라과이 선입감이 나빠서인지 도시의 길이랑 건물들이 초라하다. 카지노라는 곳이 눈 감고 아웅 하듯 돈 뺏어먹는 데 눈이 빨개진 곳이다. 초라한 시설이 라스베이거스에 비하 면 너무 빈약하나 따로 비용을 더 내고 국경을 넘어 온 것 이 아까워 블랙잭을 시작했더니 두 시간이 잠깐 지나갔다. 돌아오는 길엔 자동차 헤드라이트에 비쳐서 국립공원 밀림 내의 동물들이 길로 나왔다가 못 움직이고 서 있는 것이 자 주 보인다.

▶ **파라과이 인상**

7월 18일 아침 열한시반 이구아수를 출발하여 파라과이 아숭순 가는 바릭 902편을 타려고 이구아수 국제공항에 열시에 도착했다. 공항에서 파라과이에는 한국인이 비자 없이 못 간다면서 탑승수속을 해주지 않는다. 서울 주재 파라과이 대사관에서는 분명히 양국이 무비자협정이기 때문에 그냥 가면 된다고 했고 여기서는 말이 틀린다.

4개월 전에 서울 교통공사에서 남미 여행단을 인솔해 온 임 이사 경험을 빌리면 공항에서 돈을 좀 써서 비행기를 탔고 파라과이에 내려서도 억지소리를 할 때 돈을 써서 입국을 했다는 것이다. 그런데 오늘 7월 1일부터 한국인은 비자가 있어야 한다는 텔렉스 온 것을 보여 주면서 절대로 비행기를 탈 수 없다는 것이다. 하는 수 없이 김 사장과 서울교통 직원이 이구아수 시내에 있는 파라과이 영사를 찾아갔다. 한국인이라는 말만 듣고 한마디 대꾸도 않고 들어가면서 전혀 만나주지를 않는다는 것이다. 많은 것을 생각게 하는 파라과이가 준 교훈이다.

두 사람의 활동(?) 결과를 기다리며 이구아수 공항에서 몇 시간을 서성거리는 일행에게 여권 검사를 하는 경찰이 있어 참으로 불쾌하다. 차 선생 부부와 아내와 같이 택시를 대절하여 (1만 5천원에 두 시간동안 관광) 이구아수 시내로 들어갔다. 중심가에 가니 여행사들이 많고 백화점이라는 게 참 볼품이 없다.

카메라 필름이 아주 싼 편이다. 중심가를 돌아보아도 신통한 구경거리가 없다. 말만 듣던 뻥가술을 7백 원 주고 1천 CC짜리 한 병 샀다. 너무 독해서 냄새만 맡고 내다 버렸다. 세계에서 가장 크다는 이타이푸 발전소로 갔다. 댐의 규모가 어찌나 크던지 먼 곳에서 한 눈에 다 볼 수가 없다.

파라나 강을 2천m나 가로질러 막고 댐이 가로 150m, 세로 90m, 깊이 90m란다.

8년 동안 파라과이와 합작 축조중인데 아직 공사가 마무리되지 않아 하루에 너댓 시간만 관광 개방을 한단다. 먼 곳에서 보고 증명사진만 찍고 온 셈이다.

이솝우화의 여우와 신 포도처럼 파라과이 욕을 하면서 일정을 바꾸어 오후 다섯 시 반 다시 상파울루로 향했다. 세 시간 먼저 간 김 사장과 단장 내외분은 일행의 항공편 변경 수속으로 바쁘게 움직인 후 오후 아홉시 일행이 상파울루 출발 아르헨티나의 부에노스아이레스 행을 탈 수 있게 해 주었다.

▶ 부에노스아이레스

밤 11시 30분에 부에노스아이레스에 내렸는데 공항에서 한밤중 두 시간을 기다린 후에야 우리가 시간을 헛되이 보낸 것을 알았다. 파리에 본사가 있는 웨곤리트 여행사의 동경지사에서 남미 여행 일정을 조정하도록 되어 있다는데 웨곤리트사에서 아무런 소식이 없다는 것이다. 공항에서 주선해 준 택시에 분승하여 콘티넨탈호텔에 도착했을 때 새벽 두시가 넘었다. 호텔 이름도 모르고 일정의 하루도 모르고 일정의 아무것도 모르면서 무엇 하러 따라 다니느냐고 A선생이 여행사 직원을 볶아댔지만 사실은 그렇지도 않았다.

아르헨티나 인구가 2천 8백만이라는데 부에노스아이레스와 그 주위에 1천 1백만이 살고 있고 그중 4분의 1이 시내에 살고 있단다.

사용 언어는 스페인어이다. 가장 구라파에 많이 닮은 남미의 도시이며 스페인과 이태리인의 혼혈인이 많고 흑인이 없는 나라라고 한다. 스페인 사람들이 4백 50년 전에 (1536년) 부에노스아이레스에 처음 도착하여 인디안들 습격을 면하려고 담을 쌓고 처음 깃발을 세운 곳에 오벨리스크 탑이 있다.

뽈라사 다 마죠 (5월의 공원) 라는 광장에 산마틴 (아르헨티나 독립의 아버지) 상이 있고 옆에 궁전이 있다. 지금은 대통령 근무처이고 페론 전 대통령이 그 발코니에서 연설을 자주 했단다. 산마틴 상은 페루에서 인디안들에게 선사받은 것이다. 스페인 통치하에 1810년 5월 25일 혁명이 나서 1813년에 노예해방, 1816년 7월 9일 아르헨티나가 독립됐다. 산마틴의 힘에 의해 아르헨티나와 칠레, 페루, 에콰도르 모두 독립이 됐단다. 7월의 거리라는 가장 넓은 길가에 중앙은행 등 여러 은행과 성당 등이 있다.

가장 오래된 흰 건물이 시청이고 가장 큰 건물이 이태리 건축 양식의 국회의사당이다. 의사당 앞에 다른 도시와의 거리측정의 중심점을 나타낸 곳의 비석이 섰다. 40년 전까지 여기가 중심지였으나 지금은 북쪽에 더 큰 새 중심가가 생겨 있다. 4개월 후에 민정이양의 총선거 때문에 벽보들이 많다. 외국인은 경찰 본부의 증명서가 있어야 거주가 가능하니 무척 어려운 모양이다. 국민의 96%가 로마 카롤릭 신자라고 한다. 국민 학교는 7년 의무교육이며 국립대학은 무료이고 사립대학은 돈이 많이 든단다.

7월은 이주일간 겨울방학이고 12월부터 3월까지 여름방학이 길다고 한다. 주립 공과대학 옆을 지나면 한참 후에 러시아 정교회가 다가선다.

모스크바 사진에서 눈에 익은 건물이다. 노동자 찬양이라는 동상이 있는 농업청 앞을 지나서 나부까 (강의 입) 에 이른다. 옛날에 항구로 쓰던 곳이고 지금은 배의 수리 항으로만 쓴다. 이곳은 세기의 선박왕 오나시스가 18세부터 8년 동안 나룻배로서 돈 벌기 시작한 곳이란다. 제네바나 이태리에서 온 가난한 뱃사람들이 20세기 초까지 정착하던 곳으로 구건축 양식의 건물들이 많다.

오랫동안 뱃사람들 상대로 환락가 역할을 하던 곳이 지금은 저녁시간에 가족동반 파티장으로 붐빈다. 이곳 주민들은 흔히 두개의 직업을 갖는단다. (개인교수와 가이드, 운전사와 정비사 등) 대다수 사람들은 밤 열시부터 거리로 나가서 저녁식사와 춤과 노래로 새벽 두시까지 즐긴다.

나부까 가까이에 있는 유명한 탱고 곡들이 작곡된 작은 길 카미니도가 있고 건물 벽마다 노천극장의 배경으로 쓰는 그림들이 많다.

소가 1천 6백만 두, 가죽, 고기 등을 수출하고 아르헨티나 국민 한 사람이 매년 100kg의 고기와 100리터의 술을 소모한다. 나무숲은 대개 인공림이고 일 년 내 많이 덥지도 않고 춥지도 않아 눈이 없을 정도다.

부에노스아이레스는 음악회가 많고 여러 가지 언어로의 국제회의가 많은 문화도시란다. 프랑스 건축양식의 세관을 지나 국방성, 중앙청, 우체국 등을 지났다. 여러 종류의 차들이 일제만 제외하고 모두 여기서 만든 것이다. 기둥 두개 위에 세운 신건축이 우뚝 눈에 뜨인다.

혁명 1백주년 기념의 영국 탑을 지나면 3만 6천 km의 철도 시발점 역이 있다. 밤에만 문 여는 말레로 공원, 국립 산마틴학회 말레로 공원 근처에 자식 1백 1명을 가진 사나이의 동상이 있다. 밤 12시경 데이트 족이 많다. 치안이 잘 되어 절대 안전하단다. 인공호수와 장미정원에 빨간 꽃의 이 나라 국화 쎄이본나무가 많다. 최근 화폐가 1만대 1로 개혁이 되어서 환율이 미화 일불에 9.6페소라고 한다.

스페인에서 독립기념 선물로 보낸 천사 조각은 악감정 없이 축하하고 우정을 뜻한단다. 동물원이 이전 중에 있고 십일 차선이 일방통행로로 되어 얼마 전까지도 세계에서 가장 넓은 길이었단다. (폭이 144m) 박물관 앞에 2백세가 넘는 나무가 다섯 그루 있다.

도시계획으로 길이 넓어지고 곧아지고 할 때 프랑스 대사관만 남기고 주위의 모든 건물을 철거했단다. 70년 전 지하철과 전화가 영국인에 의해 건설되었다.

정통 아르헨티나 식당에서 점심 식사 땐 고기양이 많은 게 브라질 닮았다. 가죽제품을 취급하는 일본 상점에 안내되었다. 장식품, 벽걸이가 참 예쁜데 값도 싸고 마음을 끌었으나 한국 세관원에게 구차한 말 하기 싫어서 그만 둔다. 콘티넨탈호텔에서 저녁 식사 후 여덟 시 반 출발하여 미켈란젤로라는 술집으로 갔다. 탱고 춤이 유명하여 갔더니 노래와 춤이랑 악기 연주가 탱고일색이다. 모든 손님들이 무대의 출연자보다 먼저 흥을 내려고 노력을 하고 협조하여 분위기를 살리려고 하는 자연적인 흥취가 부럽다.

그런데 한국인단을 소개해도 우리 일행은 손들어 답례조차 할 줄 모른다.

► 페루로 가다

아침 일곱 시 부에노스아이레스의 에제이자 국제공항으로 향했다. 아홉시 아에로 페루 606편으로 칠레를 향해 떠난다. 산티아고의 메리노 베니테스공항에 기착하니 열두시가 됐다. 말썽만 부리고 꺼림칙한 미련만 남긴 칠레 땅에 30분간 머물면서 마치 침이라도 뱉는 듯한 기분으로 공항을 넣고 사진을 많이 찍는다.

아르헨티나를 떠난 지 일곱 시간 만에 페루의 수도 리마에 도착했다. 두 시간의 시차 때문에 현지 시간은 오후 두 시, 적도 가까운 곳이어서 몹시 덥다.

웨곤리트 여행사 직원 플로렌시아 기뇨네스가 마중 나왔다. 일정을 여러 번 바꾸어서 가이드가 연락이 미처 못되었단다. 리마 쉐라톤 호텔 761호에 여장을 풀고 몇 시간을 쉬었다. 불혹의 나이에 든 사람들은 부부가 하루에 스물 네 시간을 같이 지낸다는 것이 쉬운 일이 아니다.

저녁 식사는 길에서 1km쯤 떨어진 곳에 있는 일본인의 다루마 (오뚜기) 식당에 갔다. 6백만 인구를 가진 큰 도시가 첫 눈에 무척 가난해 보인다. 한국인이 약 5백 명 있다는데 주로 상업을 한단다. 그래도 우리가 묵는 쉐라톤호텔은 아주 규모가 크고 훌륭한 면모를 갖추었다.

분수장치가 잘 돼 있어서 호텔 라운지가 온통 물소리뿐이다. 분수대 앞에서 텔레비전 인터뷰를 하고 있는데 아무도 구경거리라고 보고 있는 사람이 없다.

밤에 차 선생과 둘이서 거리 구경을 나섰다. 티볼트는 서커스 무대가 휘황찬란하다. 32층 빌딩도 있다. 아르헨티나에서와는 달리 미국 달러가 안 통해서 맥주 한잔 마시러 들어갔다가 못 마시고 나왔다. 환율은 미화 일 불이 1670솔레스이니 한국 돈의 절반 이하 가치이다. 대로 가운데 분리대에 있는 간이공원 의자마다 연인들의 풍경이 가관이다. 길거리에는 인디안 차림의 아낙네들이 아기를 업고 앉아서 자리 위에 토산품 몇 개를 펴놓고 장사를 하는지 구걸을 하는지 모를 판이다.

► 쿠스코

리마 쉐라톤호텔에 무거운 짐을 맡기고 공항에 나갔다. 안내자가 없어서 사무원이 대신 안내한다는 플로랜시아 아가씨는 무척 친절히 우리의 편의를 도모해 준다. 1시경 출발 잉카문명의 유적지 쿠스코로 향했다.

한 시간 후에 해발 3400m의 쿠스코 공항에 도착했다. 공기가 희박하고 산봉우리 사이를 빠져 활주로까지 접근할 때 공간이 좁아서 제트 비행기가 내리는데 아찔하다. 비행기에서 내리니 어질어질한 게 발걸음이 마음대로 잘 안 되는 것 같더니 5분을 못 걸어 가슴이 답답하고 숨이 차다.

영어 안내원 마르코 씨가 공항에 작은 버스로 마중 나왔다. 중심가인 솔거리에 있는 피코아가호텔에 방을 정하고 한참 걸어서 이 지방 전형적인 식당에 점심을 먹으러 갔다. 물이 귀해선지 쟁반을 천으로 윤이 날 때까지 열심히 닦는 것이 인상적이다. 감자 구운 게 구수하고 호수에서 난다는 조기 같은 고기가 별미이다.

쿠스코의 인구가 20만이다.

지금은 95%가 가톨릭 신자이다. 대부분 잉카의 후예들이어서 한국사람 얼굴과 같다. 4~5천 년 전 동부 아시아에서 건너온 사람들의 중미 쪽에서는 마야문화, 남미 쪽에서는 잉카문화의 꽃을 피웠단다.

11세기 전에는 여러 종류의 문화가 있었으나 11세기 초에 에콰도르, 콜롬비아, 칠레, 페루 등을 합하여 잉카제국으로, 1532년 스페인 침략 후 문화가 발달했다.

그때 망코가파가 잉카의 유적을 쿠스코에서 발견하여 큰 도시로 만들었다. 소형 버스로 쿠스코 시에서 300m를 산 위로 더 올라갔다. 잉카의 유적이 많다. 대표적인 네 곳을 들면 첫째 싹싸이규만 사원이 있다. 가장 큰 돌은 130t이나 되는 돌들로 30km나 옮겨와서 사원을 지었다. 퓨마 (반사람 반사자)의 머리칼 날리는 모양으로 사원의 기초를 지었는데 그 기초만의 넓이가 200m나 된다.

바위들을 깎아서 시멘트 같은 일체의 접착제도 없이 바위끼리만으로 쌓아 올린 것이 횡으로는 줄이 꼭 맞고 종으로는 서로 엇갈린 벽돌 쌓듯 튼튼히 쌓아올린 것이 보인다. 폐허에 기둥 하나가 초가집 하나 넓이만큼 되는 사원이니 그 규모가 짐작이 갈 만하다. 이 돌들을 허물어 집을 짓는데 쓰곤 했단다. 지금은 가장 높은 곳에 리오의 꼬르꼬바도 축소형의 예수님상이 서 있다. 1945년에 팔레스타인에서 보내온 선물이란다.

둘째 맹꼬성 (도와달라는 성) 이 있고, 셋째 탐보마차이사원, 넷째 뿌까푸카라성이 있다.

낙타처럼 생긴 동물로 알카파라는 털 좋은 동물과 야마라는 동물을 많이 기르고 있어 그 털로서 만든 세타들이 아주

싸다. 베 짜는 모양이 원시인의 방식을 그대로 답습해서 짜고 있다. 쿠스코 시내에 들어섰다.

1572년에 쿠스코대학이 생겼고 당시에 미술대학이 가장 유명했단다.

1536년에 지은 큰 성당이 백 년 동안 지은 것이라는데 그것은 페루에서 가장 가치 있는 성당이고 가장 귀한 벽화들이 많다.

세데르나무로 된 건축조각들이 많은 중에 자기의 목을 자른 머리를 들고 있는 조각이 무섭다. 문 하나에 은이 2톤 들었단다. 인디언들은 15세, 쿠스코인은 20세에 대개 결혼한단다. 저녁에 쿠스코 민속 쇼를 보러 갔다. 극장인데 스페인 말과 영어로 단조로운 사회를 하고 똑같은 스타일로 한 시간반동안 남자 여섯, 여자 여섯이 옷만 바꿔 입고 어울려 노래와 춤을 준다.

너무나 야만적인 것뿐이어서 지루하다. 현악연주단이 가끔 두어 곡 연주하는 것 이외에는 이 숨찬데서 어찌 저리 오래 뛸 수 있는가가 신기할 뿐이다. 밤새껏 공기 부족으로 머리가 쪼개지듯 아파서 잠을 못 이루고 누웠다 일어났다해도 어지럽고 가슴이 답답하고 정말 미칠 지경이다. 새벽 4시에야 아스피린 생각이 나서 먹고 나니 머리가 안 아파 살 것만 같다. 더러는 산소마스크를 입에다 대고 들이키는 사람도 있다.

▶ 마츄피츠

새벽 다섯 시 반에 모닝콜, 여섯시 반에 쿠스코 기차역으로 향해 출발, 기차는 일곱 시 출발하여 1백 20km를 네 시간 동안에 달린다. 처음 쿠스코 출발한 기차는 30도 각도를 2km나 앞으로 올라가서 다시 뒤로 30도 각도로 2km 올라가고 다시 앞으로, 다시 뒤로 이렇게 30분 동안에 세 차례 왕복하여 가파른 산 정상에 오른 후 계속 세 시간 이상을 달리며 내려간다. 어느 지점에 가서는 급경사 때문에 역시 같은 방법으로 앞뒤로 두 번 왕복하여 내려간다.

한 시간만 달린 후에도 당장 공기의 밀도가 높아져서 머리가 가뿐하고 가슴이 탁 트이는 기분이 된다. 조금만 더 참으면 이렇게 좋은 공기이고, 좋은 관광이 있는데 일행 중 공기 결핍증을 못 견뎌 아침에 리마로 되돌아 간 다섯 분들이 애석하다.

우측으로 해발 5800m의 만년설이 쌓인 메로니까 산이 보인다. 차도의 좌우엔 이따금 평원이 있고 농토가 보이고, 옥수수밭, 감자밭이 넓다. 말과 소를 기르는 곳이 자주 눈에 띄고 백인들이 농사일을 하는 곳이 많다.

차에서는 열심히 스냅사진을 찍는 사람이 있더니 돌아올 때 사진 메달로 만들어서 팔고 있다. 좌로는 개울물이 자꾸만 모이고 모이더니 어느새 우루밤바강이 되어서 기차와 함께 달리고 있다. 이 강이 한 달쯤 흘러가면 아마존 강이 된단다. 강 건너편에는 잉카의 유적으로 마을이 있었던 석축들이 자주 보인다. 쿠스코만 해도 지역이 너무 높아서 나무가 거의 없고 인공적으로 심은 나무들이 약간 있어도 지금은 비가 없는 계절이라 거의 마른 상태이었는데 강이 이루어지고부터 숲이 우거진 것을 볼 수 있다.

선인장들이 마치 숲처럼 무성한 곳도 있고 옛 사람이 살던 빈 집만 남은 곳도 있다. 깎아 자른 절벽 위에는 산사태가 난 흔적이 많고 도무지 철도가 놓여 있는 외에는 문명의 흔적이 보이질 않는다. 길에 나와 있는 아이들도 모두 한겨울인데 팬티차림 뿐이다.

마츄피츠 푸엔테역에 내려서 소형 버스에 스무 명씩 나누어 타고 산허리까지 올라가야 하는데 줄을 서서 먼저 간 순서로 탄다니까 뛰어가 열 서는데는 한국 사람이 아주 빠르다. 우루밤바 강과 아푸리마 강이 빙 둘러 쌓여 있고 절벽 같은 산인데 비포장은 물론 먼지, 자갈로 길이 엉망이다.

　아래로 내려다보니 당장 굴러떨어질듯 위험하기 짝이 없는 좁은 길을 「8」 자 모양으로 반복 오고 가며 20분을 미친 듯이 달린다.

　도중에 좁은 길로 오르다가 내려오는 차를 만나 뒤로 물러설 땐 꼭 낭떠러지에 떨어지는 줄 알았다. 목적지에 다다랐을 때는 아이고 이제 살았구나 하고 한숨을 내어 쉬며 일행이 서로 파랗게 질린 얼굴들을 바라본다. 게다가 뒷 차는 도중에 『펑크』가 나서 다른 차에 바꿔 타고 오기까지 무척 조마조마 했었다. K선생 도착 첫마디가 『이 훌륭한 경치만 가지고도 지금까지 관광한 것 모두 다 주고 바꾸자고 해도 안 바꾸겠다』한다. 금강산을 보지 못했지만 이 경치만 할까. 1만 2천봉은 족히 되고 남을 봉우리들이며 파랗게 꽉 들어선 나무 숲, 아름다운 강, 맑은 물, 신선한 바람은 해발 2400m의 고지를 못 느끼게 한다. 이 상쾌한 공기의 고마움이여, 맑은 공기, 적당한 산소 농도, 그렇게 아프던 머리가 언제 그랬냐는 듯 개운하다. 답답하고 숨차던 가슴도 씻은 듯이 좋아졌다.

　부페식 점심식사를 하고 마츄피츠 유적지를 밟는다. 능선 뒤에 최고봉 이름이 마츄피츠 (늙은 산) 이란다. (해발 3050m) 마주 보이는 곳에 꼭 닮은 와이나피츠 (해발 2700m) (젊은 산) 가 있고 거기에도 석축들이 쌓인 흔적이 많다. 어떻게 낭떠러지를 올라갔을까 참 신기하다. 잉카 제국이 스페인에게 점령당한 후도 이곳에 있던 빌카밤바 부족만은 40년 동안 저항하며 오백 명 인구가 정복되지 않았다고 한다. 마지막에는 인적을 없애려고 아낙네들을 모두 죽인 채 남지들만 전장에 나가서 모두 산화했기에 그 유적을 구전하지 못하고 숲속에 묻혀 있다가 1911년에 미국 예일대학의 역사교수가 발견하여 세상에 알려졌다.

연중 최저 기온이 섭씨 13도여서 백여 가지 난초가 살고 있단다. 물은 10km나 되는 곳에서부터 솟는 샘물을 유도해 먹었다는데 돌에 홈을 파서 수돗물 공급하듯 한 곳이 있고 목욕탕도 있다. 태양신전이 가장 크게 남아 있고 임금이 자던 방과 출입문이 가장 높게 남아 있다. 집집마다 창문의 수와 식구의 수가 같다고 한다. 승려와 귀족의 주택이 있는 구역엔 큰 돌들로 집들이 잘되어 있었던 흔적이고 평민이 살던 곳은 담 쌓인 흔적만 있고. 신전 안에서 출입구에 자물쇠 장치가 남아 있다. 산비탈에는 계단식 농사지은 흔적이 있고 양팔을 벌려 죄인을 벌주던 형틀도 있다.

형무소 안에는 죄인을 담 속에 세워두고 또 돌로 쌓아 막아서 얼굴만 내밀고 있다가 굶어 죽게 하는 곳이 있다. 재판의 판결문을 독수리가 하늘로 전해준다는 전설대로 독수리 바위가 있고 부리 밑에 심판대가 있다.

사람이 죽으면 태아 때의 모양으로 자세를 만들어서 장례지낸 흔적이 있다. 학교 강당의 터가 있고 한 봉우리 에는 돌을 깎아 세워둔 해시계가 있다. 그들의 한모서리는 지구의 정북 쪽이고 한모서리는 자석의 북쪽이란다. 그 당시의 천문학이 그렇게 발달했던 모양이다. 너무 넓은 유적들이어서 대강대강 둘러보는데도 두세 시간이 걸린다. 그래도 서민이 살던 곳과 와이나피츠를 둘러보지 않고서 걸린 시간이다. 일본어 안내원이 안내하는 일본인 단체에게 우리 일행 중 몇 사람이 흡수되어 다녔는데 우리 영어 안내자 마르코의 말과 다른 점들이 많다. 돌아오는 길은 버스가 달려오는 속도에 따라 이곳에 사는 여나므 살 되는 소년이 지름길로 달려 내려온다. 어찌나 빠른지 버스보다 먼저 내려와 있을 때가 많다. 8자 길이 꼬부라질 때마다 땀을 뻘뻘 흘리며 기차역까지 달려와 버스와 만나니 내리는 승객들마다 백 원, 오백 원씩 돈을 준다.

어떤 차에선 따라온 소년이 전혀 돈을 얻지 못하는 경우도 있어 무척 애처롭다. 마츄피츠 푸엔테역이 너무나 원시적이다. 모두 인디안 얼굴들인데 어찌나 많은 기념품 행상들이 괴롭히는지 거절하기조차 피곤하다.

물 마실 곳도 없고 음식이라고 파는 곳이 너무 더러워서 만지는 모습만 보아도 구역질이 난다. 오후 4시에 출발하여 다시 머리 아플까봐 두려워하며 쿠스코로 간다. 역시 4시간 동안 달리는데 피곤이 겹쳐서 모두들 졸고 있다. 아침에 갈 때는 기대에 부풀었고 차츰 공기가 많아져 좋았는데 저녁에 돌아올 때는 지루하고 점점 공기가 희박해지니 고통을 마중간 셈이다. 오늘은 일찌감치 아스피린을 먹고 잠을 청한다.

7월 23일 쿠스코의 피코아가호텔 3층 식당에서 아침 일과가 시작된다.

연세에 비하여 참으로 정정하신 A선생의 병환이 거의 다 좋아졌고 마츄피츠까지 같이 다녀와서도 건강하신 게 다행이다.

한 시간 남짓 시간 여유가 있어 큰 성당 앞 중앙 광장으로 갔다. 곳곳에서 어울리지 않는 신사 모자를 쓴 아낙네들이 길거리에서 기념품을 파는데 옷이 남루하고 대개가 애기를 짐 보따리처럼 매고 있다. 조금만 빨리 걸어도 숨이 차서 한참 쉬었다 가야 한다. 이곳 주민들은 적혈구의 농도가 우리보다 3분의 1이 많다고 하니 호흡을 우리보다 훨씬 천천히 해도 된다.

인공조림으로 쿠스코 뒷산 능선에 비바페루 (페루만세)라고 쓴 것과 페루 수호신을 상징하는 그림을 큼직하게 그린 것이 눈에 뜨인다. 쿠스코에서 이틀 밤을 자고 나니 다소 적응이 되어서 어제보다 오늘이 조금 더 견디기 쉽다. 너무 고산지대여서 오후에는 바람이 묘하게 불어 비행기의 이착륙을 못한단다. 4년 전엔가 비행기 사정으로 출발이 늦어져 오후 두시에 떠났다가 이륙중 산에 떨어져 모두 죽었다는 이야기를 들으며 아침 11시 40분 아에로 페루 433편으로 쿠스코를 출발. 리마로 향했다. 비행기 좌석이 지정석이 아니어서 장시간 열을 서서 기다려야 했고 개찰 후에도 비행기까지 뛰어 가야만 하는 불편을 겪는다. 산소 결핍증에 얼마나 머리가 아팠던지 비행기 출발 시간을 손꼽아 기다린다. 구경도 좋았지만 머리가 아파서 쿠스코를 빨리 떠나고 싶고 리마로 간다니까 어린 아이처럼 기뻐진다.

► 리마

리마의 홀히차베스 국제공항에 내리니 머리가 가뿐하다. 공항에는 플로렌시아 양이 역시 마중 나왔다. 그녀가 비행기 곁에까지 나올 수 있는 것은 무질서 탓인지 미인계 덕분인지 모르겠다.

리마 시내로 들어오면서 길가 주택의 지붕이 특이하게 눈에 뜨인다.

지붕 한가운데 악귀를 쫓는다는 의미로 짐승이나 새를 만들어 그 위에 십자가를 얹어 놓았다. 도중에 안내자 이네스 솔라리여사가 버스에 올랐다.

유창한 영어로 친절히 안내한다. 리마 쉐라톤호텔에 가서 하루 먼저 간 다섯 명의 일행과 합류, 점심 식사 때는 하루 안 보았다고 더욱 반가워하며 좋은 부페 식사를 하는데, 실내 연주단이 우리에게 와서 연주도 하고, 옆자리 생일파티에 축하해 주는 등 흥을 돋운다. 리무진 버스에다 호텔에 맡긴 짐을 찾아 싣고 리마 시내 관광을 떠난다. 리마에는 성당이 서른세 곳이 있다. 16세기에 생긴 산마틴 광장에 1928년에 산마틴 동상을 세웠고 대통령 이름을 딴 니콜라스 피에로가 가 가장 큰 거리이다. 리마 시를 신구와 구구로 나누고 40개 동으로 되어 있다.

1821년 7월 28일에 독립했단다. 남미에서 가장 오래된 대학 성말코스 대학은 1552년에 창설되었단다. 1535년에 스페인의 프란시스코 비자로가 점령하여 중앙 광장에 진을 치고 3백 년간 스페인이 지배했다. 18세기에 지은, 문이 여덟 개인 성당이 있고 중앙청 옆에 16세기에 지은 전형적 발코니가 남아 있다. 시몬볼리바트 광장에는 16세기부터 17세기와 18세기 발코니까지 동시에 한눈에 볼 수 있다. 1974년 대지진때 피해가 막심했다고 한다.

세계에서 가장 높은 철도가 해발 4818m로 페루에 있단다. 성프란시스 성당 성도미니카성당 (16세기) , 20년 전에 복원한 나사레나성당 (17세기) 처음 로마에서 온 가야우, 다음번 1866년에 이태리인 타도리니, 1820년 베네주엘라에서 온 시몬 볼리발 상이 있다. 엉쿠이숀 빌딩은 1569년부터 1829년 사이에 유적의 박물관 겸 도서관인데 그 당시 종교재판소로 가톨릭이외 이단자, 무신자들을 처형하던 모습들이 그대로 재현되어 전시된 것이다.

고문하다가 안 되면 지하에 가두어 굶겨 죽인 곳, 사지를 비틀어 죽인 곳, 불로 지진 곳, 잔인무도한 유물들이 있다.

국립 박물관이 페루 역사를 한눈에 보도록 잘 되어 있다. 입구에 다른 나라 왕조의 연대와 비교한 도표가 잘 되어 있는데 중국 일본까지도 있다.

기원전 3500년의 비석에 정신적 네 요소로 고양이, 표범, 독수리, 사람이 새겨져 있다. 길이 225cm의 오벨리스크 탤리오도 같은 시대 것이다.

기원전 2천년 푸까라시대 빠라카스시대 나스카시대 (기원전 5백년부터 서기 7백년경) 파우나시대 찬찬 치무시대 금제품이 많다. 스페인 사람들이 페루문명을 따서 페루라고 했고 주위에 강 리마크에서 따서 리마라고 불렀다. 이곳 사람들은 성명을 쓸 때 이름 + 아버지성 + 어머니 (남편) 성, 이렇게 세 가지를 합해서 쓴다.

저녁식사는 역사가 길고 전통적인 페루 식당엘 갔다. 오래된 노천주방 기구들(일 년 내 비가 안 오니까)은 박물관 같고 때마침 닭 뼈를 추리는 요리사의 솜씨를 구경했더니 너무나 능숙하다. 식사도 푸짐하고 끝에 전기를 모두 끈 다음 대형 아이스크림에 불을 붙여 종을 치며 등장할 땐 박수가 쏟아졌다. 아내가 쿠스코에서 용케 견뎌내더니 리마 시내 관광 때 병이 났다. 저녁식사도 못하고 별실에서 꽁꽁 앓고 누웠으니 한편 신경 쓰여 식사 맛도 모르는가 하면 한편 일행에게 미안해서 어쩔 바를 모른다.

저녁식사 후에는 바닷가로 나갔다. 밤경치가 가슴을 후련하게 한다.

해변을 끼고 지나가는 도로가 바다 바로 곁에도 있고 지금 우리는 50여m 절벽 위로 지나가는 도로변의 공원에서 바다를 내려다보고 있다.

이렇게 호젓한 분위기와 적당한 어두움은 어느 나라에서든 예외 없이 젊은이들의 사업장이다. 리마의 신시가지를 지난다. 이름하여 미라플로리스(오월꽃)이다. 잘 계획된 도시이어서 고급주택가와 큰 상점들이 한 눈에 무척 화려해 보이지만 차량 소통이 엉망이다.

일 년에 비 한 방울 안 온다는 리마에 어떻게 해서 가로수는 이렇게 우거지고 또 급수 사정이 이리 좋은지 우리나라도 좀 배워야 할 것 같다.

밤 열시 반 공항에 도착하여 출국 수속을 할 동안 기다리는데 잡상인들이 얼마나 괴롭히는지, 또 공항 직원은 출국하는 짐 수색을 너무나 지나치게 까다롭게 하여 페루의 마지막 인상을 자꾸만 나쁘게 만든다. 플로렌시아와 이네스 두 아가씨가 얼마나 친절히 끝까지 출국 수속을 도와주고 마지막 탑승 때까지 밤 열두시가 다 됐는데도 전송을 해 주어서 무척 고마운 인상이 남아 있다.

430명이 타는 아르헨티나 비행기 좌석에 앉아서 로스앤젤레스로 향해 떠난다. 여섯 시간 만에 멕시코에 기착하여 한 시간을 쉬었다 간다. 공항 구내 커피숍까지 문을 열지 않아서 복도에서만 서성거리자니 지루하다.

► 라스베이거스

리마를 출발한지 열시간만에 로스앤젤레스에 도착했다. 이곳 시간은 아침 여덟 시인데 라스베이거스행 예약 비행기는 네 시간 후에 있다.

로스앤젤레스 공항은 내년 올림픽을 대비하여 대대적인 확장 공사 중에 있다. 공항에서 기다리고 있을 때 한국인 젊은 여자 한 사람이 황급히 달려와서 영어 잘하는 분 좀 도와 달란다. 가보니 미국 이민 오고 싶은데 허락이 되지 않아서 어떤 방법으로든지 남미의 볼리비아로 가서 미국통과 비자를 받아 왔단다. 미국 내려서 바로 통과비자의 연기 신청을 하려다가 불법체류자로 눈치 채게 된 모양이다. 경찰에 연락을 하고 연행될 때까지 짐을 내어보내주지 않고 붙잡고 있는 것 같다.

어쩌면 이런 엉뚱한 한국인이 있을까 하고 한탄한다. 로스앤젤레스 소재 극동여행사에서 미주지역 안내를 맡는데 40세가 넘은 총각 김한경 씨가 서울서 온 최 씨 대신 라스베이거스까지 같이 가게 되었다. 지리도 모르고 무법자들이 득실거린다는 미국 길이라 네 시간 이상의 아까운 시간을 공항에서 기다리기만으로 보낸다. A와 C선생은 LA에 남고 나머지 11명이 그랜드캐년에 가기로 했다. 서부 항공편으로 라스베이거스에 도착하니 오후 한 시 반, 라스베이거스 힐턴 호텔에 여장을 풀었다.

호텔 규모가 대단히 크다. 세계가 다 아는 도박장 카지노가 각 호텔마다 야단법석들이다. 사막 가운데 도시 라스베이거스가 너무나 덥다. 오후 다섯 시 한국식당 비원에 찾아가서 한식을 즐겼다. 오후 일곱 시에 스타다스트호텔로 가서 파리 명물인 리도쇼를 관람했다. 약 50명의 남녀가 반나체로 출연해서 춤과 노래로 호화로운 무대를 꾸며 나간다. 훌륭한 마술, 물개의 재롱, 남녀의 피겨스케이팅, 일인 삼역의 인형극 등 두 시간이 어느새 지나갔다.

처음은 무대에서 먼 쪽 구석에 안내되었다가 팁을 주니 무대 바로 밑에까지 안내됐다. 술을 마시며 흥을 돋우는데 아내는 옆에서 졸고 있다. 여기까지 왔다가 카지노게임 해보자고 옥신각신한다. 휘황찬란한 거리의 밤경치가 너무 눈부시다.

► 그랜드캐년

알가스항공사의 소형 프로펠라 비행기로 일행 여덟 명이 탔다. 앞에 떠난 더 작은 비행기는 여행사 김씨, K 여사 등 임시 처녀, 총각이 네 명 먼저 떠났다. 약 20만 년 전까지도 백만 년 동안 활화산으로 있던 곳이고 만 년 전까지도 이따금 화산의 폭발이 있었던 그랜드캐년, 어마어마하게 넓은 황무지와 계곡, 수십길 깊은 계곡으로 콜로라도 강이 되어 흐른다. 폭이 90m, 깊이 20m, 빠른 유속이 시속 12마일이란다. 스페인어로 「빨갛다」는 뜻의 콜로라도 강은 정말 붉은 황토물이다.

댐의 높이 500m나 되는 것을 만든 시멘트 양으로 로스앤젤레스에서 뉴욕까지 왕복하는 길을 두개 만들 수 있다고 한다. 이렇게 만든 댐에 의해 생긴 인공호수의 길이가 2천 리나 된다. 동력 배로 10일간을 달려야 호수의 끝까지 갈 수 있단다. 2150m 높이의 사화산 그렌바오를 지나면 바위들이 완전히 거꾸로 뒤집어선 산을 본다. 개척자의 포장마차가 많이 드나들던 피어스 타르드 계곡 위를 지난다. 배처럼 생긴 바위산이 있고 열개의 폭포가 흩어져 있다.

옆 계곡이라는 뜻의 스파이에는 인디언이 8백 년 동안 살

앞고 청록수 사람이라는 하바스파이에는 무리지어 자생하는 말들을 볼 수 있단다. 그랜드캐년의 이 현상은 세계 7大 불가사의 중의 하나라고 했다. 20억년의 나이가 든 러마 암석이 있고 백마일 길이의 카이바브 평원을 지나면 누워 있는 산이 있다. 계곡 하나를 사이에 두고 산의 높이가 남북이 전혀 다르고 기후도 너무 차이가 난다. 남쪽 산에는 일 년에 80cm 정도의 눈 밖에 없는데 북쪽엔 2m나 온단다.

조물주의 솜씨를 감탄할 수밖에 없는 눈 아래 현상에 한 시간 동안을 넋을 잃는다. 황토계곡과 바위충의 균열이 그 규모가 너무나 엄청나게 크니까 눈으로 보아도 실감이 나질 않는다.

이렇게 크고 넓은 무대를 오가는 사람들이니, 우리네 오밀조밀한 생활권과의 비교가 될까. 그랜드캐년 국립공원의 활주로에 내리니 부슬비가 내린다. 버스로 숲길을 달려 박물관에 갔다. 인공조림처럼 공원을 잘 가꾸어 놓았다. 안개가 너무 짙어 계곡을 잘 볼 수가 없다.

속상해하며 한참 내려오니까 한 전망대에서 안개가 갠다. 곁에서 보는 계곡은 더욱 아름답다.

한 시간 전까지도 많은 비가 와서 홍수진 흔적이 많다. 점심 후 일행은 각각 처음 올 때 탄 비행기로 라스베이거스로 간다. 비가 추적추적 오는데 번개와 천둥이 치는걸 보면서 소형 비행기로 이륙을 했다. 본 궤도에 올라서지를 못하고 기수를 좌로 갔다가 우로 돌렸다가 조종사 노인은 땀을 뻘뻘 흘린다. 소나기가 비행기 유리에 마구 쏟아지며 그대로 땅에 눌러 앉히기라도 할 기세이다.

왔던 길로 다시 돌아가는 듯하더니 다시 또 높이 솟아오른다. 구름 충을 뚫고 올라서면서 조종사는 우리에게 『칠년 무사고 비행사이니 염려할 것 없다. 꼭 잡은 손에 힘을 풀고 마음 푹 놓고 있으라』고 안심시킨다. 일행 모두 파랗게 질린 얼굴이다. 한 시간의 비행기 곡예 후 라스베이거스공항을 보니 얼마나 반가운지 모른다. 같은 공항의 고나고아 비행기 터미널에서 국제선 터미널까지 가는 길 양편 황무지 사막에는 노는 땅이 대부분이다.

사막 위에 이런 세계적인 관광도시, 도박의 도시가 생기다니 미국의 역사를 모르는 사람에겐 이상할 뿐이다. 라스베이거스 출발 한시간만에 로스앤젤레스 국제공항에 내렸다. 오후 5시 반에 공항을 출발하여 로스앤젤레스 시내로 들어가는데 곳곳에 석유 뽑아 올리는 모습이 눈에 띈다.

세종회관이라는 한국식당에 들러서 저녁은 한국식으로 즐기고 로스앤젤레스 힐턴호텔에 숙소를 정했다. 로스앤젤레스는 2백 년 전 멕시코인 50명이 처음 정착해서 도시가 생기기 시작했단다. 지금은 시 인구만 3백만이고 로스앤젤레스 생활권의 주위 인구를 합하면 1천만이 넘는다고 한다. 그중 한국인이 30만 명이란다. 특히 버먼트가와 올림픽가는 한국인 천지여서 속칭 서울특별시 라성구 버번동이라 부른단다. 저녁 여덟시 이십일 분에 어머님께서 LA공항에 도착하신데서 마중 나갔다. 영업용 택시 노인 기사가 친절히 가르쳐 주며 돌아갈 때는 5달러는 이익을 볼 테니 고속도로로 가지 말고 바로 시내로 들어가자고 한다. 고마워서 그 차로 기다렸다가 어머님과 같이 LA 힐튼호텔로 왔다.

▶ 하와이 호놀룰루

명성그룹에 속하는 서울교통공사에서 너무 무책임하게 그랜드캐년 이틀간의 숙박비만 지불하고 나머지는 각자 부담시켜 1인 당 420불씩 더 내라는 통에 일행 모두 화가 났다.

7월 26일 일행은 뿔뿔이 해산한 셈이다. 한 달간 정이 들었는데 석별의 정이 아쉽다. 서울로 직행하는 다른 일행 다섯 분과 함께 어머님과 아내 그리고 나는 대한항공을 탔다.

아침 열시에 출발하여 다섯 시간 만에 하와이 주 호놀룰루 시에 도착했다.

현지 시간은 열두시이고 한국보다 열아홉 시간 늦다. 어머님과 아내와 셋이서 뎅그러니 호놀룰루에 내리니 안내자도 없다.

대한항공 사무실로 가니 영어를 말하는 동양인 아가씨 한 사람뿐이다.

KAI호텔을 물어서 와이키키 리조트호텔로 갔다. 대한항공 승무원들이 같은 호텔에 묵는데 무척 친절하다.

오후 다섯 시 반에 모아나호텔로 갔다. 디너쇼를 보는데 두 시간 동안 하와이 원주민의 민속 공연이다. 세 사람의 저녁 식사와 구경 값이 8만 원 정도라 너무 비싸다 했더니 열심히 정성을 다하는 출연자들의 자세가 돋보인다. 텔레비전으로 눈에 익어서인지 단조롭고 지루하다. 수영복 차림의 아가씨들이 꽃다발을 목에 걸어주며 기념 촬영 하자고 조른다. 다음날 아침 호텔 2층에 있는 동백식당에서 한식을 대하니 반갑다. 호텔 로비에 있는 관광사에 신청하여 승용차로 호놀룰루 섬을 여덟 시간 관광하기로 했다.

하와이 주는 열다섯 개의 섬 중에 3500m 높은 산이 있는 하와이 섬 등 일곱 개의 섬은 사람이 살지 않고 화산이 요즈음도 가끔 폭발한단다. 섬 한개는 개인 소유, 또 한개는 군사용이어서 여섯 개의 섬만 관광하는데 일주일은 걸려야 한단다. 오늘은 그중 한 개 호놀룰루시가 속해 있는 섬만 둘러보는 것이다. 동쪽은 다이아몬드산, 남쪽은 바다, 북쪽은 높은 산 등이 대개의 방향이다. 무궁화가 이 주의 주화라는데 갖가지 무궁화가 도로변에 너무나 무성하다. 일 년 내내 꽃이 이렇게 많단다.

공항에서도 꽃다발 영접 환송 등으로 꽃향기가 끊이진 않는다. 하나우마배이 해변에는 맑은 물에 잉어만큼한 고기들이 모여 들어서 먹이를 주는 관광객을 졸졸 따라 다닌다. 분

수바위는 파도가 밀려들어 분수를 내뿜는데 주위 바닷가 경치가 아주 좋다. 바람의 계곡에는 관광객들이 붐빈다. 너무나 바람이 세어서 치마를 입은 아낙이 자살하려고 뛰어 내렸다가 바람에 오히려 거꾸로 날아와 버렸다는 말이 그럴 듯도 하다.

2차 대전 때 일본의 기습으로 큰 군함 애리조나호가 바다 속에 그대로 가라앉아. 수백 명 해군을 수장한 채 해상 공원 묘지처럼 애리조나 기념관을 그 위에 만들어 놓았다. 해상공원을 많은 경비를 들여 유지하면서 무료 개방하는 것은 보는 이로 하여금 당시의 참상을 느낄 수 있게 하기 위함이리라. 한국식당에서 점심을 먹고, 바다만큼이나 넓은 파인애플 농장을 지나간다. 농장 가운데 돌이란 휴게소에서는 관광객에게 파인애플 하나씩 선사한다. 도로가의 많은 야자수들은 대부분 열매가 없도록 수술을 받은 것이란다.

고이승만 박사가 하와이교회와 선교단체에서 사회사업을 많이 해서 아주 유명하단다. 유명한 골프장의 한 홀은 이승만 홀로 이름 지었고 이박사가 지은 교회가 몇 개나 된다고 한다.

해질녘 중심가에 내려서 규모가 큰 백화점 운집처를 기웃거린다.

주민의 반수가 일본계 사람들이란다. 대부분 관광 수입에 의존하고 사탕수수와 파인애플 농사가 사업의 주종을 이룬다. 일 년 내내 날씨와 온도가 좋아서 경치 좋고 공해 없고, 장수하는 사람이 많아 휴양지로는 일급지란다. 어머님과 더불어 외국에서의 순수한 관광을 위해 하루를 보낸다는 것이 무척 보람되고 기쁜데, 아마 영감님 생각이 나시던지 노친내 안색이 밝지 않으시다. 아내와 다정히(?) 사진 포즈를 잡다가도 문득 어머님의 안색이 눈에 뜨이곤 한다.

▶ 도쿄와 서울

7월 28일 아침 11시 그러니까 한국시간은 29일 새벽 6시, 와이키키 리조트호텔에 나온 한국인 심폴 씨의 택시로 공항에 갔다.

오후 1시 반에 떠나서 여덟 시간 만에 도쿄 나리타공항에 기착했다. 도쿄의 나리타공항은 여러 곳 비행기가 직접 통로 문까지 와서 닿을 수 있는 좋은 곳이 많이 있는데도, 모두 미국, 영국 심지어 중공에게까지 좋은 자리를 주면서, 한국에게는 가장 구석진 곳에 주어서 비행기가 직접 들어올 수도 없고 승객들이 내려서 한참 걸어와야 되는 곳이다.

구내방송에 『대한항공에서 알립니다. 비행기 안전 점검 관계로 예정 시간보다 30분가량 늦게 출발할 예정입니다』 30분후에는 다시 『앞으로 45분 후에 탑승하도록 하겠습니다』 이렇게 다시 같은 방송을 여러 번 반복할 때마다 외국 손님들은 『픽』 하며 조소를 한다.

이렇게 남의 나라 대합실에서 초라하게 쫄쫄 굶기고 기다리는 모습들이 말이 아니다.

밤 9시 45분에야 탑승해서 밤 12시까지 다 되어서야 서울에 내렸다.

국제적으로 유명한 김포공항의 입국 수속과, 수화물 수색 작업이 한 시간 이상이 걸려서 끝나고 공항을 빠져나올 땐 허탈해진다. 나는 역시 한국 사람이구나. 지금의 이런 상황 하에 처한 나 자신을 다시 발견한다. 뻔히 다 아는 사실이면서도 다른 나라보다 더 수월하기를 바라던 속 기대가 실망으로 나타남은 무슨 조화일까?

醫協新報 1983.9.8.부터 1983.12.5까지

월남 여행기

한국을 코리아, 강꼬꾸, 난죠신, 까래이아, 까울리, 지아우디엔, 따이안 등으로 여러 나라 사람들이 부르는 것처럼 월남도 그 나라 말로는「부엣남」에 가깝다. 독일 통일은 그 후유증을 많이 앓고 있는데 그와 반대 방향으로 통일된 월남은 아직 많이 생소하여 호기심이 갔다.

세계 에스페란토협회 아시아 운동의 특사 자격으로 월남 ESPERANTO 운동 점검 및 독려치 하노이 공항에 내리니 너무 까다로웠던 항공기 탑승까지의 수속에 비해 어찌나 쉽게 통과되어 어리둥절.

꽃다발을 든 노란 아오자이 차림의 월남 아가씨가 Esperanto 깃발을 들고 환영을 한다.

한국 손님을 접한 경험이 적은 여행사측은 에스페란토 통역인과 한마음이 되어 마치 국빈처럼 극진히 모시는데도 8월초 너무 더운 날씨에 호텔 방부터 들어가야 했고 하루에 다섯 번은 샤워를 해야 했다.

나중에 안 일이지만 도착 즉시 회사 사장실에서 아내에게 안부전화 한 것과 회사 간부들을 포함하여 나를 환영한 저녁식사 파티는 사장이 부담했단다.

그들은 3이란 숫자를 싫어해서 사진은 절대로 3명이 찍진 않으려고 한다. 장거리 여행하기 전엔 개고기를 먹지 않고 가정마다, 상점마다 성황당처럼 작은 신주 모신 곳이 있어서 항상 향을 피우고 조상에게 치성을 드린다.

남편에게 절대적으로 순종하고 힘든 일은 남녀 구별 없이 하지만 세발자전거 (인력거) 는 남자의 몫이다.

넓은 도로에 자전거, 오토바이, 세바퀴 인력거 등이 가득한 물결처럼 흘러가는데 자동차가 드문드문 같이 묻혀서 요리조리 피해간다.

시장을 제외하면 좀처럼 걸어 다니는 사람을 볼 수가 없을 정도이다.

어느 도시를 가도 오토바이가 주된 교통수단이어서 길거리에 총총 휘발유 몇 병 놓고, 빵 몇 개, 음료수 몇 병 갖춘 노점상들이 많다.

큰 도로 옆 인도에는 대부분 노점이나 노상음식점이 점유하고 있어서 언제나 어디서나 먹는 것만 보인다.

작은 아파트는 직장에서 분배받은 것이지만 독립 가옥이나 상점 등은 대부분 국가 소유이다. 임대료를 주고 개인이 경영하는 상점은 성시를 이루지만 국가 직영의 상점들은 외양만 그럴싸하지 항상 적자를 면치 못한다.

호텔도 개인 소유는 손님이 붐벼도 국영의 큰 호텔은 한산하다. 식사 한 끼에 0.3불 정도인데 양식은 그보다 20배 비싸다. 노상 식당이나 구멍가게가 어느 봉급생활자보다 수입이 많다.

보통 공무원 봉급이 미화 20불정도, 소위 최고 인기 직장인 한국식당 종업원이 월 60불을 받는다. 공무원은 공공연히 뒷돈 거래를 하고 종합 병원 의사도 퇴근 후엔 자기 집에서 병원을 한다.

국영 업체는 수위실 입구에서부터 사장실까지 필수인원보다 5배 이상의 인원이 봉급 주기위한 일자리로 마련된 듯보인다.

열대과일이 너무 흔하여 종류도 다양하고 값이 아주 싸다. 바나나 14개 붙은 것 한보따리가 0.3불 정도이다. 일단 손님이 도착하면 더운 엽차와 과일을 내놓는다. 과일즙이나 주스 등이 그 지방특미라고 내어 놓는데 손으로만 만지고 깨고 한 얼음을 씻지도 않은 손으로 한 주먹 쥬스컵에 넣어준다.

맥주도 얼음을 넣어 마시고 미네랄워터도 얼음을 넣어 주니 설사하기 알맞을 정도다. 세바퀴 인력거도 각자 영업용 번호판을 붙여 세금을 낸다는데 우리네 개인택시와 같다.

수입된 생수가 가장 위생적인데 1.5ℓ 한 병에 720원이 보통이고 고급 식당에선 1천 5백 원인데 한국식당은 3천원이다. 땀을 많이 흘리니 내게는 물값이 가장 많이 든 셈이다. 고급 요리 일수록 돼지 기름투성이고 꼭 걸레 같은 행주로 수저를 닦아서 준다.

숙주나물을 날 것으로 먹고 지독한 냄새가 나는 풋나물을 국수와 함께 잘도 먹는다.

고급 과일일수록 암모니아 가스가 많아서 구역질이 나기에 도망을 갔더니 맛 좋다고 그들은 잘도 먹는다. 술집은 많아도 난잡한 꼴이나 술 취한 모습은 볼 수가 없다.

사회주의 나라인데 거지도 많고 소매치기도, 창녀도 많음이 참 이상하다. 여관을 사용하려면 신분증을 맡겨야 하기 때문인지 한밤중 호숫가에는 이상한 광경을 가끔 볼 수 있다. 너무 더워서 아침은 일찍 일이 시작되고 낮 12시부터 두 시간은 대부분 잠을 잔다. 점심은 오후 서너 시에 먹고 저녁은 9시경 먹는다.

택시는 국영 호텔 앞 아니면 볼 수도 없지만 5불에서 30불까지 부르는 게 값이다.

주로 세발자전거 (인력거) 가 손쉬운 교통수단인데 하루 종일 고용해도 5불에서 10불 정도이며 속도도 자전거 비슷하고 한꺼번에 네 명까지 태우고 가는 것도 보인다. 한번 타면 0.3에서 일불정도가 고작이어서 편리하게 이용할 수 있다. 박물관, 공원 등의 입장료가 외국인은 내국인의 열배나

20배이다. 여행자 수표를 1~2% 수수료 주고 현금으로 바꾸지 않으면 호텔비도 줄 수가 없어서 달러화를 지참함이 좋다. 하노이에서 남동쪽으로 1백 80km 지점에「할라웅」(할롱) 만이라고 유명한 관광지가 있다.

용이 내려와서 바다에 천개의 섬을 만들었다는 전설인데 중국의 계림을 강변에 병풍 두른 듯하다고 비유하면 이곳 할롱은 병풍을 바다에 온통 뿌려놓은 듯하다고나 할까, 참으로 기이한 섬들 모양이 닭싸움 하듯 하기도 하고 석회석 종유 동굴들 중에 두 곳을 방문했다.

단선 철도 뿐인 남북 종단 철도로 50시간을 달려야 하노이에서 호치민 시 (사이공) 에 도착할 수가 있는데 처음은 통일된 나라에 국토종단 열차를 탄다는 부럽고 묘한 기분으로 우쭐하게 여행 계획을 짰다.

우선 북쪽 하노이에서 베트남 중간지점「후에」까지 20시간동안 기차를 탔다.

아침 온도 섭씨 32도, 낮은 섭씨 36도 수개월간 비는 한 번도 안 오고 이런 날 오후 6시에 출발하는 차를 타기 위해 3시간 전부터 가장 안락한 지역인 호텔을 떠났다. 차표는 며칠 전부터 준비해야 한다.

약 오십 년은 족히 되어 보이는 소련제 열차, 한 칸에 24명이 수용되는 침대차에 올라가니 푹푹 찌는 더위에도 출발 전엔 선풍기도 가동 않는다.

자는 둥 마는 둥 땀에 푹 젖어서 다음날 오후 한시반경「후에」역에 도착했다. 열차가 달리는 20시간 동안에 식사가 세 차례 배달되었다.

길거리 식당보다는 영양가가 좋아 보이지만 큰 풀잎으로 싼 더운 만두는 동승한 불란서 사람들이 냄새 때문에 전혀 먹지 못한다.

전쟁이 끝난 지 18년이 지났어도 철로변 곳곳에 폭탄 흔적이 많고 화염 방사기 흔적으로 벌거숭이산들이 많아 경치가 무척 단조롭다.

기차 옆을 스치는 가정집들 속에 흑백 텔레비전이 가끔 보인다. 집들은 모두 햇빛만 가리고 바람소통을 위해 창문이 거의 없다.

「후에」역에서 호텔까지 세발인력거로 가려니까 인력거꾼들끼리 서로 태우려고 싸움들이다. 역에서부터 두루 찾아본 개인 경영 호텔은 하루 이삼십 불인데 모두 만원이고 하루 55불하는 국영 호텔 「홍차(Century river side Hotel)」에 투숙했다. 호텔 덕분에 뒷돈을 주고 이틀 후 호치민 시까지 가는 항공권을 살 수 있었으니 다행이었다.

「후에」에서 호치민 시까지는 27시간 기차를 타야하고 그나마 차표를 살 수가 없어서 비상수단을 동원해야 할 판이었고 지옥 같은 더위를 견딜 자신이 없었던 참이었다.

「후에」는 18세기 말엽 타이손 왕조 때 수도였었고 19세기 초에 처음으로 「부에트남」이란 국호를 쓰기 시작하여 1945년 9월 2일 베트남 사회주의공화국이 생길 때까지 수도였던 곳이어서 역사적 유물이 많을 법한데 박물관과 왕궁을 둘러보아도 중국의 작은 도시를 보는 듯할 뿐 특이한 인상을 못 느꼈다.

열차에서 만난 「후에」사는 청년이 구석구석 안내해 주어서 하루 종일 구경 잘 했고 「후에」특산품 고전 민속 과자라기에 보니 바로 「깨강정」이었다. 18세만 되면 결혼한단다. 영양실조 아이를 안고 다니는 구걸 소녀가 엄마인 모양인데 구걸 바구니로 가리고 다른 손으로 소매치기를 한다. 국을 사 먹으러 들린 식당에서 아주머니가 갑자기 「안녕하십니까」인사를 한다. 전쟁 당시 25세 과부 때 한국인과 가깝게 지내면서 배웠단다.

무척 순박한 월남인의 인심들이지만 이 아주머니는 자꾸

만 돈을 안 받으려 해서 무척 난처했다.

월남전 때는 「후에」 북방 17km 지점이 군사분계선이었고 「후에」 는 주로 미군이 주둔하였다. 현재는 인구 30만 정도이다. 「후에」 에서 남서쪽으로 150km 지점에 격전지 「다낭」항이 있다. 40불에 택시를 대절하여 구경하러 다녀왔다. 시골로 갈수록 맨발로 다니는 사람이 많다.

아직도 화전민이 산을 불태우고 있어서 안타까웠는데 메마른 지역에 저절로 산불이 진화되는 것은 나무의 종류 탓이란다.

너무 많은 공동묘지가 인상적이었고 바닷가 경치는 아주 좋았다. 「다낭」 에 고대박물관은 弟山, 장시대라는 4세기부터 8백년간 지은 건물들 유적이 즐비한데 무척 고귀하게 느껴졌다. 「후에」 에서 호치민 시까지는 80명 정도 타는 쌍발 프로펠러 여객기로 1시간45분이 소요되었다. 호치민 시 공항에는 Le 박사와 Ly 기자가 벤츠 승용차로 마중 나와 있었다.

몇 달을 비 한 방울 없이 그렇게 무덥기만 한 북부하노이나 중부 후에 지방과는 달리 호치민 시는 더욱 적도에 가까운데도 하루 한번 장대같이 퍼붓는 비 「스콜」 덕분에 훨씬 견디기가 쉽다.

산천이 헐벗은 듯한 북쪽 지방이지만 하노이 시내는 30m 정도 높아 보이는 가로수가 무성하여 도시가 나무숲에 묻힌 듯하다. 스쳐지나가며 느낀 하노이가 어둡고 조용한 편이라면 호치민 시는 더 활기차고 자신 있는 표정이다. 농토는 가족 수대로 개인에게 분배해 주었지만, 집은 대부분 국가에 임대료를 주고 쓰는 국가 소유이니, 전쟁전의 부자나 관료는 흔적조차 없어졌고 소위 「보-트 피플」 은 영원히 그 나라의 적으로 치부하고 있다.

대통령 궁으로 쓰던 곳이 「통일부」 라고 이름 지어, 외국인 5불. 내국인 0.5불 받고 관람시켜주는데, 망국의 호화판 말기 모양을 박물관 형태로 유지하고 있다. 지하층에는 매우 많은 통신장비들이 있었는데 모두 미국 제품들이었다. 이와는 대조적으로 하노이 호치민 박물관을 둘러보면 너무나 검소하게 살았던 흔적과 호치민 투쟁사가 잘 보존되어 있어서 숙연해지기도 한다. 중국 천안문 광장 옆 마우타이퉁능 (모택동관) 과 꼭 같은 모양으로 호치민 기념관이 있다.

고인의 의지와 반대라는데 수정관 안에서 화장 잘 한 얼굴로 잠자듯 누운 당대의 영웅 (?) 을 볼 수가 있다. 군인들의 삼엄한 경계는 밖에서 건물 촬영조차 막았다. 사이공서 서남으로 75km지점에 땅굴요새 (그들은 「구찌」 라고 한다) 가 있다. 베트콩 기지라고 알려진 곳인데 소위 혁명의 전적지라고 한다. 한 사람이 허리 굽혀 겨우 지나도록 땅굴이 개미집처럼 이리저리 얽혀 있는데. 도중에 대장실, 회의실, 병원, 주방 등 다양한 구조에다 지하 3층까지 있고, 밀림 속인데도 비행기 폭격으로 무너진 흔적들이 많다. 비행 공습을 54차례나 받았다는 설명이었다. 역사박물관은 있어도 골동품을 판매하기도 한다.

여성박물관은 전쟁과 승리의 과정에 16세 베트콩 여 전령사, 역대 훌륭한(?) 여자 베트콩 영웅이나 장군 등 여성의 역할을 확대 전시해 놓았다. 혁명 박물관은 호치민의 승리 과정을, 군사박물관은 전쟁 유물을 잘 전시해 두었다.

「붕타우 해수욕장을 가보던지 별 신통한 관광거리가 있어야지요」 하는 게 그곳 교민의 소리인데 나흘 동안 열심히 돌아다닌 사이공시내도 못 본 곳이 많다. 외국 어느 나라를 가나 우리 교민은 반드시 두 동강이나 세 패거리로 나누어져서 서로 반목하며 지내는 것은 여기도 마찬가지다. 밤 열시가 넘어서 사이공 국제공항에 도착했을 때 남대문시장 뺨칠 만큼 사람이 붐비는데, 이유인즉 공항청사 전부를 텅텅 비워두고는 탑승 수속 시간이 된 사람만 공항내로 들어가게 하고 나머지는 모두 건물 밖에서 웅성거리기 때문이다. 탑승 수속의 절차는 너무나 많은 단계를 거치는데, 근무자의 태도는 마치 검사가 죄인을 다루듯 한 자세이다.

붐비고, 밀고, 젖히고 하여 입구에 겨우 들어가면 우선 짐과 여권, 항공권을 접수하여 좌석 표를 받고 입국 때 세관신고서 쓴 것과 확인과 반출품 내용을 점검하여 이상한 건 모두 밖에서 기다리는 가족에게 되돌려 주어야 한다. 공항세 내는 곳, 쓰고 남은 돈 환전하고 나면 대기소로 가서 출국여권 도장 찍는데 한사람에게 이십분을 붙잡고 있다가 보낸다. 다시 면세점 근처서 삼사십 분 기다리다가, 또 다른 대기장으로 옮겨져서 이삼십 분 기다려, 또 버스를 타고 기내에 들어가면, 비로소 한국 비행기의 깔끔한 아가씨랑 승무원들의 상냥한 접대에 휴 하고 한숨이 쉬어 진다.

의협신보 1993. 9.2

소련 견문기

소련은 한 나라에서 시차가 열 시간이나 차이가 있는 세계에서 가장 큰 나라이다. 6.25와 대한항공기 피격 사건 등 좀처럼 잊히지 않는 응어리진 기억이 있어 여행을 망설이게 하는 곳이기도 하다.

지난 칠월 초순 우랄산맥의 중심부 스베르드로프스크에서 개최된 에스페란토 회의 (Europo-Azio '91)에 참석했기에 그간의 견문을 발췌하여 관심 있는 분에게 도움이 되었으면 하고 쓴다.

회의 개최 일 년 전부터 초청장이 오고 몇 달 동안 여행 수속을 하여도 아직은 절차상 어려움이 너무 많다. FAX 보내고 답 오는데 2주일이 소요되고 전화하기는 하늘에 별 따기이다. 텔렉스 전보는 태반이 도중에 없어져도 항의할 방도가 없다. 우여곡절 끝에 비싼 여행사를 통하여 20일 간의 비자를 받아 떠났는데 23일 만에 왔으니 제도의 차이가 너무 심한 나라이어서 그동안에 얽힌 복잡한 사건들이 많지만 다음기회로 미루고 오늘은 우선 소련 인민의 생활상에 초점을 맞춰 논문의 초록을 쓰는 기분으로 여행기를 쓴다.

지면이 허락하면 거기서 만난 고려인(?)의 생활을 소개하고 약간의 느낌도 쓰고 싶다.

관광단을 따라 떠나는(패키지 투어) 것이 아니라, 한국인은 세 명만 참가한 국제회의이고 개방되지 않은 지역을 숨어(?) 다니며 민박하는 과정이어서 약간의 스릴도 있었다.

출발 하루 전 서울 있는 여행사를 찾아가서 여권, 항공권을 받아 쥐고서야 확실히 떠남을 알 수 있었다. 출발 두 시간 전 공항에서 달러 현찰로 바꾸었더라면 좋았을 것을 여행자 수표로 바꾼 것이 나중에 큰 불편의 원인이 될 줄이야.

서울 떠난 소련 비행기는 180명 정도 타는 소형이고 10시간 반을 논스톱 비행하여 다소 피곤하게 모스크바에 내리니 현지 시간 20시이다. 입국심사가 까다로운 건 미국과 맞먹는다. 입국 직후 세관 신고서에 지참금 기록을 해서 싸인 받은 서류를 잘 보관 안했더라면 출국 때 곤란할 뻔 했다. 공항은 시골역 대합실 같고 물어서 물어서 2층 여행사에 찾아가 서류를 내미니 1시간 걸려서 수속이 끝나 택시를 내어준다. 그래도 일행 중엔 우리 수속이 가장 빠른 셈이다. 화폐의 공식 환율 (1.8 루블=1달러) 보다 상거래 환율(27 : 1)이 주로 통용되고 암시장 환율(40 : 1)도 위험성이 따르지만 이용할 수 있다. 2~3백 년 된 웅장한 건물들이 마치 잘 정돈된 조각 전시회 같이 늘어선 수도의 한가운데에, 명색이 일류 관광호텔인데 내부는 우리나라 장급 여관 정도이다. 무희쇼와 밴드 공연이 끝난 후의 식당은 포식을 했어도 일인당 삼천 원 정도이다. 관람과 식사를 동시에 하려면 6시간 이전에 예약하고 2시간 이전에 입장권(일천 원)을 사야 한다. 저녁 8시부터 2시간 정도 공연이 훌륭한데 식사비는 1인당 1만 원 정도이다. 이는 소련인의 평균 한달 봉급과 맞먹는다. 외국인 호텔 숙박료는 세계 최고(?)의 가격이고 봉사의 질은 우리나라 무궁화 둘짜리 호텔정도, TV, 전화는 모두 구식이고 커튼 없는 욕실은 샴푸도 귀하다.

호텔방마다 시내 전화번호가 그대로 부여되고 있어서 시내 전화는 무료이고 시외 전화는 마지막 다이얼에 자기 전화번호를 돌려야 한다. 국제 전화를 하려면 하루 전에 전화국 가서 신청해 놓고 다음날 가서도 몇 시간을 기약 없이 기다려야 하고 그것도 통화의 가능성이 적다. 수도이건, 대

도시건, 소도시건 호텔 이외는 식사할 수 있는 곳이 거의 없다. 삼십분 정도 줄 서서 기다려 들어간 카페테리아는 서서 먹는 곳이고 예약하지 않은 식당은 식사시간(12시부터 15시까지, 19시부터 22시까지)에 가도 들어갈 수 없고 현지인 통역이 사정사정하니 식사비는 따로 내고 한 사람이 십 불씩 커미션 주면 비공식적으로 입장시켜 주겠단다. 시내버스와 전차는 요금이 우리 돈 사원오십전, 지하철도 같은 요금인데 한번 들어가면 몇 가지 선로를 바꾸어 타도 돈은 더 내지 않기에 친구와 만나는 약속 장소는 대부분 지하철 프랫트홈이 애용됨이 이해가 간다. 호텔밖엔 선술집도 다방도 없기 때문에 펩시콜라, 오렌지주스 한 잔씩 사 먹기 위해 줄 서서 사가지고 이삼 분 앉아 쉴 수 있는 천막 밑이 유일한 휴식처이고 큰 도로 가운데는 긴 의자들을 갖춘 가로수가 좋은 공간이 되기도 한다.

사람이 빽빽한 버스 안은 소매치기가 있고 옷차림은 도시와 시골이 다소 다르다. 거리의 악사들은 집시처럼 돈을 구걸하고 행인은 둘러서서 장단 맞춰 춤추기도 한다. 모스코바 관광 상품 시장 거리는 약을 대로 약은 상인들로 우리의 서울을 닮아간다. 큰 시장에 들르면 농협 공판장 크기의 시설물에 개인 장사들, 딸기, 머루, 산나무 열매 서너 봉지씩을 나열해 놓고 서 있는 아가씨들, 수박, 포도, 살구 한 광주리씩 진열해 놓은 아저씨들, 시금치, 상치 한 다발씩, 파 열쪽 정도 나열해 놓은 아주머니들, 생선 몇 마리 놓고 앉아 있는 등 가지각색인데 손님들이 별로 없다. 고기, 술은 배당 나오는 쿠폰이 있어야 살 수 있고, 돈이 있어도 상품이 귀하니「줄 많이 늘어선 곳이면 무조건 줄부터 서고 본다」는 말이 생겼다. 무슨 물건이건 사다 나르니 그래서 생긴 말이 『백화점엔 아무것도 없고 가정엔 없는 것이 없고』이다. 호기심에 커피세트 (여섯 개) 한 벌을 삼천오백 원 주고 샀는데 물건 관찰하는 줄 서서 이십 분, 이 분간 관찰, 전표 써 받아서 이십 분 줄서기, 돈 내고 영수증 들고 한 시간 기다려서 물건을 받아 나왔다. 백화점 구간구간마다 들어가기 위해 줄 서 있고 세 사람 나오면 세 사람 들여보낸다. 현금이 많은 매장에선 권총 찬 경비병이 있고 여자들이 옹기종기 모인 곳이면 대개 액세서리점인데 조잡하기 짝이 없지만 날개 돋친 듯 팔린다.

책값이 아주 싼 편인데 열 가지 정도 책을 놓고 파는 노점상이 많고 서점마다 성황이다. 지하철. 전차 모두 책 읽는 사람이 많다. 아무리 하급 열차도 담배 연기가 전혀 없고, 유원지나 시골길도 쓰레기 한 점 떨어진 걸 못 볼 정도로 공중도덕을 잘 지킨다. 아무리 바빠도 조급해 하지 않고 자가용차도 영업을 하는데 한밤중 운임은 두 세배를 주어야 한다. 영업용 택시도 합승은 시키지 않는다.

석유가 많이 나는 나라인데 주유소에서 기름 넣을 차들이 줄 서서 몇 시간씩 기다려야 넣는다. 그것도 배당 나온 쿠폰과 돈이 있어야 가능하다. 극장들이 많은 편이나 암표 장사가 많다. 소도시 극장들은 연중 절반 이상이 공연이 없다. 기독교의 종파인 러시아 정교회는 그림 조각이 불교 사원을 방불케 한다. 정규 예배 시간엔 천주교식 예배이고 역사가 긴 교회 수에 비하여 신도 수가 너무 적다.

빵, 우유, 토마토 등이 있는 식품가게는 손님이 줄 서 기다려야 하고 상점마다 여러 겹 나무 인형이 주된 진열품이다. 상품의 일반 가격은 우리나라의 10% 이하 가격이어서 일루불이 삼십 원 환율이지만 삼백 원으로 계산하여 써야만 현실에 맞다. 무슨 기계나 가정용품은 낡아서 버리는 일 없이 집에서 고쳐 쓸 수 있도록 하찮은 부품이나 부속품까지 갖춘 가게가 이색적이다.

거주지를 떠나 옆 도시를 가도 신분증이 있어야 한다. 다섯 세대 공동 주택은 부엌, 변소, 욕실 하나에 방이 다섯 개로 되어 있다. 아파트는 부엌, 변소, 방 하나에 두 식구가 사는 게 보통이고 방이 둘 이상이면 직장이 좋은 곳이고 전화 있는 집은 부자이다. 가정의 반수가 흑백 TV를 갖고 있고, 칼라 TV가 있으면 간부나 중역들이며 자동차는 당이나 직장에 따라 우열순위로 배분되는데, 신청하고 삼년 정도 기다려야 살 수 있고 사서 바로 팔아도 열배를 받을 수 있다. 자동차는 고철이 굴러다니듯 보이나 십 년을 써도 고장이 없다.

스무 집 중에 하나 정도 있는 사진기는 자동이 없고 모두 손으로 조작하며 흑백 사진이 대부분이다. 기차는 칸칸이 더운 물, 찬 물이 잘 나오고 세면대까지 갖춰 백년을 써도 고장이 안 나게 구석구석 튼튼하다. 그래서 나라는 부자. 개인은 가난뱅이 란 말이 나왔나 보다. 회사에 근무하는 아가씨는 절반이 노부라이고 거리를 활보하는 중년 이후의 여성은 절반이 비만증이다.

길거리에 저울 하나 놓고 흰 가운을 입고 앉아 있는 할머니는 체중 한 번 재어 주고 6원 받는다. 모스크바에서 R.까지 가는 기차는 80명 타는 객차가 24칸 연결되어 있다. 250km 거리를 특급 열차가 4시간 20분 걸린다. S.에서 모스크바까지 가는 특급 열차는 25시간 걸린다는 시간표였는데 세 시간 반을 연착해도 아무런 불평이 없다. 특급 열차가 정차하는 중소도시 역엔 산딸기, 산머루 파는 아가씨들, 한 봉지에 일루불 균일이다. 거의 전국의 수돗물은 석탄 냄새 같은 게 났고 그냥 마셔도 된다지만 물맛이 이상하다.

내가 만난 소련인 대부분이 현 대통령을 좋아하지 않고 공산주의가 싫다고 했으며 옐친이 마치 구세주가 될 듯 기대를 한다. 레닌이 먹여 주었고, 스탈린이 입혀 주었고, 마렌코프가 집을 짓기 시작하여 후루시쵸프까지 다 지어 놓았더니 페레스트로이카 때문에 그 집안이 가축우리가 되었다고 하는 말을 공공연히 한다. 러시아 공화국 엘친 대통령의 고향인 S.시에는 유명한 청년박물관이 있다. 가히 체제 전복을 유도하듯 역사의 사회주의 유공자들을 매도했고 소련의 참전 역사들을 비꼬아 놓았음은 경악할 일이다. 관람 후 방명록에 한글로 「귀국의 발전과 각성을 경축합니다」 라고 썼는데 어쩐지 뒤가 켕긴다. 사할린이나 타시켄트 지역처럼 중국과 경계 가까운 지역엔 우리나라 교민이 많이 산다. 그들은 애써 우리에게 고려사람, 고려 말이라고 말하길 좋아한다, 이민 일세인 팔십 노인들만 고려 말을 잘 할뿐 환갑 이전이 대부분인 이민 이세는 우리말을 겨우 알아듣고 의사표시는 절반도 못하는 수준이다. 매운 김치, 된장, 고추장, 쌀밥을 즐겨 먹는다.

S.시에 사는 고려인 가족은 열한 가구인데 U대학 철학과 김브라드밀 교수가 회장을 맡고 한두 달마다 고려인 모임을 가진다. 그 자리에서 배운 우리말과 노래가 한이 맺힌 술타령, 육자배기, 도라지 등이다. 함경도 사투리, 제주도 사투리가 섞인 경상도 말투가 많다. 일본 놈들의 노략질로 조상들이 끌려와서 우리의 운명이 이렇게 되었으니 "왜 우리가 무슨 죄가 있소" 하며 눈물을 글썽인다. 서툰 우리말로 한국 가고 싶다는 표현을 할 때 가슴이 「찡」 함을 느낀다.

모두 부지런하고 영리한 한민족이어서 소련 사람들 중에 가장 농사도 잘 짓고 공부도 잘 해서 비교적 부유하게 사는 모습이다. 동포 심 씨 가정엔 칼라TV, 전화가 있고 방이 세 칸, 부엌, 욕실이 있고 자동차도 있었는데 도둑맞았단다.

처음 여행 출발 때 귀국 비행기 좌석이 확보되었는데 모스크바 출발 일 주일 앞두고 좌석 확인을 하니 자리가 없단다. 비자 연장 비행기 좌석 확보 때문에 48시간을 현지인 사서 (20불 주고) 수고시킨 결과 아슬아슬 성공했다.

이미 선불된 호텔비는 쓰지 않고 해약해도 되돌려 주질 않는다. 호텔 투숙 수속하여 여권 뺏기고 호텔 카드와 열쇠만 쥔 채 시골로 가서 삼일 만에 오기도 했다. 하루 종일 다녀도 동양인 얼굴을 못 만나는 시골인심은 너무나 순박하여 미안할 정도이다. 연금 신분증을 가진 분은 기차표를 사도, 극장엘 가도 열외로 가장 먼저 살 수 있고 시내버스, 전철은 무료이다. 공항서 비행기 탑승 때 우랄지방 유명한 돌들이 짐에 들어 3킬로 그람 초과했는데 5킬로라고 적더니 무려 160불을 더 내라고 한다. 영어를 전혀 모르는 공항 직원의 고함소리에 질려 그 돈을 뺏기고 나니 기가 막힌다. 싹쓸이 쇼핑으로 소문난 한국인에게 바가지 씌우는 지령이 내린 듯 보인다. 아무튼 요즈음 소련 여행을 할 한국인은 나 하나하나가 외교관 노릇을 해야 하는 의무감으로 환율의 열배 값으로 생각하며 돈을 아껴 써서 소련 사람 눈에 돈 많고 허술한 사람들로 비치지 않기를 비는 마음이다.

대구의사회보 1991.8.28

중국 갔던 얘기

워낙 큰 나라 엄청난 인구를 가진 잠자는 사자 중국을 장님 코끼리 만지듯 두 차례 다녀왔다. 그것도 남들이 쉽게 가지 못할 때였으니 만나는 이마다 중국 얘기를 해 보라고 했으나 쉽사리 입을 열기가 두려운 심정이다. 역사 유적 얘기나 관광 얘기는 나중에 하고 오늘은 중국 생활 단면 얘기부터 해 보자.

십여 년 전 에스페란토 국제대회에 중공 대표 7명이 처음 왔다고 대회장은 대대적인 환영무드였을 때 한국에선 나 혼자 뿐이었다. 그들과 처음 인사를 하고 기념사진을 찍자고 했을 때 바쁘다는 핑계로 거절당했다.

똑같은 복장을 입고는 군인들처럼 단체 행동들이었다. 8년 전 벨기에서도 다시 만나서 반갑다고 했더니 건성으로 대답을 했고, 일본 대표 도움으로 기념사진을 같이 찍을 수 있었다. 그땐 그들의 옷차림이 다소 다른 사람도 있었다. 5년 전 캐나다에서 만났을 때는 그들이 먼저 인사를 해 왔고 선물도 주고받았다. 4년 전 북경에서 이 국제대회가 열려서 한국인은 팔십 명이 신청을 했으나 열 명 남짓 입국 허가를 받았다. 한나라에 5십여 민족이 살고 있으니, 광동지방에서는 내 이름을 "깜윙맹"이라 부르고 북경에선 "진융민"이렇게 다르니 얼마나 언어가 다를까 싶은데, 통일된 문화가 있으니 다행한 일이다.

86년 여름 북경공항에 도착하여 6시간을 기다려서야 주최측에서 보낸 차로 호텔로 갔다. 밤 11시에야 일행 을 위한 식사가 제공되었고 방을 배정받은 것이 새벽 2시다. 공항에 도착해서 12시간 만에 숙소가 정해졌으니, 국민성이 느릿느릿해서인지 사회주의체제 자체가 그래서인지 여하튼 한국인들은 불평투성이다. 공항에선 택시도, 버스도 없으며 어디를 가나 주최 측에서 인도하는 대로 관광이고, 회의장이고 2,000여명이 단체로 다녀야 한다. 그때는 북경 시내 술집이라고는 아무데도 없었고 홀리데이인 나이트클럽 하나뿐이었다. 김일성 배지를 가슴에 단 괴청년들이 주위를 빙빙 돌고 있음을 느끼면서 일행 중 3명이 밤 2시에 호텔 키만 들고는 호텔을 빠져 나왔다. 택시를 부르니 지하 주차장에서 한때 오기에 작전상 그냥 보내 버리고 다음 차를 불러 탔다. 공무원 한 달 봉급만큼의 차비를 내고 나이트클럽 있는 호텔까지 갔으나 입장할 때 외국인 여권이 있어야 하는 줄 누가 알았으랴! 열심히 영어로 떠들어대니 통하긴 하여 들어갈 수 있었다. 30평 남짓한 공간 가운데 10평정도 무도 공간이 있고 한쪽편의 뮤직 박스에선 서양 아가씨 디제이가 디스코를 틀어 놓고 열심히 솔로 춤을 춰 보인다. 주변에 흩어진 탁자와 의자엔 30여명을 수용할 수 있을 정도다. 그날 손님은 우리 일행을 제외하면 모두 서양 사람이고 모두 15명 정도였다. 여자 구경 갔다가 마치 형사의 눈초리를 한 호스티스 직책의 안내원 삼사 명을 발견했을 뿐이다. 술값은 싼 편이나 재미가 없어서 한 시간이 지루했다. 우리 일행의 개인행동을 허락하지는 않았으나 노력하여 두 사람만이 영어 안내원을 따로 부탁해서 북경 시내를 한 바퀴 돌았다. 북경 소아병원, 시장 구경, 뒷골목 구경, 골동품 상가 구경도 했다. 총 연장 4킬로미터의 지철 (지하철) 도 타 보고 한국 요금의 3분의 1인 비좁은 시내버스도 타보고 조선 음식점 "연길식당" 엘 들렀다. 세 명이 맥주 한 병씩, 국수 한 그릇씩, 돼지고기 한 쟁반을 시켰는데 도합 한국의 맥주 한 병 값이었다. 또 놀란 것은 빈 맥주병을 갖다 주니 3분의 1정도의 돈을 되돌려 준다.

　방을 구천 구백 구십 아홉 개나 갖춘 자금성은 문만 열었다가 닫는데도 일주일이 걸린단다. 천안문 광장 옆엔 모택동 기념관이 있다. 시신이 들여다보이는 수정관 안에 국기를 덮고 누운 채 병사들 경비가 삼엄하다.

　두 시간을 줄 서서 들어가선 삼분 만에 나오는 곳이다. 국회의사당도 관광객에게 개방했고 오곡을 추수한 후 임금이 하늘에 제사 올린 천단이 장관이다. 서태후의 별장을 만든 끝이 안 보이는 인공호수와 이 호수를 판 흙으로 된 이삼백 미터 높이의 인공 산 위에선 하궁, 여러 종교가 만난 사원, 만리장성, 십삼 정능 등이 기억에 남는 곳이다. 긴 역사에 천하를 주름잡던 많은 유적들이 있는 중국 대륙을 이 년 후에 다시 가 보았으나 냄새만 맡고 온 셈이 된다. 제남의 태산에 올랐을 때 굼벵이에서 갓 깨어난 매미요리가 징그럽긴 해도 구수한 맛을 잊을 수 없다. 동양화에 나타난 모든 절경을 한곳에 모아 놓은 계림에서는 이 강 뱃나루에 버스가 다다랐을 때 갈댓잎 모자 기념품 등 시끄러운 장사꾼들이 인상적이고 역대 풍류시인들의 무대인 항주의 서호에서 유람선을 타고, 오렌지주스 한 병에 우리 돈 3백 원을 주고 마신 후 병을 주니 백 오십 원을 되돌려 준다.

　구석기 시대 유물들과 유적들, 양귀비 목욕탕, 진시황릉 등을 갖춘 서안에선 이백 불 달리던 호랑이 온마리 가죽이 인상적이었다. 북경 행 비행기 타러 나갔다가 비 때문에 결항되어 스물 네 시간을 서안호텔에서 기다린 일, 다음날 공항에선 앞서 수속 끝나고 좌석에 앉아 있는 여객들을 끌어내리고 우리 일행을 태워 주던 일, 제남에서 중국의 스위스 청도까지 가는 데는 야간 침대 열차를 탔는데 사십 년 전 우리나라 열차 상황과 비슷한 일, 군인 복장을 한 열차 승무원의 고압적 자세, 정보부 요원의 냄새를 풍기는 안내원의 외인 접촉금지 감시 등은 오래토록 기억에 남는다.

중국 첫 방문 때는 한복 입은 교포들을 만나 선물 세례하며 반겼으나 홍콩으로 나올 때는 "탈출 성공" 하면서 안도의 한숨을 쉬었는데 이년 후의 두 번째 방문에는 한국 기업체에서 근무하는 수출 역군들을 자주 만나 드세진 한국 국력을 확인했고, 돌아올 때는 또 갈 것을 다짐하면서 아쉬워 아쉬워 자꾸만 뒤돌아 보이는 중국이었다.

소아과동문회지 1989.12. 31

쿠바에서 만난 한국인

　1990년 여름 세계 에스페란토대회가 중앙아메리카의 섬나라 쿠바의 수도 아바나에서 열렸다. 한국인의 입국이 아주어려운 때여서 일본 회원과 함께 비자 신청을 해서 어렵게입국할 수 있었다. 쿠바와 적대 나라 관계인 미국 전세기를타고, 미국 마이아미에서 삼십분 정도 날아가면 바로 아바나공항인데, 그 길을 가기 위해 김포공항 출발부터 꼭 27시간을 비행기와 공항 등에서 보낸 셈이다. 그 긴 시간을 적법과탈법, 기지와 철면피, 뇌물과 인내 등 가진 수단을 총동원해서 전쟁 치르듯 보냈으니, 두 번 다시 가 볼 엄두도 못 낼지경이다.

　공식 환율이 미화 1불에 1.3페소인데, 실제 통용 (암시장) 환율은 6내지 8페소이다. 대회에 온 각국 회원들이 주최 측에서 마중 나온 버스를 타고, 까쁘리, 리브레, 리비에라, 산용 등의 호텔로 분산 수용되었다. 호텔은 내국인의 출입이 허용되지 않고, 물가는 싼 편이며 시내 택시 계기는 모두 미화 달러로 지불토록 되어 있고, 식당은 한 시간 이상기다려야 빈자리가 생겨 들어갈 수 있다. 중국 식당 만다린에서 네 명이 저녁식사를 했는데, 20페소이기에 그대로 주니까 외국인은 달러를 내야 한단다. 통용 환율로는 3불만주면 되지만, 공식 환율로 16불을 내라고 한다. 공산 국가에서 국영 식당인데 10불만 주고도 해결이 되니 이상한 현실이다.

　수도 아바나 시내에 회사원인 마리아B씨는 흑인인데, 한국 교포3세이다. 회의 목적 이외엔 어느 도시의 방문도 허용되지 않는 공산국가인데, 우리 민족인 B씨가 통역이 되어 주어서 렌터카를 빌려서 교포들을 찾아 나섰다. B씨는 도중에 해변의 아담한 병원을 가리키며, 소련 체르노빌 피해 이동 수용병원이라며 소련을 도운다고 자랑했다. 남으로 세 시간 정도 달려서 휴양 관광 도시 마탄자스에 도착했다.

배 III, 김 YJ, 글로리아 김조, 율리 허차, 김 OS, 이 ST, 이 UB 이분들의 말을 종합해서 보면 이렇다. 한일합방 이전 일인데 백 년 전 인천항에 일본배가 와서 비옥한 농토를 무상으로 주는 살기 좋은 나라로 보내준다고 한국 청년들을 시험으로 선발했다. 이천 명을 싣고 석 달을 항해하여 멕시코까지 가는 도중에 병들어 죽는 자도 많았고 남은 자는 멕시코 사탕수수 농장에 노예로 팔아버렸다. 이들은 선인장 가시에 상처를 입으며 섬유를 뽑는 노동에 견디다 못해 이백 명이 쿠바로 도망가서 마탄자스에 정착했다. 처음에는 한국인 학교도 만들고 해서 75세의 김 할머니는 그 학교 2년까지 배울 수 있었다.

고국에 보낸 사진 한 장 달랑 들고 찾아온 신부를 맞아 결혼하던 이민 일세는 그래도 행운아였고, 교포 이세끼리의 결혼도 쉬운 일이 아니었으며 이민 삼세는 혼혈아가 많다. 대부분 교육열이 높고 영리하여 직업들이 비교적 좋은 편이다. 치과 의사 집을 제외한 다른 주택들은 우리 빈민촌과 꼭 같다. 일본 조총련에서 보내온 스페인어 신문이 고국 소식의 전부였는데 직접 동포가 와서 만난 건 우리가 처음이라고 하며 눈물을 글썽이며 잡은 손을 놓지 않는다.

국민들은 스페인과 흑인의 혼혈이 많아서인지 자유분방하고 정열적이며 축제와 낭만을 즐기는 풍토이다. 강압에 의해서가 아닌 마음으로부터의 카스트로를 좋아하기 때문에 공산주의가 싫어도 따른다고 했다. 젊은이들은 자본주의를 갈

망하고 기회만 있으면 돈을 벌려고 혈안이 되어 있고, 노인들은 일찌감치 은퇴해서 놀고도 먹여주는 국가의 은혜를 고마워했다. 똑같이 가난하게 살고 있으니 전혀 불만이 없어 보인다. 선전술의 발달은 관광을 위한 집단 농장이나, 탁아소, 종합병원, 외국인 전용 식당 등에서 잘 나타난다. 치안이 잘 유지되어 있고 낯선 사람을 신고하는 제도가 잘 지켜지는데 통역 B씨의 재치로 우리는 무사했다.

해수욕장에서 짐짝처럼 학생들을 실은 트럭의 행렬이 인상적이다.

편지와 사진을 보낸 지 일 년 반이 되어도 아직 답이 오지 않는 것을 보면 쿠바의 오늘과 우리의 현실은 아직도 접근하기에는 넘어야 할 산맥이 많음을 느낄 수 있다.

소아과동문회보 1991.12.6

통일 베트남 국토종단 열차를 타고

공산주의 국가 그리고 후진국이란 막연한 불안감으로 베트남 행을 망설였으나 서길수 교수의 말을 듣고, 독일과 정반대로 통일된 베트남의 모습은 어떤지 궁금해 호기심 가득 안고 베트남 행을 결심했다.

호치민 시(구. 사이공)의 D-ro Le와 전화로만 세 번 통화하여 다짐을 받았지만, 막상 하노이 사람과는 연락이 닿지 않기에 하노이에 있는 이름뿐인 "에스페란토 여행사"에 전화 몇 번하고, 팩스 주고받은 것 한 장 들고 하노이 공항에 도착하니 여행사에서 고급차를 대기시키고 내 이름 팻말을 들고 있기에 반가웠으나, 영어로만 간단히 인사하고, 더 나가니 초록 깃발을 든 Esperantisto가 있어서 "Saluton samideano" 했더니, "Ĉu D-ro Kim?" 하고 묻는다. 여행사의 고급차는 달라는 대로 돈만 주어 그냥 돌려보내고 Esperantisto를 따라 갔다.

에스페란토 센터의 준말로 된 "에스페센 여행사" 미녀 직원이 꽃다발을 들고 나와 환영을 하고, 사장과 간부들이 대단한 환영을 하며 저녁식사로 한턱냈다. 35년간 에스페란토만을 직업으로 지금까지 살아온 DAM선생은 "월남 평화우호단체 연합회 간사"로서 박봉으로 큰 사무실을 지키고 있지만, 내가 머물렀던 열하루 동안은 자리를 비우고 나와 함께 다니면서 통역을 해주면서 충실한 안내자가 되어 주었다. 넓은 도로를 오토바이와 자전거가 가득 메워 물결처럼 흘러가는데 가끔씩 자동차가 섞여서 요리조리 피해가는 모습이 참으로 신기하다. 세발자전거로 된 인력거가 한국의 개인택시처럼 번호판을 붙여서 정부에 세금을 내고 사람을 실어 나르는데 우린 주로 이것을 이용하였다. 하노이 시내 서쪽에 자리한 "호치민 능"안에 들어가니, 화장을 잘 해서 수정관 안에 뉘여 놓아 전시해 놓은 당대의 영웅(?)을 군인들이 엄숙히 지키며 참배객들에게 보여준다. 호치민 박물관과 그의 주택을 본 후에 사이공에 있는 통일궁(구. 월남 대통령궁)을 둘러보면서 북쪽이 이길 수밖에 없는 정신무장의 중요성을 느꼈다.

차를 대절하여 하노이 남동쪽 180Km지점에 있는 할라웅만을 갔다

오는 길에 하룻밤을 쉬고 와 대략 34시간이 걸렸다. 용이 내려와서 천개의 섬을 만들어 놓았다는 "할롱"은 너무 경치가 좋아서 평생 못 잊을 장관이다. 중국의 계림이 강변에 두른 병풍이라면 여기 할롱은 바다에 들린 병풍 같았다. 그리고 두개 섬을 방문해 석회석 종유동굴을 보았는데 아름답기가 그지없었다. 하노이 에스페란티스토 16명이 저녁에 같이 모여서 두 시간 정도 정담을 나누었다. 하노이 시내는 크고 작은 호수가 몇 개 있는데 시호는 바다같이 커 보이고 그 옆으로 강이 흐른다. 강변에 수많은 보신탕집이 한데 모여 있는데 그들도 우리네 풍습과 닮은 것이 많아서 장거리 여행을 앞두고 개고기를 먹지 말아야 한다고 한다. 지나는 길에 "고려식당"이란 한글 간판을 보고 반가웠으나 혹시나 평양 사람일까 봐 그냥 지나쳐서 좀 아쉬웠다.

국토종단 열차를 타고 20시간 후에 닿은 고도 "후에"에는 왕궁이 있고 열 몇 개 종족을 통일하여 최초 "베트남" 국호를 쓴 18세기 수도답게 고전음악이 연주되고 있었으며, 박물관에도 전쟁의 상흔은 없었다. "후에" 서남쪽 150Km 지점에 격전지 "다낭" 항구를 찾아가니 18년 전에 전쟁이

끝났지만 그 상흔이 곳곳에 있고 수많은 공동묘지가 이색적이다.

"후에"를 포함하여 북쪽은 일 년 내내 비가 너무 적어서 묘역은 마치 사막과도 같았다. 4세기부터 12세기까지의 유적을 전시한 고대 박물관이 무척 귀하게 느껴졌다. 쌍발 프로펠러 여객기로 호치민 시로 날아가니 기차로 27시간 거리인데 불과 1시간 45분 걸렸다. 공항엔 "레" 박사와 "리" 기자가 벤츠를 가지고 나와 있다. 때마침 호치민 시에선 에스페란토 대중강습회가 열리고 있었고, 일주일에 3회, 한번에 2시간 강의를 한다는데 벌써 3 개월째 배웠단다. 제법 용기있게 말하는 사람도 더러 있다. 여기서 지도하는 "황" 선생과 "풍" 할머니 "담" 선생 그리고 나 이렇게 넷이서 사이공 서남쪽 75Km 지점에 있는 "구찌"(베트콩 땅굴)를 방문했다. 개미집처럼 얼기설기 엮어 지하 3층까지 있었고, 허리를 굽혀야만 지나다니는 통로 좌우에 참모실, 대장실, 병원, 식당 등이 골고루 갖춰진 그들이 말하는 소위 "혁명 유적지"를 두어 시간보고 나니 온몸이 땀으로 흠뻑 젖었다. 여러 군데를 보고 마지막 홀에서 주는 고구마 같은 음식과 따끈한 엽차가 기억에 남는다. 다음날도 "풍" 할머니는 일찍 호텔로 와서 하루 종일 호치민 시내 안내를 해 주었다. 박물관 입장료, 세발 인력거 등을 자기가 부담하면서 헌신적으로 봉사하기에 나는 어떻게 갚아야 하냐고 물으니 나이 칠십이 넘었으니 다른 세계에서 만날 때 갚으시오 하고 눈물을 글썽이는 모습이 꼭 내 어머니를 대한 느낌이다. 동물원, 공원, 역사박물관, 여성박물관 (여기 관장이 현 호치민 시 에스페란토 회장이다), 혁명박물관, 군사박물관, 통일궁 등을 사흘 동안 둘러보았는데 호치민 시는 매일 한 번씩 장대같이 퍼붓는 비 "스콜" 때문인지, 자본주의 역사가 길어선지, 하노이가 비교도 안될 만큼 활기찬 도시이다. 그동안 호치민 시에서 만난 원로 에스페란티스토들이 열 명 정도 되는데 80세 된 분도 유창한 에스페란토 말을 하니 숙연해진다. 여러 번 "La Espero el Koreio"를 참 좋게 읽고 있다는 칭찬을 들었고 어디서나 Familieco (가족애) 를 느낀다. 내가 머무르던 열하루 동안 베트남을 지성껏 안내하던 "담" 선생과 사일동안 같이 지낸 경제학 박사 "레" 선생도 사이공 공항에서 나와 이별의 포옹을 할 때 눈물이 고였다.

　나도 가슴이 뭉클해지고 눈물이 글썽여졌다.

에스페란토 110호 1993

진료실 잡기장

집단 예방 접종

집단 예방 접종은 전염병이 창궐하던 사오십 년 전에 의사가 모자라는 상태에서 시행하던 합법화된 악습인데, 현실에 맞게 법을 고치자는 건의를 하면 집단 이기주의라고 매도해 버린다.

이 법을 악용하여 치부를 일삼는 기업에게는 사활이 걸린 문제이니 엄청난 로비 활동으로 점점 관계자들을 타락(?)시키는 듯하다. 1992년 독감예방접종은 전년보다 20% 더 영업신장 목표를 세운 백신 제조회사에서 과량을 생산해서는 어떻게든 소모시켜야 하는 기업정책에 선량한 우리 아이들이 이용당한다고 생각하면 치가 떨릴 일이다. 섭씨 십 도 이하에서 보관 돼야 하는 약을 보따리 장사 식으로 싸들고 다니며 학교 유치원 탁아소까지 방문 접종을 하는데 그들 기관장들이 진찰도 않고 접종하는 돌팔이 행상(?)에게 협조를 잘 해주는 이유는 무엇 때문일까. 1991년 10월초에 독감의 유행이 휩쓸고 지나간 뒤에 독감예방 접종약이 뒷북치듯 공급되었고 그 후에 보사부에서 독감경보가 내려졌다. 덕분에 단체 접종을 대대적으로 해서 약은 모두 소모되었지만, 그 후 독감의 유행이 일 년 동안 없었다.

그때 단체 접종 가격은 엄밀히 따져보면 공급가격에도 턱없이 부족한 수준이었다.

그런데 금년엔 왜 독감 접종을 안 해 주느냐고 여러 학교 교장님들이 제약회사에다 전화 독촉인 것은 작년에 얼마나 많은 이익이 챙겨졌기에 저러겠느냐고 제약회사 직원이 귀띔을 해 준다. 그렇다면 과연 그 당시 학생들에게 약의 정량을 접종했다고 도저히 믿을 수 없다. 그런데 더욱 B와 J 정형외과 선생님 이름으로 그 약이 소모된 것이 전국 최고라고 하니 얼마나 부끄러운 대구 회원의 수치인가. 이 약의 유통 경로와 학교 관계자의 이권관계, 접종량 미달 등을 면밀히 분석하면 짐작도 못할 엄청난 비리와 부정이 저질러지고 있음을 알 수 있다. 당국자에게 정의사회 구현이란 차원에서 시정을 건의했더니 적법단체 대표가 아니라 그 말할 자격 없다. 돌팔이 단속은 정부소관이니 당신네 간섭할 일 아니다. 집단 이기주의적 발상을 철회하지 않으면 공정거래법 위반으로 형사 입건하겠다고 위협이다. 참으로 요지경 세상이다. 더욱 웃기는 것은 독감 예방 접종약이 세 가지 균주로만 된 것을 공급하면서 앞으로 가장 유행이 예측되는 균주라고까지 학자 (?)들이 약장수에 맞장구를 친다는 것이다.

독감 경보가 발표된 후 일 년 내내 독감 한 번도 없는 것은 예방 접종약 때문에 접종 받지 않은 사람까지도 예방이 되어서 유행하지 않은 것인지, 아니면 약 장수의 솜씨로 헛발표된 경보였는지 참 이상한 일이다. 독감은 법정 전염병이 아니니 보건소에서 개입을 다소 적게 하는 편이지만 뇌염예방 접종에는 역시 많은 문제점이 있다. 정부 예산으로 약 구입해서 접종한 인원수보다 수십 배의 많은 접종 실적을 보고해야 다른 지역과 보건소 업적의 형평이 이루어진다고 한다. 약의 공급가는 일회용 주사기 값과 인건비를 빼고도 620원인데 500원 받고 단체 접종을 해 주고 있다.

그것도 보건소 인력만으로는 수개월에 걸쳐서 접종해야 된다. 거기다 제약 회사 직원과 돌팔이 행상의 합작 실적을 보태야 되는 형편이라고 한다.

1967년 9월, 10월에 뇌염이 많이 유행했는데 그때는 8월에 예방 접종을 했고 다음해엔 7월에, 갈수록 앞당겨져서 (제약회사 정책에 따라) 수개월 동안 해야 많이 접종할 수 있기 때문에 금년에는 4월부터 야단들이었다.

그 단체 접종가는 인건비와 주사기 값을 계산하면 정량 미달 접종이 뻔한 일인데 전혀 뇌염 환자가 없었던 것은 독감처럼 접종 않은 사람까지 효과가 미쳐서이겠지. 아니면 뇌염 경보가 약 팔기 위한 약장수의 솜씨 탓이 아니기를 빈다.

의사들도 그렇다. 세상이 모두 무작정 우리에게 색안경 끼고 있다는 걸 모르고 접종가의 실속만 고집하는 회의결론을 보면 참 딱하다. 한 달정도 지나가는 계절 품목이고 이것만이라도 국민에게 봉사하는 진면목을 보이기 위해 약의 원가가 집단 접종 때 주사기 값과 인건비 보태어 720원이니까 보건소에서 500원 받으니 의원에선 천원만 받고 봉사하자는 이도 있다. 집단접종의 비리도 없애고 우리 아이들을 위험에서 구할 수 있도록 의사책임하에 정량을 접종해 주자고 한다. 학생들도 무슨 진료과목 이건 상관없이 가까운 아무 병원에나 가서 진찰받고 접종받을 수 있도록 하여 봉사하는 의사 상의 일환으로 이 예방 주사만은 무료 진찰해 주는 것도 뜻있는 방법이 되리라고 믿는다.

대구의사회보 1993.2.25.

잊지 못할 환자(患者)

나와 같은 소아과 開業醫는 大同小異한 하루의 일과를 보낸다고 생각된다. 그래서 여기에 「무언가 보여줘야겠다.」는 생각은 「말도 안 돼」라는 코미디언의 말을 인용해 본다. 하지만 편집실의 지엄한 명령이라 「잊지 못할 환자」를 만들어 보아야 할 처지에 선 것 같다.

修鍊醫시절에 내가 당직하는 날 생후 일주일짜리 男兒가 응급실에 왔다. 배꼽 줄로 출혈을 많이 해서 빈사 상태였는데 부모는 輸血할 돈이 없었다. 다급히 느낀 나는 응급처치를 하고 혈액은행에 뛰어가 내 피를 얼마만큼 채혈해서 수혈해 주었더니 당장에 애기는 호전되어 입원수속도 할 필요 없이 歸家해버렸다. 그 후 아기가 건강히 자랐는지 항상 궁금하게 느끼면서 마음속으론 어디선가 훌륭한 인간이 되기 위해 열심히 커가길 바라고 있었다.

어느 날 초라한 차림의 나이든 아주머니 한분이 7세 된 아동을 데리고 나의 클리닉을 찾아왔다. 나를 찾느라고 무진 애를 먹었다는 것과 이 아이가 생후 7일 만에 내 피를 넣은 아이라는 것을 말하길 잊지 않았다. 무의식중에 우쭐해진 내 어리석은 마음은 오 분쯤 후에 먹칠이 되었다.

『당신이 무슨 병이 있기에 그 피 때문에 우리 아이가 지금까지 말도 똑똑히 못하고 지능이 모자라 학교도 못 보내고 있다』는 것이다.

잊지 못할 환자까진 못되었으나 무언가 보여준 환자였으니 세상만사는 자기 주관대로 해석하기 마련이지만 이 일만큼 내 주관대로 한 것이 후회스러운 일이 또 있을는지 모르겠다. 아이는 죽어가고 있고 부모는 수혈할 돈이 없는데 의사의 피를 주어서라도 살려 놓고 보자는 생각이 보편적 상식이 될 줄로 믿었었는데. 그 보호자 생각에는 일주일이나 배꼽에서 피가 흐르고 있어도 죽지 않았는데 피가 그치게 하는 치료만 해주면 될 것이지 깨끗하지도 못한 피를 왜 수혈해 주어서 아이를 이처럼 병신을 만들어 놓았느냐는 것이다. 잊지 못할 환자라고 여겨왔던 생각이 이젠 잊어야할 환자로 바뀌어 버렸다. 차라리 여기에 잊지 못할 환자를 달리 몇 사람 찾아보자.

진찰을 받고 있던 네 살짜리 아이가 나에게 『개××야』 하며 울고 소리 지르고 발로 차고 하더니 진찰을 위한 속박으로 몸부림 칠 수 없게 되자 내 얼굴에 침을 탁 뱉어 버린다. 차라리 얼마나 천진난만한 모습이랴.

어떤 녀석은 주사를 맞고 나올 때 크게 울면서 하는 말이 『생각보다 덜 아프다』 하고 더욱 크게 소리 지르며 울고 나오기도 한다. 또 자기가 주사 맞으며 『엄마 울지 마. 엄마 울지 마』 『나 울어 버릴래. 울어 버릴 거야』 하면서 소리치고 우는 놈도 있다. 주사를 찔렀다고 『아빠한테 일러 줘』 하면서 아빠 데리고 와서 의사에게 복수하겠다고 벼르는 놈도 있고. 골목길을 걸어가노라면 뒤꽁무니에 따라오면서 구슬만한 돌멩이를 던지며 의사를 때려준다기에 왜 그러느냐고 물어보면 나에게 침 찌른 아저씨가 미워서 돌을 던진다는 것이다. 이런 귀염둥이들이 잊지 못할 환자들이 되겠지. 잊을 수 없는 환자라고 여기던 사람은 잊었어야 될 환자임을 깨닫고 난 후에야 「세월」이라는 묘약 처방을 한다. 잊을 수 없는 환자가 많아지도록 서로 믿고, 믿게 하고, 더불어 같이 사는 풍토가 되도록 노력하자. 세월이라는 묘약의 효능을 기대하면서 「갈 것은 가야지. 잊을 건 잊어야지」 하는 시구라도 읊조리고 싶다. 신물 나는 의사 신세보다 서투른 스포츠맨으로서 내일 새벽도 정구장에서 이회장님의 名講義(?)「인생은 즐거운 것」을 들을 수 있기를 기다리면서 오늘하루도 나를 구속시킬 응급환자가 와 주지 않았다는 사실에 감사하게 생각하자.

의협신보 19粉. 9.8

동지에게 띄우는 글

동지가 아니면 읽지 마세요. 내가 의사된 지 사반세기가 넘었으니 그 사이 내 몸도 생각도 많이 변했지만 세상이 더 많이 변했습니다. 그러나 한 가지 안 변한 게 있다면 일부 의사들의 사고방식일 것입니다. 이분들은 내가 말하는 동지가 아닙니다. 목소리 큰 소수 사람이 지 배하는 세상이 의사 보기를 백안시하는 풍토에서 권위주의에 젖어 동료나 이웃에게 손가락질 당하고 있는지도 모르고 사는 이기주의적 독불장군은 동지가 아닙니다. 보험금 청구에 양심을 속이는 분, 의사회 총회에 안 나오는 분, 공제회, 적십자회, 동기회, 동창회 어느 하나라도 협조를 기피한 분, 이웃에 항상 손해 보고 살아야함을 모르는 분, 주거지 동장님께 고개 숙여 인사할 줄 모르는 분, 라면 박스 사들고 한밤중에 파출소 순경을 위문할 줄 모르는 분, 동리 노인정에 연탄값 거절한 분, 청소부, 우체부 아저씨, 신문 배달 소년 등에게 명절마다 남다른 정을 느끼지 못하는 분, 불쌍한 이웃을 못 본 척하고도 공갈배에겐 거금을 선뜻 내어 놓는 비굴한 분, 좋은 때 술은 잘 사주면서 불행할 때 친구에게서 고개를 돌리는 분, 이런 분들은 내 동지가 아닙니다. 여기서부터 계속 읽는 분은 내 동지니까 마음 놓고 동지께 하소연하렵니다.

한밤중 병원 문을 두드려서 십리길 왕진을 갔다가, 의사를 믿고 극진한 예우를 해주는 환자에게 소신껏 치료해 주다가 죽어 가는걸 보고 환자 가족과 함께 눈물을 삼키고 돌아왔는데 다음날 아침 쌀 한 말 이고 와서 선생님 참 고마웠습니다, 하고 큰 절을 할 때 코끝이 시큰해지던 일이 이제는 전설의 얘기가 되었습니다. 지금은 어떻습니까. 밤중에 왕진 가자던 사람은 갑자기 강도로 돌변하고 치료하다 죽으면 거액의 돈을 요구하고 불가항력의 사고라도 무조건 폭력을 휘두르고, 걸핏하면 시체 농성 진료 기물 파괴이고, 유족의 횡포를 못 견뎌 자살한 여의사가 있지 않습니까.

일전에 모 대학병원에 신생아가 출생 후 하루 만에 죽었다고 과격한 데모를 하여 일간신문엔 의사가 마치 살인을 한듯 보도되었습니다.

이렇게 세상이 모두 적대시할수록 의사는 점점 소극적으로 환자를 접하고, 사건화 됐을 땐 무슨 검사, 무슨 검사를 안했으니 주의 의무 소홀로 처벌받지 않으려면 여러 가지 검사를 시켜야 하고 환자에 부담은 더욱 많아지고 불신풍조의 만연은 점점 악순환의 연속이 아닙니까.

그뿐이 아닙니다. 얼마 전은 야간 당직 때 진료해준 환자가 나간 후 다시 문을 두드려서 「조금 전에 다녀간 환자인데 물어볼게 있다」고 해서 문 열어 주었더니 강도가 들어와 몽땅 도둑맞고 시골로 이사가 버린 동지도 있지 않습니까. 이런 시점에서 야간 당번제도의 폐지를 주장하는 것은 백번 지당한 일이겠습니다. 그런데 여기에 깊이 생각할 문제가 몇 가지 있습니다.

「병원 가면 세 시간 기다려서 삼 분 간 진료 받고 그나마 바가지요금, 불친절투성이고」 신문마다 이렇게 즐겨 쓰는 판인데 이는 병원 종사원의 일할도 못되는 숫자인 의사만의 잘못이고 의사만을 배불리는 결과라고 호도하는 언론에게 당하기만 하는 의사는 책임이 없는 것입니까. 그래도 한 가닥 희망은 의사를 천직으로 알고 남이야 무어라건 의사 양심대로 살려고 노력하는 우직한 동료들이 많이 있다는 것입니다. 이분들이 진정 내 동지입니다. 여기서 야간 당번제를 말씀드리기 전에 먼저 환자의 일반 의식구조를 언급할 필요를 느낍니다. 정상 근무시간에는 종합병원 가서 진료 받고 밤중에 급하게 생긴 병중에도 피를 흘리거나 외과 계통은 종합병원 응급실에서, 산부인과 응급실은 늘 다니던 병원에서 소아과, 내과 응급은 가까운 개인의원에서 진료 받는 것이 가장 정도로 믿고 있다는 데 문제가 있는 것입니다.

두 살 난 애기가 낮에 잘 놀았을 때 돼지고기 한 점 먹었더니 밤중에 갑자기 고열이 나니 급체여서 따야 한다고 우기는 부모에게 감기라고 아무리 설명을 해도 믿지를 않는 것이 현실인 것처럼, 잘못된 의식구조를 탓만 할 게 아니라 그들을 이해하도록 노력을 해야 하겠습니다. 이백 오십만 대구 인구에 하룻밤 열 시간 동안 생긴 응급 환자 중 육십 명은 소아과이고 이십 명은 내과이며 나머지 이십 명이 외과, 산부인과인데, 이 집단의 목소리는 사람들이 병원 문을 두드렸을 때, 당직제도가 없어질 경우 과연 욕먹고 고발당하고 방송 신문에 오르내릴 동지들이 하루에도 얼마나 많을지요. 이럴 때 밤을 새워서 해결해 주겠다는 참 의사가 이 지방에 열 명만 있다면 열흘에 한 번씩 차례가 돌아오고 백 명이면 백일에 한번 당직이 돌아올 것입니다. 더욱 바람직한 것은 젊은 의리의 의사가 나와서 나는 5일마다 당직을 하겠소, 나는 10일마다 당직을 하겠소, 이렇게 속속 나서면 50명만 되어도 백일에 당직이 한번 돌아올 수도 있는 것입니다. 이렇게 참여하는 동지들의 중지를 모은 당직표를 신문에 발표하면 시민과의 약속이니 당직은 꼭 지킬 것입니다. 그날 하루 당번은 동지가 아닌 의사까지 포함한 일천 명 대구 의사의 거울이니까 말입니다. 종합병원 응급실은 죽어도 안가겠다는 시민의식이 존재하는 한 개인의원의 동지는 희생을 감수하는 게 의사된 도리가 아니겠습니까. 진료과목을 표방하지 않고 전 과목 응급 환자를 위한 개인 당직병원 제도에 동지들의 흔쾌한 동참을 기다리면서 특히 대구지역만도 이백 명이 넘는 가정의 선생님들의 절대적 호응을 비는 마음입니다.

경찰 당국에서 파견해 준 경비병들과 라면이랑 맥주 한잔으로 밤을 새우면 얼마나 훈훈한 인정이 꽃필 것인가도 자못 기대가 됩니다.

대구의사회보 89. 3.15

매화산이 보여준 것

　가야산 국립공원 해인사 입구에 들어선 전세버스가 멈추어 섰다.

　사십 명에 가까운 일행 중 나와 친구, K교수 이외는 모두 다 이십대 발랄한 아가씨들과 삼십 전후의 힘찬 청년들이다. 오월의 푸르름은 조물주의 솜씨를 한껏 발휘하고 있는데 파란 계곡물, 푸른 산, 푸른 공기에 덩달아 푸른 마음이 되었다. 새벽 일찍 집을 나설 때는, 이미 오십을 넘어선 아내가 바가지 반틈 염려 반틈의 산행준비 내조를 해 주어 다소 미안도 했었다. 주일예배도 못보고 오전 진료를 기다리는 많은 환자들을 외면하고 약간 켕기는 뒷 기분을 남긴 채 들뜬 마음이었다. 처음 산행을 동참하기로 작심한 후는, 마치 소풍을 기다리는 어린이처럼 설레기도 했고, 버스에서 내리기까지는 낯선 나라에 시집 온 외톨이 신부의 기분이기도 했다. 조심스레 숲을 헤치며 한 시간 올라가니 시야가 확 트인다. 때마침 낮은 구름이 산허리를 싸고돌아 일약 구름 위를 노니는 신선의 기분을 느낀다. 발랄하고 패기에 찬 정열들과 가까이서 같이 호흡하며 하나둘 낯을 익혀 가다보니 어느새 한 식구로 동화되어 버렸다. 하나같이 예쁜 아가씨들이며 한결같이 착한 청년들이다. 다투어 무거운 것을 맡아 지고 서로를 밀어주고 당겨주는 모습이 천국을 옮겨온 듯 느껴지기도 한다.

　매화산이란 말만 듣고 가는 길에 그만 남산 제일봉 갈림길의 안내판을 잘못 지나쳐 버렸다. 선두 그룹에서 한참 동안을 가다가는 다시 왔던 길로 되돌아온다. 이때를 기다린 듯이 내가 젊은이들에게 주었을지도 모르는 포린바디 센세이션 (이물감각) 을 덜어줄 기회로 삼았다. 자청하여 갈림길의 교통순경이 되었다. 후미까지 모두 올라간 후에 다소 빨리 추월하였다. 대여섯 군데 난코스마다 같은 방법이 되풀이 되었다. 아기자기한 난코스마다 스릴이 있고 인정이 꽃 피고 친목이 교차되고 하면서 L교수의 쩔쩔매는 모습은 가히 코미디를 방불케 했고, 절벽을 내려다 볼 때 눈물을 글썽이며 후회하는 P아가씨, 다른 등산객들과 교차될 때 반가운 인사들, 어느 것 하나 천당의 모습이 아닐 수 없다. 정상을 코앞에 두고 신선바위에서의 즉석 불고기파티, 찌개백반, 냉커피, 열커피, 과일 등등 손발이 척척 맞아떨어지는 대가족의 점심식사이다. 청소부, 소방수, K교수, J여사의 헌신, 부모 연령과 같은 등반대장의 이름을 애기 이름 부르듯이 합창으로 불러대던 일, 완전히 꿈같은 하루를 지낸 것이다. 어느 조각가의 예술작품처럼 댕그라니 솟아 있는 남산 제일봉 정상에 올라섰을 때는, 애써 땀 흘려 올라온 보람을 느끼게 된다. 말이 모자라서 표현 다 못할 절경을 주신 창조주에게 감사하면서 이런 기회를 인도한 친구에게 마음 깊이 고마움을 느낀다.

요소요소에 등산 보조 장치를 설비해 주신 산악인들의 호의에 고개 숙여 감사를 드린다. 산의 정취에 도취된 채 넋을 잃고 있다가 문득 정신을 차린다. 알맞게 햇볕을 가려 준 엷은 구름, 적당히 부는 늦봄의 산들바람, 하나같이 예쁜 발랄한 아가씨들에 둘러싸여서 오늘의 길을 되돌아본다. 처음 등산이 시작될 때는 선생님께 맹종하는 국민학교 시절과 같아서 착하고 순하게 숲길을 헤치며 행진했었다.

「쉬었다 가요 야호 -」 소리칠 때는 영락없이 중학시절이다. 선생님도 부모님도 가끔씩은 의심하면서 따르면서 하루가 다르게 성숙하던 꿈 많은 시절처럼 순간순간 다른 절경이 펼쳐진다. 갈림길에서 이정표를 잃고 방황할 때는 사춘기 시절에 꼭 맞지 않는가.

남산 제일봉을 오리쯤 남겨두고 부터의 몇 군데 난코스를 곁들인 아기자기한 등산 행로는 마치 나의 지난 세월과도 너무나 흡사하다. 천지개벽 같은 충격인 선친의 와병 중에 용케도 명문 고등학교, 대학교 모두를 목표대로 잘 해내었다. 정상을 코앞에 두고 벌어진 잔치는 마치 결혼하고 수련의 과정을 밟고 꿈에 부풀던 때와 같으니 가히 황금기라 할 수 있다.

정상에 올라선 사십 고개에서 인생의 단맛, 쓴맛을 되돌아볼 줄 알게 되었고 이렇게 명상을 하는 지점에 왔다. 자 - 이젠 내려가야지.

정신없이 빠른 속도로 내려오는 길은 마치 사십 고개를 넘은 후부터의 인생길과 다를 바가 없다. 어느새 지금의 내 나이에 해당하는 개울물에서의 휴식공간에 이르렀다. 보물찾기를 하고 있는데 역시 내 팔자에는 노력만의 수확이 있을 뿐이지 요행이란 없는 것이다. 정든 오륙 명이 아쉽게 먼저 대구로 가고 전세버스는 다시 부곡 온천을 향한다. 마이크 장치가 된 버스에서의 오락시간은 또한 인생의 진면목을 보는 것이다.

서투른 노래들에 남의 부인과 브루스를 추는가 하면, 딸 같은 아가씨와 고고타임, 디스코 파티가 연속되는 중에 차안은 점점 흥이 돋아난다.

시내를 들어서면서부터 하나하나 도중하차시키면서 더러는 박수로 환송을 하기도 한다. 잠자리에 들면서 반추해 보는 오늘 하루는 꼭 나의 인생길과 너무나 닮은 반복이었다. 보물 찾던 지점부터 버스 내리는 대목까지가 내 영혼이 육신을 떠나는 각본으로 되어 있다. 과연 나는 요행이나 투기가 없는 성실한 삶이어야 한다.

정든 이들 하나둘 떠나가도 지나치게 상처받지 말 것이다. 서투른 노래처럼 서투른 기독교인일지언정 미치광이 신자가 되지는 말아야 한다.

그래야 술을 마시는 경우가 있어도 신께 변명할 말이 있고, 혹시 있을지도 모르는 디스코 타임같이 짜릿한 순간이 스쳐가기를 기다려 봄직하지 않는가. 갈채를 받으며 세상을 떠날 수 있도록 신이 부르기 전에 무언가 이루어 놓아야 한다. 황혼의 문턱에선 인생을 다시금 음미하면서 한편 지루하기도 한 세월에 살맛을 찾아보기 위해선, 오늘 같은 기회가 자주 오기를 신에게 기도한다.

경북대학 병원소식 1987.6.5

약한 자여 그대 이름은 의사?

　의과대학 졸업만 하면 평생 부자(?)로 살 수도 있던 시대에 의사가 된 선배들이 닦아 놓은 터전에서 이천오백 원짜리 구멍가게 아저씨로 전락해 버린 오늘날의 의사들의 악전고투하며 아우성이다. 누구의 탓으로 돌릴 수도 없는 현시대의 탓이리라. 이런 현실을 도피만 한다면 우리 자신도 후세에 지탄을 면치 못할 것이다. 이런 맥락에서 지금 사회가 의사를 보는 눈과 절대 다수를 점하고 있는 젊은 의사들의 생각을 점검해 볼 필요가 절실하다.

　의사를 존경하지 않는 사회 풍토는 어쩔 수 없는 흐름이지만 의사를 도둑놈으로, 돈 많은 이기주의자로, 사회 물정을 모르는 바보스런 군상으로 취급하는 시각들을 향해 불평만 한다고 개선될 리가 없다. 그들의 눈은 우리를 더 이상 엘리트 집단으로 보기는커녕 우물 안 개구리로 본다. 세상을 온통 좌지우지하는 힘을 가진 매스컴은 모두가 의사의 천적이 되어 있다. 단시일에 기대에 못 미침을 자각한 신규 개업의는 장소 옮기기를 유일한 방편으로 알고 있다. 우리 동료 스스로를 경쟁자로 여기면 「거지 제자리 뜯기」 식이 될 뿐이다. 양심이 마비된 몇몇 동료들 때문에 후배들이 싸잡혀 비난의 대상이 되고 있음을 알아야 한다. 하지만 그들을 욕하면 누워서 침 뱉는 격이 아닌가.

　도도히 흐르는 민주화의 물결은 세상을 온통 개판으로 만들어도 박수를 받고 있다. 의사는 굶어 죽어도 배 터져 죽었다고 한다. 자 - 이 시점에서 우리 특히 소아과 의사의 할 수 있는 일 몇 가지를 나열해 보자.

① 가능한 모든 열과 성을 다해 육아 지도를 하여 보호자를 내 편이 되게 하자. ② 의료 현실의 불합리한 제도를 하나하나씩 만나는 사람마다 설득을 시켜 여론을 일으키자. ③ 불우이웃돕기, 수재민 돕기, 기타 지역사회모임에 적극 참여하여 여론을 우리 편이 되게 하자. ④ 의사의 비리나 불평의 보도는 발견 즉시 자기 방어적 차원에서 적극 해명하자. ⑤ 단체의 힘을 길러 발언권을 스스로 기르자. 그런 뜻에서 이번 봄 부산서 개최되는 소아과학회에 적극 참여하자. ⑥ 모든 회의에 능동적으로 참여하여 열띤 토론을 하되 자기 의견이 관철되지 않아도 단체에서 결정된 사항은 무조건 순응하자. ⑦ 각 반회 단위로 자주 만나서 통일된 목소리가 나오면 운영위원회에 반영하여 전체 회원에게 적용될 수 있도록 하고, 집행부에게 평소 정면에서 질타와 칭찬을 할지언정 뒤에서 불평만 하거나, 회의석상에서 한탄조의 비생산적 하소연은 시간 낭비와 스트레스 누적만 초래할 뿐이다.

약한 자여 그대 이름은 정녕 의사란 말인가. 가치관의 기준이 돈에 비중을 가장 많이 두는 세태에서 인술을 천직으로 알고 열성으로 봉사하며 부지런히 선행하고 꾸준히 연구할 때, 돈을 모르는 바보라고 세인들이 돌을 던지겠는가, 돈을 던지겠는가.

돌무덤에 깔리면서도 행복하게 죽은 스데반의 걸음으로 우직스럽게 살아간 후에 뒤돌아보면 거기에 자신도 모르는 돈 무덤이 큼직하게 생겨 있으리라고 믿어 보자.

소아과 개원의협의회보 1992.3.15

세월, 술 그리고 신(神)

인생이
무언지도 <u>모르고</u>
알려고도 하지 않고
삼십년
희망찬 세월이었다.

삶이랑 죽음이
무언지 알려고 할 땐
술이 벗되어
무지갯빛 이십년
행복한 인생이었다.

내 목숨의
차용증을 발견했을 땐

이미 등을 돌린
신을 부른다.
이 죄인 술과 이별하고
당신을 향합니다.
몇 해를 더 참아 주시렵니까ㅡ.

너 인간
가련한 존재여

의학동인지 1988년 4월호

눈 덮인 별유산, 수두산 의상봉을 즐기다

　천재지변이 생겨도 온 나라가 망하는 법은 없는데 요즈음은 가히 슈퍼 천재지변 시기인 셈이다. 이런 때 온갖 번뇌 떨쳐 버리고 산을 오른다는 것은 참으로 신선놀음에 버금가는 향락에 속한다. 더욱이 빠져 죽지 않을 정도가 보장된 많은 양의 눈 덮인 산이란 금상첨화인 것이다.

　98년 1월 18일 다소 추운 날씨에 중무장하여 설레는 마음으로 집을 나설 땐 여느 때처럼 잠을 설칠 필요도 없었고 끼니를 거를 일도 없이 푸근한 시간이었다. 출발지에서 등산 기점까지 꼭 두 시간이 소요되었지만 20년 만에 처음 보는 적설량을 가진 거창군 가조면 별유산 등산 기점에 이르니 바람 한 점 없이 따사로운 햇살이다. 일행 모두 열 명이어서 오순도순 정담을 나눠가며 등반을 시작한지 한시간만에 산의 칠부능선쯤에 이르렀을 때는 아이젠 없이는 행진하기 힘들 정도로 눈이 얼어붙어 있었다. 때마침 관광버스 한 대로 온 등산 팀이 이십 여명 앞서서 가고 있는데 우리가 추월하니까 후미에서 가쁜 숨을 쉬는 삼사십 대 여자분들의 농담이 걸작이다. "일행을 뒤쳐져 가노라면 다른 팀 사람들이 업어다 주지나 않을까 하고 눈치를 보았더니 전혀 신사도를 아시는 분들이 아니시구먼. 하자 우리 일행이 당장 받아넘긴다. "글쎄요. 일부러라도 넘어지는 척해야 안아주기라도 하지요" 가쁜 숨을 고르기도 하고 아이젠을 챙겨 묶기도 하느라 암자 앞에 잠시 쉬면서 처음 만난 팀원들과 과일이랑 쵸콜렛이랑 서로들 주거니 받거니 하는 모양이 난리 통에 등산 온 사람들답지 않게 참으로 인정이 넘친다. 힘이 펄펄 넘치는 J회원을 따라가자니 힘이 부치고 처지자니 뒷사람이 너무 늦고 엉거주춤 가노라니 추월당하던 한 노친네가 갑자기 타령조 노래를 한다. "청춘을 돌려다오. …… 청춘아 내 청춘아 어딜 갔느냐" 이에 뒤질세라 우리 일행이 화답하는 노래를 한다. "손이 시려워 꽁, 발이 시려워 꽁꽁, 겨울바람 때문에 꽁꽁꽁 …" 드디어 비장한 각오가 필요한 의상봉 코밑에 다다랐다. 대부분이 그냥 바이패스 (옆길로 지나감) 인데 철딱서니 없이 오늘 아무도 오르지 않은 길을 J회원 따라 의상봉 정상까지 올라갔다. 해발 1,046m '우두산 의상봉'이 새겨진 비석을 만지며 사진 한 장 박을 준비 못한 것이 못내 아쉽다. 몇 번이고 반복하여 로프를 잡고 매달리며 아이젠이 벗겨지는 줄도 모르고 미끄러져가며 구사일생 땀에 젖어 오르긴 했지만 다시 내려가려니까 크레마스테릭 리플랙스 (오금이 저리다는 의학용어) 가 나타난다. 사방에 흰 눈을 이고 머리 조아린 봉우리들을 내려다보는 쾌감은 추위고, 위험이고를 느낄 겨를이 없을 정도로 환희 그 자체이다. 가조 온천 지역을 비롯하여 오밀조밀한 마을들 건너편에 이름조차 요사한 유방암, 남근봉 등이 맑은 하늘 아래 손짓하듯 다가서 보인다. 위험한 내리막길에는 내 앞과 바로 뒤에서 보호자 역할을 해준 젊은 두 회원에게 따뜻한 동료애를 느낀다.

오를 때 도움을 주던 쇠지팡이가 내려올 맨 그렇게 짐이 되다니, 다시 의상봉 코 밑까지 내려오니 일행이 모두 기다리고 있어 박수들 친다. 의상봉에서 건너다 뵈는 별유산 정상까지는 눈이 무릎까지 푹푹 빠지는 능선 길을 삼십분 정도 오르내리다 보니 쉽게 이르게 됐다. '별유산 1,046m' 한 문 없이 나무 막대에 쓰여 있는 팻말을 보자니 여기선 별게 없다는 뜻인지, 별이 있는지, 별이 흐르는지 모를 일이다.

정상에서 조금 내려와 산바람이 다소 적은 댓평 남짓한 눈 위의 평지를 골라 일행 열 명이 점심 자리를 폈을 땐 오후 한시반이 되었다. 홍일점 K여선생님 인기 절정의 재치로 더욱 즐거운 식사 분위기, 준비성이 많은 회원들 덕에 얼큰한 국물, 따뜻한 커피는 천하일미의 진수성찬이다. 등산길은 두 시간 이상이었는데 하산은 한 시간 반이 채 못 됐으니 눈 덮인 산길은 고생과 재미, 땀과 추위, 위험한 스릴과 쾌락 등이 뒤섞인 이야말로 인생살이 모두를 하루 만에 만끽한 셈이 된다. 온천장에 들러 피로를 풀고 대구로 오는 승용차 안은 술기운이 거나한 이야말로 '화기애매하고 가축적인 분위기' 참으로 보람찬 하루, 행복한 등반이었다. 동산회만세.

소아과 개원의협의회보 1998년 3월호

사랑하는 아들에게

아들아, 터놓고 다시 쓰는 연서에 너를 이렇게 불러본다. 어느 TV 연속극에 '아들아' 하고 부르는 호칭이 참 우스웠지. 이렇게 나도 세인의 웃음거리가 되면서 가슴을 살짝 열어 보이고 싶단다. 애비도 고향에선 나름대로 행세하는 집안에서 명문고, 명문대 출신의 각광받는 엘리트였었지. 터전 잡은 대도시의 생업 분야에서도 앞길이 탄탄한 동리에선 부러운 존재였을 때 딸 하나 둔 병원 집에서 너는 총애를 받으며 세인의 부러움 속에 장남의 장남으로 태어났다.

성품이 온순하여 하루 종일 혼자서도 잘 놀다가 세살 때쯤 고추 내어 놓고 다닐 때 어디서 주웠는지 여자 삼각팬티를 끼어 입고는 좋아라고 뛰어다니던 게 엊그제 같은데 벌써 나이 서른, 이제 너의 귀여운 짝을 만나 내 곁을 떠나보내게 되었구나.

인생은 참으로 화살같이 빠른 것이어서 지나고 보면 모두가 나름대로 의미가 있고 아름다운 기억으로 남는 법, 나도 너를 품었던 가슴에 공허함을 메우려고 안간힘을 쓰면서 창공으로 날아오르는 한 쌍의 독수리를 향해 이 글을 띄운다.

그래 너는 아이큐가 백오십, 토플 성적이 거의 만점. 무엇이던 잘 해내는 팔방미인이었다. 고교시절 영어선생님께서 너더러 필리핀 살다온 교민이냐고 물었을 정도였고 학교서 소문난 깡패 두목에게 항상 당해만 오다가 어느 날 갑자기 그놈에게 무자비한 공격을 퍼부어 전교에서 가장 무서운 사나이로서도 통한 적이 있었지. 어리석은 애비 욕심에 너를 의사 시키려고 억지로 이과 공부를 시켰으나 내 고생하는 걸 보고 의사는 절대 못한다고 해서 K대 전자과를 입학한 후에도 굽히지 않고 곧장 문과를 다시 재수한 역사는 너의 고집을 의미하지만 지금 와서 내 입장을 보면 의사 안하기 정말 잘 했다. 대학원을 마치고야 군대생활을 시작해서 군 기동훈련때 통역장교보다 졸병인 너의 통역을 더 선호하던 미군 고문관 얘기며 그 덕분에 모 장군의 사무실서 근무할 수 있었던 것도 너의 능력이고 미국 대학원 석사과정 중에도 대학 조교로서의 부수입 덕에 유학 경비를 별로 보내지 않아도 된 일 등등 너는 참으로 훌륭한 내 아들이다.

이제 먹고 사는 걱정 않아도 되는 세상이니까 박사가 되는 것이 목표가 아니라 평생을 공부하며 살 수 있는 팔자도 신이 준 축복이니까 공부하며 살던지, 인생은 삶의 질이 중요하니까 예술을 하던, 사업을 하던 보람을 느끼는 일로 항상 부지런하고 행복을 스스로 만들며 살아라. 나아가 국가와 인류에 공헌하는 일생이 되기를 빌어본다. 스스로 자식 자랑 팔불출 애비가 된 것을 느낀다면 내 인격에 큰 감점이 되는데도 이 글을 마치며 흐뭇한 것은 참 이상하지?

아들아 너를 영원히 사랑한다.

소아과 개원의협의회보 1997년 9월호

의사는 인간의 기본권조차 짓밟히고 있다

　내 딸보다 세살 어린 여자가 애기를 데리고 왔는데 지역 의료보험 카드에 두 달 치 회비 낸 검인이 없었다. "의료보험법 제41조 7항 및 동시행령 35조 2에 의거 보험진료가 안됩니다." 하고 두툼하게 쌓인 의보조합 공문들을 꺼내 보이니까, "알았어요. 나중에 도장 찍어와서 다시 내어 주면 되잖아요." 하며 볼 생각도 않는다. "이 공문을 보세요. 나중에 회비 내면 내는 그날부터 보험 되지 그전 것은 안 된다고 쓰여 있습니다." 손으로 공문을 획 밀어 젖히며 "알았으니 아이 치료나 해줘요. 아저씨" "그렇게 건성으로 대답하지 말고 이걸 보고 이해를 하세요. 화낼 일이 아니잖아요." "내가 건성으로 말하는지 어떻게 알아요. 안다고 하잖아요. 더러워 죽겠다. 어디 의사가 저 밖에 없는 줄 아는 모양이야." 하고 박차고 일어나 버린다.

　의사가 진료 안 해주면 "진료 거부"라며 고발하고 신문에 대문짝만큼 나는데 이런 경우에 의사는 고발하는 방법이 없으니…. 권리가 어째서 이렇게 불공평하며, 의사는 왜 인간의 기본권조차 짓밟히고 있는 현실인지 참으로 피통이 터질 노릇이다.

　의료 보험료를 앞에 두 달 내지 않았다가 8월 30일에 진료하고 9월 1일에 모두 내었으면 그걸로 보험 취급을 해 주어야 국민 복지 차원에서 합리적일 것인데, 의료보험조합을 위해 국민이 존재하며 의사가 존재하는 것처럼 법이 운용되고 있으니 도대체 이런 엉터리 세상이 어디 또 있단 말인가.

국민적 정서나 현실적 관습은 전혀 무시한 채 탁상공론의 법 제정과 운용이, 오늘날 개원의사 모두가 울분을 터뜨리는 결과를 초래했다. 두세 명 의사만 모여도 모두 비분강개하여 보험 정책 당국자를 욕하고 심지어 최고 통치권자를 '귀머거리'라고 욕한다.

일제 강점기에 독립운동가는 대부분 망했고 이불속에서 만세 불렀던 사람들은 세도를 누리며 사는 게 우리네 현실이니까 오늘의 개원 의사들은 알게 모르게 모두 비겁자가 되어 있지 않은가.

전부터 친히 지내던 사람이 보험카드 안 가져왔다고 보험 진료 안 해줄 수 없고, 어제까지 카드 갖고 왔는데 오늘은 달이 바뀌었다고 보험 안 해 주면 그만 "의사놈 도둑놈, 다른 병원은 안 그런데 여긴 왜 그리 까다로우냐" 이런 식이니, 도대체 보험료 징수는 보험조합책임이지 어째서 의사 책임인가. 보험 진료비 지급은 체납보험료를 완납했을 때 준다면 몇 달 늦추어도 양보할 수 있지만, 이건 분명히 며칠 늦게 냈다고 그전 치료한 돈을 의사에게 되돌려 달라니, 그럼 그 돈 이삼천 원을 되돌려 받기 위해서 의사는 법정에 소송을 해야 한단 말인가.

일, 이월 보험료 체납된 걸 본인은 모르고 있고 나머지 삼월부터 팔월까지 모두 냈어도 그간 진료하면 보험 안 되니 육 개월 돈을 모두 의사에게 물어내라니 이런 날강도 같은 경우가 어디 또 있단 말인가.

현실적으로 이런 실체를 설명하여 과연 몇 퍼센트 국민이 "그렇군요" 하고 보험료 체납 당시 진료분의 금액을 일반 진료 수가로 계산해서 지불할 사람이 있겠는가. 서두에서 말한 것처럼 "의사는 도둑놈" 하고 방송하며 다니는 "의사의 적"들만 양산할 따름이다. 속된 표현에 "국 쏟고 그릇 깨고 서방에게 **뺨** 맞고" 이런 말이 있듯이 요즈음의 개원의사가 완전히 이런 신세인데 과연 얼마나 더 오래 참고 견뎌줄지, 굼벵이도 밟으면 꿈틀하는데, 의사를 어째서 계속 비난과 지탄의 대상으로만 몰고 가고, 인간의 기본권조차도 인정받지 못하는 의료제도와 운용 현실을 좌시하고만 있을지. 당국자들의 각성을 촉구하며 일제 강점기 독립운동가와 같은 자세로 하나, 둘 결집되는 의사들의 힘을 폭발할 날이 그리 멀지않음을 경고한다.

개원 의사들이 모인 곳이면 의사회 집행부에게도 대단한 불만들이 많은데 개원의 최악의 시대를 당하여 의사 면허증 반납 사태가 오기 전에 헌법소원, 화염병 데모(?), 억울한 회원의 추모식 참여를 위한 시한부 파업, 집행부 일괄 사퇴 등 감투에 대한 책임의식이라도 표출해 주었으면 하는 게 선한 백성, 짓밟히는 무리의 바람이라면 좀 과격한 표현일까.

소아과 개원의협의회보 1993. 9.15

에스페란토쟁이의 사람 노릇

'사람이면 사람인가 사람이라야 사람이지' 이런 명언이 있는데 이는 에스페란티스토라고 자처하는 사람이면 언제나 귀담아 두어야 할 명제임에 틀림없다. 사람 노릇 하기가 어렵다는 말뜻처럼 에스페란토쟁이 노릇하기도 그리 쉬운 일이 아니기 때문이다.

대학 초년 시절에 사십 년 전의 우리나라 실정에서 외국 문물과 접촉할 수 있는 계기가 드문 때였으니 외국과 편지 내왕이 쉽다는 조건 때문에 배우기 시작한 에스페란토가 이제는 내 생활의 중요한 부분을 차지하게 되었으니 이것은 오직 자의 반 타의 반으로 사람 노릇, 에스페란토쟁이 노릇 제대로 못할까봐 전전긍긍한 결과라고 할 수 있겠다.

세계 평화운동이니, 인류인주의니, 평등주의, 사랑, 우정, 하나 되기 등으로 확산되어 가는 과정에서 방향 감각을 잃고 도중하차해 버릴 뻔한 적이 여러 번 있었지만 그동안 에스페란토 운동의 석기시대 이론이 변하여 불과 사십 년 만에 지금은 인터넷에 가장 훌륭한 수단으로 에스페란토가 각광을 받고 있으니 나의 우직함이 그저 무모한 것만은 아니었다고 자위한다.

우리 주변에는 "세상에 태어나지 않았으면 좋았을" 그런 사람들을 종종 만날 수 있다. 마찬가지로 에스페란토 계에 나타나지 않았더라면 더 좋았을 사람들이 심심찮게 나타나고 있음은 비단 우리나라 사람들의 나쁜 속성 때문만은 아니리라. 기독교가 아무리 우주의 근원부터 일러주는 진리라고 한들 그것을 믿는 "예수쟁이"들이 나쁜 인간성을 나타내고 다닌다면 종교가 없는 사람들이 훨씬 훌륭하게 보일 수도 있는 것이다.

마찬가지로 에스페란토가 아무리 좋다고 하여도 국제적 관개를 위한 수단으로 에스페란토를 통하여 나라에 이롭게 할지언정 손해를 끼쳐서는 결코 역적을 면할 수 없고, 에스페란티스토라고 자처하는 사람인 이상 에스페란토계에 누를 끼쳐서는 결코 우리의 적일 수밖에 없다.

에스페란토는 인간이 만든 지구어이고 지구인이라면 같은 말을 쓴다는 한 가지 사실만으로도 훌륭한 가족 의식이 생길 수 있는데 이를 바탕으로 생긴 훌륭한 이념들을 실천할 수 있는 단계라면 금상첨화라고 할 수 있겠다.

이제는 먹고 살기 힘든 세상이 아니니까 에스페란토운동도 세계적으로는 밝은 전망인 것 같다. 에스페란토쟁이들의 우물 안 개구리 시대에서 오랫동안 동호인 모임의 범주를 벗어나지 못하다가 현 UEA 회장이신 이종영 교수님의 괄목할만한 활동에서 더욱 더 고무되는 것은 나만의 느낌이 아닐 것이다. 제81차 에스페란토 세계 대회 때 니또베 심포지오를 계기로 대외적으로의 활동 전개가 가시적이 되고 있으니 이는 가히 세기적 업적이라 볼 수 있을 것이다.

이런 저런 이유들로 우여곡절이 많은 우리나라에서 에스페란토 운동의 사십년간 산 역사를 지켜보면서 몇 가지 제언을 한다.

1. 마음이 통하는 사람을 만나면 에스페란토를 알리자.
2. 에스페란토 운동의 구심점인 한국에스페란토협회와
   세계에스페란토협회에 적극 협조하자.
3. Samlingvano로서 충분하니 언어학자가 안 될 바엔
   에스페란토 공부에 대한 강박감을 버리고
   시간나는대로 느긋하게 공부하자.

4. 동지라는 것만으로도 소중한 인연이니 이해타산에선
   항상 손해지자.
5. 외국 동지를 만나면 나라에 유익하게,
   비 에스페란티스토를 만나면 에스페란토계에 유익하게,
   에스페란토의 적을 만나면 피해 버리자.
6. 에스페란토 모임에서는 항상 건설적인 방향으로
   협조할지언정 불평하는 사람은 스스로 누워서 침 뱉는
   격임을 알자.
7. 에스페란토쟁이 노릇을 제대로 하려면 매달 얼마를
   KEA에 보내 주어야할지 나름대로 항상 반성하고
   단돈 천 원씩이라도 수시로 송금하여 앞장서서 일하는
   헌신적인 분들께 항상 격려를 보내자.

　이제 결론을 짓자. 국가에 세금을 낸 국민의 자격으로 정부에 권리 주장하는 것과 에스페란티스토가 운동 본부에 권리 주장하는 것은 그 차원이 전혀 다른 것이다. 한 가정의 생활규범을 파악 못한 어린이가 '아빠 우리는 왜 이렇게 작은 집에서 살아, 좋은 자가용차 하나 사서 드라이브 하러 가' 하고 조르는 것과 꼭 같은 생활태도로 한국 에스페란토 협회에 졸라대고 있는 에스페란토계의 어린이 인격체를 우리는 너무도 많이 보아 왔고 혹시 지금 내가 그 어린이 에스페란티스토가 아닌지 다시 생각해 보는 계기가 되어야겠다. 이 기회에 에스페란토 청년 운동을 하는 동지들께 한마디 하자. 대학에 등록금을 낸 학생으로서 대학 당국에 써클 활동 권리를 주장하는 것과 우리 에스페란토 운동 본부에 청년회 운동을 위해 요구하는 사항들과 근본적으로 다른 것을 알자.

　우선 대학에는 집세도 낼 필요가 없지만 등록금을 많이 내었고 우린 집세도 주어야 하고 많은 등록금을 내지도 않았으며 대학처럼 봉급 주는 많은 직원이 없으나 업무량은 많은 것이다.

지구어를 쓰는 한 솥밥을 먹는 가족들로서 다소 못마땅한 점이 있더라도 쉽게 이합집산하지 말고 혈연관계로 이루어진 가족들처럼 숙명으로 받아들일 것이며 지구인으로 사는 동안 열성을 다하여 에스페란토를 보급하고 사용함으로써 에스페란토에게 누를 끼치지 않는 에스페란토쟁이 노릇을 해야 사람 노릇의 일부라도 제대로 하는 것이 되지 않을까 한다.

1996.12.15. 자멘호프 박사 탄신일에
한국 에스페란토협회지 132호

겨울은 백암산, 봄은 금정산

　지난겨울은 유별나게 눈도 많았고, 공해다, 이상 난동이다
하여 변덕스런 날씨로 그 눈이 녹기도 잘 했다.
　개원의협의회 등산동호인들 (동산회) 이 매달 한 차례 산
행으로, 다져지는 건강 증진과 돈독해지는 친목을 체험하고
선 꿀 먹은 벙어리가 될 수는 없기에 이렇게 쓴다.
　토요일 일과를 마치고 일행을 태운 미니버스는 오후 일곱
시경 경대 병원 앞을 출발, 겨울 산행에 나섰다. 눈이 잔뜩
쌓여 있을 해발 1000m가 넘는 백암산을 상상하며 비 오는
밤길을 달려 세 시간 반만에 백암온천에 도착하니 온천유원
지 풍경과, 적당히 추운 날씨에 따뜻한 네온사인의 유혹, 들
뜬 마음들이 가만히 잠자리에 들 수가 없게 한다. 일행은 주
류와 비주류 (술 안 먹는) 로 자연 두 패거리가 되어 밤이
깊도록 오순도순 정담들이 오갔고, 거나해진 분위기에 우국
충정을 토론하던 회원 한분이 「화기 애매하고 가축적인 분
위기로다」 해서 웃기도 한다.
　다음날 새벽 기사식당에 모여서 해장국은 뱃속에, 더운 물
은 배낭 속에 단단히 준비하여 등산을 시작한지 두 시간 반
만에 정상에 도달했다. 절반쯤 갈 때까지는 눈도 없어 아이
젠을 준비하라던 회장님을 원망했고, 땀 흘리며 오르는 길에
방한복을 준비하라던 말이 공연히 짐 많고 헛수고를 시켰다
싶더니만, 드디어 눈 덮인 산허리부터는 아이젠의 위력을 알
게 되고 정상의 눈바람에 방한복의 고마움을 실감하게 되었
다. 오며 가며 마주치는 다른 등산객들과 정겨운 인사들을

주고받으며 과일, 과자, 돼지고기까지 지나치는 등산객들끼리 다정하게 나누어 먹는 모습이 이국의 정취 같다고나 할까, 새해 첫 등반이라고 정상에선 산신령께 고사라면서 술과 오징어를 차려 놓고 전회원이 지성껏 절을 하기에 나는 멀찌감치 피해서 옆으로 서 있었더니, 제상을 향해 둘러서 절하는 자세가 용케도 회장님이 나를 향한 방향이어서 심각한 자리에 웃음이 나오려고 한다.

산신령이건 조물주건 아무른 자연의 위대함에 숙연해진다. 멀리 동해가 보이고 크고 작은 봉우리들이 눈을 머리에 쓰고 키 재기를 한다. 참으로 절경이다. 통쾌한 이 기분이 세상을 모두 발아래 정복한 기분이라면 지나친 표현일까.

일행 중에는 "숨 막혀 죽겠다. 천천히 가자."던 엄살 회원이 내려올 때는 가장 먼저 도착하기도 하고, 쉬엄쉬엄 내려와도 두시간만에 온천장에 도착한다. 더운 물에 목욕을 하니 모든 피로가 풀린다. 강구까지 가서 영덕 대게와 회를 곁들인 맥주 파티에 양주 한 병이 순식간에 바닥났으니 화기 넘치는 회식이 되었다.

돌아오는 길에 차 안에서는 동양화 놀이 (화투) 는 가히 코미디를 보는 것 같아서, 어느새 세 시간을 달렸는지 대구 도착이 잠깐인 듯하다.

그 후 한 달을 손꼽아 기다려 금정산 등반 날이 되었다. 이 날도 다름없이 K박사의 배려로 미니버스가 무료 제공되었고, 부산 금정구 청룡동 범어사에 도착하니 아침 열시가 되었다. 신라 문무왕 때 창건된 범어사는 거대한 사찰이며 삼층 석탑과 대웅전은 보물로 지정되어 있다. 등산로라 말하기엔 너무나 잘 다듬어져 있어서 하루에 수천 명이 오르내리는 형편이지만, 해발 800m인 금정산을 오르는 길은 사뭇 가파른 곳도 있어서 한 시간 반 가량이 소요된다. 정상에 서면 탁 트인 전망이 양산, 낙동강, 부산 시가지, 남해 바다까지 한 눈에 들어온다. 또 한 차례 아름다운 강산, 흐뭇한 등산을 만끽하며 내려오는 길에 부산서 소아과 개원하신 대구 출신의 M선생을 만났다. M선생은 좋은 안내자가 되어 주었고 근 십 리나 되는 산성을 따라 이어진 능선 길은 울긋불긋 수많은 등산객들 옷에 어울려 아지랑이가 무럭무럭 피어오른다. 점심에 동문 옆에 있는 식당에서 먹는 염소구이는 참으로 별미다. 산성마을에서 빚은 동동주도 일품이어서 분위기를 무르익게 한다. 금강공원으로 연결된 능선 길을 수없이 만난 연인들에게는 천애의 좋은 아베크 길이고 부산 시민에게 건강과 레저를 위한 참으로 부러운 자연 환경이기도 하다. 알딸딸해진 분위기들은 M선생과의 이별이 아쉬워 공원 앞 경북식당에서 이별주가 한창이고 이때 온천을 즐긴 분도 있었다.

흥에 겨운 일행은 차가 부산 시내를 가로질러 고속도로를 진입할 때 저절로 합창이 나온다. 대구에 이르러서도 나사가 느슨해진 몇 분은 그 길로 노래방으로 직행했다.

불과 한 달 간격의 두 가지 산행 형태가 이렇게 다른데, 장님 코끼리 구경하듯 동산회 냄새를 맡았지만 앞으로 전개될 여러 차례 등산계획에 자못 기대되는 바가 크다. 꿀 먹은 벙어리가 얼마나 달콤하고 좋다는 표현을 하고 싶을까.

소아과 개원의협의회보 1993.3.15.

에스페란토를 활용한 외국인과의 수정

외국 여행이 쉽게 허락되지 않던 시절에 스위스 취리히 공항에 댕그라니 혼자 내렸다. 에스페란토로 사귄 오랜 친구가 마중 나온다고 믿었는데, 그렇지 않아 혼자서 당황하고 있을 때, 누가 에스페란토 신문을 눈앞에 보여준다. 반가워 얼른 인사하니 한국서 왔냐고 묻더니 베른 기차역까지 태워주었다. 베른 역에는 사진만으로 본 그 편지 친구가 나와 있었고 그 후는 열흘 동안 온통 이 친구에게 장님처럼 따라다녔고 나라 전체가 공원화된 스위스를 구석구석 관광할 수 있었다.

스위스에서 세계 에스페란토대회가 열렸을 때(1979), 에스페란토 회화가 서투른 나는 한국에서 간 유일한 참가자였으니, 자연 국가대표 연설을 해야 했다.

En mia lando kvankam politike oni ne povas interparoli kun popoloj de komunismo, sed jam mi multfoje kunparolis amikece kun ili, kaj tial Espaeranto estas pli forta ol politiko.(정치적으로 불가능한데 난 벌써 공산국가 사람들과 우정 어린 많은 얘길 했습니다. 그래서 에스페란토는 정치보다 더 힘이 센 것 같습니다.) 했더니 큰 박수가 우레와 같이 나왔다. 같이 사진도 찍지 않으려던 중국 대표도 그 후부터 여러 가지 말을 걸어왔고 5년 후에 캐나다에서 만났을 때는 아주 친한 아시아인 친구들이 되어 있었다.

아시안 게임이 있기 직전 북경에서 세계 에스페란토대회

가 열렸는데 특히 환대받은 한국 대표 열세 명은 미수교국과의 민간 외교에 큰 몫을 해냈다.(1986) 에스페란티스토(에스페란토를 하는 사람)끼리는 어느 나라에서 만나든 서로 가족처럼 친근한 사랑을 느낀다. 스위스 루체른에서 세계 에스페란토대회 기간 중(일주일) 내 호텔비를 스위스 친구가 내려고 했는데 기회를 놓쳐서 무척 섭섭했다는 편지가 있었지만 무심히 지나쳐 버렸었다.(1979)

삼년 후 다시 그 친구 집에 갔을 때 깜짝 놀라지 않을 수 없었다. 아내와 같이 쿼리히에서 융푸라후에 갔다 오는 길에 불과 세 시간 머무는 계획이었는데 그 시간에 꼭 맞추어서 그 친구가 내민 은행 예금 통장은 삼 년 전에 내 이름으로 예치한 호텔비(약 5백불)와 그 이자였다.

너무나 감탄한 에스페란토적 우정에 아내가 감동되어 항공 왕복권을 그 친구에게 선사하자고 하여 선물을 했었고, 그녀는 88년에 한국을 방문 88올림픽을 구경하고 스위스로 돌아갔다.

추기 : 에스페란토 개요

에스페란토는 자멘호프에 의해 창안되어 1887년 폴란드 바르샤바에서 발표된 국제어이다. 에스페란토는 말이 서로 다른 민족 간의 의사소통과 상호 이해, 나아가 인류 평화를 위해 만들어진 중립적이고 배우기 쉬우면서 모든 표현이 가능한 언어로서 국제적으로 제 기능을 다하고 있다. 간단하고 규칙적인 문법과 다양한 단어 만들기로 다른 언어보다도 훨씬 빨리 습득하여 국제적으로 널리 활용할 수 있다. 중3 정도의 영어 실력만 있는 한국인은 하루 한 시간씩 한 달만 공부하면 편지와 기본적인 회화 등이 가능하다. 배워보실 의향이 있으면 한국에스페란토협회(02-717-6974)나 대구지부(053-254-2845, 0502-530-1887)로 연락 바람.

재미있는 지구촌 언어 에스페란토 1992. 4. 20